西尾維新
NISIOISIN
Illustration
take

食人魔法

匂宮兄妹之殺戮奇術

Hitokui Magical

目次

Book Design Hiroto Kumagai
Cover Design Veia
Illustration take

登場人物簡介

我（旁白）——主角。

木賀峰約（KIGAMINE YAKU）——副教授。
圓朽葉（MADOKA KUCHIHA）——實驗體。
匂宮出夢（NIOUNOMIYA IZUMMU）——殺手。
匂宮理澄（NIOUNOMIYA RIZUMU）——名偵探。

淺野美衣子（ASANO MIIKO）——劍客。
紫木一姬（YUKARIKI ICHIHIME）——女高中生。
闇口崩子（YAMIGUCH HOUUKO）——少女。
石凪萌太（ISINAGI MOETA）——死神。
隼荒唐丸（HAYABUSA KOUTOUMARU）——DJ。
七七見奈波（NANANANAMI NANAMI）——魔女。
春日井春日（KASUGAI KASUGA）——學者。

哀川潤（AIKAWA JYUN）——承包人。
西東天（SAITOUTAKASHI）——遊蕩人。
玖渚友（KUNAGISA TOMO）——技術人員。

人無法影響他人，
亦無法受人影響。
——太宰 治

我（旁白）
主角。

一人等於兩人，兩人等於一人。
一人即為兩人，兩人即為一人。
殺戮奇術之匂宮兄妹。
他和她在相同的身體裡度過時間。
渡過著，封閉的時間。
渡過著，封閉的空間。
她是表而他是裏。
兩人等於一人，一人等於兩人。
兩人即為一人，一人即為兩人。
肉體上架構的名字，並不存在。
精神上建構的名字，兩者並存。
「漢尼拔」理澄，與「食人魔」出夢。
相同的身體，兩極的精神。
白色與黑色，太極的精神。
表象的面孔，是天真無邪的名偵探。
她負責調查。

將事物徹底調查至最深的深處。
背後的面孔，是惡逆無道的殺手。
他負責殺戮。
將人類徹底殺戮至最深的深處。
名為雙重又不甚相同的妹妹。
名為雙重又不甚相同的哥哥。
名為雙重又太過雙重的兄妹。
殺戮奇術之匂宮兄妹。

話說，各位是否曾經將自身的存在想像成故事中的主角呢？即使沒有相當的確信亦無妨，將自己的存在投射於某個故事當中，設置於某個龐大過程的一環，這樣的概念，諸如此類的想法，即使一次也好，難道不曾有過嗎？欲解釋為單純的偶然又太具命運性，欲解釋為單純的偶發又太具必然性，欲解釋為單純的奇遇又太具因果性，欲解釋為單純的奇運又太具因緣性，諸如此類的想法，無論何時何地，當自己周遭發生特殊離奇的事件之際，這樣的念頭，難道真的不曾有過嗎？**此處**有著某種類似故事大綱的東西，自己只是聽從擺布，無所為而為地，無意識地，彷彿被那東西牽著走，正如同鐵砂受到磁石的吸引，沿著玻璃緩緩移動，創造出一種前衛藝術的奇妙型態。在自己不知道的地方，在全然未知的地方，也許有某個強大的「人物」正活躍著，又或許某個龐大的「故事」正在進行中，諸如此類的想法，倘若連一次也沒有出現過——這種傢伙沒有活著的資格。

這種人，並不算真正活著。

這是一種，惰性。

只不過是因循苟且罷了。

每個人都各自有著被賦予的角色，沒有誰是毫無價值的廢物，所有人都是這個世界的齒輪。即使在全然無意義的角落孤獨地轉動著，即使是這樣的空虛，也會對周圍產生莫大的影響……就一切意義而言，對世界全無影響，與任何人事物都毫無關係，這種真正的孤獨，即使在不存在的存在當中也不會存在。甚至於現實當中早已被否定的，被稱之為幻想或妄想的存在（無論是被冠上神之名抑或惡魔之名），至今也仍舊持續擾亂著周圍的環境。

命運存在著。

必然存在著。

因果存在著。

因緣存在著。

所以，有了故事的存在。

蘊含著確切的存在感，與壓倒性的影響力。

「倘若那是真正必要的，非做不可的事情，則與個人本身意願如何毫無關係。反正今天不做，明天也要做，明天不做的話，也會有其他人去做。應該發生的事情，就算沒有發生，也等於已經發生。反過來說，沒有發生的未知的可能性——所謂『假設』的平行世界，這些東西無論是希望或者絕望，連一篇都不會存在。」

……

這種話，不正是所謂的戲言嗎。

就當是被狐狸捉弄，請忘了吧。

以下要展開的是一段，光怪陸離荒謬至極的故事。

說出來也沒有人會相信，而對於能夠相信的人又難以啟口，是旁門左道的故事。每個人都徹底欺騙他人，所有說出口的話語都成為謊言，是窮途末路的故事。舉凡參與其中的人物，全部都受到波及，是無一倖免的故事。沒有任何一個人願意聽信別人說的話，而願意聽信時世界已然宣告終結，是無可彌補的故事。友情與信賴都不可能存在，全部被輕瀆和吞食所掩埋，是鬼哭神嚎的故事。最惡與醜惡相交乘，軟弱與脆弱相交乘，是一片狼籍的故事。血流成河鮮血淋漓，非死即傷屍橫遍野，是屍山血海的故事。錯失脫離常軌的良機，結果注定要喪失一切，是平凡至極的故事。喪失所有意志意味與意義，充滿無為無視與無機，是渾然一體的故事。決定性的白色混濁，摻雜了無限的渾沌，是萎靡沉滯的故事。明顯欠缺情緒，毫無奉獻精神，是枯燥無味的故事。作者的理智令人質疑，過於機會主義，是忽略讀者的故事。

所謂的正常人，一個也不會出現。
全體人物，都是瘋狂的。
全體人物，都是崩壞的。
全體人物，都是病態的。
並非僅限於雙重的兄妹。
還加上不死之身的少女。
永遠持續邁向死亡的少女。
只是承續某人的副教授。
永遠持續承續的副教授。
琴弦師的後繼者。
病蜘蛛的後繼者。
毫無感覺的生物學者。
一無所有的生物學者。
戲言玩家。
旁觀者。
藍色學者。
死線之藍。
人類最強的承包人。

死色真紅。

以及，狐面男子。

是故，本篇食人故事，沒有序章。

不介意的話，就開始吧。

第一章　不幸的少女——（不幸的症狀）

你這傢伙的謊言我已聽膩了。

0

1

事實上，關於國立高都大學人類生物學系的木賀峰副教授，我事前已略有所聞，雖然這也許並不算什麼，稱不上深入的事先了解。印象中，那是今年五月在新京極，從我所就讀的私立鹿鳴館大學的同科系同年級的同班同學，名叫葵井巫女子的女生口中，聽見此人的名字。

「唔——喝風？墓喝風？」

「不對啦！這樣聽起來很像活活餓死的人耶！很可怕耶！」巫女子反應非常激動地吐槽我。「騙人，不會吧！那麼有名的老師，伊君居然會不知道？就好像『轟出直擊大螢幕的全壘打，可是在開球儀式』耶！」

「就算再有名——」我將吸管銜在唇邊，停頓一會兒才又開口道：「既然是別校的老師，我也不可能會知道吧。」

「人家也有在我們學校開課耶！我就有選修啊！星期一的第三堂！就緊接在午休時

間之後！」巫女子精力充沛地滔滔不絕說著。「超熱門的課，全場大爆滿，超級大爆滿，整間教室就像馬鈴薯泥一樣被學生擠得水洩不通耶！甚至還有人為了搶位子連午餐都不吃了！」

「哦——星期一第三堂，我好像有語言學要上……是義大利文。唔——妳說的那門課，名稱叫什麼？」

「嗯？」

「課程的名稱。」

「嗯——」

「課程的內容呢？」

「嗯？」

「課程的內容。」

「嗯——」

「妳根本都蹺掉了吧。」

「不是啦！我只是每次都睡著而已嘛！」

「………」

地點是位於新京極通中間地段的麥當勞。那天我陪巫女子到新京極去購物，但並非無聊到有閒情逸致陪女生逛街，正午時間剛過沒多久，我就到達了極限，必須暫停一下中場休息。桌面上放著大量的紙袋，裡面裝滿各種服飾，全都掛著超乎我常識範圍的標價。看來巫女子似乎很有錢，或許跟她交往也有好處不會吃虧，我漫不經心地胡思亂想著。

「可是，木賀峰副教授真的很有名喔！」巫女子迴避對自己不利的話題，又拉回原來的主線。「況且再怎麼說也是個美人啊，巫女子超崇拜——」

「美人？什麼，原來她是女的嗎？」

從木賀峰約這個名字無法判斷性別，再加上巫女子方才所說的話，讓我產生此人是一名男性的印象。然而對於一名男性，照理說不太會使用美人這種詞彙。

「對啊！穿著白袍授課喔，是白袍，白袍耶！我本來以為理科的老師都很嚴肅，只會給人距離感，不過她那麼有個性，我反而覺得好酷喔——啊，對了，趁此機會等下就去買件白袍吧，伊君，你知道哪邊有在賣白袍嗎？」

「好像在制服專賣店之類的地方有看過……呃我是說，通常美術大學的販賣部應該都有在賣。」

「美術大學？為什麼？」

「繪製油畫的時候，一般而言畫者都會穿著白袍之類的工作服，有的人則是會穿著圍裙，因為這樣就不怕會沾到顏料弄髒衣物。基本上理科的人穿白袍，理由也是因為『不怕被弄髒』吧？反正又不是結婚禮服。」

我邊說邊想像白袍造型的巫女子。

…………

啊，也許挺不賴的。

「這種時候眼鏡可不能少喔。」

「咦？」巫女子偏著頭，從她的表情看來，關於白袍的事情似乎只是玩笑話而已，真可惜。「伊君怪怪的耶，算了沒關係，就是要怪怪的才像伊君嘛。對了，剛才講到哪裡呢……你有在聽嗎？喂～～哈囉有人在嗎？伊君，你在想什麼？」

「嗯？呃沒事，我有在聽啊。什麼白袍造型的智惠跟白袍造型的無依實這種事情我完全沒在想。還有智惠最適合穿或無依實非常不適合穿什麼的，我根本連想都沒想過。」

「夠了！伊君真是的，又講出那種奇怪的話來！太不專心了啦！就好像『大家一起過橋比較不可怕，可是要過獨木橋』耶！」

「…………」

啊啊……會用力吐槽我的女生真不錯。無論玖渚也好哀川小姐也好，不管對象是誰，一直都由我單方面地吐槽也很累人呢。

「對了，妳本來在說什麼？」

「真的完全沒有在聽……唉——」巫女子洩氣地垂下頭去，五秒後又再度復活。「我是在說昨天發生的事情！巫女子在學校裡面，遇見木賀峰副教授了！」

巫女子扯開嗓門大聲說道，彷彿發生什麼驚天動地的重大事件。

真是個喉嚨強壯的女孩子。

「near miss（異常貼近）耶！」

「miss 掉了嗎？」

「不是啦！」

「喔……咦，昨天是星期五……沒錯吧。木賀峰副教授除了星期一以外，還有在別的時段開課嗎？」

「不知道耶。就算沒有排課，想必也有其他事情吧。」巫女子似乎認為這並非重點，又繼續往下講。「然後！因為我走路沒看路，結果砰——！」

巫女子雙手向前一伸，發出「砰——！」的聲音。

「……就這樣，撞上去了。」

「撞到了嗎？」

「沒錯。結果木賀峰老師手上拿的資料夾跟整疊講義還有書本那些東西，全部都掉在走廊上，啪啦啪啦散落一地——」

巫女子又洩氣地垂下頭，呈現頹喪的模樣。如此豐富生動的表情反應跟肢體語言，實在無人能比，這樣一直看她表演倒也不會厭煩。

「喔……然後呢？」

「我拚命道歉不停道歉，沒想到木賀峰老師卻心平氣和地微微一笑說：『不用那麼在意』。」

「真是成熟的回應啊。」

「接著她又說，『對於可能會在這條走廊上與妳相撞這件事情，其實我早已預料到了。因為妳會在這裡撞到我，只不過是受到強大命運引導的必然性之一而已。』」

「真是奇特的回應啊。」

這時候應該趕快閃人才對吧。

還不快閃快閃快閃！

「我就說，『請問那句話是什麼意思？』」

「那並非慢條斯理虛心求教的好時機。」

你這傢伙是勇者嗎？

「結果問了才發現，這時候老師早就已經沒有看著我，而是一邊整理散落的資料夾，一邊喃喃自語地說：『換言之在這個世界上這個女孩子和我之間的關係，就僅限於「在這條走廊上相撞」的緣分而已……這就是命運，就是因緣。只不過，要避免注定的必然性……肯定、一定也有其方法存在才對……即使命運再怎麼強大，終究不過是一種路標而已……在命運之外，也還存在著命運……確確實實，相對地不可動搖』

——木賀峰老師就這樣自顧自地低聲說著，然後從完全傻眼的葵井巫女子面前轉身離去了。嗆啷嗆——登、登登、登——嗆啷嗆嗆——」

「……」

這麼沉穩安祥的背景音樂跟畫面完全不搭。

「所以伊君，你有何感想呢？」

「那個人，絕對很難纏。」

大學教師，可不是好惹的。

呃，該怎麼說呢，這樣講也沒錯，畢竟只要提到所謂的大學教師，似乎盡是些埋首鑽研學問的人啊……（遠目）。

「唔——」

巫女子一臉不滿的表情，嘟起嘴，鼓著雙頰，非常容易解讀的「一臉不滿」的表情。看來我的感想（『那個人，絕對很難纏』）並不合她的意，看樣子按照巫女子所預期的，應該要得到更正面的肯定才對。

「……莫非，我應該說些『真酷啊——』之類的話比較好嗎？」

「嗚……真是夠了！就好像『花火一百連發，可是背景是晴朗無雲的藍天』耶！」

巫女子砰——！地一聲，捶打麥當勞不甚堅固的桌面。「或許剛才的事情聽起來確實會覺得像個怪人，可是！可是，她真的很酷啊！無論言行舉止或氣質風格都是！一種言語無法表達的難以言喻的酷！」

「即使妳用那麼多字眼強調我也……」

「不管怎麼說，在女孩子眼中看來，真的會覺得她是一個很酷的人啊！我想說的就是這個！你到底懂不懂嘛！」

「不必那麼激動地說明……」

我喝著果汁，試圖打圓場息事寧人。

「真的、真的、千真萬確的酷耶！是女孩子心目中的理想！會覺得自己將來也很想成為那樣子的人耶！」

「很酷，是嗎……話說回來，我也認識幾位很酷的女性，不過這些人全都身材高䠷，毫無例外喔。至少也要有個一百七十五公分以上，巫女子，妳完全沒希望了吧。」

「太、太過分了！」巫女子從椅子上站起來，擺出打拳般的架勢。「我、我很介意耶！非常介意身高的事情耶！伊君自己明明也很矮！明明就跟我沒差多少！伊君是惡魔！鬼畜！禽獸！就、好、像——『百萬美金的笑容，可是那是麥當勞叔叔』而且『實施夏令時間制，可是身為吸血鬼』再加上『臉部有戴防護罩，可是要參加拳擊比賽』耶——！」

「巫女子，太讚了。」

大絕招三連發。

「伊君大笨蛋！」

巫女子轉身背對著我，隨即動作俐落地迴旋，使出手刀以近乎割喉的速度從我頸部劃過（點到為止）。

呼……

所以說……

「本尊果然就是不一樣啊……」

「你說什麼？」

驀地——

一道冷靜而清晰的聲音，將不自覺沉浸在回想畫面中的我拉回現實當中。聽見這道聲音，我將原本無意識呆望著天花板的視線拉回到正前方來。

地點是在新京極的麥當勞——之外，座標位置稍微往X軸正向移動，某大型國際級飯店一樓的咖啡廳。一張四人用的桌子，兩個人面對面地坐著。其中一人是我，而另一人——便是那位，木賀峰約副教授。

並非傳說中的白袍造型，而是符合社會常識的裝扮，穿著深藍色套裝。長短適中的黑髮輕輕束在頸後，配戴無框眼鏡。眉略粗，右眼下方有顆痣，斜分的瀏海垂向右邊。除此之外果不其然地，身材非常高挑，即使這樣面對面坐著，仍然可以清楚地感覺到。雖還遠不及鈴無小姐，但根據目測應該已和哀川小姐旗鼓相當了。巫女子口中所謂的「很酷」，這個表現方式確實形容得貼切。

只不過。

話雖如此。

無論怎麼說。

在認定她是個「美人」並且「很酷」之後，倘若能容許更進一步去形容的話——

「——你的眼神好像在打量什麼。」

「呃？啊，啊啊——」我連忙回應木賀峰副教授。「抱歉，如果讓您感到不舒服的話請見諒，這是我的壞習慣。」

「習慣，是嗎？」

「因為我的記憶力極差，所以，雖然觀察力並不敏銳，或許應該說正因如此吧，在第一次見面的時候，要是沒有像這樣先將對方的特徵烙印在腦海當中，很快就會忘記的。」

「沒關係，在你性格當中具有這樣的怪癖，這件事情我早已預料到了。」對於我既不構成理由也不構成辯解的這番話，木賀峰副教授居然只是點頭回應。「雖然稱不上怪癖，但我也有類似的習慣。該說是習慣嗎……只要見到一個人，就會開始想，這個人對我而言有何意義，以流程圖的方式來看，此人位於何種分歧點，會忍不住越想越多呢。呵呵呵……大抵而言，人類彼此之間都有相似之處，不仔細看，是無法區別的，對吧？」

「是……」

「任何人都一樣，永遠都在模仿他人……彷彿害怕跟別人不同……似乎身為追隨者，身為複製品，就能從中得到安全感——一種宛如放棄識別名稱的態度，彷彿是對命運的恭順，抑或是迎合……呵呵呵。」

我以為這只是用來緩和氣氛的玩笑話，結果後半段好像都是她在自言自語。所以並非什麼玩笑話，方才所言都是此人真實的「心聲」。

「好的——」

木賀峰副教授雙眼宛如利箭般射向我，唇邊帶著一抹淺笑。然而那抹微笑彷彿充滿了某種莫名的壓迫感，在我看來與其說是親切，不如說是會令人產生警戒心的表情。

「你目前應該正在放暑假吧……不過對我們教職員而言，所謂的假期根本不存在。因此對本人木賀峰約而言，所謂的空閒時間也並不存在……那麼，就讓我們盡快切入主題。」

「是。」

順帶一提，今天是八月一日。正如木賀峰副教授所言，大學的期末考於昨天結束，我從今天開始放暑假。只不過將「暑假」和「空閒時間」畫上等號，如此單純地下定論，實在令我感到意外。雖然的確沒有什麼特別的事情要忙，但也絕非處於安穩怠惰的狀態，即使是我也會存在著一兩個問題尚待解決。好比說，上個月去愛知縣時負傷的左手（很遺憾地，心視老師的治療似乎有些過了頭，儘管據說只會留下疤痕並不會產生任何後遺症，可以徹底痊癒，但至今仍未拆除石膏）；以及期末考拿下全科滿江紅這種媲美後空翻轉體兩圈半落地的分數，堪稱超冥王星等級的小姬，必須由我負責督導課業；還有最近感覺缺乏運動，因此之前拜託美衣子小姐讓我一同參與了早晨的體能訓練（難度相當具有挑戰性），諸如此類，當然，還加上其他種種。總而言之，我也不是遊手好閒無所事事者，對於一名並未選修其課程的副教授之個別約談，我甚至本來就可以不予理會。

更何況，指定的見面時間是下午三點整，結果木賀峰副教授自己三點十五分才到。當時真想說一句，妳以為這是在大學上課嗎！

「……在進入主題以前，可以先打個岔嗎？」

「……什麼事？」

木賀峰副教授眉頭微蹙，似乎對於自己的話題被打斷感到不悅。果真如外表所見，有著神經質的難纏性格。

「對了，請問妳是從哪裡得知我的手機號碼呢？因為我是個極端封閉的人，應該幾乎沒有將電話號碼告訴任何人才對。」

「——我早就預料到你會對我產生這樣的疑惑了。只不過，這點小事——」她聳聳肩。「方法多得很。這個世界上，只存在極為少數的事情，是就算想知道也無從得知的。除此之外與其說不存在，或許應該說根本就不可能存在吧。」

「但我想知道具體的手段和過程。」

這一點無論如何都希望先問清楚，因為我之所以會答應前來赴約的理由之一——甚至可說是唯一的理由，正是基於這點。不應該會被知道的號碼居然收到來電，過去我所經歷的人生，並未平坦順遂到可以對這種事情輕鬆看待置之不理的地步。

「即使知道了也毫無意義喔，什麼意義也沒有。」結果木賀峰副教授四兩撥千斤地迴避了我的問題。「方法多不勝數，這點程度的方法，就算是你大概也能瞬間想出三種吧？所以，就算知道了也沒有任何意義。真正有意義的重點……我是指對你而言具有意義的重點，真正的重點在於，我，這個我，是屬於那種為達目的不擇手段的人。

因為想要知道你的電話號碼，所以就設法去弄到手。這樣已經十分足夠了不是嗎？」

「……」

十分足夠。

確實，就這層意義而言已經十分足夠了。

甚至十分過頭了。

「心懷警戒也無妨，不如說這是值得大肆獎勵的優點，雖然那些能夠輕言相信的人活得比較輕鬆愉快。只不過，要對我做出判斷，要對我產生評價，等聽完我的話之後再下結論也不遲吧？其實你原本就打算這麼做，才會前來赴約的，不是嗎？」

「……是沒錯。」

我決定退讓一步，不繼續深究，內心暗想此人還真是棘手啊。說到棘手，眼前事態已經發展到相當棘手的地步。當然，話說回來，正如她所言，要做出綜合的判斷，以及相應的對策，確實是等聽完內容再下結論也不遲。

「看樣子你具有十分冷靜的判斷力。關於你是一個如此明事理的人，這件事情我早已預料到了。」

「那麼，所謂的主題……請問有何貴幹？」

「單刀直入地講——」木賀峰副教授說：「你很適合當我的眼鏡。」

「……啊？」

未免太過單刀直入了。

我有所防備嚴陣以待。
不知是否察覺到我內心的想法，木賀峰副教授臉上浮現出宛如智慧型罪犯的笑容。
「你相信所謂的命運嗎？」
「……」
來了。
來了來了來了。
自從回想起巫女子說過的話之後，就一直潛藏的恐懼！不安感！警戒心！動物躲避危機的本能！我剛才就在想，莫非、莫非要開始出現那方面的話題了，果然！
命運，啊啊命運！
多麼偉大的主題……
一定僅次於「愛」吧。「命、命運……是嗎？」
「嗯？啊啊，請放心，我不會突然扯出你跟我是前世戀人等等之類的話題，並沒有把故事朝那種方向發展的意圖。我只是單純地想問，你相不相信所謂命運的存在。」
「喔……呃，這個嘛，我想……用『命運』這麼戲劇性的說法有點誇張，如果稱之為『必然』或者『因果』的話，類似的法則應該是存在的吧？所謂自作自受、因果報應，換言之……就像『蘋果』會『掉下來』、『天空』會『下雨』、『太陽』會『發光』、『夜晚』是『黑暗的』、『開心的時候會笑』、『難過的時候會哭』——」
「以及『有生命就會有死亡』——」木賀峰副教授微微一笑。「你會提出這樣的見解，這件事情我早已預料到了。」

「……這樣啊。」

因果，是嗎……

印象中不知何時何地何故，我彷彿也曾講過類似「因果的謬誤」這種話。只不過，當時所說的這句話究竟有何含意呢……

「怎麼了嗎？」

「沒什麼，只是稍微想起以前的事情而已。對了，剛才講到哪裡？因果怎麼樣了？」

「呵呵呵。沒錯，『因果律』——簡而言之就是天經地義的事情，理所當然的事情，理所當然的事情，理——所——當——然。此處意味著就算要舉出『上帝不和宇宙玩骰子』（註1）之類的名言來辯證也絕無疑問。我們雖然在細節部分可以改變未來，卻無法改變如洪流般強大的**事物**。所謂的『永生』和『不死』，任誰都沒有辦法做到。」

「……」

「任何人都，無法做到。」她的語氣不像是對著我說，反而比較像是說給自己聽。看來這個人也具有神經質者常見的傾向，不太意識到別人的存在。就性格本身而言，我自己其實也沒資格說別人什麼，只不過既然是她主動約談的，那種態度未免讓人感到有些不舒服。

1　愛因斯坦的名言。主張自然中的一切皆有規則可循。

「雖然略覺失禮，不過關於你的經歷，我已經事先調查過了。」

冷不妨地，木賀峰副教授突然如此宣告。

接著愉快地揚起嘴角。

「有意思，你的經歷實在非常有意思。」

「……」

經歷……所謂的經歷涵義相當廣泛，她能調查到什麼地步？若觸及這個層面，已經跟調查手機號碼不可相提並論。最重要的核心部分無須我開口，玖渚那丫頭應該也已經**適當地**動了手腳，僅憑半吊子的情報蒐集能力，即使費盡心機頂多也只能挖掘到偽造的資料。但如果換作眼前這個人的話……就很難說了。這樣講雖然是出於偏見，然而根據以往的經驗，**此類型**的人，對**此類型**的門路自然也特別擅長。正所謂物以類聚嗎，好像沒有這樣講的……

「光是曾經參與ＥＲ３系統這點就已經非同小可了，更驚人的是你所留下的成果。老實說，為什麼你會中途退出ＥＲ計畫，寧願回到這種極東之地的島國，甘於屈就一所地方性的私立大學，我完全不能理解。」

「ＥＲ計畫的事情妳已經知道了嗎？」

其實這個部分並沒有特別隱瞞，輕而易舉就可以調查得到。因為我並不打算掩飾曾經留學過的事情，對我而言，真正的問題是**在那之前**的過去。只不過站在大學副教授的立場來看，ＥＲ３這塊金字招牌，本身就具有值得探究的威信了吧。

「我想妳所謂『留下的成果』，應該是一種誤傳。那段時期，我跟一個名字叫做想影真心的傢伙走得很近，那個人相當傑出，而我只是純粹因為程度落後才回到日本，是被淘汰的喔，被淘汰的。一方面也是因為患了思鄉病啦。總而言之，那個跟我走得很近的傢伙才是真正出類拔萃表現優異的佼佼者，我想其中大概有什麼……」

「除此之外——你回到日本以後，似乎也有不少精采事蹟呢。許許多多的精采事蹟，精采事蹟，精——采——事——蹟。」

木賀峰副教授對我說的話完全不予理會，繼續接著講。真希望她好歹聽一下人家說話。「比方說今年五月，你所就讀的私立鹿鳴館大學，有數名學生接連死亡，那並非意外事故，而是殺人事件，沒錯吧。」

「……」

「殺人事件，殺人事件，殺——人——事——件。與此同時發生的，還有一連串只能以駭人聽聞來形容的連續殺人魔事件……而將這兩起事件，宛如古典推理小說中登場的名偵探般，以快刀斬亂麻之勢俐落解決的，據說就是你。」

「嗯……這真是個令人心情愉快的誤解，簡直離譜到忍不住要懷疑究竟是哪裡出了什麼問題，才會產生如此天馬行空並且徹頭徹尾的謬誤。」

對於我的否認，副教授依然不為所動。

「其他還有種種關於你的傳聞，可說是不勝枚舉。內容範圍並非僅限於大學校園當中，據了解你還四處遠征呢。不過話說回來，想當然耳，其中大半應該都如你所言，是過度誤解或加油添醋的結果，但是——能夠產生這些傳聞的人物，能夠引起這些誤解的人物，能夠被如此加油添醋的人物，光憑這幾點，對本人而言已十分足夠了。」

「……」

「你這個人，很有意思。」

木賀峰副教授忽然閉起眼睛。

「你實在是……非常地，有意思。」

「喔……」

還說了兩次。

「你這人實在是，非常地有意思。」

「沒必要連說三次……」

「……我啊，是不會允許的喔。」

「啊？」

不會允許？

「請問，妳不會允許什麼？」

「**像你這麼有趣的人物，居然和我的人生毫無交集**——這種事情，我完完全全不能容忍。請你無論如何，一定要與我產生某種關係。」

「啊、是……」

嗚哇——

迄今為止我曾經被各種人用各種方式評論過，然而露骨至此的表達方式還是頭一遭。啊啊……不，正確來講，在六年前也曾有過一次，被玖渚的哥哥，玖渚直先生，說過類似的話，儘管背後的含意截然不同。即便如此，這句臺詞出自男性口中和出自女性口中，仍是有著雲泥之差天壤之別。

「可惜調查結果發現，你並沒有選修我所開授的課程，而且從你目前已選的課程方向來看，往後的學年也不太可能會選修到。這樣下去，你和我，和本人木賀峰約，即使同時存在於同一所校園當中，也不會產生任何交集，極可能就此錯過。不，應該說以你的行事作風而言，就算明年突然休學也沒什麼好訝異的，反正你對課業也不甚熱中，出席率也並不高吧。這樣下去，絕對不行。這樣的命運，我不能認同。」

「什麼叫不能認同……」

「**命運確實存在著。但是，所謂的命運，必須由自己去開啟**。這就是今天我在此精心布局，將你約出來面談的理由。」

「原來如此……」

雖然明白她想表達的意思，不過實在是個說話方式相當誇張的人啊。如果說話能夠稍微正常一點，內容聽起來也會比較正常一點，真覺得她沒必要刻意使用那種奇特過頭的表現方式。

「呃，雖然我的確經常蹺課沒錯，但是突然被人這麼說也……講真的，只能回答妳太高估我了。像我這樣的傢伙，就算來往也沒什麼好處，相反地，捲入麻煩的機會倒是不少。」

「有沒有高估，是由我決定的。」

「……是嗎？」

真的完全不理會別人說什麼。

有種說什麼都白搭的感覺。

「你確實很有意思，但論起有趣，本人自認也毫不遜色，不見得會比輸你。就這層意義而言，你和我產生交集，和我這個人來往應該不是一件壞事。怎麼樣呢？」

「什麼怎麼樣……」

「就在最近，一段預定的期間內，我想請你來協助我的研究計畫。只要當作是暑假的短期打工就好了。」

「……打工，是嗎？」

「嗯，沒錯。是打工，打工，打——工。這真是一個方便的字眼哪……當然，薪水也會照付，待遇從優。日薪兩萬圓你覺得怎麼樣？」

「……總共幾天？」

「連續一個星期。」

一個星期……也就是說，會有十四萬日幣的收入是嗎？

唔，話題突然轉換到日常生活的現實層面來了。日幣十四萬，對為期一週的工作而言，算是相當不錯的待遇。原本直到不久以前，我還擁有一筆挺可觀的積蓄，但那筆錢幾乎都拿去付小姬的學費了，如今只能過著比普通窮學生更貧困的生活。因此，這筆收入確實會有很大的幫助。

話雖如此，可是——

「……協助研究嗎……那方面的工作，我也不是沒有經驗，只不過……臨床實驗之類的，並非我專長項目。嚴格說起來，動腦思考才是我擅長的領域。」

「你會用這種方式委婉拒絕我的邀請，這件事情我早已預料到了。」木賀峰副教授輕輕頷首。「儘管如此，但我既然來到這裡，就不會輕易妥協，絕不能讓自己無功而返。請先聽完詳細的說明，再回答也不遲吧？」

「且慢，木賀峰副教授，照理說像這一類的專業研究，都會有既定的工作人員不是嗎？僅僅為了**想要產生交集**這種理由，就雇用身為局外人的我，應該也行不通吧。」

「『僅僅為了』想要產生交集嗎……僅僅為了，僅僅，僅——僅。呵呵，說得好，這句話真中聽。」

「中聽，是嗎？」

「事實上，我的研究工作並沒有其他成員。雖然有時須仰賴別人的幫助，不過基本上大多是由我一個人獨自進行……啊啊，不對，正確地講，還有『一名』經常提供協助的人物，只是並非以工作人員的身分。」

「『一名』……？」

彷彿，別有深意的語調。

令人起疑。

「這部分暫且擱下，先回到主題。你的顧慮非常合理，不過這次工作呢，其實要比臨床實驗更高階一點，包含了**確認成果**的意義。可以說正因如此，才需要非專業的局外人幫忙。也就是說，我想找的不是研究人員，而是結果測試者。」

「測試者……啊啊，原來如此。」

以成果確認而言，那麼高額的報酬也很值得點頭答應了。看樣子對方完全不惜成本，不在乎砸下重金。畢竟大學的研究範圍包羅萬象，其中也包括與人類社會息息相關的重要主題，這方面我在ＥＲ３時代就已經深切體認過了。

「日期從八月二十二日星期一到二十八日星期天為止。到時候，你左手的石膏應該已經拆除，也完全康復了吧？雖然沒有要從事肉體的勞動，不過健康條件良好還是最理想的。至於地點……並非高都大學校園內。關於這點還請見諒，是在我的私人研究室，交通略為不便，要沿著鴨川朝上游走，爬過一兩座山頭，位於山間部落……的附近。時間預定從早上九點到下午六點，不過延長的可能性相當高，希望你能先有心理準備。從市區內沒有任何公車或電車可以到達，所以請開車前來，對了，你有車嗎？ＯＫ，那就好。當然，油錢也會照給，來回一天補貼兩千圓。除此之外，當中有幾天或許會需要留下來過夜，如果留宿的話，還會額外支付報酬。」

「啊，等、等一下——」

話題什麼時候以接受為前提開始進行了？並非自己在談話中無意間被對方牽著

走，而是這個人，壓根就沒有把別人當一回事，屬於徹底的我行我素派。這世上沒有比我行我素的聰明人更難應付的東西了。

「基本上，我對這類事情向來都是敬謝不敏，抱歉了。」

「……這類事情？」

「是的。剛才妳好像有提到五月的事件沒錯吧？當時我就是因為輕易答應別人的邀約，才會發生那麼悲慘的遭遇。」

這個說法其實有點不正確，但我也不認為有詳細解釋的必要。

「意思就是……你現在心存警戒嗎？」

「就是這樣。」

「高都大學人類生物學系副教授這個頭銜，難道不足以成為任何保證嗎？」

「老實說，頭銜這東西……我避之唯恐不及。」

尤其經過上個月的種種教訓。

「唔——」木賀峰副教授點了下頭，似乎感到無計可施。「真頑固啊，以現今的年輕人而言，實在是意志力堅強，明明看起來一副很懦弱的樣子。」

什麼，喂。

「是，不好意思……」

居然講出那種超沒禮貌的話。

「我明白了。」

「真抱歉。」

「你的意思，是嫌錢不夠多吧。」

「……」

我並沒有那樣說。

並沒有說過那種話。

「日薪三萬圓的話怎麼樣呢？」

「哇噢——」

合計超過二十萬。

太誘人了。

說到我目前的收入來源，就是擔任包含小姬在內三名高中生的家庭教師，以及偶爾協助哀川小姐承包的工作。家庭教師以單價而言雖然收入頗豐，但真要賺錢還必須再多接幾個學生才行。至於擔任哀川小姐的助手，確實是一份賺外快的好差事，但玩命可不是玩假的，隨時都要有掛點的覺悟。

嗯——

好像可以考慮考慮。

「日薪三萬圓還是嫌少嗎？」

「啊，不，不是那個意思。」

「沒關係，不隨便賤賣自己的年輕人，我並不討厭。」木賀峰副教授呵呵呵地，露出有如反派般的笑容。「那麼，乾脆告訴你我的極限吧。日薪五萬，這就是我考慮成本和投資報酬率之後的最底線。」

「五萬……」

也就是說，合計收入三十五萬。

三十五萬，總共等於幾張萬圓大鈔啊？

條件好到這種地步，反而讓我開始警戒心大作。上個月在斜道卿壹郎研究所遭遇的事件餘悸猶存，類似的陷阱我根本連想都不願去想，這該不會又是什麼非法的研究計畫吧……

然而——

即便如此，木賀峰副教授極度「需要」我的參與，這個訊息已經表達得十分明確。雖然不清楚究竟為什麼，但木賀峰副教授似乎對我有著異常強烈的執著心。唔——……話說回來，最近感覺我的異常者引誘體質，有種日益加劇的傾向，倘若有人說這就叫真正名符其實的自作自受亦不為過。

「要立刻回答終究有點困難。」經過一番掙扎，我如此說道。「只是覺得，能不能等多了解一些細節之後，再來下決定呢？」

「是嗎，那麼——」

木賀峰副教授拿起放在旁邊座位上的公事包，從中取出一枚A4大小的信封，直接遞給我。紙袋密封得相當堅固，似乎很難在現場開啟。

「這些文件請你先過目。雖然只有簡單的大綱跟粗略說明，但有關我的研究概要，以及希望你協助的作業內容，都寫在裡面了。然後……假如你願意接下這份工作的話——」

「如何？」

「是否能請你幫忙，再多找幾個願意擔任測試者的人來加入呢？這次的成果測試者，最好可以是跟我沒有任何關係的人，所以不能由我自己去網羅對象。你應該至少也有幾個，可以信賴的朋友吧？」

「……嗚呃——」

我頓時語塞。

太……太過分了，什麼跟什麼啊，這個人。在像我這樣的人面前，那種話……唯獨那種話，是絕對不能說的臺詞，所謂的禁句，甚至是禁忌！什麼可以信賴的朋友……簡直……簡直……

「那些你所網羅到的對象，我也會個別支付酬勞，不過當然不能跟你的待遇相提並論。你的酬勞背後隱含著扭轉命運的物質意義，兩相權衡之下，嗯，既然你的日薪提高了，那其餘的就每個人日薪一萬兩千圓吧。這也已經是相當高的價碼了吧？當然還可以再商量，只不過畢竟沒有要求什麼辛苦的勞動，如果期望過高我也很困擾。」

「再找幾個人……妳希望有多少人呢？」

「兩個左右，頂多三個。研究室本身空間並不大，如果擠進太多人也很傷腦筋。況且研究資金也是有限度的，我的幕後贊助者並沒有富裕到那種地步喔。那麼……」木賀峰副教授說著，便看看戴在右腕的手錶確認時間，那是一隻款式陽剛的 OMEGA 男錶。「時間差不多了。我會等候一個星期，假如你願意答應的話，請隨時寄 E-mail 與我聯絡。郵件地址就印在一開始給你的名片上。」

「啊，可是，我沒有電子信箱。」

「……………」

她用一種看原始人的眼神望著我。

可惡，別以為每個人都有電腦，不能寄信的手機有那麼稀奇嗎，這樣也有這樣的好處啊。

「也就是說，你對電腦的相關知識也很……貧乏的意思嗎？如果我沒記錯，印象中鹿鳴館大學應該相當致力於資訊科技方面的課程才對。」

「呃……請問，這份工作必須具備相關的技能嗎？」

「至少，不要造成研究上的困擾。」

「其實學校的課程隨便應付就能輕鬆過關啦。至於沒有電子信箱，完全是基於私人理由，或可說是為求一己之便。反正這些東西我在ER3也都有學過了。」

「是嗎？那就好，我暫且放心。」木賀峰副教授說道。「那麼，就直接使用電話聯絡也沒有關係，任何時間，無論早上或中午或深夜，都可以打來。只不過，我本身也相當忙碌，電話通常都是無人接聽，假如你有打來的話，再由我主動回電。這樣可以嗎？」

「好，我了解了。」

「那麼，就此告辭……有緣再會。」

副教授說完道別的話，便姿態優雅地從位子上站起來。一站起來又更清楚地突顯出，那高䠷修長的身段，勻稱的比例。原來如此，果真如巫女子所言，無論是行為舉止，或氣質風格，確實都具備了屬於女性的瀟灑俐落。

然而——即便如此，在認同以上種種之餘，倘若能容許更進一步去形容的話——那種「很酷」，距離所謂魅力或者媚惑之類的辭彙，還差得很遠。

沒錯，這就是我的第一印象。

在某個決定性的方面，木賀峰副教授明顯地，完全**欠缺人味**。就像剛才，即使實際面對面地交談，仍會有種彷彿在跟機器對話的印象。或許可以比喻為，有如人造人的感覺吧。雖然這個表現方式未免太過失禮，不過，會讓人產生如此聯想，證明她確實嚴重偏離「人類」的特質。

我從口袋取出一開始見面時收下的名片，重新瀏覽一遍——「高都大學人類生物學系副教授」「人類學博士」「生物博士」「木賀峰約Dr．KIGAMINE YAKU」——然後是研究室的電話號碼，個人網頁的網址，以及電子信箱（伺服器IP是ac.jp）。嗯，非常顯而易見地，是工作專用的名片。

唔——

生物博士啊……

我看著木賀峰副教授轉身準備離去的背影，出聲喚住她。

「那個……可以請問一下嗎？」

「什麼事？」木賀峰副教授回過頭來。「你會在最後的最後這一刻突然提出疑問，這件事情我早已預料到了。」

「……具體而言，妳所從事的是什麼樣的研究呢？木賀峰副教授。」

「等你看完信封裡的文件就會大致明白了。不過……嗯，這麼說吧，我所從事的研究，簡單講就是對因果律的反抗。對實際存在的命運發起革命，對必然性正面迎擊的獨立宣言。除去文辭修飾一言以蔽之的話——」

木賀峰副教授簡潔有力地回答我。

並未拐彎抹角，也不含弦外之音。

並未故弄玄虛，也沒有虛張聲勢。

簡潔有力地，回答道：

「就是——不死的研究喔。」

2

對於未曾實行過的人而言，這種感覺或許有些難以體會，無法立即產生共鳴，但是在京都從四条河原町徒步走到千本中立賣，其實並不需要花費太多的體力。甚至可以說，對於在腦海裡神遊太虛想些有的沒有的，正是絕佳情境，是邊走路邊想事情最恰到好處的距離。呃，當然，手臂打著石膏本來就不方便搭乘巴士或地下鐵之類的交通工具，不過那並非重點。

話雖如此，在大約一小時的路程當中，我仍舊完全無法對那位木賀峰副教授所提的邀請，作出任何答覆。即使事情似乎並沒有那麼嚴重，似乎也沒有什麼危險性，感覺應該可以點頭接受，然而只要考慮到這種「應該沒問題」的輕忽想法，迄今為止讓我陷入過多少悲慘的遭遇多麼悲慘的境地，就覺得明哲保身才是最好的選擇。

只不過……

就個人而言，也並非絲毫沒有產生興趣。

「不死的研究」。

不死。

得以長生，永遠不死。

「……」

這實在是，非比尋常的主題。

是傳奇。

是ＳＦ。

是神祕事件。

是奇幻故事。

It's entertainment。

總而言之，荒誕無稽。這種事情，說起來不就跟研究鍊金術是同樣道理嗎？在當今學術界，這種東西是被承認的嗎？至少在檯面上應該不可能吧……即使是檯面下，如此直接且露骨地違反常識的事情，照理說在國立大學當中應該也不能正大光明地進行才對。

啊。

所以說正因如此，正因如此才不在大學校園內進行研究是嗎？也就是說這並非官方體制內的，至少不是可以大方公開的作業是嗎……不太明白。

「算了，總之必須先把這些東西看過一次，否則說什麼也都言之過早吧……」我沒有隨身攜帶背包的習慣，所以將信封直接拿在右手。即使瞇起眼瞧，我也沒有透視能力，頂多只知道它是個普通的信封，根本無法窺知內容物。「唉呀呀，真沒意思，開始變無聊了。」

回到今年二月以來居住的古董公寓，在走近房屋時目光掃過停車場，裡面停放著我從巫女子那接收來的偉士牌（白色復古車款），而空地上則有兩張熟悉的面孔。

其中之一，是小姬。

另一個，則是美衣子小姐。

我停下腳步望著那兩人，正暗想大熱天地她們究竟在那邊做什麼，隨即發現兩人似乎正熱中於玩劍玉。繫在線上的紅色圓球咻——咻——地劃過空氣舞動著。對了，那好像是前陣子我拗不過小姬要求，在大阪的東急HANDS買來的東西……

「美衣子小姐。」

我一邊出聲呼喚，一邊踏入由欄杆圍起的停車場內。美衣子小姐和小姬聽到聲音，相繼回過頭來。

「哦，伊字訣。」「啊，師父——」

美衣子小姐照例穿著甚平，只不過畢竟正值京都的八月，盛夏中的盛夏，是精挑細選最極致的酷暑，因此她將外褂脫下來綁在腰間，上身穿著黑色緊身背心，肩膀露出整片健康耀眼的肌膚。腰際插著前些日子我送的鐵扇，頭髮紮成武士般的馬尾，然後即使在如此炎熱的天氣裡，依舊清冷淡然地面無表情。

小姬似乎剛從學校回來，身上還穿著水手服（雖然放暑假了，但『熱中課業』的她，目前正過著每天補習的日子），胸前繫著超大的黃色蝴蝶結。明明臉還朝著我，手中劍玉的紅球卻宛如受到重力吸引般，輕鬆套上頂端的劍尖。嗯，不愧為「病蜘蛛」市井遊馬的弟子，對這些「針線類」的遊戲顯然特別拿手。

「師父——你今天出去哪裡了？」小姬蹦蹦跳跳地小跑步到我面前，感覺好像小狗的動作。「咦，那個信封怎麼覺得很可疑耶——」

「沒什麼，不要突然發揮出奇靈敏的第六感。這不是妳會有興趣的事情。」我隨便敷衍過小姬，便朝美衣子小姐的方向走去。「午安，美衣子小姐。」

「嗯。」

美衣子小姐輕輕點頭。

只簡單點了下頭，隨即轉回去注視著劍玉。

咻——咻咻…………………………………………………………………………………………

……………………………………………………………………………………………………

…………………砰、啪搭、咻——

「……」

「……」

「伊字訣，你會嗎？」

「啊，呃，還是小鬼的時候稍微有玩過。」

我從美衣子小姐手中接過劍玉，一看那顆紅球，明明是前不久才剛買的東西，卻已經傷痕累累。再斜眼偷瞧小姬手中的劍玉，上面的紅球幾乎沒有任何一丁點損傷，仍完好如新。

「嘿——」

首先是輕輕地，試著拋到大皿上。

用膝蓋巧妙地緩和衝擊力，成功。

很好，接著是……

「喔！」

美衣子小姐忽然發出怪聲音。

由於驚嚇過度，紅球不小心落空了。

「……怎麼了嗎……嚇我一跳。」

「好厲害……沒想到會一下就成功。」

「呃，剛才只是，最大的皿而已……」

這點程度，要沒接到也很難咧。

劍玉當中真正高難度的，應該是劍尖吧？

「唔……連伊字訣都辦得到，該不會是劍玉本身構造有瑕疵吧？」

「這上面寫著日本劍玉協會認證喔。」

「……唔——」

美衣子小姐蹙起眉頭。

「真是恥辱……以劍為名的東西，應該沒有我操作不來的道理才對……」

「……好大的口氣，真敢講啊。」

「美衣姊姊出乎意料地笨拙耶——」

小姬哇哈哈地笑著，一邊將劍玉「咚、咚、咚、咚、咚！」地依序完成「地球一周」（註2），最後手裡拿著紅球這端，運用離心力咻——地甩動劍身本體，將劍尖收進球洞當中。

2　將劍玉的紅球依序拋入大皿→小皿→中皿，最後套上劍尖的玩法。

「YA～！」

「……BRAVO。」

的確。

這丫頭雖然看起來一副腦袋空空神經遲鈍的模樣，但相反地，手指卻非常靈活，就連丟沙包都可以玩到八個為止。明明身材嬌小，手指卻有如呈反比般，每一隻都特別修長。

「難道沒有什麼訣竅嗎？」美衣子小姐向我問道。「剛才小姬已經教過我很多次了，但還是一直掌握不到要領。」

「嗯對啊，小姬我不管說什麼，美衣姊姊都只是越來越淫亂而已。」

「……」

美衣子小姐要多淫亂都絕對沒問題，站在個人立場我甚至很想大肆獎勵，不過在此請容許我強烈地糾正，這應該是「混亂」的口誤。

「說訣竅其實也談不上……這種遊戲，就只是把球甩起來再接住而已嘛。包括劍尖的部分也一樣，只要把球先甩起來，讓它轉個幾圈，就很容易成功了。」

「啊，那是旁門左道耶──」小姬立刻吐槽。「學那種偷懶的方法是不行的。因為人類一旦學會偷懶的方法就會養成習慣嘛，那樣一來就沒辦法再進步了。人類是要不斷進化的艾西莫夫有講過。」

「說得真好呢。」

我握住小姬的雙肩。
「既然如此，就請妳將這句話付諸實行吧。」
「喵嗚～～？」
「不要在這邊貪玩了，快去給我用功念書。」
「喵嗚——」
小姬發出動物般的怪聲音，洩氣地垂下肩膀。
「喂喂喂，動作快，馬上身體力行機器人三原則啊（註3）。」儘管跟機器人八竿子打不著，但我順水推舟地抓她話柄。「第一，師父的命令不能不聽，必須絕對服從。」
「可是念書好無聊耶——好無聊好無聊無聊死了～～」
「只會一直說好無聊好無聊，再怎麼抱怨事情也不會有任何進展的。」
「那種事情你又怎麼會知道呢？搞不好真的會有什麼進展也很難說啊。為什麼要那樣專斷獨裁地否定別人所做的事情咧？真討厭，師父就只會潑冷水掃人家的興。」
「少說些狗屁歪理……奇怪了，妳什麼時候變得如此能言善辯，光會耍嘴皮子。」
「肯定是受你的影響。」
美衣子小姐一邊甩起劍玉一邊說道。

3　艾西莫夫在《I, Robot》中所提出，內容分別是——第一、機器人不得迫害人類，也不得坐視人類遭受迫害。第二、在不違反第一項原則的前提之下，機器人應完全服從人類的命令。第三、在不違反第一及第二項原則的前提之下，機器人必須保護自身安全。

嗯，也許她說的對。

「師父——小姬我剛剛的剛剛，說是一秒鐘以前也不為過的剛剛，才從學校回來而已耶。是從堪稱地獄的補習當中奇蹟般生還的勇者耶，就算稍微玩一下下也沒關係吧，這是屬於戰士的休息唷。」

「戰士沒有休息可言！人類一旦學會偷懶的方法，就很難很難再進步了喔。快點，go ahead。」

「嗚喵……師父越來越勒索了！」

「妳的意見我虛心接受，但是小姬，不要再亂用漢字了，太難的就不要勉強。」

勒索→╳。

囉嗦→○。

根本完全兩回事好嗎。

「知道了啦——」小姬一臉無趣地點點頭。「美衣姊姊，那我先回去囉，謝謝妳陪我玩。」

「嗯？嗯嗯？啊——喔。」

美衣子小姐有些不自然地點點頭，大概她覺得不是「自己陪小姬玩」，而是「兩個人一起玩」吧。不，或許應該說是「小姬陪自己玩」也不一定。這個人在某些部分，也有著幼稚的地方。

「然後師父。」

「什麼事？」

「呸——！」

小姬朝我吐完舌頭，就一手拿著劍玉從停車場跑出去了。精力充沛地，轉眼之間便從我們的視線範圍消失無蹤。

十七歲。

反觀我自己，在十七歲的時候，並沒有那種朝氣蓬勃……而是與現在不同含意地死氣沉沉，感覺就是個毫無生氣的傢伙。

絲毫也不願回想起來。

「真是壞心眼啊，你這傢伙。」

站在身後的美衣子小姐說道。

「何必那樣緊迫盯人地催她用功。我啊，在她那個年紀的時候，是個老氣橫秋又世故的死小鬼喔。相較之下，小姬真是個開朗直率的好孩子不是嗎？」

「可是，學生的本分就是用功念書。」

「你自己也幾乎都沒有去學校上課吧。」

「大學生無所謂。」

其實，我是為了想跟美衣子小姐獨處，才把小姬趕回公寓去的，不過這是祕密。

「啊啊～～還想再跟她多玩一下的說。」

「……」

所謂「壞心眼」是指這個意思嗎？

真是孩子氣啊。

「咦？對了，美衣子小姐，平常這個時間妳不是都在打工嗎？」

淺野美衣子，二十二歲，自由業打工族。

做過各式各樣的兼職工作，加上偶爾教附近的小朋友劍道，以此維持生計。由於一個人獨居，原本照理說生活開銷應該不至於太大，然而對古董鑑賞的興趣早已從休閒嗜好提升到收藏家的境界，印象中總是投注大量心力汲汲於此。

「喔，你說打工啊？」

「是的。」

「昨天被炒魷魚了。」

「……」

居然像寒喧一樣輕描淡寫地。

「因為跟客人起了爭執嘛。」

「喔……」

記得這次打工好像是在居酒屋當店員是嗎？可能遇上酒品很差的醉鬼了吧……況且美衣子小姐又如此超脫世俗，彷彿看淡紅塵般，屬於相當直來直往的真性情。

「一方面我自己也不夠成熟……」

「妳是真的有在反省吧……」

美衣子小姐迄今為止，已經因為同樣的理由被炒魷魚三次了。果然反省歸反省，所謂江山易改本性難移的最佳範例。

「得趕快找到一份新工作才行哪。」

「這樣嗎……」

我瞥了眼手中的信封。

兼職打工，賺錢方式，收入來源。

無論用哪種說法，意思都相同。

話雖如此，不管怎麼說，這樣一份詭異的工作，就算再找不到人也不應該把美衣子小姐牽扯進來吧……

「除了生活費以外，更要緊的是上個月看上了一幅掛軸……必須在月底以前付清款項才行。該怎麼辦呢？」

「目前是預訂狀態嗎？」

「差不多是這樣。」

「價格多少呢？」

「一百四十萬。」

「……哇噢。」

入手後轉賣，再運用轉賣所得的金錢繼續入手其他古董，美衣子小姐便是不停重複這樣的資金週轉。而在她眾多收藏品當中，這個價位也已經是數一數二的高檔了，看樣子光靠轉手買賣所回收的資金似乎很難達成目標。

「大概還差多少錢呢？」

「差個二十萬左右。本來打算這個月要拚命工作努力存錢的，結果最重要的工作居然被炒魷魚了。」

「這樣啊。」

京都這城市對打工族而言畢竟是相當嚴苛的環境哪。

「……無論如何都想得到嗎？」

「嗯。因為是喜歡的畫師的真跡。」

真跡嗎。

好奢侈的字眼。

「那家店，可以信賴嗎？」

「已經看過鑑定書了。」

「這樣啊。」

二十萬……這麼說來，即使是接受木賀峰副教授所委託的工作，也還差得很遠，根本就湊不足。雖然我會有三十五萬圓的收入，但除了我以外其他的人，收入合計都是八萬四千圓。不對，時間只有八月底的一個星期而已，如果再加上其他打工，或許……

不過，還是算了吧。

唯有此事就算了吧。

唯獨美衣子小姐，是我最不希望捲進麻煩當中的人。假如換成七七見之類的傢伙，早就二話不說當機立斷了。

「嘿——」

美衣子小姐的興趣又轉回劍玉上。就照我剛才所說的，甩動垂在線尾的紅球讓它快速轉圈，然後再用大皿去接住。一瞬間球真的有落到圓皿上，但受到旋轉的作用力影響，又直接掉下去……為什麼會有人想要用圓皿去接住旋轉中的東西呢。

「唔——明明都是劍……明明都是劍啊——」

「兩者之間並沒有什麼關係喔，此劍非彼劍。」

「是我自己太笨手笨腳了嗎？」

「沒那回事，應該是所謂的個性不合吧。美衣子小姐不適合玩這種小家子氣的遊戲嘛。」

「會小家子氣嗎？我覺得很有趣啊。」

「……」

居然說自己沒轍的東西很有趣，這樣的美衣子小姐。

讓我覺得既率真，又帥氣。

倘若我有多餘的心力，一定會很想向她學習吧。至少，就算在此時此刻，我也渴望能沾染那份光彩。

「啊，接住了。」
「終於成功啦。」
「頭一次成功。」
「……」
用大皿接中還是頭一次嗎……
可能真的有點笨手笨腳也說不定。
又或者，這算另類的天賦異稟？
果真如此，倒應該好好珍惜啊。
「那我也要回公寓了，今天晚上妳有空嗎？如果有空的話，要不要一起吃個飯？就當作是紀念失業，我請妳吃葷食料理吧。」
「真不巧，今晚我剛好有事。」
「這樣啊。」
遺憾至極。
「對了，伊字訣——」美衣子小姐啪地一聲，抓住飛旋在半空中的劍玉，光看那個動作，實在不像反射神經遲鈍的樣子。「可別嫌我囉唆，關於你房間裡面『那個』啊，伊字訣，你究竟打算讓『那個』在自己房裡待到什麼時候？」
「啊……」
「雖然不想干涉個人的私生活，但是那棟公寓裡面也住了小姬跟萌太還有崩子，三人都未成年喔。我認為在道德教育方面，可能會有問題。」

「我本身也是未成年啊。」我半開玩笑地聳聳肩。「呃，妳說的確實沒錯。好吧，我會盡快設法處理。」

「要說到做到啊。」

「關於『那個』的事，會導致如此棘手的狀態，畢竟我多少也有一點責任。不過現階段而言，至少發展成美衣子小姐擔心的那種問題可能性是零，所以這方面請放心。」

「嗯，我相信你。」

「那告辭了。」

我輕輕揮手，在轉身背對美衣子小姐的同時，聽見背後再度傳來劍玉的聲音。看來美衣子小姐似乎對那種遊戲相當地入迷。只不過劍玉這玩意兒原本應該是室內遊戲吧，為什麼要特地跑到停車場來玩呢……話說回來，在那棟每間房都只有兩坪大的公寓裡，豈止劍玉，就連丟沙包都不方便了，這也是迫於無奈吧。

兩坪和室，榻榻米，裸燈泡。

沒有浴室，廁所共用。

儘管是這年頭難以想像的惡劣環境，但裡面居住的房客實在是個性豐富，這點非常有意思，讓我覺得相當愉快。以劍道家淺野美衣子小姐為中心，包括最近終於確認本名的傳教士老爺爺——隼荒唐丸，逃家兄妹石凪萌太小弟與闇口崩子小妹妹，最邪惡的魔女——七七見奈波，以及「病蜘蛛」的弟子——紫木一姬。在這些成員包圍之下，平凡無奇的戲言者如我，不得不相形失色。

實際上。

的確如此。

無邊無際無窮無盡。

本質上，毫無疑慮地。

倘若一言以蔽之的話——

「只不過是戲言哪……」

我抵達公寓。

三層樓的木造房屋。

從階梯爬上二樓，經過隔壁美衣子小姐的房間，打開自己的房門。

「歡迎您回來主人殿下。」

才剛開門就在同一時間，立刻出來迎接我。

「已經衷心等候您的歸來許久了。主人今天想必也非常疲憊請讓我盡心盡力撫慰您的身心吧。要先用飯還是先入浴呢？或者是先・要・我？」

「……」

在世上多如繁星的言語當中，這肯定是對我造成精神衝擊最適切的臺詞。連反擊的施力點都找不到。

「……」

「為何您表情僵硬一臉呆滯呢主人？」

穿著圍裙加上這些臺詞，以及刻意迎合的媚態，卻有著完全不相襯的，冷靜與知性兼具的表情，搭配及肩的頭髮。雖然臉上掛著淺淺的笑容，卻像是勉強擠出來的假笑。全身上下感覺不到任何一絲溫度，這一點讓人不禁聯想起方才見過面的木賀峰副教授。然而相對於木賀峰副教授有如機器人般金屬性質的冷度，眼前這位則是有如冷水般清涼舒爽的感覺。

她的名字，叫做春日井春日。

春日井春日。

專攻動物生理學與動物心理學的動物學者暨生物學者——換言之與木賀峰副教授之間的共同點並不僅止於溫度的向量——直到上個月為止，都以研究員的身分在位於愛知縣深山裡的斜道卿壹郎研究所任職。

之所以使用過去式，當然是因為，這些都已經成為過去了。

上個月，惡名昭彰的斜道卿壹郎博士——別名「墮落三昧」——所主持的研究機構，與其相關種種，都徹底地崩壞瓦解。同一時間她面臨失業，再加上因為住宿在工作場所的關係，所以同一時間連住處也沒了。

「開玩笑的啦。愛捉弄人的大姊姊只是跟你開開玩笑，別那麼正經八百地用不著嚇到發抖嘛，真可愛耶。」

「……是。」

話說——

為什麼那位春日井小姐會出現在這裡，為什麼身上的白衣會換成圍裙出現在此？

先簡單說明來龍去脈。

——以下是回想畫面：

『嗨～～』

『……為什麼妳會知道我的住址？』

『我調查的。』

『……妳是怎麼從愛知來到京都的？』

『用走的。』

『……』

『讓我進去嘛。』

『為何要讓妳進來？』

『從今天開始我要住在這裡。』

『憑什麼！』

『都是你害我失業變成無業遊民的。』

『唔……』

『都是你害我失業變成無業遊民的。』

『……那是因為，呃，也許是那樣沒錯。』

『再這樣下去我名媛般的人生就要陷入危機，如果你能展現出男孩子該有的人道精神我會很高興喔。』

『……』

『不行嗎？』

『……不行。』

『是嗎？真可惜。』

『勸妳死心比較好。』

『唉～～枉費我特地準備了女僕裝居然派不上用場，可惜可惜。』

『啊？』

『那好吧掰掰，後會有期。』

『請等一下。』

『有事嗎？』

『剛才妳說了什麼？』

『我什麼也沒說啊。』

『明明就有吧，麻煩妳再說一次。』

『枉費我特地準備了女僕裝。』

『……歡迎光臨，請進。』

『……』

『見義不為無勇也，鋤強扶弱是應當。我豈能對有困難的人坐視不管，豈有不伸出援手的道理呢。』

『……謝謝。』

『不不不，區區小事何足掛齒。』

——以上是回想畫面。

呃，當然，以上內容全部都是開玩笑的都是胡謅的，真有人要相信我也很傷腦筋，不過真實的情況大致上也類似這樣相去不遠，意思就是半斤八兩好不到哪裡去。

春日井春日小姐的食客生活，於本日屆滿一星期。

「別杵在門口快進來吧，這可是你家呢。」

春日井小姐彷彿邀請般向我招手。

食客生活屆滿一周。

已經適應得很自然。

應該說，根本無須適應，反正這人的本性原來就是這樣。雖然初相識時由於場面特殊，以至於留下非常糟糕的第一印象，但如今嘗試將其性格融入日常生活當中才發現，套用木賀峰副教授的說法，像春日井春日這樣有意思的人也算相當罕見的奇葩。甚至因為太過有趣，讓我完全錯過了將她掃地出門的最佳時機。

「是是是……真受不了，請別再開那種玩笑啦。根本就不可能會有晚飯或浴室吧，這房間連個冰箱都沒有。」

「可是晚飯真的有喔。我叫了外送，而且是壽司，因為臨時得到一筆收入的關係。」

「嗯？」

「算是這幾天受你照顧的謝禮。」

「哦……」

挺有心的嘛，還會想到要報答我。

所謂臨時收入，是指找到新工作了嗎？

「快進來吧。」

「喔，好……」

壽司盒旁邊躺著一個穿斗篷的女孩子。

「……」

「看起來就很好吃的樣子對不對？這是我向荒唐丸老先生打聽到附近值得推薦的店家喔，其實剛才我已經先偷嚐了一點真的非常美味呢。雖然你不能喝酒沒辦法乾杯不過我準備了烏龍茶，是叫做紅烏龍的品種唷——」

「春日井小姐。」

我聽見自己的聲音夾雜著咬牙切齒的摩擦聲。

嘎吱作響！

嘎吱作響嘎吱作響！

「怎麼了嗎？你好像不太對勁。」

「這～個～女～孩～子～究～竟～是～誰？」

我說話方式聽起來像外星人的語調。

「嗯？啊啊那個待會兒再詳細說明總之先擱著別管吧。比起那種事現在先來享用壽司不是更好嗎。」

「一點也不好。」

全身上下由內而外都一點也不好。

以我全部的存在發誓一點也不好。

那個裹在黑色斗篷裡的女孩身形嬌小，看樣子似乎正在沉睡當中。豎起耳朵仔細聽，甚至還可以聽見細微的可愛鼾聲。即使遠看也感到清爽飄逸的黑髮，長度相當驚人。雖然戴著眼鏡睡覺有些匪夷所思，但卻是一張賞心悅目的睡臉。

可愛的容貌。

大概跟小姬同齡，差不多十七歲左右吧。

「……」

也就是說還未成年。

綁架未成年者。

誘拐未成年者！

擄人、監禁！

而且最要命的還是個女孩子！

「烏雲罩頂……我的人生已經被大片烏雲籠罩住……」

啊啊……看見死兆星（註4）了。

不，是什麼也看不見了。

「少說那種容易引起誤解的話，簡直令人火冒三丈耶。」春日井小姐雙手交叉在胸前，有些不服氣地說道。「我可是救人一命喔，今天去外面散步的時候看見這個女孩子倒在路邊所以才把她撿回來的。」

「倒在路邊……撿回來……？」

「嗯。」

面對我的質問，春日井小姐若無其事地點頭回應。

然後自己一個人在榻榻米上落坐，雙腳隨性地斜放著，伸手去拿壽司。大口吃掉，呼～～臉上浮現恍惚出神的表情。雖然是個怪人，但似乎唯有食慾方面屬於普通人等級。

唯有食慾方面。

至於常識，不知都到哪去了。

「妳、妳到底在想什麼啊！」

4　漫畫《北斗神拳》當中被視為不祥之星，看見的人表示死期將近。

「有什麼好生氣的，而且你說的話很奇怪很過分喔，意思是我的行為哪裡不正常嗎？難道你認為我看見有人倒在路邊應該要若無其事地走過去？看到可憐的女孩子能夠視若無睹見死不救嗎？那樣叫做人間失格，根本就不配當人喔。」

「……唔——」

沒想到正確的道理從不正確的人口中說出來，竟是如此刺耳。

「好了快來吃壽司吧，煎蛋全部都是我的喔。嗯？那信封裡面放著什麼東西啊，感覺好神祕……」

「請不要無視如此重要的事件擅自把故事進行下去！就好像『征服世界，可是如果世界變成百人村的話』耶！」

過度混亂，瞬間巫女子化。

「趕快報警！報警報警報警，請立即立刻立時與警方聯絡！我們現在強烈地需要警察！」

「唉呀真討厭，不要把別人講得好像很沒常識一樣。」

嘖！嘖！嘖！春日井小姐裝模作樣地搖搖食指。也許我的反應會被認為是大驚小怪，但眼前這個人的一舉一動正是令我心浮氣躁的原因。啊啊——這個人，我早就在想這人總有一天會幹出什麼好事來……明明有想過，為什麼我卻如此粗心大意疏於防範呢……難道跟美麗大姊姊過同居生活的誘惑，值得我賠上剩餘的人生嗎？這一整個星期以來，根本也沒有嚐到任何甜頭不是嗎？就只是讓原本已經夠小的房間變得更加狹小，只剩下一半空間而已不是嗎！

「算了，人生無常，世事難料嘛。」

造成一切無常的始作俑者如此安慰我。

然後再搭配公式動作，拍拍我的肩膀。

「嗯——這樣吧，大姊姊就好心告訴煩惱的青年一件好事。對『困境』存有『防備』的『心理』，把這句話組合起來用寫的——」

「用寫的？」

「就是『困憊』。」

「少囉唆，閉嘴！」

「你的眼中寫著困憊☆」

「講話不要加☆！」

「這是那個女孩子身上唯一攜帶的物品。」

突然又華麗地轉回剛才的話題。春日井小姐站起來拿出錢包，塑膠皮上畫著鮮豔逗趣的動物圖案（說不定是卡通角色），感覺非常像小朋友用的錢包。她打開拉鍊，從中抽出一張小紙卡，那是一張名片。

「你看看吧。」

名片上這樣寫著——

名偵探
匂宮理澄
NEONOMITA RHYTHM

然後是地址跟電話號碼（室內電話・傳真・手機）。

「……………………」

砰————！大爆炸的感覺。

「看吧看吧你還敢說我沒有把這女孩送去警察局是錯誤的判斷嗎不你根本不敢講。」

「反語法（註5）……」

不對，這時候還管它什麼反語法。

問題在於這張畫著哈姆太郎插圖，看起來像是在遊樂場製作，背後還貼著大頭貼的名片上所寫的頭銜。

名偵探。

「了不起……」

生物學者算哪根蔥啊。

比尼斯湖水怪更瀕臨絕種。

比幽浮更不確定的存在。

5　修辭學的一種，以說反話的方式來表達本意，常用於嘲諷。

目睹幽靈現身百鬼夜行！

「最強合體誕生了嗎……」

「而且還是美少女名偵探。」春日井小姐說道。「是美少女名偵探，美少女名偵探耶。沒道理將如此有趣的女孩子交出去讓公權力處理吧？」

「那算什麼理由啊。」

但話說回來，無論她是基於何種理由，我都不得不承認這個判斷是正確的。

穿著斗篷的名偵探（自稱）。

百分之百的可疑人物，無可否認的身分不明，首屈一指的全民公敵。

「也對……說起名偵探的確都會聯想到黑色斗篷嘛……」我已經過於錯愕，完全不知所云。「但即使如此，春日井小姐，妳也不應該把人搬到我房裡來吧。」

「可是，我原本以為跟在你身邊就會有好玩的事情發生所以才特地大老遠跑來京都的結果沒想到你這傢伙根本都在過普通人的生活啊。去兼差當家庭教師偷偷暗戀淺野小姐又跟一姬小妹妹互通款曲簡直無聊到了極點。所以我只好主動把麻煩的根源給帶進來囉。」

「原來如此我已經充分明白妳那有知識有內涵的動機原委了所以閉上妳的嘴給我安靜。」

然後直接窒息而死吧。

殺意。

此刻內心湧起的情緒毫無疑問正是殺意。
「該不會是生病了吧……」
我走近少女身邊蹲下，伸手探向她額頭。稍微有點熱，不過應該是這個年紀的少女特有的現象，大概算正常體溫吧。收回手，接著想量量看脈搏，但兩隻手都包在斗篷裡面，又不能脫她衣服，只好改摸脖子上的頸動脈。撲通撲通撲通，健康狀態，沒有任何異常。
「那些步驟我全部都檢查過了，這個女孩子……理澄小妹妹，真的就只是睡著而已。再怎麼說我好歹也是名生物學者啊。」
「少囉唆無業遊民。」
我對年長女性也是會不客氣的。
理澄是嗎……
奇怪的名字。
「那個姓氏……叫做「NEONOMIYA」嗎？」
「我想那應該不是羅馬拼音而是英文寫法喔，因為『理澄』的部分也一樣嘛。所以照漢字讀音直接唸作『NIOUNOMIYA』就可以了吧。」
「唔——匂宮啊……」我收回放在理澄小妹妹頸部的手。「感覺好像在哪聽過……究竟是哪裡呢……」
「哎呀哎呀身為大學生的你居然如此淺薄無知，提到匂宮當然就非源氏物語莫屬啊，這種基本常識連我這個學理科的都知道耶。全書由五十四帖構成是世界上最龐大的物語文學，第一部始於《桐壺》終於《雲隱》，實際上原本《雲隱》是不存在的正篇內容只到《幻》就結束了《雲隱》的存在只不過是暗示著主角的死亡而已。然後是銜接在《雲隱》之後的第二部，從《橋姬》到最終卷的《夢浮橋》稱為宇治十帖而夾在正篇結束後到宇治十帖之間的三卷《匂宮》《紅梅》《竹河》都是主角之孫的名字喔。」

「啊啊，原來如此。」

難怪總覺得曾經在哪裡聽過，這下子所有疑問都一掃而空解決得一乾二淨了。真懷念啊，源式物語，是在什麼時候讀過呢？對了對了，是ER3時代，在課堂上有讀過英文版的。只不過與世人評價相反地，我喜歡後面的故事更勝於第一部。該怎麼說呢，應該叫後日談嗎？比較像收拾善後劃下句點的感覺。

「我說伊小弟——」

「……這稱呼是怎麼回事。」

「伊小弟——」完全當耳邊風。「想不想掀開這個女孩的斗篷看看裡面呀？」

「什麼叫想不想掀開看看……請不要把別人講得像變態一樣。況且我對少女沒什麼興趣，都已經滿十九歲了，比自己年紀還小的女生實在很難——」

「可是我覺得淺野小姐那邊希望渺茫耶。」

被一針見血地說破了。

有點遭受打擊的震撼。

「而且理澄的斗篷底下很有意思喔。」

「很有意思？」

「非常非常有意思。我將這女孩給撿回來最大的原因就隱藏在那件斗篷底下。」

「…………」

我懷著一種好像被拐的感覺，戰戰兢兢地，把手伸向睡容天真無邪的少女，將黑色斗篷從下方慢慢掀起，窺視裡面的模樣。倘若這副德性突然被人拍下照片我的人生就全毀了。

少女穿著束縛衣。

可以形容為人魔漢尼拔造型，凶惡犯罪者死刑囚專用，素色的那種。袖子被綑綁在胸前與衣服融為一體，上面還纏了兩條皮帶固定住，尺寸似乎跟體型不太合以致下擺過長，穿在少女身上宛如洋裝般。就算竭盡所能地、竭心盡力地說服自己那其實是一件長大衣——不行，還是沒辦法，絕對不可能的。

我將斗篷蓋回去恢復原狀。

「…………」

已經不行了。

到達極限了。

夠了夠了受夠了。

在迄今為止十九年半的人生當中，縱使已經歷過各式各樣的艱難困苦，但陷入如此絕境卻還是有生以來頭一遭。如此這般被逼到懸崖邊界，毫無疑問是前所未有的初體驗。我決定了，下次再接到鴉濡羽島每月至少兩次的邀請電話，就毫不猶豫地答應吧，這個提案在心中獲得壓倒性的支持，立刻通過表決。

「並不是斗篷哪裡有問題，而是這樣子根本沒辦法量到脈搏啊……」

「難道最近的年輕女孩子正在流行這種打扮嗎？哎呀哎呀我也上了年紀落伍了。這叫什麼，哥德羅莉系？死神系？還是搖滾龐克系？」

「一個人絕對沒辦法自己穿上的衣服能叫做流行服飾嗎……」我想這既非哥德羅莉也非死神更非龐克，而是千真萬確如假包換的束縛衣。「所謂名偵探，果然要具有瘋狂特質的人才當得成哪……」

深切地有感而發。

這表示我還差得遠嗎……

「話說回來，那件衣服不見得是理澄她自願穿上的。」春日井小姐突然轉換成博士的語氣。「可能是少女虐待案件也不一定。」

「……虐待——」

少女虐待。

虐待。

這是一句，讓人心底發冷不寒而慄的話。
這句話，讓人完全不願再聯想下去。
「……被誰虐待？」
「被你。」
「為何是我！」
「眼前的情況任誰看了都會這樣想。」
「唔……」
糟糕。
這個人，太有趣了。
食客生物學者，與來路不明的束縛衣少女。
我已經快搞不清楚要先傷腦筋哪一邊了……
叫小姬來幫忙……不行這時候再增加一個短路天兵還得了。
救命啊巫女子！救命啊志人君！
「伊小弟真是個無趣的男人啊～～」春日井小姐態度極為輕蔑地朝我嘆了口氣。「原本還期待你一定會來個漂亮的大吐槽呢。」
「閉嘴妳這混蛋。」
「因為伊小弟是個無趣的男人所以從現在開始罰你只能負責搞笑吐槽除此之外一律禁止。」

「憑什麼！」

「……………………」

「……………………」

「……………………」

「我明白了，好的從現在開始我就專心吐槽……才怪，憑什麼啊！」先吐槽一次再繼續。「……喂，到底憑什麼妳說啊！」

「合格。」

春日井小姐豎起拇指稱好。

「就是這樣以大垣君為目標繼續努力吧。」

「原來那都是被妳訓練出來的嗎……」

春日井春日之動物調教講座。

什麼跟什麼。

這時候——

冷不妨地——

「唔……嗯嗯……」

就在我們的白痴對話進行到一半時，理澄小妹妹翻了個身，看樣子好像快睡醒了。

「呵呵呵，別鬧了言歸正傳吧，該怎麼向她解釋呢伊小弟？」

「……」

該怎麼把這個人趕出去稍後再來想辦法。

我暗忖待會理澄清醒過來的時候不要靠太近比較好，便悄悄拉開距離。接著我看春日井小姐並沒有移動位置，便又躲到她身後，反正春日井小姐個子比我還高。

「你這膽小鬼。」

「隨妳怎麼說都行。」

「你這虐待少女的變態。」

「那句除外。」

匂宮理澄睜開眼睛，醒過來了。

「……嗯，唔——」

嬌小的身軀緩緩坐起，明明雙手都無法使用，動作卻相當靈活。接著她朝春日井小姐（與我）的方向看過來。

然後偏著頭。

烏溜溜的大眼睛。

直愣愣地圓睜著。

純粹的疑問。

不理解。

困惑。

驚愕。

疑惑。

警戒。

以及，恐懼。

「嗚——」

眼睛微微眯起。

「嗚、嗚哇啊啊啊啊啊啊啊啊啊啊——！」

歇斯底里的音量。

加上眼淚，組合成嚎啕大哭！

可惡！已經玩完了！

戲言系列到此結束！

感謝各位長期以來的支持與愛護！

「是、是、是壽司耶——！」

「……啊？」

「我開動了！」

理澄有如一隻飢餓的野獸，以猛虎之勢撲向壽司盒。既然雙手無法活動，就只好學小狗趴著吃，吃相之驚人，已經到達難以吐槽的地步，這時候還講什麼禮儀講什麼氣質都是多餘的了。

「啊啊！煎蛋是我的耶！」

春日井小姐遲了一秒，才驚慌失措地大喊。

說起來，我還是頭一次看到這個人激動地大呼小叫……只不過，沒想到她居然會把儲存的爆發力用在這種地方。

真浪費啊……

「……」

我什麼也沒說，什麼也沒做，就只是默默地觀賞著黑斗篷名偵探與女僕裝生物學者爭奪壽司的畫面。

燈光漸暗（Fade Out）。

3

「我叫匂宮理澄——」

理澄小妹妹俐落地點了下頭。

理澄與我以及春日井小姐，正彼此面對面地，呈三角形圍坐著。在這間狹小的和室裡，幾乎等於三個角可以互相碰觸的狀態。她的黑斗篷已經脫下折放在角落，此刻只穿著洋裝般的束縛衣。雖說是黃昏時刻，但京都的夜晚並不涼爽，甚至應該說，夜晚才是京都發揮夏季本領的開始。然而，若將眼前我所感受到的這股沉悶凝滯的空氣，全數歸咎到京都頭上，未免也太過苛薄了吧。

「今年十六歲，是名偵探唷！」

「……」

「喔，我叫春日井春日，是生物學者。」

春日井小姐平靜地回應道。她伸出右手，而雙手被束縛的理澄只有微笑以對，露出非常天真無邪、彷彿涉世未深的稚氣笑容。

「旁邊這位是伊小弟，戲言玩家。」

「請不要隨便介紹別人。」

「那麼，請問——」

理澄表情一變，認真地注視著我們。不愧是以名偵探自居，那道視線，讓人不得不感受到沉重的壓力。但前提是假如她嘴邊沒有粘著大量飯粒的話。

「為什麼，我會在這種地方呢？」

被質問了。

……問我也沒用。

非常一針見血的質疑。

這個問題，我才想問。

我很想問問神明。

神啊，請問妳是一個笨蛋嗎？

「什麼叫這種地方，真過分，這裡可是我家耶。」

「是妳家才怪。」我開口道：「春日井小姐，為了避免把事情搞砸請妳暫時安靜不要說話。」

「可是我很想把它搞砸說。」

「閉嘴，小心我殺了妳。」我將春日井小姐撇到視線範圍以外，轉而面向理澄。接著使用高超的技巧，以不竄改事實的方式編織謊言。「關於妳為什麼會在這裡的疑問……呃據說是這位好心的大姊姊看見妳倒在路旁，又無法置之不理，就把妳撿回來了。」

「倒在路旁？」理澄一臉驚愕的表情。「在、在哪裡？我這次，是倒在什麼地方？」

這次？

所謂這次，是指已經有過前幾次的意思嗎？

我微偏過頭，看向春日井小姐。

「她當時倒在哪裡？」

「鴨川公園一帶的橋下。」

春日井小姐答道。統稱為鴨川公園，其實範圍相當地廣，不過話說回來，以散步而言走得可還真遠。

算了，此人行動半徑本來就很大。

反正也是閒人一個。

「啊——原來如此原來如此。」理澄點點頭，似乎接受了。「那真是太謝謝妳囉！大姊姊，我喜歡妳！」

以道謝而言態度相當輕佻失禮，不過無妨，這樣活力充沛的女孩子讓人看了也不致反感，畢竟這年頭世上多得是性格扭曲老成世故的死小鬼。

「不用客氣不用客氣，我只不過是做了身為人類應當做的事情而已。」過去想必也是個死小鬼的春日井小姐，說出肯定是言不由衷的臺詞。「對了所謂名偵探是一份什麼樣的職業呢？」

然後又接著提出言不由衷的疑問。

擺明了想看好戲。

「呵呵——」

理澄小妹妹得意地笑了。

「這個嘛，一言以蔽之就是動腦的工作唷。」

「哦～～」

春日井小姐表現出佩服的模樣。

實在很假。

「不過要我來說的話，名偵探不是一種職業唷。大哥哥大姊姊，所謂名偵探，是一種生活方式唷！」

理澄自信地揚起嘴角，帥氣微笑著。
糟糕了，這個笨蛋。
居然說什麼生活方式。
「好酷喔～～真帥氣真帥氣。那樣的生活方式，我非常嚮往呢。」春日井小姐十分捧場地搭腔，此人性格已經達到匪夷所思的境界。「對了妳身上那件束縛……嗚——」
我連忙使出渾身解數，以最快速度從背後架住春日井小姐，捂緊她的嘴巴。
呼——真驚險。
混帳傢伙，竟然若無其事地問出那種話來，沒神經也要有個限度。再深入追問下去，萬一發現真的是少女虐待案要怎麼辦，這人居心何在啊。
「怎麼了嗎？」
「不不不沒事沒事什麼事也沒有。只是突然覺得很想玩摔角遊戲而已……喂，春日井小姐，請不要舔我的手指！」
我反射性地鬆開她。怎、怎麼回事，剛才那股穿透全身的強烈刺激感是什麼，明明也不過是指尖被舔了一下而已……我下意識地瞪向春日井小姐，結果看到鮮紅的舌尖從薄脣當中伸出來，接著是妖艷媚惑的眼神直勾勾地凝視著我。
恐怖！
春日井春日，恐怖指數更上一層樓！
「……呃，既然已經知道妳是倒在什麼地方，那能不能告訴我們妳為什麼會倒在那裡呢？其中包含了有關偵探的奇聞逸事嗎？」
「我不是偵探，是名偵探唷。」
在細微處被指摘了。
看來她似乎有種無聊的堅持。
「這個嘛，要問為什麼，我想大概是因為肚子餓的關係吧。我一專心起來就會忘了吃飯，最近忙東忙西地已經連續三天都滴水未進，結果就頭昏眼花體力不支囉。」
「……」
所以才會有剛才那樣驚人的食慾是嗎。
原來如此。
「可是用『大概』這個字眼感覺相當不確定啊。」
「我常常失去意識陷入昏迷，可以稱之為昏迷癖了吧。有時候一清醒發現自己倒在完全陌生的地方，有時候醒在完全沒有印象的街道上，或是所有記憶煙消雲散，這些都已經是家常便飯囉。」
「……咦？」
這……
這個，好像有點不妙。
意思是她……有病嗎？
一種叫 narco 什麼的，即所謂的嗜睡症吧。

「只不過一睜開眼睛就看到高級壽司，這種情形還是頭一次發生耶。哎呀～～真是謝謝招待，我最喜歡壽司了！」

「不用客氣不用客氣，只是粗茶淡飯而已。」春日井小姐答得很順。「我不會跟妳收錢的不必擔心喔。」

「哈哈～～大姊姊果然就像外表一樣溫柔耶——我喜歡妳！可是也不能白吃一頓……啊，說到這！」理澄似乎突然想起什麼，迅速站起來。「我、我的錢包不見了！」「在這裡。這是妳放在斗篷內側口袋的東西沒錯吧。」春日井小姐伸出手遞過去，但理澄卻用嘴巴接住，這女孩的衛生觀念是負七嗎？「為了安全起見所以才先幫妳保管著。雖然這樣自作主張覺得很失禮，不過一方面也是想知道妳的名字。」

「非常謝謝……咦怎麼是空的！」理澄小妹妹，發生慘劇。「又被偷了——！這次我放了三萬圓在裡面耶——！竟然只剩下零錢跟名片！」

「真可憐，居然在昏迷的時候被偷走現金呢。」

春日井小姐一臉發自內心同情的模樣。

我瞥了眼和錢包同樣空空如也的壽司盒，確認雕刻在盒緣的店名。嗯，這家店的特級壽司，以這樣的分量，大約是三萬圓左右吧……

臨時收入。

意思就是，臨時獲得的收入。

意思就是，並非正常的收入。

「……」

妳是魔鬼嗎？

要我說幾次都行。

妳是魔鬼嗎！

「……算了，好歹還有吃到壽司，就看開點吧。」理澄垂頭喪氣地說著，走向折放在角落的斗篷。「多留無益，我該告辭了。」

「要走了嗎？」

「……嗯。今晚的住宿該怎麼辦呢……」

「住宿？妳不住在這附近嗎？」

「我是個雲遊四方的流浪者。」

「流浪者？」

「浪漫主義者。」

啊啊。

我想起那張名片上所寫的地址，是在京都內不曾見過的地名。那個郵遞區號是屬於什麼地方的呢？既然以名偵探為職業（生活方式），所謂「雲遊四方」大概是指經常必須離家遠行吧。

「出門在外的時候分散風險會比較好喔。比方說隨身攜帶三個以上的錢包之類的。我要到京都來的時候也有這樣做。」

春日井小姐神態自若大言不慚地以過來人身分給予建議，我已經打定主意絕不再相信這個人。

「……」

在旅途中頓失盤纏，沒有比這更悽涼的事情了。

「……大哥哥。」

「在，有何吩咐？」

不自覺地使用敬語。

「請幫我穿上斗篷。」

「……好的。」

此時嚴禁吐槽。

我拾起斗篷，化身為一流洋房的管家聖巴斯汀（假名），服務周到地為理澄穿上。

「謝謝你。」理澄低頭致謝，即使將低垂的頭重新抬起，背影卻依舊頹喪，感覺無精打采地。

真可憐。

實在太可憐了。

可憐中的可憐，King of 可憐。

最重要的是自己並未察覺自己的可憐，這一點更是決定性地可憐。這樣的人想必會在不知不覺當中，繼續被社會的強者壓榨下去吧。就好像「咦？什麼時候消失的都不知道耶——算了無所謂～～」這樣的感覺。

…………

我的罪惡感，已經超越了極限。

「……理澄，需要錢的話，我借給妳吧。」

「可以嗎？」

理澄迅速回過頭來。

「嗯……不過也沒辦法借太多就是了。」

「謝謝！大哥哥，我喜歡你！」

咚——！

理澄猛然衝向我，像要擁抱般飛撲上來。想當然耳，她的雙手無法活動，結果就只是單純地對我施以肉體攻擊而已。那威力出乎意料地大，我整個人撞上背後的牆壁。

很痛。

「啊……你不要緊吧？」

「……沒事。」

我從褲子口袋取出皮夾，將三萬圓整，放進理澄的錢包裡。那是這個月的生活費，雖然我自己手頭也並不寬裕，但是，但是但是但是，已經顧不得那麼多了。三萬圓，我將這筆錢放好，塞入理澄的斗篷暗袋裡。

「還有，理澄，隨隨便便就對人說喜歡是不可以的。」

「？為什麼？」

「因為好意是很容易被利用的喔。呃當然，假如妳是存心這麼做，想藉此趁虛而入的話，那又另當別論了。」

「？……好的，雖然我聽不太懂。」

「伊小弟居然對純真的少女灌輸那種偏差觀念，現實主義者就是這樣討厭啊。」春日井小姐有如電視購物節目當中反應誇張的外國人般，攤開雙手搖頭嘆氣。「小心長大以後千萬不要變成這種人喔理澄小妹妹。」

「……」

很遺憾妳的意見我非常贊同，只不過我自認再怎麼說人格都比妳正常得多了。

「好的，我明白了！」

臭小鬼妳點什麼頭啊。

「那那那，大哥哥大姊姊！多謝你們的照顧！」

「嗯，有任何困難別客氣隨時都可以來找我們喔。」

「剛才已經要妳給我閉嘴了。」

「我接下來因為工作的關係還會待在京都一陣子，有緣的話說不定能再見到面喔。不過我才剛來沒多久，住宿的飯店也都還沒決定好就是了。」

「……是嗎——」我點點頭。「那有緣再見吧。」

有緣再會。

這句話聽誰說過？

對了，是木賀峰副教授。

「如果能再見到面，我會把錢還給你的唷。」

「呃，不用還了沒關係，直接把我們的事情忘了更好。倒是妳剛才有提到工作……是什麼樣的工作呢？」

不是還自稱為生活方式的嗎。

「呵呵呵，我現在啊——」

理澄小妹妹說道。

「正在尋找一名叫做零崎人識的男子喔。」

「…………」「…………」

「這就是我現在要動腦的工作。假如大哥哥或大姊姊有任何關於那名男子『零崎人識』的情報，請打名片上的電話號碼跟我聯絡，我會很開心的唷。」

「情……情報……」我結結巴巴地回答：「可是，至少也要先弄清楚對方是什麼樣的人物——」

「臉上有非常誇張的刺青，應該一眼就能辨認出來吧。啊，不過據說是個擅於藏匿的傢伙，可能沒那麼容易找到，而且是個危險人物，就算看見了也不要出聲比較好喔。對了，大哥哥，可以告訴我你的電話號碼嗎？」

「喔，好……」

我反射性地脫口而出，把手機號碼告訴了她。

「嗯——這號碼真不錯耶。」

「……」

「？怎麼了嗎？你的表情好像很詫異。」

「不，沒什麼……」

「是嗎？」

理澄原地立正站好。

「那麼我就此告辭了，大哥哥大姊姊，後會有期！」

直到最後的最後一刻都活力充沛，自稱名偵探的匂宮理澄，在恭敬有禮的道別過後，朝我們低頭致敬，便走出房門離去了。

留下的，只有寂靜。

沉重的，沉重又沉重的寂靜。

沉痛的沉默。

就連春日井小姐，也不發一語。

而我也，什麼都說不出口。

零崎。

尋找……零崎人識？

找到了，要做什麼？

「零崎……如果我沒記錯的話——」不知經過多久，春日井小姐才喃喃說道：「上個月入侵博士研究所的人物，好像就是這個姓氏哪……」

「嗯……」

而且。

五月時曾出現在京都，將合計十二人不分男女老幼全部殘殺肢解的殺人鬼，名字**不偏不倚**正好就叫做，零崎人識。

不會吧……

沒想到會在如此機緣之下，聽見這個名字。

人間失格・零崎人識。

零崎一賊的鬼子。

為呼吸而殺人，冰點下的刀刃。

「……話雖如此——」

我輕輕搔了搔頭。

其實也不需要緊張。這時候跑來京都尋找那傢伙……我想應該也無能為力。那傢伙，此刻別說是京都了，就連在不在日本境內都很難說啊。

名偵探，界外跑壘中。

是不是應該，先告訴她比較好呢？

「我說……伊小弟——」

春日井小姐用一種微妙的神情出聲呼喚我。

「……有何貴幹？」

「大姊姊剛才吃得好飽現在想要來親熱一下。」

「要做自己去做。」

八月一日，星期一。

暑假開始。

戲言玩家的日常生活，差不多就這麼回事。

第二章　食人魔——（食人魔）

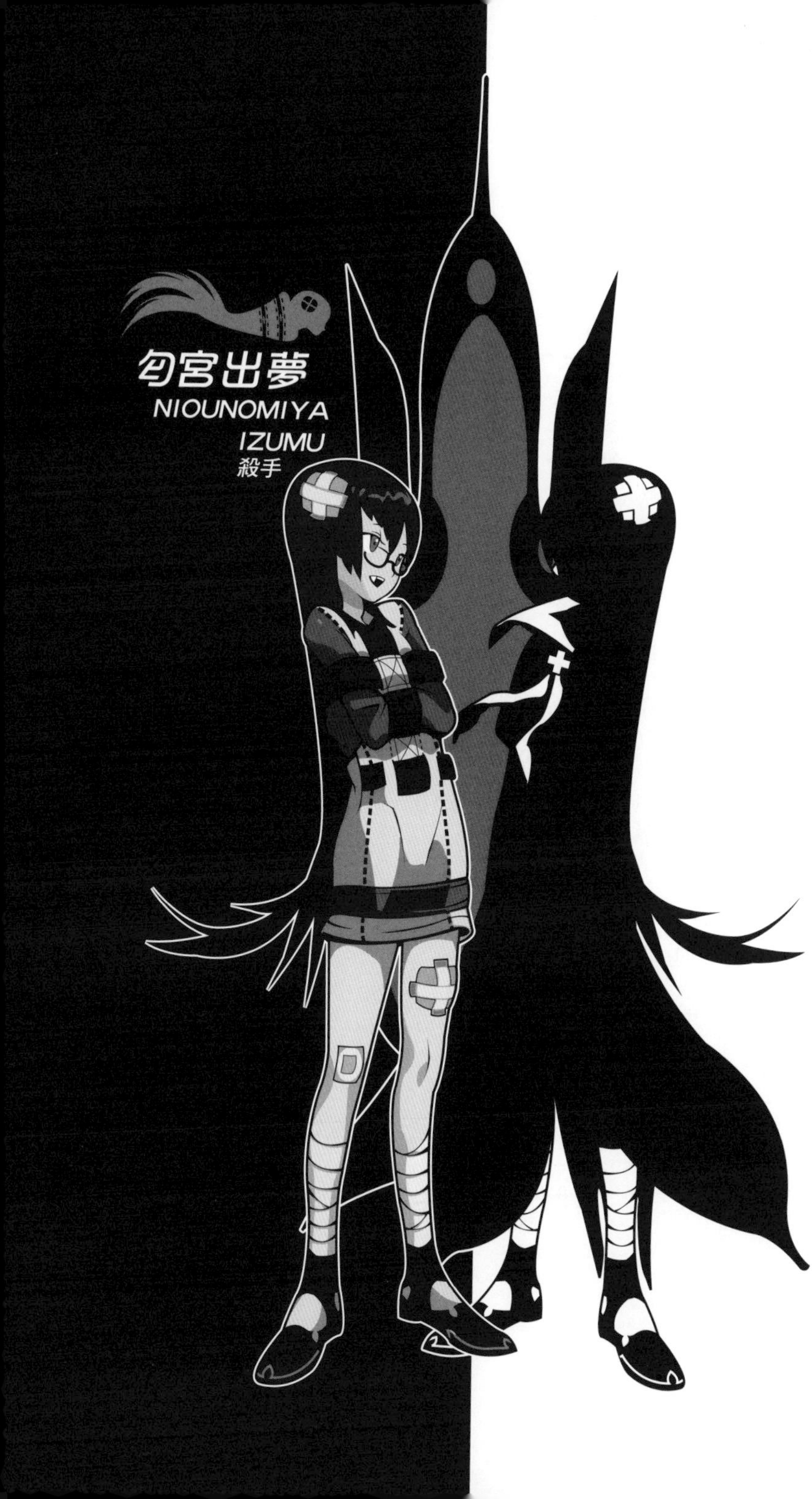
匂宮出夢
NIOUNOMIYA
IZUMU
殺手

0

彩券對中頭獎。

「獎金要用來買什麼呢？」

「買彩券。」

1

聽見哀川潤三個字，腦中會浮現的種種聯想——

自由奔放。放蕩不羈。豪爽磊落。粗野剛強。紅色。人類最強的承包人。只要價錢談得攏任何工作都予以承包。沙漠之鷹。殺魔人。紅色征裁。嘲諷的笑容。臉上總是帶著邪惡的微笑。笑裡藏刀。冷嘲熱諷的口吻。三白眼。目露凶光。剪裁合身的套裝。最喜歡捉弄別人。喜歡有趣的事物，喜歡麻煩事。莫名其妙地高估別人。愛湊熱鬧趁機製造混亂。最討厭半途而廢。身材高眺。完全不顧慮別人的心情。熱愛漫畫。自信滿滿。美女。可靠的人。無論如何都不想與之為敵，與之為伍則天下無敵，雖然必須付出相對的代價。說話粗魯，態度粗暴。高傲蠻橫，不講理，我行我素。大騙子，若無其事地欺騙別人。頭腦靈活，只不過很少使用。寧可憑力量決勝負。充滿魅力，具領導特質。年齡不詳。推測大約二十五至三十歲之間。喜歡角色扮演。愛車是鮮紅色眼鏡蛇跑車。機車當然是騎DUCATI（原裝進口），只可惜我尚未親眼見識過。

「所以呢？……後來怎麼樣了？」

「什麼東西怎麼樣了？」

「就是那個……叫匂宮理澄的名偵探小妹妹，你有打電話告訴她實情嗎？跟她說「妳正在做一件毫無意義的事情，像傻瓜一樣耶～～簡直是個笨蛋耶～～」之類的。」

「不……我沒有。」

「為什麼沒有，直接告訴她不就好了。」

「因為嫌麻煩。我並不想扯上關係。」

「是嗎？聽起來超有趣的啊。」

「一個穿斗篷加束縛衣的眼鏡少女兼名偵探？」

「聽起來很有趣啊。」

「不，我避之唯恐不及。」

「哈，原來如此。」

哀川小姐只是煞有其事地點點頭。

八月四日。

我又再度來到，四条河原町一帶。

在某大型書店樓上的義大利麵專賣店，與哀川小姐——哀川潤，面對面地共進午餐。

昨天臨時接到電話被約出來。

過程大致如下——

『唷～～小哥，明天中午以後有空嗎？』

『咦？明天嗎？我已經跟小姬說好一整天都要教她做功課了。』

『哦？那把它取消掉你就有空啦。』

『……』

『那明天見囉。』

——過程大致如此。

……

對不起了，小姬。

哀川小姐今天的穿著，呃怎麼形容呢，相當地休閒率性。應該說充滿青春氣息嗎，時髦活潑的短上衣搭配綁在腰間的襯衫，以及似乎很難穿脫的窄管牛仔褲，腳下並非高跟鞋，而是有如籃球鞋般厚底高筒的運動鞋，前額綁著頭巾，底下的頭髮分成兩邊束起。整體而言仍是按照慣例以紅色為基調，但看上去卻有種宛如變裝的感覺。

「嗯？這身造型？不算變裝啦，今天是休息日兼私人時間，所以才想說配合一下小哥好了。反正難得出來約會，偶一為之也不錯嘛。」

「……今天是出來約會的嗎？」

我以為又要被強迫協助什麼麻煩工作，還戰戰兢兢地前來赴約呢。其實仔細想想，哀川小姐說的也有道理，假如換成她平常慣穿的深紅色套裝，無論怎麼看東看西看任誰來看，都不像是情侶檔吧……只會變成大姊大與小跟班的組合。話說回來，即使她配合我改變造型，也沒辦法平衡彼此之間的差距。

「這樣打扮也不差吧？」

「當然，哀川小姐不管穿什麼都很合適……雖然上次的護士服讓我很想笑。」

「……我說過不准叫我的姓氏，會以姓氏稱呼我的只有『敵人』……呿，真是的，我都已經快懶得糾正你了。能夠憑耐力戰勝本小姐，你這傢伙果然不簡單哪。」

就像例行的儀式若重複超過一百遍，終究也會流於空泛吧。哀川小姐捲起和風豆漿奶油義大利麵，優雅地吸入口中品嚐。這人平常看似粗枝大葉，有時卻出乎意料地舉止端莊。

想必是，曾經受過相當良好的教養吧。

……

真的有嗎？

「對了，小哥——」

「什麼事？」

「最近過得怎樣啊？」

「……大致上就像剛才講的——接受高都大學副教授的打工邀請，還有撿到名偵探，除此之外也沒什麼。啊，對了，左手的石膏終於拆除囉，妳看——」我揮舞左手示意。「雖然還沒有完全康復，不過至少行動比較自由了。」

「哦？啊啊，那是上個月受的傷吧。唉呀！回想起來，以當時的情形，真虧小哥還能撿回一條命哪……你這傢伙也相當努力了，不錯不錯。」

「……對啊，即使是我，上個月也曾經以為自己會一命嗚呼呢。」我順著哀川小姐的臺詞接腔，然後雙手交叉在胸前續道：「……不，嚴格說起來，包括前一個月的小姬事件，以及在那之前的零崎事件，還有更之前的鴉濡羽島事件，也就是和潤小姐相識的契機，其實每一次我都差點沒命吧。」

「啊哈哈——」

這種事好笑嗎？

「……感覺自從認識潤小姐之後，我的人生就開始亂七八糟了。」

「你的人生本來就亂七八糟了吧，在與本小姐相識的時間點，早就已經面目全非啦。」

嗯。

虧妳說得出口，妙極了。

「不過那個『匂宮』——匂宮理澄，叫『匂宮』是嗎……相當了不得的姓氏，居然又多認識這樣一號人物，你的事件誘發體質，好像越來越精進了啊。」

「『匂宮』這個姓氏有什麼問題嗎？」

「嗯？什麼，你不知道？」

「我知道這個姓啊，出自源氏物語對吧？」

「……你從零崎人識那邊，什麼也沒聽說過嗎？」

「雖然我跟那傢伙聊過許多事情，不過幾乎都是瑣碎的閒聊……怎麼了嗎？是關於**那方面**的事情嗎？有什麼不對勁嗎？匂宮這個姓。」

「……世界上有些事情，不知道的人還是不要知道比較好。」哀川小姐說著，便拿起帳單從座位上站起來。「走吧，今天可是為了小哥，特地把中午以後的時間整個都給空出來囉。」

「這真是我的榮幸。」

「有沒有什麼值得推薦的景點啊？我雖然常往京都跑，卻很少來玩哪。」

「嗯——」我也跟著離開座位，走在哀川小姐身後邊說邊思索著。「其實我也不擅長遊玩，大概屬於所謂的勞碌命吧。」

「是嗎？」

哀川小姐結完了帳。

彷彿理所當然地，由她出錢請客。

……自己都覺得，實在是，很難為情啊。

至於接下來要去哪裡……打保齡球或撞球桌球之類的嗎……可是運動競技方面，

我根本沒可能贏過哀川小姐。既然不是在接待應酬，如果勝負都一面倒也很無趣……要迎合哀川小姐的興趣的話，對了，漫畫休閒館怎麼樣？在新京極的入口處附近，有家裝潢風格非常另類的漫畫館。只不過約會跑到漫畫館去，感覺很沒情調又浪費寶貴時光。話說回來，要仿照一般情侶約會的固定模式，散步到鴨川公園然後並肩坐在河畔，總覺得不太合適。

「潤小姐，去看電影怎麼樣？」

「最近有什麼好片上映嗎？」

「我也不知道……要不要去看看呢？」

「唔，就去看看再說吧。」

我們走下樓梯，經過書店，朝鄰近的大型電影院邁進。話雖如此，那家電影院向來都只放映熱門片，其實我光顧的機會並不多……啊，不過哀川小姐喜歡緊湊刺激的大場面，說不定會意外發現什麼感興趣的片子。

結果哀川小姐在抵達電影院之前突然停下腳步說：「還是算了吧。」

「咦？」

「想想既然特地來到京都，看電影好像也沒啥意思。不如你帶我到寺院或神社之類的地方參觀一下吧。」

「唔……」

真是個善變的人啊。

離此處最近的景點應該是本能寺，只不過……連自己都沒去過的地方還要帶別人去，心裡難免有些抗拒感。雖說我本身就居住在京都——但正因如此，所以才對觀光景點不甚熟悉。只有初到京都的時候，曾經請美衣子小姐帶我參觀過一些寺院神社，看樣子只能在當初去過的景點範圍內做選擇了。

晴明神社……哲學之道……二条城……好遠。

延曆寺……幹麼越想越遠啊。

八坂神社……清水寺……差不多還可以吧。

「八坂神社跟清水寺，妳比較想去哪邊？」

「嗯——清水寺。」

「清水寺是嗎？」

「我想從清水舞臺一躍而下（註6）。」

「拜託不要。」

「開玩笑的啦。」

「……」

以妳而言非常有實行的可能。

拜託千萬不要，我說真的。

「知道了，那就去清水寺。距離並不遠，直接走路過去吧。」

6 這句俗語是比喻下定重大決心的意思。

「好啊，我喜歡走路。」
「說到這，今天眼鏡蛇跑車怎麼沒出現呢？」
「目前正在維修中。不小心撞壞了真令人傷心啊～～我果然一直都在虐待它。因為這個緣故，今天我是搭計程車來的。」
「咦——」
「搭計程車雖然也不錯，輕鬆又省事，不過沒辦法自己開車，還是覺得很不爽啊。」
「沒辦法放心交給別人，所以事必躬親嗎？這種感覺我實在無法體會。不過，畢竟潤小姐的工作就是專門接受別人的委託，自然會比較不習慣依賴了……啊，往這邊走。」
我轉過身有如導覽員般，走在哀川小姐的前方。
——忽然想到。
因為太過於理所當然，以致於迄今都未曾思考過，哀川小姐，應該不是京都人才對。那麼，經常四處奔波行蹤不定的哀川小姐，根據地究竟是哪裡呢？
「潤小姐，妳有定居的地方嗎？」
「啥？定居的地方？」
「嗯，就是戶籍上登記的住址。」
「沒有。雖然為了以防萬一，有預備幾個藏身之所，不過大部分時間都住在飯店裡啦。能夠稱之為根據地的根據地，其實並沒有。」

「哇——」

真是豪邁。

「……我以為小哥也是一樣的情形，你應該也不打算長期住在京都吧？即使住在那間破破爛爛的舊公寓，也沒有所謂『家』的感覺不是嗎？」

「也許吧……反正我是無根浮萍嘛。不過，只要玖渚在這裡，我大概也不會離開京都。只要沒有什麼特殊狀況發生的話。」

「哦，特殊狀況是嗎，瞭解瞭解。」

哀川小姐彷彿心裡有數地點點頭。

究竟對什麼事心裡有數，我也不知道。

沿著方才的路往回走，來到河原町通，朝南方前進。倘若在四条通的交叉口轉彎，就會先經過八坂神社，這樣略嫌掃興……往前多走一段再左轉是不是比較好呢？也對，八坂神社等回程再順道去參拜吧。

「所謂的『匂宮』啊——」

途中，哀川小姐突然說道。

「簡單講，就是一個殺手組織。」

「……殺手？」

又是一個，相當不尋常的字眼。

要說隨處可見，的確也算隨處可見。

但至少，不可能是屬於**正常世界**的單字。

「沒錯，殺戮奇術集團——匂宮雜技團。在**那個世界**裡，可是非常鼎鼎大名的存在喔。鼎鼎『大名』……哈哈，說得真好～～」

「……可是，這姓氏其實也沒那麼罕見吧？說不定只是恰巧同姓而已。」我說道：「那個女孩子，無論左看右看從哪邊看，都沒有殺手的氣息，可疑度簡直是零。當然，這並不代表她看起來就比較像名偵探啦，但也不可能是殺手，這種事情，從身上散發出來的氣息就能感覺到了。」

「氣息是嗎……話說回來，『理澄』這名字也有點耳熟，雖然印象模糊，但總覺得在哪聽過。」哀川小姐續道：「究竟是什麼印象呢……我想想——『漢尼拔』理澄……不對，應該叫『食人魔』理澄，是嗎？」

「感覺很不可靠的印象耶。」

「我知道得不多啦。那本來就是一個真實身分不明的神祕集團，而且我也盡量避免跟『殺之名』那群傢伙扯上關係。那群傢伙啊，淨是些脫離常軌的異形變態，那個世界完全是以異於常人的邏輯規則運作——跟他們打交道，實在有害身心健康啊。」

嗯——

理澄小妹妹，的確是個怪異的女孩子。

堪稱為冥王星少女了吧。

然而這年頭，那種小女生要說不稀奇，或許也真的不算稀奇。反正，這年頭便是如此。對於認識玖渚跟小姬的我而言，至少理澄小妹妹還沒有異常到需要使用說明書才能溝通的地步。

「可是『名偵探』哪……匂宮雜技團開始從事偵探業，這話聽起來有趣歸有趣……但真相究竟如何呢？」

「不曉得，問我也沒用。或許湊巧同姓而已，這也有可能不是嗎？即使不像鈴木或佐藤之類氾濫到那種程度，卻也不至於罕見到絕無僅有的地步吧？」

「唔——說得也沒錯啦……在一般情形下，這樣子杞人憂天的確是想太多，只不過，既然事情與你有關，就變得很難講囉～～總而言之，那張名片還是撕了丟掉比較保險。手機號碼最好也去換掉，你應該最怕惹麻煩了吧？」

「不……最近我開始覺得，這種觀念也差不多可以捨棄了。」

「唷，改變宗旨啦？」

「做人凡事總要看開一點啊。」

「哎呀，終於覺悟了。是上個月那起事件帶來的啟發？」

「一方面是因為上個月的事件……一方面則是受到現在與我半同居狀態的春日井小姐影響。每次只要看到她那種人……就會覺得自己都在堅持一些非常無關緊要的事情，感覺自己的層次實在太低了。」

「春日井春日嗎？呵，那女人居然會再度登場……真是出乎預料的發展，意外中的意外。她和你一樣，都是屬於無法捉摸的角色，就算做出什麼事情大概也沒啥好意外的吧。」

「請別這麼說……我並不想跟那種人歸類在一起。」

「哦……」哀川小姐沉吟片刻。「……不過，那個春日井春日——說她毫無目的，其實也不盡然吧……」

「據她聲稱，一開始是為了好玩才會跟我住在一起，不過……事實究竟如何無從得知。那位高都大學副教授的說辭也差不多，可以的話真希望她們不要把別人說得像娛樂節目一樣。」

「嘿，當娛樂節目很好啊。」

哀川小姐不懷好意地笑著。

「對了，玖渚知道嗎？那位名字倒過來唸也一樣的春日井小姐，已經跑來京都的這件事。」

「根本就不可能告訴她吧。」

「腳踏兩條船。男人中的敗類，渣男。」

「雖然這樣講很容易引起誤會，但是——」我說：「我和玖渚，早就已經結束那種時期了啦。都已經結束了。現在只是單純的友誼，是朋友。彼此互相尊重，無私無我，柏拉圖式的純潔關係。」

「哎呀呀——純潔關係這字眼，怎麼聽都像是軟弱者死要面子的藉口耶。」哀川小姐輕描淡寫地說到痛處，輕鬆戳中我的死穴。「一直這樣子不乾不脆地拖下去真的無所謂嗎？」
「真的無所謂呀。反正世上有些事情，就只能順其自然聽天由命嘛。」
「只能順其自然……聽天由命。」哀川小姐彷彿喃喃自語地，低聲重複我所說的話。
「『有生命』『就有死亡』……是嗎？『不死的研究』啊，其實也算老掉牙的主題了，畢竟不老不死是自古以來，所有帝王的重要課題嘛。像ER3系統那種地方，應該也做過類似的研究吧？」
「不太清楚，沒啥印象耶。」我含糊其詞帶過去。「就算已經讀過副教授給我的詳細資料，也仍舊覺得抓不到要領，感覺好像是避重就輕掩人耳目的文章……這也難怪啦，對於還不知道會不會答應幫忙的我，自然也不能夠透露太多重要內容吧。」
「所以呢，結果你打算怎麼做？」
「……嗯──」我稍微停頓一會，才開口回答：「就接受好了，應該也沒什麼吧。」
「哦，結論已經出爐啦。」
「嗯……雖然還有點猶豫，不過八九不離十了。」
「為什麼會答應？因為對『不死的研究』有興趣嗎？」
「這只是其中之一。」我回答道：「最近我隔壁的鄰居似乎正好有金錢方面的困難，據說在月底以前必須湊出二十萬來。因為我平常也受了她不少照顧，所以想說或許能幫得上忙吧。」
「……」

哀川小姐沒有任何反應，我回頭一看，發現她雙眼圓睜，非常吃驚地看著我。

……還真是難得一見的表情。

「咦？什麼什麼？你說什麼？」哀川小姐朝我逼近，幾乎在同一瞬間動作熟練地，以摔角固定技箝住我脖子。「為什麼會變成這樣？你居然會為了別人而行動，究竟發生什麼事情啦？」

「啊……不，其實也沒什麼大不了的。」我暈頭轉向地回答。沒想到哀川小姐會有如此反應，原來我在她心目中是那樣孤僻的人嗎……雖然也不是沒有道理。慢著，哀川小姐，胸、胸部壓到我了。「只是報恩而已，是為了報恩啦。因為我並不想欠下人情債嘛。」

「……唔。」聽見我的安全答案，哀川小姐終於解除頭部固定技。「嗯……我想想，那個鄰居就是你之前提過，有如武士般的大姊姊嗎？名字叫做淺野劍道之神還什麼的。」

「呃，她的名字沒有那麼華麗氣派……」

「你喜歡她？」

嗚哇——

直球。

迎面直擊。

「就跟潤小姐喜歡我的程度差不多。」

我試著以右勾拳作出反擊。

「哦～～」

毫無效果！

根本是自爆！

自掘墳墓，當場活埋！

「你這傢伙真——的是搞不清楚狀況耶……故作神祕隱藏真實的自己，有那麼帥氣嗎？算了，無所謂……那個助教授，你已經告訴她決定答應了嗎？」

「不，還沒有。必須再找兩三個人，一起參加結果測試……」

「已經找到幾個人了？除了那個武士以外。」

「不，那位武士小姐我並沒有找她。」

「……偽善者。」

「隨妳怎麼說。」我聳聳肩，已經對扮演反派角色習以為常，覺得不算什麼了。「一開始，我試著找過公寓裡的魔女房客。」

「魔女？」

「有這個人啊，叫做七七見奈波。」

「哦，人面很廣嘛，結果呢？」

「『啥？為什麼本小姐必須要從事勞動工作啊？我的名字叫七七見奈波，你沒聽過嗎？』」

「……」
哀川潤陷入沉默。
果真是，名符其實。
最邪惡的魔女，七七見奈波。
縱使以不想變成那副德性為前提，但假如能擁有那傢伙十分之一強的自我意識，我的人生想必也會完全改變吧。雖然遺憾卻不禁油然而生尊敬之意。
「然後，接著我又去找明子小姐。」
「哈！結果怎麼樣？」
「她說『啾～～！明子好高興唷！』──才怪，在切入主題以前就被掛斷了。」
「原來如此。」
「然後，就束手無策了。」
「人面真窄耶。」
根本只找過兩個人而已嘛，哀川小姐笑著說。
的確，被笑也是應該的吧。
其實還可以去找大學同學加入，只不過想起五月時的教訓，再加上要把完全不相干的外行人給捲進來，難免會有些微抗拒感。況且，對方值不值得信任，當然也是一大問題。
可以相信的人。

這世上真的會有嗎？
應該說，所謂的信任是什麼？
是指就算遭到背叛也無所謂嗎？
是能放心將責任託付給對方嗎？
「啊，對了，哀川小姐，妳願不願意一起來幫忙呢？」
「嗯？好啊，什麼時候開始？」
「從八月二十二日起。」
「我想想——啊，不行，已經排好工作了。」
「這樣啊。」
「整個八月下旬都滿檔囉。」
「真可惜。」
「最近不知道怎麼搞的，好像騷動特別多。雖然原因不明，但各地都事件頻傳，生意興隆到快應接不暇了……這反而令人覺得很可疑啊……」
「哇——真辛苦。」
話說回來。
以不到十萬圓的金額，要請人類最強的承包人工作長達一星期，無論如何未免也太失禮了。
「不過，我差不多也該聯絡木賀峰副教授了，否則一星期的考慮時間，期限已經慢慢逼近……」
「木賀峰？」哀川小姐突然問道，語氣似乎頗為驚訝。「木賀峰？你剛才是說木賀峰嗎？」
「咦？啊，我之前沒講過嗎？那個雇主的姓名，叫木賀峰約。兔吊木的木加恭賀新禧的賀，以及峰不二子的峰，然後約是算數約分的約。」
「木賀峰……約——」
「妳知道這個人嗎？」
唔，看來果真如巫女子所說，是個有名的人物。而且所謂的「有名」，這句話所涵蓋的意義範圍，並不僅限於大學校園之內。
「……不，我不知道……」
哀川小姐並未停下腳步，但眼神卻瞬間變得銳利。擁有非比尋常的三白眼，原本就稱不上眼神和善的哀川小姐，一旦露出那種表情，更是讓人不敢直視。
「我不知道……應該不知道……可是又覺得，好像在哪聽過……不，是在哪『見過』嗎？嗯………嗯？」哀川小姐喃喃自語地咕噥著。「木賀峰、木賀峰……這種名字才真的是不常見，假如有見過應該就不可能會忘記呀……」
「……」
「小哥，我看那份工作，還是回絕掉比較好吧？」哀川小姐轉身對我說道。「總覺得有種不好的預感，區區二十萬的小錢，我借給你就好啦。」

「不行，絕不能這麼做。」

「那要不然我另外幫你介紹工作也可以嘛。」

「我對神發誓心領了。」

「嗯……好吧。你的選擇也沒錯，畢竟要徹底消除這股莫名不安的預感，與其逃避還不如正面切入，是嗎……」

「……」

不，我並不是基於那麼勇敢的理由而去打工的。

「小哥，你剛才說必須再找幾個人加入『結果測試』，那是誰都可以參加嗎？」

「只要是我所認識且可以信任的對象，據說任何人都可以。」

「那好，把一姬帶去吧。」

「……咦？帶小姬去？」

「沒錯。」哀川小姐微微頷首。「有那丫頭在場的話，至少能以防萬一。若單純以數字上的戰鬥力而論，那丫頭幾乎可算是所向無敵吧。」

當然，跟本小姐還差得遠啦。

哀川小姐不忘加上這一句。

的確，擁有「病蜘蛛」最後弟子的頭銜，自然也非泛泛之輩。迄今為止，能將小姬逼入絕境的存在，除了那位「軍師」以外別無他人。擔任貼身護衛已是綽綽有餘了吧。只不過，再怎麼說畢竟也是大學教授所進行的正式研究，帶著一個嘻皮笑臉的高中女生（而且還是全科滿江紅的天兵少女）去參加，這樣真的好嗎……

「如果我沒記錯，一姬的補習應該是到二十日為止吧？既然打工是從二十二日開始，那就沒問題囉，還來得及加入嘛。」「是沒錯……不過小姬的暑假實際上才短短十天而已，再霸占掉一半以上實在是──」

「有什麼關係，反正那丫頭也很閒嘛。雖然有不好預感的人是我，本來應該由我直接親自出馬，但是礙於人情世故，有些工作無論如何也不能推掉嘛。」

「這樣啊。說得也是……好，那我知道了，就去拜託看看吧。」

要去找小姬嗎？

……雖然是個好女孩──

但老實說，我有點卻步。

因為那丫頭，跟玖渚實在很像。

開朗活潑，天真浪漫，純真無邪。

完全，跟我成對比。

「……什麼嘛──」哀川小姐有些受不了地說道：「人家是在替你擔心耶，你這傢伙，實在很缺乏危機意識。」

「咦？啊，妳在說我嗎？」

「就是你啦。不然還有誰？你這傢伙，完全把我的忠告當成耳邊風，根本沒放在心上吧？那個副教授，搞不好是個危險人物也不一定耶。還有，剛才告訴你『匂宮』

的背景時，你也同樣不當一回事。你這傢伙應該對人生再多增加一點憂患意識，不，是多點『危機意識』，這樣比較好吧？難道你從來不曾想過，自己也許會因此而喪命嗎？」

「剛才就說過，我已經捨棄那種觀念了啊。」

「捨棄，是嗎……這跟逃避問題有什麼兩樣？即使號稱從事『不死的研究』，人類對於死亡這件事情本身，終究是絕對無法逃避的吧？」

「誰曉得呢。」

「算了，或許這樣才像你的作風吧。又或者，因為你還遊刃有餘是嗎？」

「遊刃有餘？」

「應該說還保有餘力吧。你並沒有認真地拿出實力來不是嗎？你這傢伙，說什麼看開什麼捨棄，事情根本沒那麼簡單，以你的程度，平常應該都只拿出七成的實力在應付人生吧。七成……不，大概才六成左右。」

「……是嗎。但我本身自認為，一直都非常努力非常拚命，已經全力以赴了喔。」

「無論任何事情，所謂的自認為通常都只是錯覺。要說你是懦弱無能嗎，看樣子又像是害怕使出全力……你好像只是對於瞭解自己的極限感到恐懼。不過話說回來，即使向量不同，單就這點而言，我也沒有資格說別人啦。」

「？什麼意思？」

「因為我，根本就不能認真使出全力啊。」

哀川小姐露出難得一見的，略顯自嘲的笑容，然而又一如往常地帶著嘲諷說道。

「就這層意義而言，所謂的最強或頂點，其實也非常無聊。畢竟沒有可以相抗衡的勢力，怎麼樣也無法構成戰鬥形式嘛。找不到敵手，就等於失去平衡，所以不得不降低水準配合對手的程度……只能由我主動去配合對方的等級。可是這樣子等於把對手當笨蛋耍著玩，只不過是一種放水行為而已吧？所謂的超級最強無敵王者，說穿了也有卑劣的地方。不但卑劣，而且還很無趣。」

「……」

「啊，對了……剛才談話間有提到，那個五月時曾出現在京都，和你極為相似的零崎人識。那傢伙的戰鬥力已經算相當不錯囉，至少是最近我所遇過最厲害的對手了。」

「所謂最近……意思就是，過去還有比零崎更強的傢伙嗎？那麼，綜合以前到現在真正的第一名是？」

「嗯……有是有啦——」哀川小姐停頓片刻才又說道：「只不過，那是在我成為最強以前的事情了。如果要說覺得『唯獨這傢伙自己無法匹敵』，以打從心底屈服為定義的話，在我還是小鬼的時候，曾經有過兩個人喔。」

「兩個人嗎？」

這答案著實令我驚訝。

但仔細想想其實也沒什麼。即使是哀川小姐，也並非從誕生到世界上的那一刻起，就開始當「人類最強的承包人」吧。

任何人，都有過去。

任何人都有。

無論是必要的，或者不必要的。

無關乎喜歡或不喜歡。

累積種種過去，才成就現在。

累積無數現在，才抵達未來。

「打從心底，屈服……」

「沒錯。也許這只是我自己深信不疑的想法吧——雖然那已經是非常久遠的事情了……不過那位零崎君，也早就從候補名單當中被剔除囉。反正我又不是那個狀況外的名偵探，而且零崎那傢伙，根本已經不在了嘛。」

「已經——不在了嗎？」

「就這層意義而言，小哥——」

砰——

一隻手，拍在我肩膀上。

用力，緊握住。

強硬地，毫不留情地，沒有保留地。

「我對你，可是寄予厚望哪。」

「……請不要——」

我顫抖著聲音回答。

顫抖的並不只是聲音而已。

「請不要開這種玩笑，潤小姐。」

「之前我好像也有說過吧……就現階段而言，這的確是玩笑話，所以不需要太在意。」哀川小姐出乎意料地爽快，迅速鬆開手放過我的肩膀。「但是，站在個人立場我倒很想見識看看……你真正的『實力』。坦白說，期待的同時也伴隨著恐懼，也許我應該趁你尚未拿出所謂的『實力』以前，先把你給收拾掉。」

這句話，之前確實，曾經說過。

假如我，懷有目的。

為了某種目的，全力以赴的話。

後果會怎樣呢。

後果會怎樣？

「……太強人所難了吧。」

「嗯？」

「因為我就是這種人啊，曖昧不明，半途而廢，是個無可救藥的傢伙。雖然跟剛才提到的春日井小姐並不相同，但也確實沒有任何人生目的或目標可言，就只是個渾渾噩噩的傢伙啊。」

「解釋得相當清楚嘛。」哀川小姐嘻嘻笑著。「嗯，也許真的是這樣吧。不過要我來說的話，假如不認真活著，姑且不論周遭的人怎麼想，對當事人本身而言實在是非常無趣的一件事情啊。」

「就算還保有餘力，那也是我無法完全掌控的餘力呀。正所謂過猶不及，好比說人類目前只運用了大腦的百分之三十而已，以此推斷，說不定一旦將剩餘的部分都開發出來，會發現那根本只能叫做破銅爛鐵……」

「管它是破銅爛鐵也好是什麼都好，那些保留的實力總會派上用場。即使是你也一樣，總不能永遠處於曖昧不明半途而廢的狀態。」

哀川小姐打斷我的話說道。

然後，又斬釘截鐵地說：

「因為，畢竟你還活著啊。」

2

參觀過清水寺與八坂神社，晚上在哀川潤御用的居酒屋用餐，之後又聊了許許多多的話題，也去了許許多多的地方，稍作休息又再度行動，直到過了深夜零時，也就是已經邁入八月五日之際，哀川小姐才坐上計程車，與我道別。看樣子，真的是為我空出了「整個中午過後的時間」，據說接下來連休息的時間也沒有，立刻又要投入工作當中。

感覺此人還真不是普通地忙碌哪。

究竟都什麼時候睡覺呢。

「……」

忽然想到。

為何哀川小姐會從事承包人這樣的工作呢？憑此人的才能……不，並非所謂的才能，光憑此人——哀川潤這個「存在本身」，只要她願意，應該任何事情都辦得到，任何東西都能手到擒來才對啊。

「永生」，「不死」。

即便是這樣的天方夜譚，換作她或許也有可能。

至少，具有強烈的絕對感。

足以使人相信。

既然如此又為什麼，會從事承包人的工作？

所謂承包人，換言之便是代理別人的工作。

是一種，替代。

代理人。

代替品。

為什麼願意接受這樣的身分待遇呢？
一再強調，叫別人要認真活著的她。
希望有一天，能見到我全部實力的她。
說對我寄予厚望的她。
兩者之間，難道沒有衝突嗎？
無法全力以赴。
就字面上來看，意思都一樣。
然而向量卻截然不同，過於懸殊。
我是，無法認真使出全力。
她是，不會認真使出全力。
……其間的差異，極大。
其中的差異，極端。
是最強與最弱的差別。
縱使也許不能一概而論。
「……說到這──」
從來未曾想過。
從來也不曾去思考過。
哀川小姐她──

「哀川小姐她……究竟，期望著什麼呢？」

或者說，不期望什麼呢？

下回問問看她吧。

倘若有機會的話。

下回再見到面的時候，倘若我還記得的話。

「……好了，回去吧。」

我轉身往回走。身為一名窮學生，沒有搭計程車回家的奢侈本錢。話雖如此，這種時間也已經沒公車可搭了。結論就是，走路回去吧。其實並沒有什麼特別需要思考的問題，況且左手的石膏也終於拆除了，結果卻還是重複做著同樣的事情，感覺真空虛啊……

「唉……好累。」

整整十二個小時被哀川小姐要著玩，實在是疲勞轟炸，要不要打電話給美衣子小姐請她來接我呢……可是那也很麻煩。況且這種時間，美衣子小姐說不定已經就寢了，萬一把她吵醒也很罪過。

在橫貫市中心的御池通上，悠閒地漫步著。不經意想起，之前也曾經跟零崎那傢伙並肩同行，像這樣悠閒地漫步在深夜的京都。當時的目的地是哪裡呢？

已經是，好一陣子以前的事情了。

當時也，死了相當多的人。

多到幾乎快要麻痺的程度。

多到幾乎快要覺得一切都無所謂的地步。

快要可以放棄一切，可以忘卻所有的地步。

「也許只是戲言吧……」

即使被說還活著。

也活得死氣沉沉宛如行尸走肉的我。

「活下去……迎向死亡……」

木賀峰約。

「不死的研究」。

當然，這只不過是種比喻，大概屬於副教授特有的隱諱說法吧。倘若追根究柢去思考，其實醫療技術也算是「不死的研究」。生物學與醫學之間的分界線，像我這種唸文科的人實在搞不清楚。話說回來，我從前的恩師——三好心視，她也從事過關於「死亡」的研究。就這層意義而言，所謂「不死的研究」，與我並非毫無關係，甚至出乎意料地有著切身的關聯性。

只不過……這樣好嗎？

和這種事情扯上關係。假使真如哀川小姐所說，懷有某種不安的因素、不確定的因素，那是不是應該及時抽身比較好呢？

「……無論怎麼選擇，結果都相同嗎？」

到目前為止，始終都是這樣。什麼「應該」如何「理當」如何，就算說得再多，就算一再後悔一再反省，所有結果仍舊是一樣的。

無論選擇哪一方，未來都相同。

前進是地獄，後退也是地獄。

這就是，我的人生。

順從命運。

遵循因果定律。

「結果，一切都**只不過是順其自然聽天由命而已**……是嗎？」

這時候——

當我正走到堀川通的十字路口，為了等紅綠燈而停下腳步時，在長長的斑馬線彼端，隱約看見一道模糊的人影。在京都這地方，一旦遠離繁華熱鬧的市中心，感覺就跟地方都市沒兩樣，深夜時段別說什麼人影了，連隻狗影都看不到，這實在很稀奇——才怪，我並沒有這樣想。就算是地方都市，也總有一兩個人會在深夜裡出門散步。

問題是斑馬線對岸的人影，根本完全不是在散步，而是趴在人行道的黃磚上，呈現俯臥的狀態。

本人視力，2・0。

那個人是……昏倒在路邊了嗎？

「……唔——」

並非因為剛才想起零崎的緣故，此刻掠過腦海的是，五月時發生的事件。當時我曾在類似的情況下，由於一時不察大發慈悲，結果卻惹禍上身。

這一次，不代表不會再有同樣的事情發生。

…………

閃吧、閃吧。

反正對我而言，就算不過這個紅綠燈，也照樣可以走回古董公寓嘛……

『難道你認為看見有人倒在路邊應該要若無其事地走過去見死不救嗎？』

好啦好啦。

姑且不理會春日井小姐所說的話。

至少就在剛才，直到剛剛的剛剛，才跟哀川潤交談過的傢伙，看見有人倒在路邊，要若無其事走過去見死不救，根本就不可能嘛。

沒等到紅燈轉為綠燈，我就移動雙腳小跑步過去，反正這種深夜時段，路上也幾乎沒有什麼車輛在行駛。

「你還好嗎——」

一靠近那道人影。

我就僵住了。

「……你——還好——嗎……」

闇黑色斗篷。

雙手隱藏在斗篷底下。

長頭髮加上，戴眼鏡。

是匂宮理澄。

「……」

又倒在路邊了……

居然又倒在路邊了，這丫頭！

我蹲下身子趨近觀察，感覺跟之前一樣，看起來就好像只是睡著而已。不，不是「看起來像」，而是確實有發出「咻——呼嚕呼嚕～～」的鼾聲，甚至還會邊翻身邊「唔——嗯——」地囈語著。彷彿喝得爛醉睡死在馬路旁的上班族，瀰漫著一股哀愁的氣息。

嗚哇……

怎麼辦，這可怎麼辦啊。

最低限度，至少也有過一面之緣。

「好想逃走……」

這種緣分我不需要……心裡雖然很想這麼說。

可是——

即使在京都的夏季，在夜空底下。

畢竟也是個女孩子啊。

「……」

匂宮。

殺之名。

雖然對哀川小姐有點不好意思，但我還是覺得看起來很不像。懷疑木賀峰副教授

那個「不死的研究」也就罷了——至於這女孩，應該沒必要懷著那麼強烈的警戒心吧。

沒關係。

我已經很習慣面對這種外星少女了。

總不會比玉藻小妹妹更難纏吧。

「……話說回來，也不能直接背著她走啊。」

從春日井小姐撿回理澄的八月一日算起，到今天是第三天。當時她曾說過自己

「已經連續三天滴水未進」，所以這次也是因為同樣的情形倒在路旁嗎？不對，她好像說過自己有昏迷癖之類的？若果真如此，那我應該帶她去的地方是醫院。但這樣一來，就會發生跟聯絡警察同樣的問題了啊……一個「名偵探」而且還穿著「束縛衣」。

不管怎樣，先拍拍她的臉頰看會不會醒過來吧。

思及此，我便朝理澄的臉頰伸出手，正要拍下去時——

啪！

理澄的身體宛如上了發條般突然彈起來，彷彿為了避開我伸出的手，一口氣從原來的位置，瞬間移動達三公尺之遠。即使與那天撲向壽司盒的動作相比，也是完全無法想像的敏捷度。

而那雙注視著我的眼睛，瞪得又圓又大。

彷彿連瞳孔都睜開的感覺。

「……呃——」

「…………」

理澄以壓倒性的沉默緊盯著我。

啊，我忽然意識到。

莫非是因為，我想拍她臉頰的緣故？

「啊，剛才那個，妳誤會了……剛才我只是——」

正準備解釋的下一瞬間，不，早在那一瞬間以前，她便有如雙腳加裝了火箭般，朝距離三公尺外我所站的位置疾速飛撲而來。這衝力與那天答謝我的肉體撞擊，也是根本無可比擬。速度產生了反作用力，將她的斗篷掀起，隨風輕飄落地。

束縛衣原形畢露。

雙手被皮帶封住的她。

張大了嘴，瞄準我的喉嚨。

「……咦！」

覺得，好像會被咬。
哀川小姐的話閃過腦際。
「漢尼拔」、「食人魔」。
食人魔。
「唔、嗚、哇啊啊啊！」
還來不及思考如何閃避，我就出於本能產生的恐懼，以跌倒般的姿勢躲過一擊。
正確地講，我並未完全躲過那對虎牙，右邊臉頰已經被齒尖劃出一道痕跡。
尖銳的痛感。
彷彿被刀刃割開似地，冰冷。
與其說是疼痛，更像是發熱。
與其說是發熱，更像是凍結。
「喀哈哈哈！喀哈哈哈哈哈哈哈！」
她——
似乎是在笑。
「喀哈哈哈哈哈哈哈哈哈哈哈哈！」
「等……等一下——」
我已經跌坐在地面上了。照這情況看來，無法躲過下一波攻擊。明知並不能藉此拉開和她之間的距離，我仍拚命伸長了手，朝她攤開手掌表示暫停之意。

她面朝著我。
從嘴角，流下血絲。
是我的血。
顏色，很紅。
鮮紅的，紅色。
然後她笑了。
陰森森地笑著。
「理、理……」
我好不容易，才擠出聲音來。
「理澄………」

「——什麼啊。」

這時候，
她終於——說出屬於人類的語言。
「你就是，那個救過理澄的傢伙？」
「……咦？」
我萬分錯愕。

立刻站起來和她……拉開距離。
看見我的舉動，她詭異地笑了。
「哎唷～～好危險差點就吃錯人了不是嗎……好險好險。可別怪我啊，因為我們固定有一天一小時的殺戮時間嘛。」
「……妳、妳在說、什麼啊——」
「喀哈哈哈！」
她縱聲大笑。
似乎是一種，無意義的狂笑。
我傻眼地看著她那副模樣。
語氣……截然不同。不只語氣，還包括氣息，以及表情、眼神，全都跟那天所見到的判若兩人。這傢伙，是誰？這就好像、就好像，只有容器相同——但內容物卻完全不同的感覺。
錯覺。
是錯覺嗎？
這傢伙，究竟是誰？
看她的模樣——不對。
是「她」嗎？
簡直是，另外一個人。

怎麼看都覺得只是相同的容器。
簡直是，另外一個人。
包括那個笑聲。
還有那雙眼瞳。
「……理、理澄……妳是理澄吧？」
「啥——？理澄？你說我是理澄！喀哈！哎唷，真好真好真是愉快有趣如詩般美妙的誤認啊！唉呀，理澄會感動到全身發熱興奮到全身顫抖噢噢噢噢噢……YA——！」
接著又，縱聲大笑。
以歇斯底里的音量，縱聲大笑。
「喀哈哈哈哈哈哈哈哈！」
她……
不對。
是「他」。
「他」一步接著一步，朝我逼近。
彷彿壓迫，彷彿威脅。
彷彿享受，彷彿喜悅。
「『現在』不一樣囉……」然後「他」，報上自己的名字。「我是西園伸二（註7）……

7　《多重人格偵探》裡主角經由神祕組織塑造出來的七種隱藏人格之一。

才怪！喀哈哈哈！」
「……」
「我為殺手委託人為秩序！身纏十字符號，即將執行使命！」有如對天吶喊般，「他」大聲說道：「現在我是匂宮出夢……『食人魔』出夢。」

3

回到公寓一看，所有房間已經全部都熄燈了，我的房間也已成空殼。春日井小姐不在屋子裡。
那人也是標準的神出鬼沒型。
取而代之地，是一紙留書。
那個白吃白喝的米蟲終於給我滾出去了嗎？興高采烈地拿起信紙一看——**「木賀峰副教授研究室的打工我決定也要參加所以請多指教囉～～雖然還當不成小偷但我一定會努力學習的**（註8）**（怎麼樣，這句可愛嗎？）春日井小妹妹身價非凡的千金名媛掌上明珠（取自『春宵一刻值千金』的雙關語唷）PS．說到《北風與太陽》按照常理假如太陽那麼認真地大力照射人類為了保護皮膚更是絕對不能脫下外套你不覺得嗎？」**
——內容如上。這傢伙，居然偷看我特地藏起來的信封。也罷，反正頭一天帶回來時

8　引用自《魯邦三世劇場版：卡里奧斯特羅城》裡女主角克拉里斯公主的經典台詞。

就已經被她看到了，況且只要想想春日井小姐的本行，會有此結果也是預料中的事情。

總而言之，我的人脈就這樣拍板定案了。

春日井春日，紫木一姬，再加上我。

有種要參加異色派對的感覺。

看看時鐘，毫無疑問仍算深夜時段，不過這種事情應該還是及早通知比較好吧。我拿出手機，反正大學教授那種人也不會把深夜當成深夜正常地作息，況且對方自己也說過無論深夜或任何時段都可以打給她。小姬那邊應該稍後再知會一下就可以了。

我從皮夾中取出木賀峰副教授的名片，照著上面印的電話號碼打過去。

「……」

沒有人接聽。

第三章　事前的不察——（分裂的不幸）

0　你真是人類的不幸啊。

1

八月十四日，星期日。

今天，剪了頭髮。

「……」

我看著鏡子，透過另一面鏡子的反射看到後腦勺，然後再一次看向正面的鏡子，疑惑地偏著頭。

「小姬……這樣子會不會太短了點？我又不是運動選手。」

「不會不會，這樣剛剛好，這才是小姬我心目中理想的造型。」

小姬手拿百圓商店買來的美髮專用剪刀，一邊喀嚓喀嚓地靈活轉動著，一邊充滿自信地抬頭挺胸說道。

「小姬我從很久以前就常常都覺得，師父的頭髮拖拖拉拉陰陽怪氣地好礙眼又不清爽讓人看了就生氣耶。」

「原來妳對我有這樣的想法……」

「從初次見面就開始了。」

「而且還是第一印象哦……」

太過分了。

太過太過分了。

「反正師父，既然剪都已經剪了，如今再來抱怨也亡羊無補囉。」

「……」

亡羊補牢……於事無補……以現場的狀況來判斷，恐怕應該是，於事無補吧。

「……好吧，算了。」

我從鋪在榻榻米上，已經落滿髮絲的報紙上站起來，取下綁在脖子的毛巾，然後將方才為了剪髮而脫掉的上衣重新穿好。接著再次面對鏡子，撥一撥變短的頭髮。

嗯，其實，也沒那麼糟啦。至少，確實是不會覺得陰沉又礙眼。

「3Q～～小姬，我挺喜歡的喔。」

「不客氣的唷——」

小姬帥氣地將剪刀上下左右「咻咻咻」旋轉幾圈，最後收進口袋裡。

「呼呼呼，果然還是短頭髮比較適合師父唷。」

「為了答謝妳，下回換我來幫小姬剪頭髮吧。」

「才不要咧，拜託千萬不要。師父真要答謝的話，就應該幫我寫暑假作業外加補習功課唷，期限到明天為止耶。」

「說得也對。不過小姬，妳頭髮也滿長的不是嗎？從六月到現在，也有兩個月沒剪了吧？這樣是不行的喔，女孩子必須勤於修整儀容才可以。」

「這是性別歧視嗎？」

「不，不是性別歧視，只是告訴妳頭髮太長該剪了。」

「不是太長是我故意要留長的啦，小姬我正在努力忍耐熱天氣，打算等過一陣子來換個適合冬天的造型。」

「聽說上過床以後頭髮會長得比較快喔，需要的話我願意盡棉薄之力幫點小忙。」

「下流……」

她用極冰冷的眼神看著我。

沒想到反而是小姬有精神潔癖。

「話說回來師父，為什麼你會突然想到要剪頭髮呢？那樣子遠水救不了火燒眉毛的病急抱佛腳。」

「……」

這句難度太高了。

放棄吐槽。

「呃——這個嘛，小姬，妳看看我臉頰上的傷口。」

「是。」小姬依言照做。「唔～～這個，是差不多十天前，師父跟潤小姐約會完以後，聽說在路上被野狗咬的那道傷口吧。」

「嗯。這樣看起來，很像刺青對不對？」

「還好啦，就傷口癒合前先結痂的感覺嘛。」

「這時候如果頭髮過長，會變成跟某人角色重疊。這十天以來，我每次照鏡子都覺得渾身不舒服，所以才下定決心剪掉的。」

「……？」

小姬偏著頭一臉疑惑。

啊，她當然聽不懂了。

我和零崎相遇，是在和小姬相遇以前的事情。

「可是師父，那個傷口，能夠完全康復嗎？要不要去醫院看看比較好呢？」

「不用啦，傷口很淺，看樣子應該會脫落得一乾二淨。雖然好像復原得特別慢——不過到下個月應該就完全看不見了吧。況且就算留下疤痕，正面迎敵留下的傷疤也是一種男人的驕傲嘛。」

「或許吧，不過那只限於帥氣的男人唷。」

「……」

妳有什麼意見嗎，小姬。

「好了，我要出去一趟。」我拿起預先準備好的背包，對小姬說：「妳可以繼續待在這裡沒關係，春日井小姐看樣子今天也不會回來了，那就麻煩妳鎖門囉。」

「呃……那個師父，剛才不是說要幫我做暑假作業跟補習功課當作剪頭髮的報酬嗎？」

「那是騙妳的。」

「為什麼！」

「居然會相信我所說的話，小姬妳也太天真了。不適度地給予教訓，將來妳的人生遲早會失敗喔。」

「你怎麼翻臉比翻書還快！把死不認帳當絕招嗎！小姬我白白浪費了寶貴休假的整整一小時耶！明天開始又要過每天補習的生活了說！」

「獅子都會把自己的小孩推落懸崖當成訓練。」

「那是單純的謀殺！」

「喂喂喂，小姬，注意妳的口氣喔。別看我外表這樣，老實告訴妳，我在大學校園裡可是人稱狂犬病唷。」

「為什麼？」

「因為不會游泳。」

「爛人！」

將含淚指控的小姬拋在背後，我轉身走出自己的房間。穿過走廊，步下階梯，然後離開公寓走向室外。庭院前方是荒唐丸老先生正在做午間運動，似乎是很久以前流行過的一種叫啞鈴體操的東西。只不過左右兩邊各拿著二十公斤的啞鈴這點，跟當時流行的啞鈴體操略有不同。上半身打赤膊展現引以為傲的古銅色肌肉，動作卻有如收音機體操般，揮舞著巨大的啞鈴。

夏天。

大太陽。

藍色晴空。

肌肉老爺爺。

「……」

還是別出聲打招呼吧。

今兒個天氣真好啊。

因為天氣太好只看得到天空嘛。

我來到中立賣通，朝停車場走去。在停車場裡看見美衣子小姐，正打開引擎蓋為愛車做保養。即使撇開飛雅特五〇〇是義大利出產這一點不談，也算相當費事的車種。

「嗯——」

美衣子小姐今天依然將甚平外褂綁在腰間，上身穿著黑色緊身背心，帥氣的運動休閒風格。是因為艷陽高照嗎？還是為了避免被油汙弄髒？

「伊字訣，你要出門啊？」

「是，到朋友家去一趟。」

「朋友？」

「那個藍髮丫頭。」

「啊啊，你說藍藍呀。」

美衣子小姐點點頭。

我走向停在飛雅特附近的偉士牌機車，戴上安全帽，拉下防風罩。雖然左手還沒完全恢復正常，但在二十二日打工開始之前，必須先設法回復到跟原來一樣行動自如才行。

「你頭髮——」

「嗯？」

「剪短了嗎？」

「喔，對啊。」

「不適合你。」

嗚哇。

……鏘——

「……啊，不對，說錯了，剛才的話收回。」美衣子小姐搖搖頭又說：「很適合你。」

「……」

雖然覺得「不適合」跟「很適合」這兩句怎麼看都不像會說反的樣子，但我寧願相信那絕對不是無意間脫口而出真心話，這樣想會比較好吧。

「真的很帥，男人味十足，少女殺手，Beautiful——」

「不必勉強沒關係……」

心情頓時有如置身荒漠。

「下手相當大膽的剪法，是崩子嗎？」

「是小姬剪的。」

「這樣崩子會很失望喔，那丫頭一直很想幫你剪頭髮呢。」

「無論如何，我都沒有勇氣讓手持凶器的崩子站在自己身後……」

「原來如此。」

美衣子小姐坦然接受。

「美衣子小姐今天有事要忙嗎？」

「我要去找工作。」

「這樣啊。」

「也許已經來不及了。」

「請別那麼悲觀。」

「嗯，說的也是，搞不好最近買的彩券會中大獎也不一定。」

「請別那麼樂觀。」

「你說話真難懂。」

「……抱歉。」

順帶一提，我要去打工的事情目前仍是祕密，包括小姬跟春日井小姐那邊也都已經先警告過不准張揚了。與其說覺得不好意思或想要來個大驚喜，其實是因為萬一露餡的話被說教的可能性比較高。所以到時候必須一點一滴，不著痕跡地，用請吃飯、幫忙買生活用品、代付水電費等等之類的形式，積少成多聚沙成塔地，分散援助才是正解……雖然聽起來很空泛，但反正行不通的話，最壞也是用借貸的方式解決就好。當然，我並不打算把錢要回來。

總而言之。

美衣子小姐的恩情，非報答不可。

我受了她許多照顧。

直到現在，也還在受她照應。

因此——

既然遲早會離開古董公寓，在那之前——在我真正搬走永遠不回來這棟公寓以前，唯獨欠下的人情，希望都能先償還清楚。

「……儘管在現階段，還沒有要離開的準備。」

「？你說什麼？」

「沒事沒事。那我出門去了。」

「嗯。」

「美衣子小姐，掰——」

「掰——」

好，偉士牌發動。

目標是京都首屈一指的高級住宅區，城　。星期日的京都，滿街車水馬龍，道路擁擠紅綠燈又密集，只能以限制時速慢吞吞地前進。

「……」

就在昨天，木賀峰副教授終於回電了。從我打去留言之後，恰好經過整整十天。嗯，以大學教職員的時間概念來看，也算理所當然吧，畢竟我也沒有特別催促她。原本以為春日井小姐有專業頭銜姑且不論，至於小姬的年齡可能會令對方感到為難，然而她卻沒說什麼，爽快地接受了這份成員名單。

『不過——』

電話中木賀峰副教授又接著說道。

包括我在內，為了大略評估成員適性，她希望能先對所有人舉行面試測驗。就業務內容來考量，這算是非常合理的要求吧。她問我方便的日期，因為小姬到二十日為止除了星期天以外全部都要補習，所以到工作開始之前，只剩下今天跟二十一日有空檔。可惜木賀峰副教授很不巧地，據說今天很忙，但又不能拖到開始前一天才舉行測試，結果就變成沒辦法在白天進行。而木賀峰副教授似乎相當忙碌，為了配合她的時間，於是經過如此如此這般這般的商量，最後決定將適性測驗放在明天晚上舉行。

『事出突然請見諒，因為我只剩下這個日子還空著。』

『不，沒關係，反正我後天晚上也沒事。』

『你後天晚上會有空，這件事情我早已預料到了。』

『……』

……真的假的啊。

妳是預言者嗎？

『那……也好，就這麼決定吧。』

『謝謝，那麼後天晚上就麻煩你了。』

明天，也就是十五日夜晚。

雖說拖到前一天未免太誇張所以不用考慮，但事到如今也別無選擇了吧，看樣子這個適性測驗應該只是一種形式而已。可以稱之為見面會，或者研修會之類的，只要沒有什麼意外狀況發生，應該就不會被剔除。

……小姬和……春日井小姐是嗎……

搞不好會有意外。

這兩人距離所謂的適性都相當遙遠。

「……好痛——」

臉頰的傷口，被強風吹痛。

已經結起來的痂，可能又破了。

結起來的痂如果破掉，就會流血。

因為我還活著。

因為我，據說還活著。

在目前這個階段。

「真是戲言啊……」

花了大約一小時左右，抵達城咲。

玖渚友不在家。

「……大震撼——」

才剛走近三十二層樓高的超豪華大廈，我就打那丫頭的手機聯絡，結果她今天出門去了。雖然沒聽她提過，不過仔細想想，我也沒說要來她家玩。所以囉，像這樣錯過也只能摸摸鼻子，沒啥好囉唆的。

當然，照常理而論，應該要事先約好才對，這我也知道。但一個幾乎從不踏出家門一步的繭居族自閉丫頭，居然就像算準了我來訪的時機點般恰巧不在家，這種事情誰會料想得到啊？

唉——

難得剪了頭髮，特地想來讓她看看的說。

真沒意思啊——

「算了，這也無可奈何……」

據她說是到醫院去了，所以也不能怎樣。

畢竟今天是每月一次的健康檢查日。

假如真要貫徹初衷的話，立刻驅車前往醫院（玖渚機構御用的專屬綜合醫院京都分部）也不是不行，但既然是預定好的，想必直先生也會到場，難得兄妹獨處，我自認還沒有神經大條到那種地步，不至於跑去打擾。

反正也沒什麼特別重要的事情。

想讓她看新髮型，隨時都可以。

儘管不能否認失落的感覺。

我再度跨上停在路旁的偉士牌。

對了，可憐的小姬，我還是依照約定幫她做習題吧……雖說學會偷懶並非好事，但無論怎麼看，那麼多的份量，一個人大概很難在一天之內獨力完成。或許學校的老師壓根也沒想到，居然會有學生全數科目都必須補習吧。

正如此盤算的時候。

我忽然察覺到一股注目的視線。

以大廈的紅磚外牆為背景，有一雙眼睛正注視著我。對方穿著純白色的，宛如死者般的和服造型。雖然在夏季的京都倒也稱不上稀奇古怪，但感覺與那高挑修長的身軀似乎特別契合，給予我一種非常涼爽的視覺印象。

那名男子戴著狐狸面具。

「……」

「……」

狐面男子沉默不語，卻彷彿察覺到我的察覺，微乎其微地，向我點頭致意。

我也二話不說，點頭回應。

……幹麼啊？這個人。

復古車款的偉士牌有那麼稀奇嗎？還是說，他覺得偉士牌機車跟這樣的高級住宅區很不搭調？

不知為何。

不知為何，我發動機車的姿勢，莫名地遲疑了。

「……」

在暫停動作的時間裡，繼續保持沉默。狐面男子的背部離開紅磚外牆，繼續沉默不語地，朝我的方向走來。緩緩地，緩緩地，踩著平底木屐無聲無息朝我走來。

我，無法動彈。

「……哦——」

當兩人之間的距離縮短到兩公尺左右時，狐面男子開口說話了。

「你好。」

近看便知道，對方身材非常高，肯定有一百九十公分，與鈴無小姐不相上下，甚或比她更高。雖然有些偏離日本人的形象，但清瘦的身形卻相當適合穿和服，襯托得非常出色。

「……你好。」

我禮貌回應。

儘管因為戴著面具而看不見臉孔……但從聲音，以及渾身散發出威嚴感的氣質來推斷，絕對比我年長，應該沒錯吧。

「嗯，『你好』。」狐面男子重複一次我所說的話。「一個人嗎？」

「啊，呃，是的，我一個人。」

「『我一個人』。呵，這麼說來，你有事情要找這棟大到不像話的大廈裡面的住戶嗎？」

「差不多意思。」

「『差不多意思』，結果錯過了。」

「對。」

「呵。」

狐面男子點點頭。

「原來如此——嗯，老實說我也是一樣。」

「咦？」

「我也一樣『錯過了』，真是奇遇啊。」

「呃，喔。」

總覺得，雖然無法形容得很貼切，但有股莫名的壓迫感，這人說話的方式似乎有些咄咄逼人。

「其實我原本只是站在附近**乾等**而已，和這棟大廈毫無關聯——不過這棟建築物相當醒目，足以媲美京都塔了吧。在京都算非常罕見……不過我很喜歡，這種破壞性的建築物，具有目空一切的特質，是突出的異形。我一直希望有一天能見識到，以城這地方為範本的政治家或建築師……無論如何，這玩意兒除了是一項景觀之外，同時也成為很好的地標，只不過看樣子我等的人還沒走到這裡就迷路了。會在京都跟札幌迷路的傢伙，我認為簡直是無可救藥的笨蛋啊。」

「啊——可是這一帶已經不是棋盤式街道了喔。」

「『不是棋盤式街道』，呵。」

狐面男子說完似乎笑了笑。由於戴著面具看不見表情，實際上究竟如何我也不得而知。明明是在跟來路不明的陌生人交談，卻又看不到表情，實在很難進行對話。

「對了這位小哥，怎麼樣，身為同樣白跑一趟撲了空的同路人，要不要找個地方坐下來聊聊？」

「呃……」

「既然已經錯過了，就表示接下來也沒有其他重要的事情吧。反正我也一樣突然多出時間來，彼此互相消磨時間也不是什麼壞提議。就由我請客，去吃點好吃的東西吧。」

「啊……呃，我，這個——」

我頓時語塞，對狐面男子充滿莫名確信的言談，忍不住感到疑惑。

「我媽媽說，不可以隨便跟陌生人走。」

「呵，想溜嗎？」

「……」

為什麼？

為什麼我必須被人講成這樣啊。

雖然，我的確是想溜沒錯啦！

「對，我是想溜沒錯啊。」索性直接攤牌。「因為冷靜下來仔細一看，覺得你實在太可疑了，那個面具是怎麼回事？」

「這是一隻狐狸。」

「……」

居然跟我講解圖形。

「所謂狐狸是一種犬科狐屬的哺乳類動物。」

「這我知道。」

「你本來就知道嗎？」

「呃，不，其實不知道。」

原來狐狸是犬科動物啊。
真驚訝。
「呵，好吧算了。剛才覺得跟你好像頗有緣分的樣子，所以出聲攀談，結果看你的反應，似乎又不像會有什麼值得留意的重大因緣。」
「緣分？」
有緣。
因緣，因果。
命運。
怎麼覺得，最近好像常聽到這些話。
「請問，你是……」
「啊——！是大哥哥耶！」
我才剛開口發問，就被後方突如其來一道充滿活力的聲音給打斷了。
回頭一看，眼前出現的——
是匂宮理澄小妹妹。
「嗚哇——！了不起的巧遇，嚇我一大跳！居然會在這種地方遇見，實在是太巧了！」
「……嗨。」
仍舊穿著不變的黑斗篷。

微笑的臉龐，戴眼鏡也相當合適。
雙手藏在斗篷底下。
啪搭啪搭啪搭地，搖晃著長髮有如小動物般朝這裡跑過來，那模樣令人不禁心生愛憐。
「……」
然而，此時此地對於我所懷抱的警戒心，相信任何人都沒資格表示意見吧。我從跨坐著卻沒發動的偉士牌機車跳下來。坐在連鑰匙都沒插的機車上，這種姿勢萬一發生緊急狀況很難臨機應變。
萬一，發生緊急狀況的話。
「好久不見囉，大哥哥！」
砰——！使出身體撞擊。
順利躲開了。
「噫呀嗚！」
理澄小妹妹直接撲向柏油路面滑壘，嘎啦嘎啦嘎啦，發出非常奇妙的聲音。由於雙手無法動彈，似乎未能及時減輕傷害。
「不、不要緊吧？！振作點理澄！」
「雖然大聲得很刻意，但是謝謝你的關心喔！」
毫髮無傷。

理澄只憑雙腳的彈力就動作靈活地站了起來。
「我沒事！」
「那真是太好了。」
「……妳遲到了整整三小時，理澄。」
狐面男子低聲說道。「哇！」理澄似乎嚇一大跳，立即轉向狐面男子。
「我還以為妳不會來了。」
「不得了不得了！狐狸先生！你提早一步先到了嗎！果真厲害！」
「三小時前就到了。」
「真不愧是狐狸先生！」
「沒人要妳佩服。」
「辛苦你了！」
「沒人要妳慰勞。」狐面男子朝理澄的頭頂打下去。「而且就算要說也應該是『您辛苦了』，注意妳的措辭。」
「是！狐狸先生，我喜歡你！」
「想模糊焦點嗎，笨蛋。」
狐面男子又朝理澄的頭頂打了一下。
接著，轉過來對我說道：
「……這就是，我在等的人。」

「……」

「雖然是我等的人，不過——小哥，瞧剛才的反應，你似乎也認識這丫頭哪。」

「呃，可以說認識吧……」

可以說認識吧。

可以說不想說出彼此認識吧。

「半個月前，我昏倒在路邊的時候大哥哥有幫助過我！」還在遲疑的空檔，理澄已經迫不及待地介紹起我來。「然後還借錢給我！真是萬分感謝！」

「哦，那可真是相當地……」狐面男子彷彿細嚼慢嚥般，從頭頂到腳尖來來回回仔細地端詳我。「瘋狂。」

「……瘋狂，是嗎？」

「那種無謂的好心很容易惹禍上身喔。一旦受過幫助，這個笨蛋往後遇到困難時，就會以為總有人來伸出援手。難道你打算，只要這丫頭遇到困難，無論何時何地都去解救她嗎？」

「呃，不，那個……」

「給過一次甜頭，第二次卻又不給，這叫做偽善，是人類這種生物特有的自我意識。對於明明已經絕望的事物，卻又給予希望，這也很不應該。因為被希望煽動而掀起革命的人，最終的下場大部分都是上斷頭臺，結果存活下來的只有那些給予希望、袖手旁觀的煽動者……不過話雖如此——」狐面男子又說道：「那筆借來的錢就由我替她還吧。這笨蛋承蒙你的照顧，多謝了。」

「……」

要道謝麻煩一開始就先講。

害我還差點反省起來咧。

「多少錢？」

「呃我想想……」

其實，那天是春日井小姐先把錢給偷拿走的。然而事到如今，這種事情更不能說出口了。

左右為難啊。

「是三萬圓，沒錯吧，大哥哥？」

「唔……金額好像還要再低一點耶……」

「三萬圓是嗎？好。」

狐面男子從懷中取出和式錢包，將四張福澤諭吉遞給我。

……四張？

「加利息。」

「啊啊……多謝。」

罪惡感……

罪惡感越來越節節高昇……

「大哥哥真是個好人！」
「唔……」
「如果全世界的人都跟大哥哥一樣好就太好了喔！那樣子世界一定會更美好的喔！」
「嗚呃……」
「像大哥哥這樣的人，我最喜歡了！喜歡到想帶回家一個人獨占耶！」
「呃啊……嗚……」
那張笑臉。
那張彷彿在說「世界真美好啊！」的笑臉。
神聖的光芒正侵蝕著我。
妳是故意的嗎？是故意這樣做的嗎？
想要用罪惡感殺死我嗎？
果真如此那就是絕對不會被察覺的殺人方式。
這女孩——企圖進行完全犯罪嗎？
我難以承受心臟的疼痛，便扯開話題。
「……那個，不好意思，請問兩位是什麼關係呢？」
「我們是情侶唷……嗚！」
理澄才剛開口，狐面男子立刻伸出修長手臂捂住她的嘴巴，連一公分的縫隙也不留。雙手無法動彈的理澄完全無法掙脫。
「你應該知道這丫頭的職業吧？」
「呃……大偵探。」
「是摩登……摩登……名偵探唷……」
理澄努力發出聲音。
可是卻被一手堵住。
「據說是『摩登名偵探』。」狐面男子以不帶任何情緒的聲音說道。「所以，假如套用她的方式來講，我就是她的助手……可以這麼說吧。」
「助手？」
名偵探的助手。
那是華生，還是海斯汀上校，又或者是，呃——小林少年（註9）之類的嗎？其實我知道的也不多。不過作為一名所謂的助手，這個人，角色特質不會太搶眼了嗎？
「如果這樣設定行不通的話，那用幕後支援者呢……或是，委託人呢？唔，其實用什麼詞彙都無所謂吧，藉由言語來解釋任何事情，都只會顯得空洞而貧乏。」
「……『空洞』是嗎。」
「純屬，戲言而已啊。」

9　海斯汀上校是推理女王克莉絲蒂筆下的人物，擔任名偵探白羅的助手角色。小林少年為江戶川亂步筆下的人物，「少年偵探團」團長，本名小林芳雄，是天才偵探明智小五郎的弟子。

忽然，我有種感覺。

那張狐狸面具，彷彿揚起嘴角微微一笑。

我頓時——啞口無言。雖然不明白自己啞口無言的理由，但就是啞口無言。感覺像是莫名地，莫名地因為某種非常不合理的理由而被迫緘默。

倘若硬要追根究柢的話——

不寒而慄。

讓人幾乎要渾身發寒地，不寒而慄。

彷彿對我的啞口無言感到很滿意，狐面男子輕輕頷首。「既然是認識的人，那就更不用說了。」又接著講：

「一起來吧。我和你果真有著特殊的緣分，如此機緣你竟意圖違抗，未免太莽撞了。**命運是必須順勢而為的存在**，這是基本概念。妄想開創命運可是桀敖不訓的三次方——因為我們並非遭受命運的擺布，而是**仰賴命運的安排啊**。呵，正因如此人生不能說停就停……理澄，妳還愣在那邊做什麼，快來大力邀請他啊。」

「啊，是！」終於被解放的理澄面向我恭敬地「立正」站好。「來吧大哥哥，請往這邊走！」

「往那邊走只有空氣。」狐面男子毫不留情地吐槽並且再度對準理澄的頭頂一擊。「我的車子停在另一邊……走吧。你的偉士牌就暫時停在原地好了，反正這附近也不會取締違規停車……」

「啊，好……等一下……」

我摘下安全帽，掛在偉士牌的把手上。唉，結果我就這樣被牽著鼻子走了嗎……

如此優柔寡斷的性格容易招惹麻煩，這點其實我也知道。

總覺得類似的事情，之前也曾經發生過……

「……啊，啊啊啊啊啊——！」

理澄突然驚聲怪叫。

「大、大哥哥的頭髮掉光了！」

「並沒有！」

這死丫頭在講什麼東西啊。

對成長期已經結束的男性而言，這種話可是禁語。

「我剪頭髮了啦……為了轉換心情。」

「哈——原來如此。」

「滿適合的吧？」

「……」

理澄臉色發青。

……算了，無所謂。

「不要只顧著聊天，快跟上來。」

狐面男子說完便逕自朝前方走去。明明我又還沒有清楚表示點頭答應，看樣子此人性格也屬於相當強勢的類型。

命運必須由自己去開創。

這是，木賀峰副教授說過的話。

然而，大多數所謂的命運，其實都與自身行為毫不相干，只是在未知的地方有如齒輪般不停地轉動著。

仰賴命運的安排嗎？

這種話——能夠說得出口，也真是妙極。

轉過街角，停在眼前的是一輛純白色保時捷。這個款式的保時捷已經許久沒有親眼見識到了……奇怪，這款跑車不是雙人座的嗎？雖然後面也不是不能坐人，但那未免有點……

「小哥，就讓理澄坐你腿上吧。」

「……」

竟然對初次見面的人做出如此要求，這人在講什麼東西啊。

「我不想讓別人碰方向盤……如果你不願意的話，喂，理澄，妳用走的……」

「不不不，我沒關係，真的。」

我連忙坐進保時捷當中。什麼跟什麼啊，這個人……假如理澄是冥王星少女的話，眼前這位算是目中無人型的嗎？但感覺又不太像……言行舉止本身是理性的，或許應該稱為高深莫測型？雖然狐狸面具配保時捷跑車感覺有些滑稽，頗具詼諧的效果。

「嘿嘿──人肉椅子──！」

理澄說著便一屁股坐上我的大腿。

……請不要把別人稱作什麼人肉椅子。

人肉椅子。

毫無任何情趣可言。

「我喜歡你！」

「……」

笑容滿面的理澄小妹妹。

……沒有任何的，惡意吧。

我關上車門。

「……對了，要去哪裡？這位當街擄人的先生。」

「從這裡向東走，出了城咲再加速奔馳一小段，有家店做的料理很好吃。地點在山邊，所有食材全部都是取自天然的。人類啊，就算手段再怎麼高明，無論多麼努力，都不能戰勝自然。那家店便是以料理的形式，為此提出最好的證明。」

「哦，感覺相當不錯呢。」

「訂位時是預約兩名，不過就算多一個人也不會造成任何困擾。」

「這樣啊。可是剛才不是說天然素材嗎？既然如此，應該只準備了兩人份的材料吧。」

「那就你跟理澄一人一半。」

「啥？」

「我是絕對不會分給你的。」

居然理直氣壯大大方方地說出來。

不是你主動說要請我吃飯的嗎……

雖然覺得無關緊要，但身為副駕駛座的乘客，這可是攸關性命的事情，所以也不能說無關緊要——戴著那張面具，有辦法看清楚前方的路況、交通號誌跟車輛嗎？

「啊哈～～狐狸先生真是食慾旺盛耶！對食物有強烈的執著，太厲害了！狐狸先生，我喜歡你！」

「真沒分寸。理澄，同樣的事情不要讓我一講再講，注意妳的措辭。」

「啊，是。對不起。」僅僅一瞬間，理澄表現出垂頭喪氣的模樣，然而下一瞬間，又轉過頭來朝我露出微笑。「我被罵了耶！」

「……看樣子的確是。」

「不經一事不長一智，被罵才會有進步！」

理澄坐在我膝上開心地大呼小叫著。由於對方是女孩子我也不便直言，但其實相當地重。主要大概是那件斗篷的重量，全身上下加起來約四十公斤出頭吧……？我將視線稍微向下移，看到理澄頭頂的漩渦。近看更清楚可見，那一頭清爽飄逸，烏黑美麗的長髮。

於是，我又想起。

那一天，那一晚，那時候所發生的事情。

名偵探搖身一變成為殺手的，那一瞬間。

「啊，對了，大哥哥，聽說你遇見我大哥出夢了，是真的嗎？」

「……嗯。」

我點點頭。

為何點頭，因為真有其事。當對方詢問一件事實是不是真有其事時，除了點頭之外別無選擇。任何人都會這麼做，包括我也會這麼做——當我心情好的時候，偶然間心血來潮的話。

我見過匂宮出夢了，那是無法否認的事實。然而，今天見到理澄，也並非第二次，而是第三次。

「怎麼了？大哥哥為何突然陷入沉默，啊，該不會是被出夢大哥惡作劇了吧？」

「差不多意思。妳那位大哥，恕我直言，性格簡直惡劣到極點啊。他從以前就是那副樣子了嗎？」

「嗯。從以前到現在都差不多是那樣耶。」

「你們兄妹兩個……長得還真像呢。」

「咦——？根本不像啦。」

「理澄妳聽我說……」

「想保住舌頭勸你最好及時閉嘴。」

狐面男子突然打岔說道：

「我要加速囉。」

2

經過一段長距離的奔馳，久到讓人幾乎要懷疑會不會已經脫離了京都的範圍，最後被帶來一處格調高雅的日式料亭。非常符合京都風味的古典外觀，與狐面男子的和服造型也相當搭調——但穿著普通衣服的我，以及穿著黑斗篷的理澄小妹妹，卻顯得格格不入。

店家所安排的和室包廂，面積有我房間的三倍大，裡面擺設的掛軸與花瓶等藝術品，全部都是美衣子小姐看了可能會興奮到手舞足蹈的高檔貨……儘管美衣子小姐興奮到手舞足蹈的模樣，其實我一次也沒見過。

送上桌來的是京都懷石料理。

未成年的理澄和我喝烏龍茶，狐面男子則是日本酒加冰塊，三人先舉杯互敬。誰都沒有率先飲盡，只是就著玻璃杯輕啜一口而已。

我以少許烏龍茶，稍微濕潤嘴脣。

「咕嚕——咕嚕——咕嚕——」

牛蛙般的低鳴聲來自理澄，雙手無法使用的她，將玻璃杯銜在口中，強行一乾而盡。理澄的下顎絕對有著足以咬斷繩索的力道。

我輕觸臉頰的傷口，如此暗想著。

對了。

我之所以跟隨這名極為可疑的狐面男子，以及擁有雙重人格的少女名偵探——別稱黑髮斗篷眼鏡妹的傢伙來到此處，並不純粹只是隨波逐流任人牽著鼻子走，而是別有用意，至於真正的理由，則共有兩點。

其一，在我看來這點比較重要——狐面男子他，戴著狐狸面具，究竟要如何進食？又或者，要如何補充水分？那並非嘴部有開口的面具，不管怎麼想，戴著面具都不可能直接進食吧？就是這點，引起了我的興趣。

……結果——

「……怎麼了，別發呆快吃啊。」

他爽快地取下面具，朝懷石料理伸出筷子。接著又姿態優雅地淺酌日本酒，神情非常享受，然後吁了一口氣。

「……」

呃，其實這也很理所當然嘛。

其實也是理所當然啦。

只不過，假如一切理所當然的事情都能夠理所當然地發生，那就誰都不必辛苦奮鬥了。

「從剛才開始你就一臉驚訝，有什麼話想說的嗎？」

「……面具，拿下來了耶。」

「嗯？喔——」狐面男子朝放在一旁的狐狸面具迅速瞥了一眼。「因為除此之外，我不知道還有什麼進食的方法。」

「……」

既然這樣那幹麼要戴面具啊！我拚命忍住這個疑問，這就跟理澄斗篷底下的束縛衣一樣，是不能追問的地雷，要盡量避免深入。

順帶一提。

男子面具底下的臉孔，相當地深刻而威嚴，有股歷練豐富的精悍。雖然犀利的眼神稍微有點……讓人覺得渾身不自在，但至少稱得上是充滿男性氣概的堂堂相貌。在和服的襯托之下，有種宛如歌舞伎演員的形象。這樣的容貌我實在不認為有需要特地用面具隱藏起來，以此推測，那或許是狐面男子個人獨特的造型風格。

無可奈何。

理由之一，就這樣當作是解決了吧。

那麼，接下來是第二個理由。

「呃——那個，理澄——」

「吵死了。」狐面男子以沉靜得可怕，卻又嚴肅而清晰的聲音，制止了我的發言。

「用餐時不要說話。」

「……」

呃……

這樣的話一起吃飯不就……沒有意義了嗎？

我看看理澄，只見她和當時一樣，用小狗的方式吃東西，只不過卻是安安靜靜地朝懷石料理伸出舌頭，默默地咀嚼。

「……」

入境隨俗。

順水行舟。

人云亦云，見風轉舵。

反正怎麼樣都無所謂。

我也效法他們，默默地朝懷石料理伸出筷子。

味道很淡，不太好吃。

「……總之就是庶民風味。」

「嗯？大哥哥你說什麼？」

「沒事，我吃飽了，多謝招待。」

「嗯。」

用餐完畢，狐面男子將面具重新戴上。等到飯後茶水送上來的時候，他才終於搭理我。「好了，說吧，你剛才想說什麼」，原來他還記得。

「啊，那個……理澄，之前聽妳提過的『動腦工作』……就是這位先生所委託的嗎？」

「什麼『動腦工作』？」

「……」

她已經忘記了。

看來那並非什麼招牌臺詞，只不過是當下隨口回應的說辭而已。

「妳不是說，正在尋找一個叫零崎什麼的傢伙嗎？」

「零崎人識——」

狐面男子說道。

「……你認識這個人嗎？」

「咦？不不不，當然不認識啊。」我急忙盡全力否認。「怎麼可能認識嘛，我怎麼可能會去認識那種傢伙呢？有何證據顯示我認識零崎人識那種人間失格的傢伙啊？這真是一大侮辱，唉呀討厭，真是受不了。」

「……」

「……」

咦？

好像有種被嚴重懷疑的感覺！

「呃，哎呀，真的，我只不過是覺得這名字很奇怪啦。姓零崎耶，而且還叫做人識，聽起來滿蠢的不是嗎？感覺真的很可笑，那種堪稱傑作的名字，實在不多見呢。」

「……哼。」

狐面男子臉上究竟浮現何種表情，由於他戴著面具我不得而知。然而面具底下穿透出來的質疑眼神，似乎並非那麼難以察覺。

「沒錯，確實是我所委託的。」一會兒，狐面男子開口說道，邊說邊朝身旁的理澄頭頂打下去。「妳這小鬼沒事那麼多嘴幹麼。」

「冤枉啦狐狸先生，人家才沒有多嘴，我很低調耶，真的很低調。」

「吵死了，閉嘴。」

又被打頭了。

因為無法反抗，理澄只能乖乖挨打，加上狐面男子身材高大，理澄的頭頂正好位在容易拍打的順手角度。

「……算了，這樣也好，既然你已經聽她說過，應該就沒關係了吧……反正這件事情也不需要刻意隱瞞。理澄，調查結果如何？今天本來就是為了聽妳報告，我才來到京都，才特地預約這頓飯的。」

「啊，呃——好的。」理澄小妹妹正色說道：「就結論而言，零崎人識此人已經不在京都了。」

「……」

「又據說，他似乎已經被人殺死了。」

「……是嗎？」

狐面男子略顯遲疑地點點頭。

「那真是，太可惜了。」

「應該說不出所料嗎，就如狐狸先生所言，五月時發生在京都此地的連續殺人事件……那起事件的凶手毫無疑問便是這名叫做零崎的人物。因為種種證據顯示，零崎被殺的時間，就緊接在事件之後。」

「……」

「詳細的調查報告會另外再呈送過去，不過狐狸先生所期待的好消息，大概是沒希望了。請節哀順變。」

「……這樣啊。」

咦——

關於五月的連續殺人事件，照理說警方應該也沒有正式發表才對。我以為理澄這時候才來京都調查已經晚了好幾步，結果看樣子也只是展開調查的時間點比較晚而已（往前推敲差不多是從上個月的月底算起吧）。沒想到，理澄號稱名偵探的這塊招牌，也許並非掛羊頭賣狗肉。

掛羊頭賣狗肉。

唔，這個表現方式，未免太貼切了點。

忽然發現，狐面男子正盯著我看。

「……怎麼了嗎？」

「不，沒事。」

「啊……那個叫零崎的傢伙，是你的朋友或什麼人嗎？」

「『是朋友或什麼人』，呵，是完全不認識的傢伙……根本完全不認識，連見都沒見過。只不過偶然間聽見，覺得這傢伙的『命運』頗有意思，想要認識看看而已……既然人已經死了那就表示沒機會了，這也是無可奈何的事情。想要跟命運已然終結的人產生交集，方法等於零。看樣子，零崎人識與我彼此之間的命運，就一切意義而言似乎都沒有任何交集點。」

「……這樣啊。」

「真是，遺憾。」狐面男子對於理澄的結果報告，似乎明顯感到失望。即使隔著面具，也能清楚感受到他的失落。

「……小哥，你知道所謂的零崎一賊嗎？」

「……不知道。」

我小心謹慎地回答。

狐面男子輕哼一聲，看著我說道：

「零崎一賊那夥人……連『惡』都稱不上，只是一個殺人鬼集團。是這個世界上最令人忌憚，最不願與之為敵的醜惡軍團。也是這個世界上最讓人忌諱，最不願與之為伍的極惡團體，是邪惡與輕蔑的寶庫。在順序上雖然名列第三……但卻是『殺之名』當中最被視為禁忌的團體。」

「……」

狐面男子所說的內容，在我聽來宛如異國語言，只能接收到少許片段的訊息，而他也不像是特別說明給我聽的樣子。

「零崎人識是當中最純正的子嗣。純純正正，千真萬確附帶血統證明書的純正血脈。因為那傢伙是……**零崎一賊近親亂倫所生下的孩子**。在完全不考慮傳承延續的那夥人當中，是根本不該存在的例外，**極端例外的例外**。堪稱殺人鬼中的殺人鬼，零崎中的零崎……即便如此，我仍希望能在他還活著的時候，見上一面。」

「……」

零崎人識。

我回想起來。

和那傢伙交談過，各式各樣，言不及義的對話。

那傢伙經常笑。

那傢伙經常喋喋不休。

我在那傢伙身上……

投射，自己的影子。

一邊又，覺得反胃。

「嗯——」

狐面男子停頓片刻，又接著說道：

「總而言之，這件事情就到此結束了……小哥，我的事情已經處理完畢……接下來是自由時間，來聊些別的吧。」

「喔……」

講是這樣講。

其實現在我也有種目的已經達成的感覺，至少跟到這裡來的兩項理由都已經徹底解決了……

若真要說還有什麼其他想問的事情——

狐面男子知不知道有關理澄的「大哥」——匂宮出夢的事情呢……大概只剩下這點疑問了吧。只不過，這種話題實在很難開口……

尤其是，當著本人的面。

呃，雖然並非真正的本人……

好複雜啊。「啊，既然這樣的話！」這時候，理澄精力旺盛地舉手發言。「來來來來！我有一件事情，無論如何都想問一問大哥哥耶！」

「……什麼事？」

「從上次見面的時候我就一直覺得很好奇了耶！」
「所以呢，到底什麼事？」
「大哥哥跟那個看起來很溫柔的大姊姊，究竟是什麼關係咧？」
「……」
真是孩子氣的好奇心啊。
話說回來，我自己剛才也問過同樣的問題。
「主人與女僕的關係。」
「哇！」
理澄大驚失色，嚇得往後退。
「女、女僕！大哥哥，原來你是女僕！」
「不是我。」
「那、那就是那個大姊姊囉？那麼漂亮美麗的大姊姊，居然是女僕！」
「沒錯沒錯，正是如此。我的生活瑣事全部都交由她打理喔，春日井小姐都稱呼我為主人。」
「她不是叫你伊小弟嗎？」
「在別人面前當然會掩飾一下囉。」
「原來如此——嗯嗯嗯。」
居然相信了。

真是個好騙的女孩子啊。

「『看起來很溫柔的大姊姊』——」狐面男子說：「搞什麼，妳除了這位小哥以外，還受過其他人的照顧嗎？」

「是的。」

「……不要隨便給別人添麻煩，小心後患無窮。像這位小哥倒還好，其他無關緊要的傢伙就不要再隨便扯上關係了。」

「是——」

「不過話說回來……一旦緣分成立，無論是何種因緣，都已經不能說是無關緊要了吧。包括這位小哥和那位『大姊姊』與妳的緣分，也是因為**已經先成立了**，彼此之間才會產生那樣的因緣際會吧。在大多數情況下，這些都是無可奈何的事情。」

「……緣分，是嗎？」

「對，緣分。」

狐面男子無意義地朝理澄頭頂打一下，再轉回來對著我說：

「你相信所謂命中注定的相遇嗎？」

「……咦？」

這個。

這句臺詞。

似乎曾經，在哪裡，聽誰說過。

「好比說……此時此地，三個人齊聚一堂——也許有人會認為這只是偶然形成的結果，但也有人會認為**事實並非如此**。」

「……緣分——」

「兩個星期以前『幫助過』理澄的你，在兩個星期之後與理澄以及她的委託人也就是我，因為湊巧的『偶然』而相遇，這種『巧遇』……已經不能稱之為偶然或巧遇了。」

「……應該稱之為命運嗎？」

「這世上沒有什麼事情是毫無意義的。一切的一切對整個世界都有著重要的含意——只要是構成這個世界的一塊拼圖，就絕對無法逃脫命運的咒縛。剛才不是說過了嗎？我們只是在仰賴命運的安排啊。覺得自己沒有任何存在價值，覺得自己跟整個世界毫無關聯地活著，假如有人這麼想的話……那已經超越無知，而是一種傲慢了。」

「……你是宿命論者嗎？」

「不如說是故事論者吧。我絕對不認為有什麼神明之類莫名其妙荒唐無稽的東西存在，但這個世界明確有著故事的存在。因此在這些故事當中出場的，即所謂的登場人物……沒有自由可言。儘管擁有自由，卻也因而等於沒有自由。純粹只是，只是純粹，聽天由命地，順從故事的安排而已。」

「只是順從故事的安排……」

「我們三人，**在應該相遇的地方相遇**——用比較陳腔濫調的說法，便是這麼回事。」

「……」

假如玖渚每月一次的例行檢查沒有排在今天的話。

假如理澄小妹妹在前往城　的途中沒有迷路的話。

假如狐面男子當時是站在其他不同地點等人的話。

不，其實也不需要有那麼大的變動。

只要稍有差池就好。

比方說如果我沒有在停車場跟美衣子小姐聊起來，或是遵守跟小姬的約定幫她寫作業的話，即使是這種瑣碎之處亦無妨，只須些微差異，我就不會遇見這名狐面男子，我也不會和理澄再度相遇。

如此細微的偶然所形成的結果。

能夠說只是……在應該相遇的地方相遇嗎？

「當然，某種程度上，有限度的自由還是會有的……就像這樣——」

狐面男子沉靜地伸出手，將茶杯推倒。

潑出的茶水在桌面上逐漸擴散。

緩緩地，擴散開來。

「……像這樣，不合邏輯的，毫無意義的不自然行為，也有可能會發生。然而主要的大綱，終究無法反抗故事的安排。即使能擁有細微處的自由，也不會擁有大幅度的自由，巨大的自由被矮小的自由所驅逐。一言以蔽之，就是有如籠中的小鳥。就算做了什麼，最後也會被修正。」

「修正……」

籠中的小鳥。

即使登場人物擅自行動。

故事本身也不可能會有所改變。

「沒錯，會被修正。不過，對於已經發生的事情，再去討論『假設』感覺也很愚蠢。今天就算你跟我當場錯過好了，那樣一來你當然也不會遇見理澄……**雖然有此假設，但並不會發生**。」

「我自爆了……」理澄一頭撞向桌面。「狐狸先生，你在說什麼我完全聽不懂啦～對了順便講一下，自爆咒語的漢字如果寫成『眼眼手』（註10）看起來會很像妖怪的名字耶。」

「若要問在錯過的情況下結果會如何——」

完全壓倒性地予以無視。

「**你和我和理澄，應該會在其他場所相遇，然後進行跟在這裡類似的對話吧**。時間數值多少會切換，但總有一天在某個場合，不同時間不同地點，行為本身還是會被付諸實行的。這種現象我稱之為時間收斂……而到時在你面前，我與理澄兩人不一定會同時出現，也許會變成單獨行動，再各自與你相遇。」

「……」

10　電玩遊戲「勇者鬥惡龍」的自爆咒語「MEGANTE」，取其諧音可寫成漢字「眼眼手」。

「又或者還有另外一種可能性，就是你在那個地點沒有遇到我和理澄……**取而代之的是遇到別人，而與我在此處進行的談話也可能轉換成其他對象**，但仍具有相同的意義。這個人物並不需要和我程度相當，也不一定要跟我的地位不相上下才足以勝任。至少對你而言，只要是跟我具有相同意義的某個人就好。當然，在現階段，既然彼此的緣分僅止於此，換作其他任何人或許也都行得通。就算理澄……」

他斜眼瞧了理澄一下。

「……就算是換成這丫頭的哥哥出夢，對你的命運而言，可能也不會產生太大的變化。」

「出夢……」我下意識脫口而出。「……你是說『他』嗎？」

「嗯……啊啊，對了，你在車上有提到過，已經跟**那個出夢**見過面了嘛。那就更不用說了，即使『此時』『此地』沒有遇到理澄，你應該也會在『某時』『某地』遇到出夢吧，總之就是這麼回事。這種現象我稱之為替代可能。」

就算將眼前非做不可的事情延後，總有一天也會非做不可，假如還是不去做的話呢，那就會有別人代替完成。

世界的機制。

這樣子……簡直就像——

這樣簡直就像，世界本身擁有獨立的意志不是嗎？並非經常被掛在嘴上比喻的神明，或所謂「世界的創造者」那種層級……而是故事本身會回歸到原本該有的正常狀態，彷彿具有這樣的機能……

所以，企圖違抗命運的人。

將會被命運本身排除在外？

只為了要讓一切合乎規則。

自然淘汰。並非看不見的手（註11），而是自然淘汰。

光就字面上而言，這個說法相當契合。

命運般地，契合。

宿命般地，契合。

「這並非那麼不可思議的事情，也不是超乎常理的事情。『原子會以固定型態集合為分子』——『相同分子會具有相同的結構』——『分子的結合模式有限』——『沸點與熔點隨不同條件而固定』……以及『回歸原狀』的力量，一切的存在都是堅固不移地維持著。」

「一切存在……這麼說，包括命運也是——」

「『一切存在，包括命運也是』。可以稱之為命運的自動回復機制吧，或者應該稱為錯誤修正功能。**即使做了什麼，最後也會在某處遭到修正**，好讓收支平衡，讓事情有合理的結果，合乎遊戲規則。也就是說，這世界並不期望絕對的改革。無論有什麼不同的因，終究會導致相同的果——預定和諧……啊啊，對了，用比較淺顯易懂的說

11 現代經濟學之父亞當史密斯於《國富論》所描述的市場神祕力量。

法，就是所謂的宇宙意志吧。」

「……？」

「幹麼，你沒看過《GS美神極樂大作戰》嗎？連漫畫都不看，你活到這個年紀都在做些什麼啊？」狐面男子一臉無趣地說道：「除了惡劣以外沒有別的字眼可形容了，好，那『虛空錄』（註12）總該知道了吧？」

「……你很喜歡，看漫畫嗎？」

「我愛漫畫。」

狐面男子斬釘截鐵地說。

「如果這些用語你不熟的話，那所謂的阿卡沙祕錄（Akashic Records）（註13）呢？雖然觀念認知上略有出入，但應該可以幫助理解吧。簡而言之，基本概念就是，意圖違抗命運是一種愚蠢莽撞的行為。更別說什麼開創命運了，根本是無稽之談。」

「……這樣子的——這麼追根究柢的思考方式，我還是頭一次聽到。不過……該怎麼說呢，很率直，也算相當不錯的見解吧。」

這並非隨口附和的客套話，而是真正的感想。況且依我過去的經驗，也並非完全不能認同。然而，「這世上沒有任何一件事情是毫無意義的」，唯獨這點我實在難以苟同，話雖如此，也不是完全無法理解。

12 漫畫《超感觀少年驅》當中的用語，為作者竹下堅次郎仿造阿卡沙祕錄所創詞彙。

13 神祕學專有名詞。意指太初以來人間一切事件、活動、思想和感覺的形象紀錄。

命運是已經「注定」的。

所謂注定，就是不可能改變的意思。

這並非宗教上的觀念……即使用數學上、統計學上、機率上的觀念，似乎也都可以說得通。畢竟，人類在各種場合各種處境當中所能夠選擇的選項，其實都數量有限。

果真如此的話。

果真如此的話，未免太滑稽了。

果真如此的話，未免太傑作了。

換言之，這個我——

無論發生過什麼事情，也只會是這個我——

……多麼地。

多麼地，戲言——

「地球以誰為中心而運轉，這種事情根本無需贅言……地球就是以地球為中心而運轉的。不管是認為整個世界都為自己而存在，或是認為自己對整個世界毫無貢獻，這些想法在本質上都是犯了相同的錯誤……都是一群無可救藥的笨蛋。」

「……嚴格說起來，我也是那種認為自己對世界毫無貢獻的人之一哪。」其實也不用什麼嚴格說，我本來就是。「所以想當然耳，你則完全相反，認為自己只是這個世界的零件之一，是被命運牢籠所束縛的登場人物之一，已經對此有所自覺了是嗎？」

「這個嘛……我是一名希望自己能站在故事**外圍**的男子。如此有趣的故事……與其參與其中，不如站在遠處旁觀，才能享受到更多樂趣啊。」

「……這種事，有可能辦得到嗎？假如剛才那些理論都正確成立的話，要跳脫故事，跳脫世界之外，本身就是一件非常困難的事情了吧。」

「很困難……但並不代表絕無可能。不，其實我幾乎已經，可說是身處於故事外圍的存在了——」

因為我是，既已遭到因果放逐之身啊。

——頂多，跟像你這樣的小哥如此交談便是最大限度，除此之外無法參與故事更多，只能半途而廢，曖昧不明地存在著。」

「呼嚕呼嚕，咻——」

理澄已經睡著了。

看來我們兩人的對話太過枯燥無趣。

實際上，在旁觀者聽來或許真的無聊至極。內容太過於抽象化，就連交談中的當事者如我，也覺得狐面男子所說的概念有如夢中幻影，虛無縹緲難以捉摸。甚至可以直接說，根本不明白他到底在說些什麼。

然而，究竟是為什麼。

為什麼此人所說的話，會如此撼動心靈。
為何會，感受深刻。
為何會對如此戲言，感受深刻。
怎麼回事，此刻的自己。
甚至覺得彷彿正在聆聽某種非比尋常的告白——
倘若果真如此，那我不要。
我不想知道，最重要的部分。
我一點都不想，跟故事的核心扯上關係。
「呵，正因如此，我才會委託這個所謂的名偵探代替我去行動啊……好好看清楚囉，小哥，好好看清楚我的模樣。這就是，違抗命運的男人最終的下場。簡直慘不忍睹對吧？雖然我對於這樣的慘不忍睹，對於自己的下場感到頗為滿意……覺得失敗其實也沒什麼不好的啊。」
「……你過去，曾經違抗過故事的安排嗎？所以才會說，自己遭到因果的放逐……是指這個意思嗎？」
「對啊。因為一時的錯誤，將原本堅固不可動搖的因果，差一點就摧毀了。而褻瀆神明者必遭逐出天堂，這是既定的遊戲規則……呵，現在回想起來，那真是想法膚淺的魯莽行徑，而且後遺症還殘留至今——但我並不認為那是年幼無知所造成的結果，假如當時沒做，現在應該也會做出相同的事情吧……基於時間收斂。」

「將因果定律，摧毀嗎……」

可是，這意思就等於。

「蘋果」會「掉下來」、「天空」會「下雨」、「太陽」會「發光」、「夜晚」是「黑暗的」、「開心的時候會笑」、「難過的時候會哭」——以及「有生命就會有死亡」。

對因果律的反抗。

對實際存在的命運發起革命。

對必然性正面迎擊的獨立宣言。

不死的研究。

「如此說來，木賀峰副教授所從事的研究，或許也是異曲同工啊……」

「……『木賀峰副教授所從事的研究』——」狐面男子耳力相當敏銳，立刻重複我所說的話。「…………小哥，剛才你好像是這麼講的？」

「咦？喔，對啊，我是這樣講的。」

「木賀峰……木賀峰約。」

「沒錯。啊，你也知道她嗎？」

果然很有名啊，這個人。

哀川小姐似乎也知道的樣子。

「……**真懷念的名字**。對了說到這……**當時也曾經有過這樣一名登場人物哪**。」

「……？」

「小哥，那位木賀峰……呃——副教授是嗎？呵，所謂『木賀峰副教授的研究』是怎樣一回事，可以說來給我聽聽嗎？」

「呃——」

說來聽聽……

這個，說出來應該也沒關係吧。

「那是高都大學人類生物學系所進行的，呃——一種號稱『不死的研究』的東西……」

「『號稱不死的研究』——」

話還沒說完就被這聲複述從中打斷。

狐面男子忽然站了起來。

以那樣的身高，俯瞰著坐在軟墊上的我，視線宛如由天而降的睥睨。

身體莫名地，凍結至冰點以下。

心跳如鼓，脈搏急速跳動。

「不死的研究——是嗎？」

「咦，啊，是的……」

「……木賀峰……居然，在從事那樣的……不對，難道說……難道說，『那個』還一直留在那裡嗎……真是出乎預料……應該說，根本就忘了預料到這點啊。」

狐面男子嘀嘀咕咕地，以我幾乎聽不見的聲量喃喃自語著，與先前的模樣簡直判若兩人。原本雖然也是個相當詭異的怪人，但此刻簡直，那樣子，該怎麼說呢……與其說是怪人，不如說是——

宛如狂人。

「真有意思啊。」

狐面男子彷彿打從心底感到無趣地說。

甚至，明顯可見地既不高興也不愉快。

「你和我之間的『緣分』……看樣子，似乎相當有意思。太不可思議了。我原本以為『零崎人識』會是命中注定的相遇，沒想到……搞不好，你才是正確答案也不一定。」

「……咦？」

「呵，在那種『極為普通的地方』，『偶然間湊巧』遇見的，看似平凡毫無特色的男子，居然會……不過正因如此，才更有意思。也好，期望過高不論對你或對我而言都太過苛求了。沒想到啊，以為最不可能的，居然就是正確答案。」

「呃，那個……狐、狐狸先生？」

「起床了理澄。」

狐面男子抬起腳尖朝理澄的腹側一踢。「噫呀！」理澄驚呼一聲睜開眼睛醒來。

「什、什麼事？啊，你們聊完啦！」

「該回去了。」

「咦？怎、怎麼這麼快，現在還很早耶！我還想再跟大哥哥多聊一點耶！難道碰到面嘛！」

「妳……妳跟你大哥有任務要處理了……分秒必爭，時間非常趕。就算有所謂的時間收斂效應，這件事勸妳最好還是盡早去辦——快走吧。」

「……唔。」縱使一臉不滿，理澄卻沒有再繼續反駁下去。大概，不，應該說幾乎可以確定，「大哥」這句話對兩人而言，等於是關鍵字的作用吧。

「麻煩幫我穿上斗篷。」

「嗯。」

姿態高傲的狐面男子為理澄披上斗篷的畫面，看起來實在有點怪。

「可以囉。」

「好，那麼——」

恢復斗篷造型的理澄跪坐著向我行最敬禮。

「那那那我告辭了！大哥哥，下回見囉！」

「……嗯。」

我回應她。

「……順便替我，向出夢問好。」

「嗯！後會有期！」

理澄笑容燦爛。

嘴角隱約……露出一對虎牙。

尖銳的，虎牙。

「……」

「喂，小哥。」

「咦，啊，是——」

「慢慢坐不用急著走沒關係，反正我會先買單……不好意思，雖然是我主動邀約的，但誠如所見，我沒辦法送你回去了，所以——」

狐面男子將兩張一萬圓鈔票放在桌面上。

「這是計程車費。」

啊，對了。

必須先回城咲去牽車才行。

「……造成諸多麻煩，讓你破費真是抱歉。」

「『造成諸多麻煩』，沒關係不必介意。那麼——」

「——『有緣的話』，再會吧。」

理澄小妹妹與狐面男子，走出和室離去了。
紙門被關上，留我獨自一人。
桌上放著三個茶杯，其中一個已經翻倒，杯裡的茶水將桌面淹了近乎一半。
然而這種事情跟整個故事絲毫沒有任何關係。
命運並不會因此而停止。
一切都會遵照安排。
船到橋頭自然直。
只能聽天由命。
一切都，自有定數。
「……啊啊。」
於是乎，我終於想通了。
我明白了，明白了。
自己之所以跟著來到這裡的理由。
並非好奇戴著面具如何進食，或者想要追問零崎的事情之類等等，這些無關緊要的原因。而是更為簡單的，非常簡單的動機。
無論是那種粗暴的性格也好。
或是那種強勢的說話語氣也好。
或是下手毫不留情的揍人方式也好。

甚至包括完全不考慮別人的立場這點。

以及，那張面具底下，銳利精悍的素顏。

更重要的是，那雙頑強的，充滿自信的眼眸——

「那個人，跟哀川小姐很像……」

3

夜晚。

我回到古董公寓，直接前往小姬的房間。小姬坐在與榻榻米和室完全不搭調的玻璃矮桌前，面對著堆積如山的作業跟習題。

為何要用功呢？

因為山就在眼前。（註14）

「……唷，小姬。」

「……」

她用滿懷怨恨的眼神看著我。

不由得，被震懾住。

14　仿自英國登山探險家喬治馬洛里的名言。被記者問到為什麼要攀登珠穆朗瑪峰時，喬治馬洛里回答「Beacuse it's there」（因為山在那裡）。

難得我出自好心大發慈悲地想來幫忙做習題，居然遭到她用那種眼神相待，真是意想不到……呃，其實是應該的嗎。

「……對不起啦。」我一邊道歉一邊走向矮桌，在小姬對面坐下。「自己一個人能做到這樣，已經非常棒了喔。嗯嗯嗯，小姬真努力，給妳鼓鼓掌，了不起了不起。剩下的就由我來做，小姬，妳休息一下吧。」

「……」

「……妳想要什麼嗎？」

「……」

「請問有任何需要效勞的地方嗎？姬殿下。」突然改用敬語，變成意義不明的角色。

「無論什麼事情請儘管開口，小的戲言玩家任憑差遣。」

「……不，不必了。」小姬一臉無奈地嘆了口氣。「就算跟師父賭氣也是白搭，等於對牛唱戲嘛。」

「謝謝妳的誇獎。」

如果她能正確說出「對牛彈琴」或「唱獨角戲」就更謝天謝地了，不過我也沒有抱著那麼高的期望。

「就當作是補償，下回找機會讓師父接客吧？」

「咦……？」

要叫我「請客」的話當然沒問題……

這應該也是口誤吧？

「對了師父，結果你今天到底出去哪裡了呢？」

「這個嘛……因為是搭別人的車，我也不太清楚地點在哪裡，總之是某處的高級料亭。」

「高級料亭！」小姬驚聲大呼。「所謂的料亭指的是那種料亭嗎？就是大人物經常會聚在一起密謀不法勾當的……師父！師父你究竟去勾當了什麼見不得人的壞事！」

「真是嚴重的偏見啊……」而且勾當是名詞，沒有人這樣用的。「唔，對了，小姬——」

我把小姬的習題拿來寫（高中二年級的程度，加上又是補習作業，所以難度並不算高），順便向她打聽看看。對啊，既然哀川小姐那麼粗線條，個性又大而化之，就姑且跳過，小姬的話搞不好會知道詳細情形也不一定。

「小姬，妳知道匂宮理澄這個女孩子嗎？」

「……匂宮？」

「或者出夢也可以，匂宮出夢或匂宮理澄，妳知道其中任何一個嗎？」

「……」小姬沉默片刻。「匂宮、闇口、零崎、薄野、墓森、天吹、石凪……」

「嗯？」

她說了什麼？

雖然聽不太清楚，但是——

闇口？石凪？

崩子跟萌太？

「……我知道啊，是匂宮兄妹沒錯吧？」

「啊，果真很有名。」我停下握著鉛筆寫字的手。「哀川小姐好像也知道的樣子，可是又抓不著頭緒，妳也曉得，反正她就是那種個性嘛。」

「不，其實並不有名，應該說正好相反，小姬我也只是**碰巧**知道的唷。殺戮奇術之匂宮兄妹，『食人魔』出夢跟『漢尼拔』理澄……雖然小姬本身沒有跟對方正面交鋒的經驗，不過曾經聽萩原學姊提過有關殺戮奇術集團——匂宮雜技團的事情。」

「萩原……子荻嗎？」

澄百合學園學生總代表，「軍師」——萩原子荻。

時間還沒有久遠到令人覺得這名字很懷念的地步，而且並非令人難以忘懷的角色類型，實際上也沒有值得懷念的少女特質。

「萩原學姊在一年級的時候曾經跟『匂宮』交過手喔。我只是剛好聽她提過這段回憶，否則也不可能會知道的啦。關於『匂宮』的來龍去脈……什麼內幕情報等等，如果沒啥特殊狀況是不會輕易洩漏出來的。畢竟那麼排外的集團，無論表面上或檯面下，都算相當罕見呢。」

「唔……」

「比方說匂宮五人眾的事情，是我當時聽過比較印象深刻的。匂宮五人眾『斷片集』，據說五個人的身體裡面存在著同一個精神意識，是非常厲害的殺手。基本上，必須用兩隻手去防禦敵人十隻手，一定很難對付吧？」

五個身體有著同一個精神意識……

這……什麼跟什麼啊。

一瞬間，我想起鴉濡羽島的千賀三姊妹——千賀彩、千賀光、千賀明子……咦，不對，那好像只是明子小姐隨口說的玩笑話，但事實究竟如何呢……

「……這種事情，有可能用人工的方式辦到嗎？」

「不知道耶。不過，萩原學姊也沒必要在這種地方說謊吧……反正所謂的『匂宮』，就是以奇術表演方式，去執行殺人手段的集團。無論什麼樣的常識什麼樣的偏見，對他們而言都沒有意義，因此才會號稱殺戮奇術集團‧匂宮雜技團。據說裡面基本上都是聚集一些譁眾取寵的把戲……包括旁系的分支也是。」

「譁眾取寵的，把戲嗎？」

果然很像子荻會用的字眼。

網羅所有密技，不擇手段的軍師。

「嗯，還有一項情報，是從萩原學姊以外的管道得知的——聽說匂宮雜技團的成員當中，還有一個專門使用武士刀、長戟、以及弓箭的三人組唷……雖然只是運用從近距離、中距離、跟遠距離三種向量分別攻擊的原理，不過說起來其實也算譁眾取寵的把戲啦。」

「譁眾取寵的把戲啊。」

言下之意就是除去「病蜘蛛」不談，澄百合學園跟零崎人識那些傢伙，在這方面才算所謂的正統派。

「話說回來，即使是譁眾取寵的把戲——但毫無疑問也是最強的殺之名。就連潤小姐那個好戰者，『人類最強的承包人』哀川潤，應該也不想貿然與之為敵吧。」

「厲害到這種地步嗎……」

「嗯。然後師父剛才說的『食人魔』出夢跟『漢尼拔』理澄……這些我也跟『斷片集』一樣，曾經聽萩原學姊提過。」

「……那妳都知道囉，有關於『他』，或者『她』的事情。」

「嗯。應該是雙重人格沒錯吧？」

雙重人格。又稱為，解離性身分疾患。無須特別說明，就是那種在漫畫和小說或電影當中廣為熟悉的設定。玖渚友聽了可能會想到《二十四個比利》，而哀川潤則可能會想到仙水忍（註15）——會聯想到什麼並非重點，不用特別在意。『嚴格說起來我算配角，理澄才是主角吧。喀哈哈哈！也可以說我是本體她是傀儡啦。』

『他』——匂宮出夢當時如此解說。

『理澄知道你的存在嗎？』

『知道啊，只是好像還不知道就在她自己的身體裡面，關於這部分的記憶都會被適

15 漫畫《幽遊白書》的角色，擁有七種人格。

當地改編啦，Y・E・S！有時候還會用電話交談呢，就好像「喂～～多比歐～～」那種模式喔（註16）。』

『……』

唔。

我向小姬進一步追問。

「可是我不太明白，一個身體裡面存在著兩種人格意識，具體來說究竟有什麼好處呢？剛才提到的五個身體共有一個意識，至少還能理解好處在哪裡……」

「這個嘛──妹妹的人格，也就是『漢尼拔』這身分，據說沒有殺人能力，好像真的完完全全沒有。」

匂宮理澄。

理澄小妹妹。

「殺戮的工作完全交給『哥哥』匂宮出夢負責，似乎都是由『食人魔』的身分去執行。」

匂宮出夢。

出夢君。

「越聽越搞不懂了耶……既然號稱殺戮奇術集團，身為其中一份子竟然完全沒有殺

16　漫畫《JOJO冒險野郎》梗。第五部的迪普羅與其手下多比歐為雙重人格，彼此會藉由幻想出來的電話做溝通。多比歐即為義大利語「雙重」之意。

人能力……」

「嗯——該怎麼解釋呢……對師父而言或許有點難以理解，不過——」小姬雙手交叉在胸前。「假如說到懸梁高校把年輕女孩子培訓為狂戰士的理由，師父應該就能理解了吧。然後，以此類推，將『沒有』『殺人能力』的『女孩子』『送入』『敵營』，其中有何含意師父明白嗎？」

「……妳是說當間諜？」

「**不只如此**唷。正因為本人完全沒有自覺，所以會在本人不自覺的情況下收集對『食人魔』有利的情報，製造對『食人魔』有利的狀況。在有意無意間，下意識地搜尋並創造對自己有利的舞臺，這就是『漢尼拔』的任務。」

「……」

「而且，還有喔，雙重人格這點，應該也兼具了穩定精神的功用。因為擔任『食人魔』的匂宮出夢——就各方面而言都很容易失控……據說是屬於破壞型的性格。」

「原來如此，所謂的冷卻裝置嗎。」

與其說是仙水忍，不如說比較像寫樂保介（註17）吧。

順帶一提，在我忝為ER3系統成員之一的時期，也曾經對心理學方面有所涉獵，但未曾實際與解離性身分疾患的病例接觸過。沒想到日後會以這種方式遇見——

17　手塚治蟲作品《三眼神童》的主角，為三眼族後裔，平常被封印時是個心地善良的呆少年，一旦撕去額頭上的OK繃露出第三隻眼，就會擁有超能力且性格丕變。

還真是始料未及。

「……這種情形，也是人工所為的嗎？」

「不知道耶……剛才就說過詳細內幕我並不清楚嘛。如果真要深入到摸清底細的地步，那後面等著的只有死路一條囉。畢竟就連萩原學姊，都沒辦法做到那麼……當然啦，或許她只是為了避免危險才沒有全部告訴我也不一定。」小姬說到這裡忽然打住。

「對了——」又看著我問道：「所以師父，那對匂宮兄妹怎麼了嗎？」

「……」

其實半個月前春日井小姐把妹妹撿回來之後換我遇到哥哥，然後今天我又遇見了妹妹——這種事情，我想還是別講出來比較好。

不應該再多增添無謂的擔心。

小姬跟哀川小姐是不一樣的。

「沒什麼，只是突然想到而已……再問一點當作參考，子荻當時的結果如何？和匂宮雜技團過招，最後贏了嗎？還是輸了呢？」

「萩原學姊的字典裡沒有什麼勝負或勝敗之類低次元的概念喔，『勝負』的單位差太遠了。因為對她而言，無論『勝利』或者『敗北』，都只不過是在為下一步棋做布局罷了。」

「……就這層意義來看，大概對子荻而言，無論小姬或哀川小姐，都不算是真正的『敵人』吧。」

「嗯，就好像獨自一個人下著永遠不會結束的棋局，這就是萩原學姊。所以會讓人覺得難以親近……只有西条玉藻例外，不知為什麼經常跟萩原學姊走得很近，雖然萩原學姊總是一副非常傷腦筋的樣子啦。」

這時候，小姬臉上忽然浮現出一種難以言喻的、寂寞的表情。雖然她低下頭去試圖隱藏，卻還是不小心讓我看到了。既然不小心看到了，也就無可奈何，沒辦法當作，什麼也沒看見。說真的，希望她能停止，只要看到她臉上出現那種表情，我就會覺得，很痛苦。

啊啊，夠了。

我會很想，為這女孩做些什麼。

「小姬，過來一下。」

「咦？」

「別懷疑，快照我說的，繞過桌子到這邊來。」

「？好的有事嗎？」

小姬依言照做。

「兩手舉起來。」

「是。」

小姬依言照做。

「眼睛閉上。」

「是。」

小姬依言照做。

說真的，還是要記得提防我比較好。

基於這個理由——

「嘿！」

我豁出去大膽襲胸。

「哇呀——！」小姬立刻往後跳開，動作之快只能以身手敏捷來形容。她一口氣遠離我，同時發出足以響遍整棟公寓的音量，驚聲尖叫。「你、你、你、你想做什麼！幹、幹麼隨便亂摸！」

「咦，我摸了哪裡呢？」

「……嗚——」

「喂喂喂，真是受不了，小姬妳連自己哪裡被摸都講不出來嗎？好討厭的小女生啊——」

「嗚、嗚、嗚嗚嗚嗚嗚～～」

啊。

她哭了。

「嗚～～嗚、嗚嗚嗚嗚……嗚哇、咕嗚——」

「……」

我是不是做得有點過火了。

不對啊，不應該變這樣子的。我只是看到小姬開始陷入過去的回憶裡，想要打破沉重的氣氛，才出此下策，就只是這樣而已。誤會一場。冤枉啊，不要用那種眼神看著我，我不是虐待少女的變態。

「嗚……嗚，師父，為什麼，要這樣子，每次都只會，欺負小姬……」

真的哭起來了。

已經淚如雨下。

……呃——

「對不起，請原諒我。」

直接道歉。

捨棄戲言。

「……嗚——」

「因為，剛才我看小姬好像想起過去的事情了，所以才……那些事情妳並不願意回想起來吧？有關懸梁高校——澄百合學園的種種。」

「話雖如此，可是，也並非完全都沒有值得回憶的事情嘛。例如萩原學姊跟西条玉藻——還有——」

「……」

還有一定也包括了。

市井遊馬。

「哈哈，還有啊——」小姬抹去淚水，勉強朝我露出笑容。「現在已經找不到那麼有趣的學校了，每天只能用功念書，寫這～～麼多功課。」

「學生的本分就是用功念書啊。」

「……算了，也對啦。畢竟不管怎麼說，小姬都是靠師父幫忙付學費的嘛。」

「……確實是這樣沒錯。」

小姬的監護人目前由哀川小姐擔任，哀川小姐會定期將小姬所需的生活費匯入我的戶頭當中，只有學費是由我負責。

在六月那場騷動過後，我和哀川小姐之間的對話如下：

『啥——？學校算什麼東西上不上都無所謂啦。』

『怎麼會無所謂，以小姬那種性格，能夠到哪裡去就職啊。既然沒有任何專長，至少也應該念到大學畢業吧。』

『哈，真糟糕耶你，已經被學歷社會給洗腦了。好吧，既然如此，那學費當然就由你出囉。』

『求之不得！』

最後一句臺詞是騙人的，不過大致上意思差不多。

總之於是乎，我的積蓄就這麼掏光了。雖然靠著家庭教師的收入一點一滴逐漸回收當中，但難免也會覺得自己實在太過衝動。

看樣子，我真的很不擅長理財啊。

「學校有那麼討厭嗎？」

「咦？」

「如果真的很不喜歡念書，那休學也沒關係喔。反正本來就是我強制送妳去上學的嘛。」

「啊，不，沒那回事。」小姬搖著手否定。「雖然念書確實很討厭，但是可以交朋友，上學很開心。」

「那就好。」

「……而且啊——」小姬回到矮桌前，坐回原來的位置。「不管怎麼說，小姬我現在過得很開心唷。加上這棟公寓裡面的人，大家也都對我很好。」

小姬目不轉睛地，注視著我。

一雙純真的眼眸。

然而，那並不只是普通的純真而已。

是經歷過許多事情，用了許多方式去克服。

最後苦盡甘來才保有的，純真。

「現在的生活，我非常非常喜歡，覺得人生好快樂。所以，我真的很感謝師父。小姬現在，非常非常地幸福，我的生活充滿了幸福。」

「那真是……太好了。」

「所以……大部分事情我都可以原諒，不過——」原本純真的眼神瞬間變得具有威脅性。「剛才那種行為如果再發生一次，我就要告訴潤小姐。」

「這是叫我去死嗎……」

恐怖的小女生。

真的有對我心存感謝之意嗎……

「啊，對了小姬。」我用盡全身能量努力轉移話題。「提起哀川小姐我突然想到……哀川小姐有哥哥嗎？妳有沒有聽說過這方面的事情？」

「哥哥？」

「嗯。」

「……你是指親手足嗎？」

「沒錯。今天我遇見一個跟哀川小姐感覺很像的人……臉上戴著動物面具，剛才提到帶我去高級料亭一起『密謀不法勾當』的，其實就是這個人啦。」

我刪除理澄的部分不談，將自己和那名狐面男子之間發生的種種細節、交談的過程，全都說給小姬聽。

小姬偏頭沉吟。

「……並不像耶。」

「是嗎？」

「潤小姐是不會說出什麼『命運是已經注定好的』這種話的唷，甚至可以說是完全相反吧。」

「……」

命運必須由自己去開創。

應該是這樣的嗎？

若說哀川小姐的立場，比較傾向於狐面男子口中所嘲笑的笨蛋，也許確實如此。

「什麼世界存在著故事性，那種荒謬愚蠢的論調，潤小姐聽了應該會嗤之以鼻，說『故事是由自己創造出來的』吧。」

「話雖如此……不過那個戴面具的人所講的觀念感覺又有些微差異，該怎麼形容呢，就像……」

世界具有故事性。

每一個人，各自的存在，都有其意義。

沒有什麼出場人物是毫無意義的。

只不過……

假如沒有善盡自己存在的意義。

最後，結局終將會在某時某地被導回修正。

世界上一切的存在都具有其意義，但說到底，也就僅只於此而已。

成功並沒有任何意義。

失敗也沒有任何意義。

即使是不同的因，也會產生相同的果。

「……這種說法，不是比普通的宿命論，還要更可怕嗎？」小姬說：「……因為……不光是說『人生具有意義』……也不是說『人生沒有意義』……而是**『即使有意義但無論那個意義有完成也好沒有完成也好，最後結局都會是一樣的』**——這個意思耶。」

「嗯——的確。」

說得沒錯。

沒有順從命運的必要。

試圖違抗命運亦無妨。

反正不管怎麼做。

結果都會是一樣的——

你未完成的事情總會有誰來完成。

所以就仰賴命運的安排吧。

如此荒謬至極的言論。

明明如此荒謬，然而卻——

「……」

「而且我也沒聽說過潤小姐有哥哥之類的事情……應該說，小姬我根本連潤小姐有沒有親人都不知道。」
「這樣嗎。」
「當然，就算是潤小姐應該也有生下她的父母親嘛，只不過……也許真的有兄弟姊妹也很難說，不過畢竟，潤小姐本來就是不談自己過去的人啊。」
不談過去。
不提關於自己的過往。
「這一點倒是跟師父很像呢。」
「我和哀川小姐，在這項行為背後的意義應該截然不同吧……對了，如果不是哥哥的話……那親戚……好像也不太合理是嗎……」
所以，純粹只是長得像的陌生人。
就這麼簡單嗎。
也許很草率，但不失為妥當的解釋。
「唔……可是實在很可疑哪……該說可疑還是什麼呢，總之一直覺得很不對勁……」
「怎麼了嗎?那個戴面具的人讓師父很介意嗎?」小姬彷彿在察言觀色般偷覷著我。「有問題的話，要不要小姬我去殺了那個人?」
「……」
這句話小姬說得非常……非常若無其事，若無其事到幾乎稍不留意就有可能會漏聽的地步。

「反正我手指也已經完全康復了，之前被潤小姐指出的『弱點』也已經補強改進，只要那個戴面具的人沒有太厲害，我就可以輕而易舉地……」

「小姬！」

我怒聲喝斥。

小姬似乎嚇了一大跳，目瞪口呆地。

「怎、怎麼了？為什麼，突然那麼大聲。」

「……小姬，那樣做——那樣做，很不好。那樣子——那樣子，太魯莽了。剛才妳所說的那番話，要想在**這個正常世界裡**生存，是絕對不可以說出口的。」

「咦……可是——」

「沒有什麼可是。」

我說。

就算把自己的問題丟著不管，我也要說。

非說不可。

「再也不要把殺人這種事情掛在嘴上了，不准再講這種話。動手殺人更是不行，否則……現在所擁有的生活，全部都會因此而失去。妳過得很開心對吧？現在覺得人生是很開心的對吧？既然覺得開心，就必須讓自己繼續開心下去才行。」

「……」

「明白了嗎？」

「……明白了。」小姬洩氣地點點頭。「對不起，我會反省的。」

「……嗯。」

這時候會道歉的話，表示妳還有救。

表示為時未晚。

與為時已晚的我不一樣。

與為時已晚的我不一樣。

為時已晚的我。

……這也是，戲言。

我自嘲地想著。

你以為自己在做什麼，真搞不懂，你以為自己在做什麼啊。為時已晚的我就算說些什麼，自以為還會有什麼說服力嗎？明明連一點資格也沒有。為時已晚的我就算說些什麼——

世界也，不會有任何改變。

命運要由自己去開創？

笑死人了。

笑死人了？

那就笑啊。

這不正是我的角色嗎。

反正，既然是個丑角。

小姬洩氣地低著頭，彷彿在等待我說出下一句話。實在是……這個女孩子，我實在很沒轍。真的很沒轍。為什麼我必須要負責照顧別人呢。

責任。

義務。

就這麼簡單嗎？

就只有這麼簡單嗎？

為了這種理由而行動，為了這種理由而勞動，我是如此心地善良的好人嗎？難道不知不覺間，我已經變成那樣的好人了嗎？

根本，完全沒有印象。

還是說，我想假裝自己已經變成一個好人了？

自己沒辦法做到的事情，希望為時未晚的小姬能代替自己去完成嗎？

自己的替代品。

自己的代罪羔羊。

啊啊，沒錯正是如此。

因為我已經什麼都不想做了。

之所以對小姬感到沒轍，其實真正的原因，並非她跟玖渚很像，才不是那種理由。其實是因為——我在她的過往經歷上，投射了自己的影子。在與零崎不同層面的意義上——小姬她，其實跟我很像。

所以，小姬。

至少妳要，給我好好地活下去。

我希望妳能做到。

「……小姬。」

「在？」

「明天的適性測驗，要好好表現喔。」

「是！請包在我身上吧！」

小姬開朗地，微笑著回應。

第四章　實體驗——（實驗體）

春日井春日
KASUGAI KASUGA 學者

0

你的意見我贊成。

但我誓死否認你表達意見的權利。

1

我看見了這樣的現實景象。

如今已沒有任何人記得，連一絲浮光掠影的記憶也沒留下，曾經單槍匹馬為五月的京都毫不留情地帶來恐懼與混亂的殺人鬼，與我面對著面。在某個時間某個地點，淡然沉靜地，澹然沉靜地，一邊凝神細聽周圍的黑暗，不遺漏任何風吹草動，一邊進行著對話。

殺人鬼問我。

你有殺過人嗎？

我回答殺人鬼。

怎麼可能，我連一個人也沒殺過，殺人這種事情太離譜了。我不但從來也沒殺過任何一個人，今後也不打算殺任何一個人。即使有過想要殺人的念頭我也都忍了下來，未來就算受到什麼樣的刺激引發衝動，我也一定會忍耐住。

殺人鬼對於我的回答只是苦笑。

騙人。

沒有騙人，我才不會騙人，沒什麼好騙人的。我跟你不一樣，可別混為一談。會去殺人的人，精神狀態都是崩壞的，根本就是心理異常。

簡直是荒謬絕倫的傑作啊。在這個世界上，在這種時代裡，在這樣充滿了不幸和暴力和欺騙和流血和醜惡，有如垃圾場跟收容所般的世界的這種時代裡——還會有什麼沒殺過人的傢伙存在嗎？

我其實認為他說的一點也沒錯，但只有點頭並不能構成對話，因此故意持相反意見對殺人鬼施以勸誡。

真是偏激的看法啊。你所說的話觀念嚴重錯誤，簡直不堪入耳。這個世界上有的並不只是不幸跟暴力跟欺騙跟流血跟醜惡而已，還有其他東西。還有其他許許多多，多到甚至遠超乎你所說的那些。

好比說。

好比說幸福。

好比說。

好比說正義。

好比說。

好比說戀愛。

好比說。

好比說友情。

好比說。

好比說夢想。

真是傑作啊。

殺人鬼瞇起如貓般的眼睛。

了不起，了不起，傑作，真是如假包換的傑作啊。簡直荒謬得可笑，愚蠢無知也要有個限度。那種東西根本就不存在，任何地方都不會存在，無論何時都不會存在，只不過是海市蜃樓般虛假的幻影。全部都虛假得令人反胃。幸福是不幸的偽裝，正義是暴力的反面，戀愛是欺騙的副產品，友情是流血的鏡面，夢想是醜惡的序章。無論命運或必然或因果或因緣或一切的一切，都只不過是為了殘殺希望而編織的具有破壞性的夢話。生存在這個世界上絲毫沒有任何價值可言，活著也無可奈何，猶如鏡花水月，人生只剩下絕望。蚯蚓也好螻蟻也好蒼蠅也好，全部全部都終將會死去，成為腐爛的屍體。就算活過又如何。殺人才是一切。除了殺人之外別無選擇。只要眼前有人就把那人給殺掉，只要背後有人也把那人給殺掉，如果身邊沒人就想辦法找人來殺，殺人與被殺彼此吞食。

我完全不覺得這些話是認真說出口的，到了明天你肯定又會說出不一樣的話來吧。也許你會變成大言不慚地將正義與秩序掛在嘴上。殺人不過是為了生活，殺人毫無意義可言，殺人是一種藝術，殺人就是整個宇宙。宛如七色彩虹般變化多端，想必又會對同樣的行為賦予不同的意義。你就像是善變的化身，和我一樣就像是善變的化身。然而正因如此，沒有任何東西可以束縛你，甚至連自己說過的話也不行，你是非常自由的。

而你則是正因如此，非常地不自由。說得沒錯，這當然是玩笑話，就如同你的存在一樣是個笑話。哎呀哎呀真要命，你根本是奇蹟般地不自由啊。

殺人鬼如此對我說笑道。

不過我也不認為你說那些話是認真的。你是個大騙子，除了真話以外你什麼都說。因為你怎麼看也不像是會喜歡人類的那一型，也不是什麼討厭人類的那一種，你根本是憎恨著人類。

沒那回事啊，我喜歡的人可多了。人類拍攝出來的電影、人類創造出來的音樂、人類描繪出來的畫作、人類烹調出來的料理、人類生產出來的汽車或飛機、人類鑽研出來的學問、人類編織出來的故事，任舉一項都是精采出色的成就。

你只是喜歡電影喜歡音樂喜歡繪畫喜歡料理喜歡汽車跟飛機喜歡學問喜歡故事而已。而你喜歡電影跟音樂跟繪畫跟料理跟汽車跟學問跟故事，正代表了你不把人類看在眼裡，不把人類當一回事。代表你只把人類當成生產藝術與文化的廉價裝置而已。如此看待事物的心態，是已經損壞的。

已經損壞的？

不良製品。

我覺得這樣說太過火了，簡直瘋狂。

那你喜歡人類嗎？

…………

我喜歡人類。

殺人鬼大言不慚地說著。

我沉靜地問。

既然如此那你為什麼要殺人。

殺人鬼沉靜地回答。

天曉得，我才管不了那麼多。那種事情，我根本完全不去想，既不知道也不想去知道。不管我要殺了誰要殺多少人，一切都與我無關。都只不過是在我身外發生的事情而已。殺人對我的內心並沒有任何影響。

既然如此那你為什麼說喜歡人類。

殺人鬼用相同的語調回答。

我喜歡人類。我喜歡人類。我愛人類。我必須這樣子持續說下去才行。無論真實情況如何，無論何者為虛假，我都必須這樣子持續說下去才行。如果不這麼做，我一定會開始討厭人類吧。

開始，討厭人類。

假如不那麼做，我一定會開始憎恨人類。唯獨這點，我希望能避免發生。假如不從平常就努力催眠自己喜歡人類的話——當真正喜歡的人出現時，我一定會不小心動手殺了對方。

…………

你不認為自己是可以改變的嗎？

…………

你不希望自己有所改變嗎？

我在這句話當中沉入睡眠，回歸夢境。

然後——

然後迎接八月十五日星期一，同時也是終戰紀念日。

傍晚四點。

等到小姬從戰場（學校）歸來，坐上跟美衣子小姐借來的飛雅特五〇〇，準備出發。

「小姬，衣服不用換了沒關係。」

「哦。為什麼呢？」

「學生去參加面試的時候穿著制服比較能博得好感。」
「原來如此。」
「特種營業也一樣喔。」
「春日井妳給我閉嘴。」
在捨棄尊稱的同時，全員到齊。
我，春日井春日，紫木一姬。
「可是這麼狹窄的後座我絕對不要太難坐了啦！」
「又開始像公主一樣耍任性……」
「沒關係啃，反正小姬我身體特別嬌小。」
「好那我就坐副駕駛座囉。」
全員都上了車，確認過車門已經完全關好之後，繫上安全帶。轉動鑰匙，前進出發。
目標是——木賀峰副教授的，個人研究室。
從古董公寓開車前往，車程約數小時……據說是這樣子，至於實際情形，因為頭一次去，沒真正試過也不知道。無妨，就算要花上五個小時，有這些同伴在車上，想必也不會無聊吧。
「……勾起回憶了嗎？」
春日井小姐突然沒頭沒尾地說出這句話來。算了，反正此人用這樣的方式說話也不稀奇，沒頭沒尾又沒節操本來就是此人的慣性，已經是常態了。

「什麼意思？」

「上個月的事情。場面似曾相識吧？」

「……飛雅特、研究所……前往類似的地方，開場的確很相似。」我謹慎地回答道：「不過，再怎麼說都不可能會出現那樣的劇情發展了吧。畢竟木賀峰副教授又不像卿壹郎博士，從事那種荒誕無稽的研究。」

「是『不死的研究』沒錯吧？已經十分乘以三的荒誕無稽囉。甚至可以說令人捧腹大笑也不為過呢。」

「但這回只是去打工而已，又不是要去救出什麼人，況且成員也不一樣……」

當時的同行者，是玖渚友跟鈴無音音。我斜眼偷瞧了下副駕駛座，以及照後鏡，然後緩緩地點了點頭。

春日井春日與我同一陣線。

光憑這點，已經沒什麼好囉唆的了。

「以這次的成員來看，應該沒問題吧。」

「哦。」

「雖然名為木賀峰副教授的研究室，但規模似乎也還不到那麼誇張的程度。據說是由副教授的恩師從前經營的診療所改建而成……所以，好像只比一般的獨棟住宅稍微大一點而已。所以才不稱為研究所，而稱為研究室不是嗎？雖然我也不太了解兩者區分的標準是什麼。」

「原來如此。」

春日井小姐聳聳肩。

「說得也對，說得也對，的確即使說起來很像不過那就有如飛雅特五〇〇跟SUBARU360之間的差距……」

「那根本是兩回事！」我忍不住怒聲發飆。「而且不准說成飛雅特五百！妳這是把我當白痴耍嗎？是在對我宣戰嗎，春日井小姐！」

「……對不起。」

春日井小姐坦率地認錯道歉。

我是不是有點太激動了。「……而且真要說起來，應該是有如南極與北極的差距吧……」

換言之，表面上看似相仿，從遠處觀測並沒有太大的差異，但事實上在與雙方都有關聯的我眼中看來，本質上完全是截然不同。

「師父——」後座傳來小姬的聲音。「小姬有點累了，我可以躺一下休息嗎？」

「嗯？喔，可以啊，睡吧睡吧。」

「好——」

「真抱歉，妳上學一整天已經很累了吧。」

「不會不會。小姬本來就在想差不多該去找點打工了，師父的邀約正好是及時送炭

——」

「是及時雨吧。」

春日井小姐比我更早一步出言吐槽。

原來她還具有這樣的功能嗎……

而且頗為高明。

「反正到時候補習也結束了，剛好可以消毒時間。」

「對啊對啊，妳說得對。」

春日井小姐若無其事地點頭。

喂，小姐，這句妳也應該吐槽一下吧。

是覺得太恐怖了嗎。

「請放心。不管在那邊發生什麼事情，小姬都會守護師父的身體的。」小姬說著便閉上眼睛。「晚安。」

然後砰咚一聲，直接倒向身旁的空位躺平。這樣制服不是會弄皺嗎，我心裡略微掛慮卻沒有說出口，嗯，連這點瑣事都叮嚀未免有些保護過度了吧。

「真是個好女孩啊。」

春日井小姐半揶揄半風涼地說道。

「……呃，對啊。」

「真是個好女孩啊，為什麼一姬小妹妹會是這樣的好女孩呢～～」春日井小姐繼續講。「其中究竟有什麼原因理由呢～～」

「……」她到底想說什麼？此人左一句為什麼右一句為什麼，也是個相當喜歡玩弦外之音的人。「那個……我正在開車，可不可以麻煩妳盡量少跟我說話？」

「所謂好人——『善良』的人類，通常大多數都是蓄意的『善良』，大多數都是勉強自己去做一個好人喔。」完全把我的話當成耳邊風，春日井小姐又繼續講下去。「至於所謂天生的好人——大部分都只是純然的邪惡而已。就好比上個月出場的玖渚友跟兔吊木垓輔那樣。」

「饒了我吧，拜託別再提兔吊木先生的事情了……」我欲哭無淚地說：「關於那個人的事情，真的快要成為我心中揮之不去的夢魘了。到現在都還偶爾會夢見……有時想起來都還覺得難以置信，玖渚居然曾經統率過八個那樣的傢伙。」

「統率啊。」

「？怎麼了嗎？」

「統率是一個好字眼。也許是最好的字眼。而好字眼是不會凋零的。」

「……所以呢，那又怎樣了？」

「沒事。」春日井小姐只簡短回應，便跟著閉上眼睛。「我也要休息了。」

「……是嗎。」

妳的腦溫是四十一度嗎？

幹麼要那樣故作神祕，一副別有深意的模樣啊。

副駕駛座有人在睡覺，實在很難打起精神開車，不過話說回來，總比有人在旁邊一直講廢話擾亂注意力來得好吧。

「有事情我會叫醒妳的。」

「不准叫醒我。」

她下達命令。

「本小姐春日井春日入睡時一旦被吵醒後果將會不堪設想。」

「什麼叫後果不堪設想……」

「好睏好睏。」

說睡就睡了。

其實也用不著講得那麼誇張……就算她沒在睡覺我也沒那種本事叫得動她啊。我集中精神開車。油量十分充足，大概美衣子小姐今天先幫我加好油了吧。真的是，一直在承受她諸多照顧。

『伊字訣——』在把飛雅特鑰匙交給我的時候，美衣子小姐說：『不知為何我有種不好的預感哪。』

『不好的預感？』

『唔……雖然大部分事情不用我擔心，你應該也沒問題啦。』美衣子小姐說道：『話雖如此不過，還是盡量小心為上。』

『是……』

『話說回來，「不死的研究」還真不賴呢。』美衣子小姐只牽動嘴角微微一笑。『以劍術而言，意思就等於「讓自己變強」道理非常簡單。』

『妳確定嗎，那根本是兩回事吧。』

『想要活命什麼是必須的？』

『啥？』

『想要活命什麼是必須的？』

『呃——這個嘛……？』

『想要活命，首先就必須要保住性命才行。』美衣子小姐彷彿不帶任何情緒地說：『基於這個理由，你一定要努力保住性命。』

『是——』

『保住性命，平安歸來。』

當時我雖然點頭回應，卻並非因為明白美衣子小姐話中的含意才點頭，其實只不過是，下意識地點頭而已。論起下意識點頭回應這件事，大概很少有人能夠比得過我吧。

順帶一提，直到八月十五日的現在，美衣子小姐仍未找到工作，至於掛軸方面，據說幾乎已經放棄了。美衣子小姐一旦放棄，我的計畫也不得不隨之更動，必須設法應變才行……該如何是好呢。

沿著今出川通向東直駛，來到與鴨川交會的路口，再左轉往北，接下來要朝著北方直走一段路。

春日井小姐和小姬都已經睡得很熟了。

完全，毫無防備。

我絕對不願意讓別人看到自己的睡相，即使對方是認識的人，也會覺得很難接受。所以從春日井小姐賴在我房裡白吃白住開始，到目前為止大約整整三個星期的時間，我始終都過著睡眠不足的日子。

雖然睡眠不足也沒什麼大不了的。

對這兩人而言，根本不會有那種問題是嗎？

實際上，我常常會覺得。

自己在許多方面都想得太多了，有時是自我意識過剩有時是偏執症狀，如果能夠放輕鬆一點想開一點，也許就能過得比較無憂無慮吧。

正所謂，不要選擇朋友，要選擇敵人。

嗯，這種話說得出口，也算妙極。

或者該稱之為，奇妙嗎？

然而，若因此就對每個遇見的對象都放心信任，總有一天絕對會遭人趁虛而入。

假如世界上真的都只有好人的話，一開始就不需要煩惱那麼多了。

我也就不會，成為這樣的一個人。

像我這樣的存在，並不算存在著。

啊啊，還是說。

總有一天絕對會發生。

倘若這就是命運就是必然就是因果就是因緣的話。

這便注定是絕絕對對，無可避免的事情了嗎——

「……純屬戲言吧。」

即使說出熟悉的臺詞，也感覺沒有自信。

這才叫，名符其實的戲言。

2

抵達木賀峰副教授事前告訴我的地點，正好是一個小時後。下午五點，以飛雅特的馬力來衡量算相當優秀的紀錄了。傍晚五點，天空還很明亮，從現在開始到適性測驗結束，不知道幾點才可以打道回府呢，我內心暗忖著。小姬明天也要補習，如果拖太晚就傷腦筋了。

西東診療所。

一塊小小的招牌，出現在正前方。木賀峰副教授告訴我，只要認這塊招牌就可以找到正確位置。不過這塊招牌似乎非常老舊，已經連文字都辨識困難，瀕臨毀壞的狀態。大概，應該說確實，是過去經營診療所的時代所留下的紀念吧。所謂「紀念」，便是無論以何種形式留下，都會強迫刺激別人內心懷念的感觸，所以我並不怎麼喜歡。走近門口一看，幾個小得可憐的字體「高都大學研究中心」，非常欠缺具體感的內容，印在塑膠片上，貼在信箱，散發著一種說不上來的廉價感。也可以說是，很隨便的感覺。這樣子應該會有人誤以為是醫院而走錯地方吧。

話雖如此，從門口望進去，建築物本身卻是相當地豪華氣派。兩層樓的建築，看上去就像面積稍大的獨棟宅邸，並非水泥構造而是木造房屋。印象中木賀峰副教授當時用了「改建」這個字眼，不過看樣子純粹只是保存狀態良好而已。真正整修過的，恐怕只有內部裝潢吧。

車子通過大門，前往停車場。

記得好像說過是在右邊……因為我是左右開弓，所以其實常常會分不清楚左右方向。對於日常生活鮮少有機會區分左右的人而言，這是無法避免的缺點之一。不知道左撇子的人又是如何呢？

停車場並不算大，差不多停個四、五臺汽車就會客滿的空間。而在這並不算大的空間裡，已經停著一臺重型機車KATANA跟一輛Z跑車。有訪客……其中一臺應該是木賀峰副教授自己的車子沒錯吧。但即使如此，另一臺車又是誰的呢？無論KATANA

也好Z跑車也好，都算相當罕見的車種。

算了，與我無關吧。

我倒車將飛雅特停妥。

春日井小姐和小姬，都尚在沉睡狀態。

「……」

猶豫片刻，最後決定按下喇叭。

兩個人同時跳了起來。

「……師父……」

一個用怨恨的眼神看著我。

「……紫之鏡紫之鏡紫之鏡紫之鏡（註18）……」

一個對我唸出咒語。

呃，這樣真的會招來厄運嗎？

雖然，我的確是明年就滿二十歲了。

「到達目的地囉，背包拿著趕快下車。」

「是是是……」「唔——」

將車門鎖好，三人走向正面玄關處。春日井小姐看著眼前的建築，小姬東張西望

18　日本流行的都市傳說，若將「紫之鏡」三字牢記不忘，到二十歲即會發生不幸甚至暴斃慘死，又據說如果連同「白水晶」三字也記住便可平安無事。

地環顧四周，而我則隨行在後。

玄關出入口，是一扇橫向開啟的拉門。

門邊有對講機，我伸手按下。

隔了一會。

「哪位？」

擴音器傳出人聲。

是木賀峰副教授的聲音。

「是我。」

「哪位？」

「呃……那個，我依約前來了。」

「啊啊……你差不多會在這時候來訪，這件事情我早已預料到了。」

「……」

剛才明明就壓根不知道我是誰。

顯然妳只是隨口說說而已吧。

「好的，請稍等一下。」

喀擦一聲，對講機切斷了。

隨之而來，是無意義的寂靜。「……雖然無關緊要不過還真是類比時代（analog）的建築啊。」春日井小姐站在我身後說道：「一點也不數位化（digital）。不管怎麼說就算多花點錢在環境跟設備上也不為過嘛……」

「省省吧，勸妳最好別拿卿壹郎博士的研究設施來做比較。」我回頭看向春日井小姐。「畢竟又不是每個研究單位，背後都有玖渚機構在當靠山。」

「我不是指那種意思啦，只是覺得……這裡好像怪怪的。」

「怪怪的？」

「一姬小妹妹不覺得嗎？」

春日井小姐轉而問小姬。小姬似乎愣了下，「唔——」地作勢思考，沉吟片刻後說：

「沒有什麼奇怪的感覺耶。」

「是嗎？」

「雖然因為師父的關係，我本來還以為可能又會被捲進奇怪的事件當中，不過好像白擔心一場了，看樣子並沒有任何陷阱。」

「陷阱……」

原來剛才，小姬一直在確認這些事嗎？

我以為她只是隨處亂瞧東張西望而已。

看樣子，過去的習慣還沒徹底擺脫掉。

「畢竟我這次的任務是擔任師父的貼身保鑣嘛。」

「不用那麼認真也沒關係啦……」

由於哀川小姐直接指名，所以她特別盡忠職守，這點我了解……不過哀川小姐所謂「不好的預感」，究竟會是什麼呢？而且還不約而同地，跟美衣子小姐用了一樣的字眼……

木賀峰約。

聽見這名字，哀川小姐有所反應。

那名狐面男子，也同樣有所反應。

「……」

原來如此……

關於這點，也應該要小心提防是嗎？

如果——「有緣的話」。

意指如果無緣的話，事情僅此而已。

但是，事情有可能，僅此而已嗎……

這樣的劇情，有可能出現在我的人生當中嗎？

這樣的故事，有可能出現在這個世界上嗎？

我不知道。

就連自己該不該知道，我也不知道。

無法揣測。

就連自己是否遭算計，也無法揣測。

喀拉喀拉喀拉……

木門朝橫向被拉開了。

原以為眼前出現的會是木賀峰副教授，結果——

門後出現的是，一名年輕女子。

約莫高中生的年紀吧。

黑色直長髮，穿著西式制服，搭配水藍色領帶，是哪間高中的校服嗎……我不知道。眼角略為下垂的三白眼，以那樣的年紀實為罕見，容貌與其說可愛不如說是美麗，與其稱之為美少女不如稱之為美人，如此形容似乎比較貼切。

「……歡迎你們。」

年輕女子開口說道。

彷彿氣體揮發殆盡的碳酸水，慵懶乏味的語調。

「等候各位多時了，請進。」

「……啊，是。」

不知不覺，被對方的氣勢鎮住。

她一個人自顧自地回身往屋裡走，我連忙跟上去。春日井小姐和小姬也一同進到玄關，將鞋子脫下。年輕女子拿出三雙拖鞋，「這邊請。」催促著我們的腳步。

在走廊上前進一小段來到某處，年輕女子將紙門拉開，等我們三人進入後，年輕女子又將紙門關上。紙門內是鋪設榻榻米的和室。我想起昨天去過的高級料亭，當然，眼前這間規模小了許多，沒什麼裝飾感覺很樸素，有股舊時代的感覺。年輕女子動作俐落地準備好三人份的坐墊。

「我去端茶過來，請隨便坐。」

她只留下這句話，便又打開那扇紙門出去走廊，接著紙門被無聲無息地關上了。我們依言放下行李，各自坐到墊子上。

「那女孩是誰？」

春日井小姐問我。

「……呃，我也不知道。」

以那女孩的年紀，絕對不可能是研究生吧……難道，高都大學有跳級制度嗎？畢竟也是有像心視老師那樣的例子……慢著慢著，她明明就清清楚楚大大方方地穿著制服不是嗎。

「大概是，木賀峰副教授的，女兒吧。」

「她有小孩嗎？」

「不知道耶……」

話說回來，木賀峰副教授看起來也不像有那個年紀的孩子……但又不覺得是妹妹，因為兩人根本長得完全不像。我想問問看小姫的意見，結果轉頭一看，發現小姫正因為無法順利維持跪坐的姿勢而陷入苦戰。算了，她這麼努力已經精神可嘉了，「小姬，腳隨便放沒關係。」我決定解救她。

年輕女子很快就回來了。

原本以為她會端出日式茶杯跟綠茶，結果那只是我一廂情願的想法，布滿木紋的矮桌上擺出高級英式茶杯，裡面注入了香氣濃郁的紅茶。

「老師目前正在接待別位客人，不好意思，請你們先在這裡稍等幾分鐘。」

「啊，沒關係。」

別位客人……？

是停車場裡，那臺KATANA或Z跑車，其中之一的車主嗎？

原來如此，瞭解了。

「我叫圓朽葉。」

年輕女子報上姓名，點頭致意。

「……算是，住在這裡的房客吧。」

「妳住在這裡面嗎？」春日井小姐回問她。

「是……因為老師除了研究時間以外，平常都不在這裡。」年輕女子——朽葉回答道。

「嗯……該怎麼說呢，有點類似管理員的身分吧，房子如果沒有人居住，會很容易損壞的。」

所謂老師，指的是木賀峰副教授嗎？

「請問……妳和木賀峰副教授的關係是……」

「你們三位——」

圓朽葉幾乎是強行忽視我的疑問，開口對我們說：

「知道這裡是做什麼的地方嗎？」

「……？」

「知道這裡都在做些什麼嗎？」

「呃……」

「聽說是『不死的研究』。」春日井小姐答道。不知為何，此人面對比自己年輕的女孩子，態度卻顯得謹慎有禮。「我是動物學——生物學者，因為覺得有趣而被吸引來的。」

「……哦——生物學者是嗎？」朽葉彷彿在觀察什麼似地，視線依序掃過春日井小姐、小姬、然後是我。「再加上……大學生，還有高中女生嗎……真是奇怪的組合啊。大學生嗎……算了，怎樣都無所謂。」

朽葉說著，便伸出手指捲玩自己的長髮。實在沒什麼禮貌，不太端莊的舉動。那態度簡直就像，已經對我們三個失去興趣般。

「可以請問一下嗎？」

春日井小姐朝她開口。

語氣依然謹慎有禮。
「……請說。」朽葉輕輕頷首。
「妳有在上學嗎？」
「這問題可真夠拐彎抹角的，不是嗎？」
朽葉相當挑釁地，笑出聲音來。
如果是對我或對小姬也就罷了，面對身為長輩的春日井小姐，那種態度感覺非常失禮。並非所謂少女特有的傲慢，而是某種該說性格偏差或者老成世故，宛如整個世界都不放在眼裡般地輕蔑，這就是圓朽葉的態度。「妳臉上寫著其實是想問別的問題呢。不過要我來說的話，根本怎樣都無所謂……我沒有上學。因為沒有上學的必要。這個答案妳滿意了嗎？」
「……是。」春日井小姐面對朽葉那種語氣依然態度不變，只對她的回答輕輕頷首。「謝謝答覆。」
「春日井小姐？」我以不讓圓朽葉聽見的音量，低聲詢問春日井小姐。「怎麼了嗎？從剛才開始，妳好像就不太對勁。」
「……是覺得有點怪。」春日井小姐曖昧地說：「是有點怪啊。」
「咦？」
「雖然不清楚哪裡怪但就是覺得有點怪啊。」
「當著面公然說悄悄話真是令人非常不舒服呢。」

朽葉用絲毫不留情面的口吻說：

「可以請兩位到其他地方去講嗎？」

「……抱歉。」我客套地賠罪。「如果害妳心裡不舒服的話，我道歉。」

「就是你——」

「咦？」

「就是你，引起了老師的興趣啊。」朽葉看向我的眼神，彷彿在責怪著我什麼，一點也不客氣。「……其他兩人只是附帶的嗎……果然很像老師的作風。是為了顧及世俗的眼光吧。喂，我說你——」

「……什麼事？」

「我很清楚你的眼神。那是一種，完全不把別人放在眼裡的眼神喔。很討厭的眼神。真的是，很討厭的眼神。」朽葉有如嘲弄般微笑著說：「從一開始就不把別人的事情列入考量，只當作風景的一部分去看待的眼神。與其說風景不如說是背景吧，你根本不認同他人的意志。」

「慢著……」

不管怎麼說，才初次見面，沒道理要讓一個年紀比自己輕的女孩子說得如此過分。若不是春日井小姐和小姫在場，我肯定已經說出攻擊性的言詞了吧。

「對你而言，其他人都是可以替代的存在，一切都是一切的替代品。就好比旁邊那兩位即使被別的角色所取代，你也覺得無所謂。我說的沒錯吧？」

「真是妄下斷語啊……我可沒有用遊戲編輯模式（Edit Mode）在看待別人喔。」

「你──**真的很像呢**。」朽葉嘲弄的口吻說道：「原來如此。所以……所以才會引起老師的興趣嗎。只不過，即使說相像也……屬於非常極端的形態啊。究極的曲解，甚為牽強附會，可以稱之為扭曲了吧。」

「那個，我說小姐，妳講話這麼不客氣，態度未免也太囂張了點──」

「安靜。」

朽葉嚴肅地制止我的發言。

居然，遭到制止。

「老師快要來了。」

「咦……？」

圓朽葉才剛說完，紙門就真的移動了。

在紙門後方站著木賀峰副教授，

以及匂宮理澄。

「久等了。」

木賀峰副教授對我們說。

「勞駕各位專程前來，真不好意思。」

「啊，不……」

想當然耳，方才的對話早已忘得一乾二淨，我的目光被固定在理澄身上。春日井小姐也與我相同。至於小姬……她並不知道理澄的長相。包括那頭黑髮、那副眼鏡、那件斗篷、以及斗篷底下的束縛衣，她全都不知道。

這時候，木賀峰副教授察覺到我們的視線。

「啊啊，這位是浪士社大學的研究生，幸村冬夏同學……」

「啊、啊啊啊啊啊——！」

理澄小妹妹大聲怪叫。

白痴啊！這丫頭是白痴嗎！

虧我和春日井小姐好不容易在轉瞬之間克制住驚訝的表情假裝若無其事的模樣這死丫頭在搞什麼！

木賀峰副教授和小姬，甚至包括圓朽葉，都以怪異的眼神，看向名為幸村冬夏的匂宮理澄。理澄小妹妹似乎終於恍然大悟，「啊、啊啊、啊啊啊啊啊、啊啊啊啊——」地，完全驚慌失措。

好了，這下子看妳怎麼混過去。

眼前危機「漢尼拔」理澄將如何應對！

「……ㄚㄧㄨㄟㄛ——啦啦啦發音練習！」

這是我所能想到最爛的應對方式。

「…………」「…………」「…………」

「…………」「…………」「…………」

「…………」「…………」「…………」

「……………」「……………」「……………」

空氣中交錯著沉默。

終於，木賀峰副教授乾咳一下。

「這位是浪士社大學的研究生，幸村冬夏同學。」

真不愧為國立大學的教師，面對怪人的奇異行徑也能夠反應冷靜地處理，成功地讓靜止的時間煙消雲散恢復正常。

「她和你們一樣，為了擔任結果測試者，先來接受適性測驗。」

「……咦——」我小心翼翼地盡量表現自然，順著木賀峰副教授的話接腔。「所謂的結果測試者，不是只有我們而已嗎？我還以為當初講的是這個意思。」

「嗯，原本的確是這樣子沒錯……不過，這女孩是例外。」木賀峰副教授閃爍其詞地解釋著：「很抱歉擅自改變計畫，總之突然做出決定……但我想，應該不會有什麼問題吧？反正我也覺得，測試者的人數再多一名比較剛好。」

「對我們而言的確不構成問題，是完全無妨沒錯……」

「我叫幸、幸幸幸幸村冬夏。」自稱幸村冬夏的匂宮理澄，尚無法徹底隱藏內心的慌亂，顫抖著聲音說：「請、請多指教！」

「……嗯，請多指教。」

「好的那麼……朽葉——」

木賀峰副教授出聲呼喚圓朽葉。朽葉聽到便應了一聲「是」，靜靜地站起來。

「老師有何吩咐嗎？」

「接下來要開始做準備了，請妳也來幫忙。麻煩各位繼續在這裡稍候一下，我們要去為測驗做準備。」

「好，瞭解。」我回答道。

「幸村同學……妳也留在這裡。」

「好、好的。」

自稱幸村冬夏的匂宮理澄點點頭，走到方才圓朽葉所坐的位置乖乖坐下。

「那麼……我們大約會花個十分鐘準備齊全再開始。」

木賀峰副教授說完，圓朽葉什麼也沒說，兩人便步出房外，無聲無息地關上紙門，消失了蹤影。

唔……

該說果不其然嗎，和上次見面的印象同樣不變地，木賀峰副教授給我的感覺依然很像機器人。總覺得——彷彿只是在說著既定的、已經事先設定好的臺詞。當然這應該是不可能的事情，只不過會讓周圍的人產生這樣的印象，似乎在某種程度上便足以說明她的人格特質。其實加上電話聯絡，今天也才第四次接觸而已，但每一次都讓這種印象更加深刻。

於是，現場剩下四個人。

「……」（我）

「……」（春日井小姐）

「……」（理澄小妹妹）

「……」（我）

「……」（春日井小姐）

「……」（理澄小妹妹）

不會吧，難道她打算裝傻到底？

「幸村……冬夏同學，是嗎？」

「是、是的！」自稱幸村冬夏的匂宮理澄……應該說理澄小妹妹，回答道：「我叫幸村冬夏唷！」

原來如此。

看樣子真的打算裝傻到底。

了不起的堅持，我就將計就計買妳的帳吧。

買完帳，再當場出賣。

我的本性，就是擅於將計就計再借題發揮。

「既然是研究生，就表示比我年長囉——」

「是的！這是當然的唷！」
「妳幾歲呢？」
「二十二歲！」
「真是看不出來啊——」
「因為我故意裝年輕！」
「原來如此。」
「因為我是羅莉控！」
「……」
看樣子她不太瞭解這三個字的含意。
有點尷尬。
「幸村嗎……」我稍微修改作戰計畫。「假如從出生以來就一直姓幸村的話，想當然耳至少真田十勇士的名字，應該全部都倒背如流了吧。」
「什、什麼？」
「順便告訴妳，我全部都背得出來喔——才藏、佐助、穴山小介、三好清海入道跟伊三入道、望月六郎跟海野六郎、根津甚八還有筧十藏。」
「嗚哇！」
理澄宛如發現自己犯下決定性的失誤而當場被名偵探揭穿真相的凶手般，露出驚恐的模樣。

「……哎呀呀，可是大哥哥，剛才你好像只說出了九個人的名字耶？」
「咦？」
「還有一個是誰呢？」
「……」
毛利小五郎……不是吧。
印象中是個聽起來很像橫溝正史筆下名偵探的人名。
「……笨丫頭，妳忘記把真田幸村本人給算進去了對不對？」
「什、什麼！你、你說得對耶！真是的，居然掉入這麼簡單的陷阱裡——！」
這會又猶如被怪盜玩弄於股掌之間直到最後才恍然大悟的刑警隊長，露出詫異的表情。
喂，妳這傢伙不是還自稱什麼名偵探的嗎。
「……不好意思，先失陪一下。」我站起來，抓住理澄的斗篷，像拎小貓一樣把她硬拉起來，對春日井小姐和小姬說：「待會木賀峰副教授如果來了，請她等我一下，這叫禮尚往來。」
「瞭解，你去吧。」
「師父，你跟那個人認識嗎？」
春日井小姐才正要不著痕跡地掩飾過去，沒想到卻被小姬犀利地戳破了。真奇怪，這丫頭不是向來都很遲鈍的嗎？於是我——於是我只好對小姬說——

「嗯，算認識吧。我跟幸村同學稍微……有過，一面之緣。」邊解釋邊朝春日井小姐使眼色。「對吧，春日井小姐。」

「哦，有這麼回事啊。」

她完全裝作局外人。

「我一點都不知情耶。」

「是嗎……」

「集合千真萬確貨真價實如假包換徹徹底底清清楚楚完完全全實實在在肯定一定確定確切確實之大成非常絕妙地不知情耶。」

「是嗎……」

吃裡扒外的叛徒。

我要改叫妳春日井猶大。

「不管怎樣，幸村同學，麻煩借一步說話。」

「好、好的——」

我拖著理澄來到走廊，沿著剛才圓朽葉帶的路往回走，暫時離開建築物走出戶外。朝停車場移動。

來到飛雅特前，我停下腳步，轉身面對安安靜靜乖乖跟著來的理澄。

「……妳在搞什麼鬼？」

「呃……偵探活動。」

理澄小妹妹露出可愛的笑容回答我。

啊——真的很可愛。

「名偵探活動。」

「不要重講一次。」

「嗚噫……」理澄有如被猛獸追上絕路的可憐獵物般，顫抖著抬起臉仰望我。又來了，好像我是壞人一樣。「……人家只是被狐狸先生委託的嘛。」

「狐狸先生……」

狐面男子。

那個人嗎？

昨天他聽見木賀峰副教授的名字時，確實曾表現出非常濃厚的興趣。原來如此，對了，當時我並沒有提到自己要來這裡打工的事情，所以理澄剛剛才會大吃一驚是嗎？

「……尋人工作已經結束，開始進行新任務了嗎？」

「對啊。」理澄笑瞇瞇地回答：「我被派來這間研究所潛入搜查……」

「潛入搜查？」

而掩人耳目的手段，便是偽裝成浪士社大學研究生。真誇張，想必是去委託某位浪士社大學的重要人物幫忙寫介紹函吧。不過光憑名偵探這頭銜，應該也有某種程度的加分效果……話雖如此，可是僅僅一天之隔而已啊。再怎麼說，動作未免也太迅速了。

不對，慢著慢著。

才不是這麼回事。

這女孩號稱「名偵探」的頭銜，根本是一種偽裝，隱藏在背後的是——

「食人魔」。

我下意識地，向後退一步，與理澄拉開距離。看見我的舉動，理澄只「唔？」了聲，疑惑地偏著頭。

——理澄她，並不知情。

在自己體內深處，潛藏著些什麼。

這就是，「傀儡」的意義。

「雖然不明就裡，但狐狸先生好像被大哥哥說的話吸引了，正巧這裡在徵打工者，我就趁機混進來啦，實在很冒險呢。而且，沒想到大哥哥居然會出現在這裡耶——也許大哥哥和我之間，連著一條看不見的紅線唷——」

「連著電磁波紅外線嗎……對了，妳現在住哪？」沒記錯的話，她並非本地人吧。

「還住在飯店裡面嗎？」

「不——因為工作延長的關係，昨天開始跟狐狸先生一起住在某個地方，要暫時打擾狐狸先生了。嘿嘿，受雇於人真辛苦啊——不過住飯店畢竟還是太花錢了。」

「堂堂名偵探，工作出乎意料地儉樸呢。」

「別這麼說嘛……」

理澄苦笑著。

似乎被一針見血地說中痛處了。

「幸村冬夏到底是幹麼的？」

「是假名唷，很不錯的名字吧？」

「唔……冬夏這名字聽起來的確很像閒雜人等，或許非常適合當假名吧……不知為何一聽就有種臨時演員出場客串的微妙感覺。」

「總而言之請守口如瓶喔，大哥哥。」

「……」

「看在大哥哥跟我兩個人交情的份上，好不好嘛！」

「我跟妳有什麼交情啊……」

算了，不用她特別交代我也覺得守口如瓶比較好。假如告訴小姬「匂宮」的殺手就近在身邊，萬一刺激到小姬就麻煩了。那丫頭雖然尚未踏入為時已晚的地步，卻也絕非已經達到安定平穩的狀態。在這層意義上，對我而言也可說是相當危險的貼身保鑣。只不過……如果理澄真的是為了「偵探」工作而來倒還好，要是有什麼「背後」目的的話，這樣繼續瞞著小姬也行不通吧……即使在木賀峰副教授和圓朽葉面前暫且按兵不動，但接下來呢，等今天晚上回到公寓以後，是不是應該花點時間先做好溝通。

「好吧，要我替妳保密也可以。」
「謝謝！大哥哥，我喜歡你！」
「不過，我有一個條件。」
「不能要求肉體交易唷！」
「……」
妳的服裝距離性感還差得很遠。
「跟那方面無關……」
「唔，我明白了，要溫柔一點唷。」
理澄輕輕閉上眼睛。
我一拳揍下去。
「好痛——！」理澄大叫。「你、你做什麼啦！明明叫你要溫柔一點的！閉著眼睛被揍超恐怖的耶！」
「吵死了妳。」
這個月身邊怎麼淨是這種傢伙啊。
「聽好——」我稍作停頓，鄭重向她聲明：「所謂條件就是——我在這場面試結束之後，從二十二日開始有一星期的時間會和妳共事……如果妳在打鬼主意準備要**做什麼**的話，希望能等到工作完成之後再行動。」
「咦？」

「不這樣做的話，會拿不到薪水。」

「喔……意思是，之後就可以隨我高興為所欲為囉。」

「沒錯。」

「真是守財奴耶！」

「老實說，我對『不死的研究』也並非毫無興趣，只不過對現階段的我而言，錢確實比較重要……OK？」

「嗯，我懂了。」理澄臉上堆滿笑容。「那，勾勾手指一言為定唷！」

「……」

怎麼勾？

要問嗎？

趁現在問也許就不會尷尬……

直接問她「斗篷底下那件束縛衣究竟怎麼回事」。

「……嗯？等一下理澄，那前面這兩臺——」我指著KATANA跟Z跑車說：「其中之一是妳的嗎？」

「嗯！是KATANA唷！我最喜歡了！」

「唔——」

這也一樣，是向狐面男子借來的東西嗎。理澄小妹妹看起來不像平常就騎機車代步的樣子。

「應該說只要是摩托車，我全部都喜歡！」

「唔——」

「對了突然想到，摩托車叫做 motorbike，這麼說，難道還有用人力發動的 manualbike 嗎？」

「……那不就是自行車嗎……」我沒什麼自信地答道。這種事情，我根本想都沒想過。「咦，理澄，妳有駕照嗎？」

「討厭啦大哥哥，你在說什麼嘛，人家已經十六歲了耶！」

「……」

這臺 KATANA 怎麼看都是重型機車。

啊……不，慢著，這不是重點！

重點是穿著那件束縛衣是要怎麼騎啊！

「理、理澄……」

「好了該回去囉！教授也快來了吧！」

「不是教授是副教授……不對，等一下……」

我們開始抬槓教授副教授、警長副警長的稱謂，一邊鬥嘴一邊走回建築物當中。

經過走廊，回到和室裡。木賀峰副教授和圓朽葉都還沒出現。

「我回來囉——」

「歡迎回來。」「回來啦。」

小姬和春日井小姐兩人並排著，以坐墊為枕，斜躺在榻榻米上。就算沒人在看，這麼大剌剌地未免也太……太超乎尋常了。

「師父——你們去談些什麼事情呢？」

「沒什麼，只是請教幸村同學有關運動物體的電氣力學而已。」

「咦——」小姬一臉佩服。

「咦？！」理澄一臉錯愕。

「這可是她的專業領域喔，沒錯吧，幸村同學。」

「是、是的。」

「下次有機會請妳也教教小姬吧。」

「好、好的！請放心交給我吧！」

理澄已經瀕臨極限快自爆了。

我們回到位子上就坐，春日井小姐和小姬也端正姿勢，沒多久木賀峰副教授就回來了，而圓朽葉則不見人影。

「各位久等了。」

木賀峰副教授改變語氣說道：

「準備工作已經就緒。那麼首先，第一階段請先接受簡單的筆試……呃，幸村同學、春日井小姐、紫木同學，麻煩跟我來，這邊請。」

「呃……」聽完木賀峰副教授的話，我不由得脫口而出：「那個，木賀峰副教授，請問我……」

「你免試錄取。」木賀峰副教授乾脆爽快地說：「反正要雇用你已經是不可能變更的既定事項了。」

「喔……」

這樣真的沒關係嗎？

正因為要舉行面試，今天我才會一起被叫到這裡來，結果突然被宣告免除測驗，實在讓人傻眼。原本明明是木賀峰副教授自己親口說這場適性測驗我也要參加的。雖然木賀峰副教授跟小姬不一樣，但如此輕易地信任我真的好嗎？也許我應該告訴她，有多少人就是因此而釀成悲劇惹禍上身。

話說回來，對於她所提出免除測驗的特別待遇，居然毫不客氣地全盤接受，可見我也不是什麼老實人，骨子裡裝滿了垃圾。

「那個……不好意思我有話要說。」

這時候，春日井小姐突然舉手發言。

其餘四人的視線，全部集中到她身上。

春日井小姐的表情，一如往常。

真的，一如往常。

「……什麼事？春日井小姐。」

「非常抱歉雖然難以啟齒但請容我先行離開。」春日井小姐如此說道，從坐墊上站起來。「不好意思先告辭了。」

「咦……等等，春日井小姐？」

「對不起囉，伊小弟。」春日井小姐看著我說：「這是我自己擅作主張的任性要求所以伊小弟你不必送我回去沒關係。不要緊，我可以徒步走回去。」

「什麼徒步……」

從這裡走回去是非常恐怖的距離耶。必須先翻過一座山頭才行，甚至等測驗結束我們再開車上路，都會比妳早一步回到古董公寓。

「是臨時想起什麼重要事情了嗎？」木賀峰副教授一臉不可思議地看著春日井小姐。「如果有急事必須處理的話，適性測驗可以改天再……」

「不，並非那麼一回事。」春日井小姐以極為普通的口吻說道：「我只是無法忍受在這個地方再多待上任何一秒而已。」

「……啊？」

木賀峰副教授一臉疑惑怪異的表情，彷彿完全不能理解春日井小姐究竟說了什麼。我臉上大概也差不多是類似的表情吧。

「雖然知道這樣很失禮但說得更徹底一點就是我無法忍受再跟妳呼吸相同的空氣任何一秒鐘。」

「什……春日井小姐！」

「我沒有其他話要說了。」春日井小姐不帶任何情緒地說道，接著輕輕一鞠躬。「好的那……該說什麼呢，打擾了，告辭。」

然後春日井小姐便從木賀峰副教授的身旁通過，走出房門離去。「慢著！」我連考慮的時間也沒有，立刻站起來追人。

在跨出房門時，我差點撞到木賀峰副教授，但副教授並沒有避開。應該說，她根本連看都沒看我一眼。並沒有注視任何人，也沒有注視任何東西，彷彿就只是在，咀嚼著春日井小姐所說的話而已。

然而，眼前已經顧不得那麼多了。

我越過她身側，奔入走廊。

衝出玄關，看見春日井小姐慢條斯理地，既未加快腳步也未停下等我，完全依照自己的速度，吹著口哨慢條斯理地正準備走出大門，我成功地及時抓住她的手腕。

「……我最喜歡男人來硬的。」

「誰跟妳來硬的！這究竟怎麼回事，妳在搞什麼鬼！」我忍不住大聲怒吼，明明心裡並沒有要發飆的意思。「剛才那樣，未免太失禮了吧……」

「失禮？失禮啊，也許是吧。」

「……」

「不過，我就是這種人啊，從以前到現在一直都是。」

春日井小姐轉身面對我。
近乎面無表情的表情。
要解讀她的情緒，非常困難。
應該說，幾乎不可能。
究竟在想些什麼，我無從得知。
別人的心情我根本無從得知。
反正，春日井小姐原本就不渴望被理解。
這就是，她和我之間的差異。
別人的事根本無關緊要。
整個世界根本無關緊要。
我是這麼想的。
春日井小姐，一定也是這麼想的。
只不過。
只不過，春日井小姐**對此心知肚明**。
而我卻，渾然不知不明不白。
自覺與自信和知覺與知信。
其中差異，看似相近，實則懸殊。
期盼絕望的我。

面臨絕望的春日井小姐。

猶如北極與南極的差距。

春日井小姐，並不像我這般漂浮不定。

她對自己，有著根深蒂固的理解。

這並非程度的差別，而是層次的差異。

「你應該非常清楚我是怎樣的一個人吧，我以為至少你會明白的。這麼做純粹只是因為生性善變而已……假如你能諒解的話我會很高興。雖然這種事有沒有必要高興或許也並非重點。」

「這……可是——」

「雖然我喜歡男人來硬的但手被握得有點痛了。」

「啊，對不起。」

我反射性地道歉，下意識鬆開手。

春日井小姐並沒有要逃脫的意思。

因為沒有要逃的理由吧。

話雖如此，卻也沒有不逃的理由。

對了——差一點就忘記。

這個人，是什麼也沒有的。

真的是，什麼也沒有。
就一切角度而言。
將一切存在都淘汰。
將一切存在都掃蕩。
真的是，什麼也沒有。
不存在。
太過輕率忽略的，不存在。
無罪。
太過罪孽深重的，無罪。
「……只有一句話先說在前頭。」見我沉默不語，春日井小姐肆無忌憚地靠過來。
「伊小弟，這份工作我想還是回絕掉比較好。」
「……為什麼？」
「雖然說這種話並非個人興趣所在不過——
——我有不祥的預感。
嗯……就是這樣。」

「……春日井小姐——」

這句話，哀川小姐跟美衣子小姐也曾說過。

然而，此時此刻。

從眼前這個人口中聽到這句話……

與其說含意，不如說本質上就截然不同的感覺。

「抱歉講得很曖昧模糊，不過這樣才適合你不是嗎？當然了同樣也適合我吧。」彷彿要打氣一般，春日井小姐砰地朝我胸口一拍。「再見囉。」

「啊……那個，既然無論如何都要回去的話，能不能等我們結束測驗再一起離開……從這裡用走的，會走到三更半夜喔，況且又是山路，實在很危險——」

「聽見你這麼說我真是既高興又無奈但很可惜完全辦不到。我並非想回家也並非不想工作，純粹只是不想待在這裡，毫無理由地。」

「……」

「假如在山裡面追上我的話麻煩再順道載我一程吧。或者視而不見也沒關係。那你好好加油囉。」

「叫我加油，是要加油什麼呢？」

「人生各方面吧。」

春日井小姐放在我胸口的手掌用力一推，直接將我推開。我倒退兩三步，才取得平衡穩住身子，春日井小姐見狀便轉過身去，向前邁出步伐。

然後就，頭也不回地走了。

而我——我並沒有目送春日井小姐的背影離去直到消失，就逕自回到建築物裡。

如此這般。

春日井春日，便從登場人物表當中除名了。

3

回到和室，發現已經全員到齊。

方才不見人影的圓朽葉，正跪坐在一旁。

木賀峰副教授也坐在矮桌前等著我。

「……師父——」

在適當的時機點，小姬率先發問：

「春日井小姐怎麼了嗎？」

「她回去了。」我盡量用輕鬆的口吻，以免讓氣氛更加沉重。「那個人實在很衝動啊……任性妄為也要有個限度，與其說不知道她在想什麼，應該說根本什麼都沒在想的感覺吧。居然說要從這裡用走的回去，穿著那種輕裝翻山越嶺，簡直是亂來嘛……算了，回程路上再順道把她載走就好啦。」

「……這樣啊。」

小姬明顯地表現出失落感。並非她跟春日井小姐交情特別好，而是因為小姬本來就是這樣的女孩子。我無可奈何，只能老實面對木賀峰副教授。

「呃……真的，很抱歉。」

不管怎樣，先道歉再說。

「沒關係。」木賀峰副教授彷彿什麼事也沒發生似地，朝我微微一笑。「諸如此類的狀況也有可能會臨時出現，這件事情我早已預料到了。」

「……那就好。」

「只不過，春日井春日——」木賀峰副教授表情嚴肅地說：「提到春日井春日，其實也頗具名氣哪……儘管在為人方面有些問題，但她的獨創性與奇特性，以及綜合整體的形象設定，讓我也給予相當高的評價。真沒想到，你居然會認識那種曾經列入七愚人候選者的人物呢……坦白說，有種很可惜的感覺。明明讓你免除測驗卻要求她切實接受面試，這樣的差別待遇，希望沒傷害到春日井小姐的自尊心才好……」

「她並非那種類型的人。」

這句是實在話。

雖然若要問她屬於何種類型，我也說不上來。

「這算家常便飯了，真的，已經是家常便飯了。該怎麼說呢，反正她的性格就像擲骰子一樣反覆無常……而且，又是個神出鬼沒的人。」

「……是嗎。果真如此的話，雖然完全無法理解究竟為什麼，但我似乎不小心惹她討厭了……我說朽葉——」

副教授將視線移向圓朽葉。

「妳有任何頭緒嗎？」

「嗯這個……」朽葉不知為何態度顯得特別含蓄，像是刻意掩蓋什麼，帶著不自然的笑容回答道：「很抱歉，老師，我完全摸不著任何頭緒。」

「是嗎……算了也罷。大抵而言，生物學者彼此之間總是無法互相理解的。」木賀峰副教授說：「如此一來，有幸村同學的加入真是不幸中之大幸，這樣就可以確保最低限度的人數了。」

「是——」

理澄在一旁天真無邪地微笑著。

喂，剛才不是還說早就預料到了嗎……

妳這傢伙，果然都只是隨口說說而已。

「那麼就由幸村同學與紫木同學兩位接受測驗……」木賀峰副教授站起來說道：「麻煩跟我來，這邊請……時間有限，再不快點開始就要來不及了。」

第五章　無法痊癒的傷口——（無法言喻的傷口）

「我感到很後悔。」

「那，你就後悔一輩子吧。」

0

1

自然（natural）。

中立（neutral）。

所謂真正孤獨的人——大概只須如此便可成為完整的人類了吧。至於「完整」這詞彙要如何定義，在此套用最大範圍的解釋亦無妨。認為自己能夠與整個世界毫無關係地活下去，如果存有這樣的概念，則無論從任何角度用任何方式去觀察，終究不得不以「完整」這字眼去表現。

完整的孤獨。

孤獨的完整。

意思就是「可以不用進食」。

沒有太陽跟水植物就無法生長。

植物無法生長動物就不會誕生。
沒有動物可進食人類就無法生存下去。
沒有人類的存在，人類就無法生存下去。
人類無法獨自一人存活下去。
愛人，被愛，互相吞食。
這就是所謂的食物鏈——整個世界原本即為這樣的構造，由吞食或被吞食所組成。
想達到真正的孤獨與真正的完整，就等於要從環環相扣的連鎖當中掙脫出來，除此之外別無他法。
除了跳脫因果之外別無他法。
換言之，不要進食。
換言之，不要被吞食。
不要成為任何人的食物，也不要將任何人當成食物。
不互相需求，不互相需要。
因此——所謂真正孤獨的人，便是完完整整地——真正地完整。因此，終歸是，非常寂寞的存在吧。
與任何人、任何事，都毫無關係。
然而這樣的「完整」，猶如從誕生的那一瞬間便已死滅，幾乎只等於零的存在——絕對，無可改變。

無可改變。
不會改變。
既已枯萎。
沒有，滋潤。

「……那個人真聰明呢。」
圓朽葉突如其來地說：
「名字……叫什麼來著？」
「……」
我暗忖她問題背後的意圖，卻又覺得要說有什麼意圖，充其量也只不過是問個名字而已，便簡短回答「春日井春日」。
「哦……這樣啊。」朽葉聽見自己問題的答案，卻一副百無聊賴的模樣，用非常倦怠的語氣說：「對了，你這傢伙又叫什麼名字？」
「我什麼時候變成『你這傢伙』了……」
先前那種態度，還算客氣的嗎。
我對這個名叫圓朽葉的女子，已經產生某種近乎傻眼的感想。什麼跟什麼啊，這種……該怎麼形容呢，**很隨便**的態度。沒錯，像小姬或理澄那種性格雖然不能稱之為正常，但時下的高中生，難道全部都是這副德行嗎？

……嗯？

高中生？

說到這，記得剛才對於春日井小姐所提出的問題，她似乎曾回答過自己並沒有在上學。那又為什麼要穿著制服呢？

「快回答我的問題啊，你叫什麼名字？」

「……很抱歉，我向來不在人前報出姓名。」

「什麼意思啊，莫名其妙。」

「也許吧，不過人生在世，總會有一兩件事情，是絕不能妥協的吧？」

「『人生在世』嗎……你說這話還真有意思。很感性，感覺挺不錯呢。」圓朽葉的表情並不像特別感興趣的模樣。「呃我想想……啊啊，對了，她們好像各自叫你『師父』跟『伊小弟』之類的……所以那個女孩，是你的弟子嗎？」

「我只是替代品啦……那女孩的師父另有其人。反正我目前算擔任她的家庭教師，叫『師父』也沒什麼好不行的。只不過，就本質上的意義而言，畢竟還是有所差別吧，應該說根本毫不相干。即使作為監護人的身分，我也仍是個替代品。」

市井遊馬，哀川潤。

對小姬而言，我就是那兩人的替代品。

關於這點，我並沒有什麼特別的想法。

這件事情，其實就只是這樣而已。

「算了，反正我也非常十分不願意叫你什麼『師父』，既然如此我就比照春日井小姐的做法，叫你『伊小弟』囉。」朽葉說：「你想要怎麼稱呼我呢？建議你可以叫我『小葉』。」

「……我並不覺得跟妳的交情有好到可以用綽號相稱的地步。我還是照普通方式叫妳朽葉就好了。」

「直接叫朽葉嗎……這倒是，相當出色的好點子呢。」

圓朽葉笑了。

幾乎要凍結地，冰冷。

宛如吸血鬼般的笑容。

「……真是戲言啊。」

從小姬跟理澄被木賀峰副教授帶往其他房間之後，這間和室只剩下我跟圓朽葉獨處，已經過了整整三十分鐘。

當中交錯的，只有言不及義的對話。

毫無建設性可言，非常言不及義的對話。

坦白說，真希望她能行行好放我一馬。這女孩表面上看似一副慵懶隨性的模樣，但當她開口向我說話時，眼神絕對直視著我毫不閃避，彷彿要窺探對方的內心深處般。

剛才她說我的眼神是一種很討厭的眼神。

如果讓我來說的話，圓朽葉這種像要深入挖掘的眼神，才更是有過之而無不及。

「……伊小弟──我問你啊。」朽葉仍然維持慵懶倦怠的語調說：「你不想死嗎？」

「妳在說什麼我聽不懂。我們的年紀應該還沒相差到會產生代溝的地步吧。」

「我看起來像那種年紀嗎？」

「嗯？」

「別管那麼多回答我的問題就是了。如此引人側目又瘋狂的，集幻想加妄想加荒唐無稽至極的『不死的研究』，你居然會產生興趣，是因為不想死嗎？」

「……這個嘛，對研究本身當然多少也是有點興趣啦。」我聳聳肩。「不過追根究柢真正目的其實是錢。因為剛好最近，臨時需要一筆小錢啦。」

「真庸俗。」

她唾棄似地說。

……只不過是大學生在暑假期間打個零工而已，有那麼糟糕嗎？就算要說，也輪不到妳們這些身為雇主的人來說吧。

「沒辦法啊，既然需要錢，就不得不工作嘛。」

「真是庸俗中的庸俗。」

還用強調句型侮辱我。

……

這算冷笑話嗎？

「嗯……的確，你似乎並沒有『不想死』的感覺。」

「很高興妳能明察秋毫。」

「你的眼神是想死的眼神。」朽葉說：「渴望著毀滅……而且，不僅是自身的毀滅，更是徹頭徹尾的，世界的毀滅，永遠的毀滅。你所渴望的是命運本身的毀滅，毀滅中的毀滅。」

「什麼意思……」

豈止斷言，這根本叫開示。

「我的眼球，已經出現過各種形容詞，什麼死魚眼啦背叛者之眼啦，現在還加上想死的眼神，被說得很慘哪……其實也不過就兩顆眼球而已，真是受不了。」

「你……會將一切的一切，全都捲入漩渦當中不留餘地，宛如刮起龍捲風的天氣般，任何事物都連根拔除。而且是在無意識的狀態下不小心造成……卻又幾乎可說是蓄意地任其發生。與其說是意圖犯不如說更像愉快犯的性格吧。」朽葉對於我裝傻敷衍的說辭，完全沒有任何反應。「至少，到目前為止你一直都是這麼做的……不對嗎？」

「聽好了……對妳們那種年紀的女生而言，像這樣自以為看透別人心思地大放厥詞，是最有樂趣的一件事情，這點我非常清楚，但是從剛才到現在妳所講的全部都牛頭不對馬嘴。」

「牛頭不對馬嘴？是這樣嗎？」

「老實說，此刻的妳十分滑稽，就像在軟式網球擊出全壘打而雀躍不已的小學生一樣。我是不知道妳從木賀峰副教授那邊聽到了些什麼，但那位老師似乎也有些誤解。大抵而言，在我周遭發生的事件，多數都是別人對我過於高估所導致的現象。假如妳今天，以及下週整個星期，都不希望遭遇危險的話，最好別再喋喋不休地談論我的事情喔，尤其明明就一無所知。像我這種人，大可不必放在心上。」

「明明就一無所知嗎……沒錯，我對你的事情確實一無所知，不過，要說起與你相似的人，我倒是知道一個。」

「……與我相似的人？」

剛才……她好像也說過類似的話？說我，很像誰之類的。

「這話什麼意思。」

「對了，『他』在人性方面是——

——人類最惡。

確實如此啊。」

「人類……最惡？」

「你能理解嗎？被稱為與人類最惡相似的自己，箇中的含意。」圓朽葉不懷好意地說著，對我投以睥睨般的眼神。「只不過……我和『他』的相遇，是在『他』尚未成為人類最惡之前。」

「……所以我，像的是『之前』嗎？」

「這個嘛……我也說不上來呢。你又不是小孩子，怎麼不自己想想？」朽葉用裝糊塗的語氣說道，轉頭看向牆上掛的古董鐘。「適性測驗加上口試部分，大概要花上一個小時喔。」

「嗯……咦，啊啊。」話題轉變得太過突兀，我稍微愣了一下。「妳在說小姬跟……幸村同學嗎？唔，需要花上那麼久的時間啊。」

「要喔，雖然名為打工卻也沒那麼簡單……該做的事情就該按部就班做好，即使是測試者也不能隨隨便便草率決定，反而更必須仔細篩選。像你這樣免除測驗，本來是絕無可能的事情，你明白自己所處的立場，有多麼例外了嗎？」

「……」

「對此毫無自覺，還說什麼『大可不必放在心上』……你真是任性妄為得令人吃驚啊。勸你最好反省反省稍微自律一點……實體的存在會對抽象概念產生什麼樣的影響，奉勸你先想清楚才是明智之舉……方才那位春日井小姐，似乎就非常明白其中的道理。」

「妳有完沒完啊……」我難以忍受一直處於挨打的位置，開始試著反擊。「妳到底有完沒完啊？這樣肆無忌憚地說話不客氣，不覺得太過分了點嗎？剛才那些話，每一字每一句，會對我帶來何種影響……如果妳完全無法想像，那純粹是因為想像力太過貧乏。」

「我對任何人都不會有影響的。」

圓朽葉斬釘截鐵地說。

「對了……你，跟我來一下——」她說著便站了起來。「既然你跟『他』很像，那我就告訴你一件好事吧。」

「咦……朽葉？」什麼一件好事？「呃，有話要告訴我在這裡也可以講……」

「雖然我和你一樣覺得在哪裡都無所謂，不過，這件事情我並不想讓別人聽見。日本人自古以來就大而化之作風開放，所以才會用紙門這種東西來區隔空間，還自以為能創造所謂的密室……會認為這個世界上有所謂的密室存在，這種想法本身就是一種幻想。來吧，到外面去一下。」

「……我跟妳應該沒什麼話好說的。」

「哎呀，是嗎？」

圓朽葉的姿態相當挑釁。

我儘量留意不踏入激將法的圈套，謹慎再謹慎地，小心回應。

「聽好了，朽葉，妳不覺得自己從剛才開始態度就非常囂張嗎？不管妳是這間研究室的管理人或者什麼東西，那樣接二連三地遭到出言不遜，我也是會有脾氣的喔。」

「好可怕喔。」

「……這不是可怕不可怕的問題。」

「既然如此我換個說法，不知道這樣能否引起你的興趣——關於老師的『不死的研究』，你大致上，或多或少，總有點興趣沒錯吧？」

「是沒錯。」

朽葉無聲無息地站起來。

「我說伊小弟……」

她出聲喚我，接著，臉上浮現出與年紀不符的妖艷笑容。

「你知道我為什麼會在這個地方嗎？」

「什麼意思……」

「你是不可能會，知道的吧。」

語畢，她笑得更深了。

——為什麼？

為什麼這女孩，會以那種方式笑呢？為什麼她臉上會浮現出那種表情？為什麼會用那種方式說話呢？倘若這發生在十年後，她已經長大成人的話，或許真會帶有魅惑的氣息——然而此刻，即使再妖艷也一樣。

只會充滿不協調的扭曲感。

非常地，不合適。

醜陋又，不相稱。

在她身上。

「伊小弟，我啊——」

圓朽葉以近乎恐怖的沉靜語調說：

「是不死之身喔。」

沒等我反應，朽葉便轉過身去，拉開紙門，步出走廊，再啪一聲動作俐落地關上紙門。一瞬間，時間彷彿靜止了，我完全沒辦法做出任何反應——不，不只一瞬間，感覺有相當長的一段時間，我整個人就僵在現場。

突然回過神來，我才跟著站起，步出走廊。朽葉已經不見蹤影，人在哪呢？剛才她好像有說要到外面去，那就往玄關處走吧。這已經是來回第二次了，我心裡想著，一邊穿上鞋子，把門拉開走出室外。

前往停車場一看，依然不見圓朽葉的身影。

奇怪了……人不在這裡嗎？

啊，不對，所謂有表就有裏，我朝停車場內走去，經過並排的飛雅特和KATANA以及Z跑車（仔細想想，就這樣經過未免太可惜了，如此壯觀的陣容，回頭再來好好欣賞吧），沿著建築物慢慢繞到屋後，就在與停車場恰巧成對稱的方向，有座小小的庭院。雜草被清除得乾乾淨淨，即使外行人來看也能清楚感覺到整理得相當用心。

庭院裡布置了一塊岩石，圓朽葉就蹺著腳坐在上頭。她並沒有看向我，而是一臉若有所思的表情，空虛寂寥地眺望著夕陽西下逐漸染紅，層層紅霞暈染的天空。

看上去，非常虛無縹緲。

甚至令人猶豫著不敢發出聲音。

彷彿一碰就碎的光景。

「……哎呀。」

朽葉察覺到我的存在。

一臉出乎意料的表情。

「……沒想到你會跟來。」

「咦？」

「我的意思是說真不可思議。你這傢伙看似單純，實際上內心一片白濁深不見底。其實你很伶牙俐齒又有點小聰明，我原以為你是那種獨善其身的性格，對沒必要的事情根本不會插手關心呢。」

「……」

「不過你看起來卻像那種會插手參與破壞跟毀滅的人……又或者你不會插手頂多只會插腳而已？至少你不像會被好奇心殺死的感覺。好奇心會殺死貓嗎？原來如此，貓還真不錯呢。對了，你知道《If Six Was Nine》（註19）嗎？」

「不知道。」

19　美國搖滾樂壇吉他巨匠Jimi Hendrix經典歌曲，收錄於「Axis:Bold As Love」專輯。

「我想也是。應該的啊。」

「妳到底在說什麼？我完全聽不懂。重點是現在……」

「你對這個世界有何想法？」朽葉提出疑問，口吻卻完全不像在尋求解答。「如果讓我來說的話……這世界是個大型垃圾場，塞滿了無法再生利用的垃圾殘渣，是地獄眾鬼設宴玩樂的雜鍋派對，是像潘朵拉寶盒一樣可愛的東西。連邪惡都稱不上的劣等生物模範社區，堆積各種最惡與災厄的牢獄。而當中尤其可笑的是，這個大型垃圾場還會按照規定切實執行分類回收呢。」

「……」

「什麼命運什麼必然什麼因果什麼因緣的……坦白說，實在很滑稽。是空洞世界裡必須具備的滑稽，更是標準規格中的高階模式。」朽葉如此說道，又像方才我剛追上來的時候一樣，眼神空虛地望向天空。「假使真有這種東西存在……即使真的存在著，像這種東西，肯定還是不要知道比較好——對吧？」

「很難說啊……」我曖昧地回答，試圖轉移話題。「不過呢，朽葉，至少對於妳最初的問題，現在終於可以告訴妳答案了……我並沒有想死的念頭。或許跟不想死略有差異，但這就是我的答案。儘管覺得死也無所謂，卻並沒有想死的念頭。」

真是莫名其妙。

為什麼，我要進行這樣的對話呢？

愚蠢又荒謬。

就像不斷重複作答的題庫那樣愚蠢又荒謬。

相同的事情，究竟說過幾次了？

無論對象是誰，都在說同樣的事情。

原來如此，就這層意義而言。

圓朽葉對我，絲毫沒有產生影響。

「生存與死亡，說起來簡單……其實死亡這件事情，也需要相當程度的能量吧？不，不只『相當程度』而已，要殺死一個人，必須具有壓倒性的暴力或者卓越的技術才行。妳知道嗎？人類啊，據說最長可以活到一百二十歲，等於一個人要死，得耗費一百二十年的時間呢。以同樣的時間，換成細菌都已經進化十代了。如果換成用品的話，要將同樣耐久的東西折損到不堪使用，也非常非常不容易。總之，人沒辦法輕易地想死就死，不想死的當然就別說了。至少，死不成的就是死不成啊。」

「即使本身殷切地渴望？」

「假使本身殷切地渴望——就無法斷言絕對不可能。譬如跳樓自殺好了，只要踏出一步，便能輕易死去。很簡單，非常簡單，其實輕而易舉。人啊，很容易沒命的……可以切斷手掌，也可以喝下毒藥，想開瓦斯也隨妳高興，愛怎麼做就怎麼做。只不過——**究竟能否真正做到**，又另當別論了。」

「……」

「能夠自殺的人，都是強者。」

大多數的人類——

連死都辦不到，只能苟延殘喘。

掙扎，痛苦，執迷不悟。

只是苟延殘喘地，活著而已。

「所以……在你看來——」朽葉語氣變得比較柔和，彷彿拔去尖刺的感覺。「老師的研究大概毫無意義吧。照你的說法所謂『不死』，即使無須刻意追求，也能輕易地達到『不死』，只要用那套邏輯去解釋就好囉。」

「也許吧……別聽得太認真啦，沒想到妳個性這麼直。我說的話不必照單全收，反正我的發言從頭到尾每一句，都純屬戲言罷了。」

「戲言？」

「在下是戲言玩家啊。」

我故意裝模作樣地說道。這招似乎奏效了，朽葉像被嗆到般咳笑著。那並非迄今為止臉上所掛的冷笑，而是純粹的平凡笑容。

平凡的笑容，很適合她。

我心裡這麼想著。「死亡需要莫大的能量嗎……果真如此的話——」朽葉離開岩石站起，朝我走近。一直走到極為貼近的距離，在眨眼之間，完全不容抗拒。「果真如此的話，我的死亡能量就是零。」

「……」

「你是來找我談這個話題的吧？」

「是沒錯……那是，某種比喻嗎？」我後退一步。即使她年紀比我小，畢竟和小姬或理澄不一樣，是個正常成長發育成熟的女孩子。如此貼近地面對面，絕不可能泰然自若絲毫無動於衷。「所謂『不死之身』……是指跟木賀峰副教授的研究有何關聯性嗎？」

「並非有何關聯——現在談論的可不是那種老套膚淺的話題，我是那個人的**研究材料**啊。」

「……咦？」

「或許用實驗體這個說法比較容易理解。」

「實驗——體？」

研究……材料？

這算——什麼樣的比喻方式？

見我一臉困惑，朽葉繼續講下去。

「嗯……該怎麼說才好呢，老師沒有我就無法繼續做研究……而我也需要有人提供住處和生活照應，所以……雙方彼此的利害關係，可是非常一致的喔。」

「什麼利害關係一致……」

我聯想到。

斜道卿壹郎博士的研究所。

在那裡面——囚禁著一個男人。

他的名字叫兔吊木垓輔。

擁有卓越的頭腦，令人畏懼的雙手。

而他正是——研究材料。

「……你的表情寫著『竟然如此不人道』呢。」朽葉輕輕碰觸我的臉頰，正想著幾時又靠到如此貼近的距離，她又自顧自地說下去。「怎麼？你有認識的人也發生過類似的經驗嗎？」

「不，這種事情……怎麼可能會有呢。只不過，話雖如此，那位木賀峰副教授居然會……」

「**那個人還算好的喔**。難道你以為，那個木賀峰副教授，是聖經裡面出現的完人嗎？這才真叫滑稽哪。」朽葉笑了，是那種冷笑。「居然會對學者這群人種抱著良知上的期待……所謂求知慾，是這世上最非暴力的暴力，屬於最惡的暴力啊。」

「……」

「不過話說回來，除此之外在其他方面，木賀峰副教授大致上仍算個好人喔。反正，她也不會來干涉我什麼。事實上我還滿喜歡那種人的。」

「……這樣啊。」

「可以說愛恨參半吧……畢竟相處時間也很久了。況且——**這裡又是個好地方**。」

「好地方？」

「我的意思是指環境很好。對了，伊小弟，既然剛才已經談過許多關於『死』的話題……那麼有一件事，我很想聽聽你的意見。你覺得，所謂『不死』是怎樣一回事？」

朽葉提出疑問。

向我尋求答案。

這一次，是期待解答的。

我思忖著，謹慎地選擇措辭。畢竟號稱戲言玩家，好歹在選擇用詞的時候絕不能出錯失敗。

「至少……我知道『不死』跟『活著』並非畫上等號的關係。也不能用二分法去斷言若非有意義有目標的人生，便是毫無意義與目標的人生……原本生與死就是一體兩面互為表裡，換言之是同一體系的存在，不能說生的否定就等於死，也不能說死的否定就是生。應該還有某些，不足的條件。」

「真卑鄙的答案啊。」果然，朽葉開口依舊毫不留情。「對於疑問句使用否定句來回答，是最惡劣又卑鄙的做法。結果你根本什麼也沒說嘛。所謂戲言玩家，就是卑鄙小人的意思嗎？」

「大致上是沒錯啦，不過，頂多只能算對一半而已。這樣太抬舉我了，真正的卑鄙小人會哭泣喔。」

「什麼意思啊。」

「站著當大騙子坐著當詐欺師，走路專走旁門左道——所謂戲言玩家，簡單講就這意思。而專行招搖撞騙之事，自然有一半會侵犯到卑鄙小人的領域囉。」我停頓片刻，再反問朽葉。「所以呢？既然如此，所謂的『不死』實際上究竟要怎麼定義？『不死之身』的妳有何看法？」

「所謂『不死』就是——與任何人、任何事物，都不產生關係的意思。」

彷彿早在許久以前就準備好這句臺詞般，圓朽葉毫不猶豫地回答。

「與任何人、任何事物，都不產生關係……」

與任何人——任何事物。

都不，產生關係？

完整的孤獨。

這就是……所謂的，不死？

「永——遠，永——遠，無論遇見什麼發生什麼，無論和誰相遇和誰分離，命運也好必然也好因果也好因緣也好，無論這些有形無形的東西存在或不存在，無論那些魑魅魍魎存在或不存在，與故事的進行毫無關聯地——

永遠，不會改變。

這就是所謂『不死』的定義。」

「不會改變……」

「為什麼而誕生，自己的誕生有何意義，對於這兩個疑問，沒有任何答案——這就是『不死之身』。無論活到什麼時候，即使經過再久的時間，無論走到什麼時候，即使說過再多的話語，始終同樣不變。這就是所謂不死的定義……你剛才那句話，真的說得很好，『死亡』真的需要非常巨大的能量。」

「怎麼……說呢？」

「所謂能量，終究是會被消耗的東西沒錯吧？根據能量不滅定律，一切能量的總合不變，只會『互相轉移』沒錯吧？如果不請出馬克斯威爾的惡魔（註20）來幫忙，嚴格講起來既定的能量是不可能會永遠被『固定』住的，所以——我的能量是零。」

「不，那只是，一種比喻而已……」

那只是一種比喻而已。

難道，她所說的不是比喻嗎？

意思是——真正的不死之身嗎？

太荒謬了。

實在，太荒謬了。

何必如此當真，我也很奇怪。

真正照單全收的，不就是我自己嗎？

20　十九世紀英國物理學家James Clerk Maxwell提出有關分離冷熱氣體分子的假設理論，即渦流管（Vortex tube）發明的起源。

「假如妳的能量是零，那根本就沒辦法活著啊。」

「所以說，我只是不死之身而已啊。只是不死，並不代表活著……正因如此所以才會不死。」

「有生命」，「就必然有死亡」。

如果沒有活著，就不會死。

這道理……很好懂。

非常簡單明瞭。

雖然明瞭……但即使明瞭——

「我不懂，假如朽葉妳真的是『不死之身』……的話，那究竟從什麼時候開始生存在世界上的呢？」

「不記得了。」朽葉用厭煩的語氣回答道。彷彿同樣的問題迄今為止已被問過無數次，已經回答得很膩了。「從很久很久以前，久到連我自己都記不清楚……這樣講你滿意了嗎？」

「真是模範解答啊。」

「你好像完全不相信。」

「這是當然的吧。」

「信或不信是你的自由，只不過伊小弟……你知道自己被請來這裡的意義，還有免除適性測驗，並且可以領取為數不少的金錢，是基於什麼理由嗎？」

她輕聲竊笑著。

依舊是，冷笑。

「真奇怪，你不是被什麼研究結果測試者的說辭給騙來的嗎？居然一意孤行地雇用沒有任何專業知識，學科或專長也完全不符的外行人，雖然不清楚老師究竟編了什麼牽強的理由去說服你，但這麼做根本就不合常理。照常理而論，這種事情根本就不可能發生啊。」

「什麼理由嗎……據木賀峰副教授說，是從某處聽到我的事情，又從某處查到我的資料……然後覺得很有趣，所以就找上我了。雖然我覺得這都是過於高估的結果。」

「過於高估過於高估……你就只會說同樣的話嗎？老在相同的地方繞圈子一直繞一直繞，你是時鐘啊你。」

「吐槽吐得很溜嘛。」

「少打哈哈，老師之所以對你如此特別待遇的理由——那是因為，**你跟『他』很像**。至於你這個人究竟有趣不有趣，雖然不能說毫不相干……但在了解你的經歷或履歷等等，諸如此類的種種條件以前，更重要的是，你本身跟『他』很像。」

「……」

「就這層意義而言，仍然算是一種**適性**測驗吧。你和我的**面試**。證人協助指認——或許應該這麼說才對。」

啊啊……忽然想起。

那天，木賀峰副教授向我說明了許多細節，然而最根本的起源——**為什麼要調查我的事情**，關於這點卻始終未曾提出說明。

原來。

原來，**這就是動機**嗎？

「妳說我跟『他』很像……那個所謂『人類最惡』的傢伙……從剛才到現在已經聽了好幾次，卻一直沒有解釋清楚，朽葉，『他』到底是誰？」

「在那裡。」

朽葉伸出手指著大門的方向。見我一頭霧水，她又說：「你看到外面掛的招牌了嗎？應該不可能沒看見吧。」

「啊啊……怎麼可能沒看見，我就是認那塊招牌當路標才找到這裡的。呃——好像叫什麼……」

「西東。」

朽葉把手放下，說道：

「西東診療所……西東這號人物，是老師的……應該算恩師吧。在這裡成為研究所以前的診療所時代，曾經是屋主……可以這麼說吧。」

「……？非常含糊不清的說法呢。」

「那個人，跟你很像喔。」

「……」

被指為跟那種來路不明還號稱「最惡」的傢伙相似，簡直就跟被指為與殺人鬼相像意思差不了多少，無論哪一方都只能稱之為人格踐踏。

「你的表情寫著夢寐以求呢。」

「不，完全相反。」

「話雖如此，剛才也說過了……你像的是『他』，很久以前的模樣。在他成為人類最惡以前……**這一點，非常重要喔**。」

「……」

「老師將你找來就是基於這個理由……真瘋狂啊。難道又要重蹈覆轍了嗎。那個人，究竟還要重演多少次呢。」

「……所以是基於一種，感傷的心情嗎……算了，反正我已經很習慣被投射別人的影子。因為自己是個空殼，要說像誰的話，我大概跟誰都可以很像吧……這是從某人口中現學現賣的評語，雖然我自己並沒有這樣的自覺。」

集合各種傢伙身上所有缺點之大成。

當時似乎是這樣形容我的。

「感傷——不，才不是那麼簡單又輕鬆的概念。那人性格並非如此……你所說的動機，只不過排在其次而已。那個人的真正目的……**如今正，一步步逐漸達成當中**。」

「啥？」

「**讓我和你交談——才是那個人的真正目的**。」朽葉說：「剛才不是提過這叫做證人協助指認嗎？你看起來像個聰明人，腦筋似乎相當靈活……應該明白**這句話**的含意吧。」

「……什麼意思？」

說真的，我完全聽不懂。

「因為**你跟『他』很像，藉由和你交談，來測試對我產生的影響**……又或者，**藉由你來問出我所隱藏的情報**——這樣表達，會不會比較容易理解呢？你覺得怎樣？」

「什麼我覺得怎樣……意思也就是說，那個『他』……和妳交情匪淺？」

「可以這麼說吧。」

此時圓朽葉臉上浮現一種，絕妙透頂，無法言喻的表情。

如果硬要形容的話，彷彿深感榮耀。

近乎，驕傲的表情。

為什麼呢？

那副表情——並不適合眼前的「故事」。

不適合眼前的脈落。

感覺不對。

「至少——跟木賀峰老師一樣，也視他為恩師吧。畢竟他教了我許多事情，讓我獲益良多。」

「……但這麼做未免太牽強了，實在不像大學教師該有的行為——光憑相似就能順利達成目的，世上哪有這種便宜事。等於望梅止渴、畫餅充飢嘛。」

「我同意你的意見。與其說同意不如說贊同。反過來講，這也表示老師已經窮途末路無計可施了不是嗎……縱然身為優秀的研究者兼學者，但卻無法與『他』並駕齊驅……看樣子老師早在很久以前就擬定這個作戰計畫了，只是一直缺乏人選——所以，就算是**成為最惡以前**也無妨，畢竟要找出與他相像的人，本來就沒那麼容易，可遇而不可求。況且，這個計畫也並非徹底失敗……事實上，我已經講出很多東西了。」

所以——

所以，那副表情，又是怎麼回事。

不要用那種表情，說出那種臺詞。

簡直是，顛倒錯亂。

簡直是——扭曲反常。

「……既然如此，那妳就不應該把這些事情告訴我不是嗎？如果木賀峰副教授真的有此企圖的話，我覺得……妳應該裝作沒發現，這樣無論對妳或對我，都會比較好。」

「確實沒錯。」

「妳之所以會發現，要歸功於敏銳的觀察力，不過……就算我跟那個『他』，像到一眼就能看出來的地步——這件事實，我自己也不可能會知道吧。」

「確實沒錯。」

朽葉爽快地點頭。

「只是，這種感覺很不舒服啊。我雖然受老師照顧，卻沒有義務要配合到底。如此利用『他』的存在，難道不算卑鄙嗎？」

「……唔。」

結果……

她是為了說這些話，才來到中庭的嗎。

迄今為止一切都是，埋好的伏筆。

符合預期的發展。

依照計畫去行動。

不違逆也不違抗。

不犯戒也不犯罪。

儘管如此——

事情卻不會盡如人意。

既然要她說，那她就說個夠。

將所知的事實，全盤托出毫不保留。

「……還真是，十分複雜的關係啊。」

愛恨參半這說法形容得真好。對於我的感想，朽葉露出有如共犯的表情說：「嗯，的確是。」

「但你可別誤會喔。我並沒有忘記自己正承蒙老師的照顧，剛才也說過了，那個人的性格其實我並不討厭。只不過，要順著她的意思配合演出，很抱歉恕難從命。」

「此話怎講？」

「居然企圖瞞著我暗地裡進行計畫，想了就生氣，所以我打算報復她一下。」

「……真像小孩子。」

這是當然的啊——朽葉說：

「我既然沒有活著，當然也就不會成長囉。包括身體上心理上跟精神上都是。」

2

四月。

與玖渚一同前往獨自漂浮於日本海上與世隔絕的孤島——鴉濡羽島，在島上和一名占卜師相遇。雖然沒有一般所謂的相遇那麼簡單，但總而言之，就是彼此相遇了。

占卜師的名字叫做姬菜真姬。

為人古怪，囂張跋扈，嗜酒貪杯，嘻皮笑臉不表露真心，性格惡劣貪得無厭，非常愛錢又愛睡覺。一頭金髮，紮著馬尾。

然而這些細微的特徵瑣碎的描述，充其量也只是介於真實與虛幻之間朦朧的隔閡而已。說到底能夠用來形容她，或者說能夠束縛她的字眼，無論何時何地都只有獨一無二的那句話——

超能力。

沒錯，超乎尋常的能力。

她的能力完全不容辯駁，徹頭徹尾甚至徹底地，排除一切驅逐一切。能夠看穿過去，道盡現在，透視未來，洞悉他人的心思。

ＥＳＰ。

而且是，已然達到究極境界的最高頂點。

簡單講就是——解讀命運的能力。

這不就是閱讀「故事」的能力嗎？

雖然她自稱是「沒什麼用的能力」。

實際上，這點究竟是真是假，她是否真正具有超乎尋常的能力，我無從判斷。搞不好全部都是唬人的，她只是虛張聲勢也不一定。至少僅就觀測方法而言，這種事情根本無從觀測。究竟要使用什麼樣的手段，才足以觀測到觀測者呢？

更何況——

她並不願意說出，最重要的部分。

守口如瓶。

藉由饒舌多話，來死守沉默。

因此。

話雖如此。

即便果真如此。
她的超能力，假使真正存在的話。
抹殺千百種基準，默許千百種矛盾。
假使她真的，具有閱讀故事的能力。

那麼，表示她身處於故事外圍嗎？

不處於內側——
沒有扮演任何角色，就只是存在著而已。
與任何人，任何事物，都不產生關係。
即所謂，孤獨的靈魂嗎？

「哎呀，你怎麼又——————————————
——在發呆啦，大哥哥。」
聽見聲音，我抬頭望去。
看到理澄在樹上。
不對……不是理澄。
身上沒有披著那件黑斗篷。令人難以直視的束縛衣造型，完整露出被堅固束縛的雙手。

而且——

臉上的表情截然不同。

是充滿惡意的，微笑。

這個人……

這是哪一位，根本不用想也知道。

「匂宮出夢……駕到！我是可愛～的殺～手唷！嗨、嗨、嗨、嗨，大——家好——！ＹＡ——！哇哈哈哈哈！」

「……坐在那種地方很危險喔。」

出夢所坐的樹枝怎麼說也稱不上粗壯結實，更何況他雙手無法動彈，再加上……姑且不論精神意識，至少肉體部分還是理澄，非常地纖細，實在教人很難不擔心。

「很危險嗎……喀哈哈哈，這世上還有比我的大腦更危險的東西存在嗎？至少這裡對我而言根本一點也不危險啊……哈哈，而且風景不錯唷。應該說，天空才是我的故鄉啊。說得真好！喀哈哈哈！」

「……適性測驗呢？」

「已經結束囉。所以目前正在休息中……不過接受測驗的只有『妹妹』而已啦。嗯，想必成績表現得不錯吧？說來也許令人驚訝……不過那丫頭，唔應該說**這丫頭**，腦筋出乎意料地好喔，尤其在數理方面。喀哈哈哈！」

突然沒來由地縱聲大笑。用理澄的臉孔做出這種表情，個人真想叫他住嘴……可是，肉體本身的所有權究竟屬於何者，認真去想只會沒完沒了，如墜五里霧中。

「……大哥哥的同伴……叫什麼來著？那個——紫木一姬是嗎？那傢伙還在做測驗。那傢伙真是個笨蛋啊，搞不好腦筋比我還差呢。」

「也許吧。」

「不過——」

原本嘻皮笑臉的眼神，急速收斂。

瞬間急遽地，驟然變色。

「那傢伙肯定，比我殺過還要多的人。」

「……」

想裝傻也……沒用了嗎。

完全是，確信的眼神。

「順帶一提，我到目前為止在工作上殺戮的人數連三位數都還不到……這是因為已經發過誓，一天只能固定殺戮一小時。」他喀哈哈地笑著。「那個紫木可沒這麼簡單啊……我根本完全不是她的對手只到小數點以下而已。那傢伙是炸彈客嗎？若不是的話，以那種年紀很難大量殺人吧。給你做個參考……我十八歲理澄十六歲，然後這副肉體的年齡是二十二歲左右，自稱『研究生』也不能說完完全全不像……所以大哥哥，紫木一姬到底是幾歲？」

「十七歲。」

「咦？是嗎，我還以為她是中學生呢。怎麼看都覺得很沒說服力啊……害我不小心就跳出來了，明明又沒有我的事。」

「……不小心嗎。」

「沒錯，我是自動跳出的……才怪！It～'s Au～tomati——c！（註21）喀哈哈哈，什麼跟什麼！」

出夢說完，便以瘋狂的音量大笑。

中庭裡——

已經，不見圓朽葉的蹤影。

他一口氣說完想說的話，也就是達成目的以後，只丟下一句「那告辭了」，就小跑步逃離我的視線範圍。明明實際上並非如此，但我卻有種被他逃掉的感覺。

有種錯失良機的感覺。

覺得，這樣不行。

完全——被狀況牽著走。

或許這已經算司空見慣了——但眼前，此時此刻，在這樣的情勢下，按照慣例隨波逐流是不行的。

太過於，危險了。

21　宇多田光出道成名曲《Automatic》的副歌第一句歌詞。

得設法做些什麼……必須重新發動，轉回空檔才行。不，不對，要打到最高檔，盡其所能地，建構安全壁壘，掙脫眼前的狀態。

冷靜一點。

劇情已經發展到撲朔迷離的地步了。

現階段最優先的事項是什麼？

泰然處之吧，以靜制動，不要去思考背後的含意，不要憑感覺行動，不能太在意。停止思考，捨棄疑問。別提出質疑。事情與我無關沒錯吧？重複默念三次，與我無關，與我無關，與我無關。

縱使與我有關——我也，不感興趣。

「……」

ＯＫ。

呼吸，調整好了。

頭腦也整理清楚。

然後深吸一口氣，很好，那我也回屋裡去吧……就在此時，樹上的理澄，現在是出夢，出聲叫住我。

「呃——出夢，你可不可以先下來？待在那麼高的地方，讓我覺得自己好像被看扁了，而且很難交談哪。」

「真的可以嗎？我今天還沒殺任何人，一個不對勁，可能會咬你喔。」出夢張大嘴巴，露出虎牙來。「……因為身材太瘦小，不這樣做我就沒辦法俯視別人嘛。既然大哥哥體型也不高，應該很能理解我的心情吧？」

「……莫非……那些話，你都聽見了？」

「嗯——？」

「剛才的談話。」

「喔，對啊。不過你放心吧，之前或許也提過了，我的記憶是不會傳達給理澄的啦。甚至所有會形成阻礙的事情——這裡的意思是指，對『我的』工作會形成阻礙的事情，那丫頭全部都會忘得一乾二淨。可以調整記憶……或者說竄改記憶，嗯，已經達到編纂的程度了吧。」

有關匂宮出夢的事情。

有關匂宮雜技團的事情。

有關殺手、與殺戮的事情。

全部都會——自動，遺忘。

甚至連身為「匂宮」的自己居然會去搜查「零崎」，這種絕對矛盾——也渾然不覺。

撇開上回春日井小姐的行徑不論，她說自己「昏倒在路邊」時錢經常被偷走，說不定純粹只是被出夢拿去用掉而已。

竄改——

編纂——

改編。

「嗯，也——就——是——說，如此這般，從細微的日常生活瑣事，到最深入的部分，從大處到小處，全部都會改編得萬無一失！喀哈哈哈！包括在這裡發生的經過，也不會傳達給理澄知道。記憶障礙也好路邊昏迷也好，原因就出在這個地方。不過話說回來，那丫頭畢竟是『名偵探』嘛，像剛才那些事情，都應該自己去調查清楚啊……我想想看，那叫什麼來著？推銷十件嗎？裡面有說『偵探不可透過意外巧合和直覺能力來破案』嘛。」

「讓你聽見就有比較好嗎？」

「讓殺手聽見是比較好啊。」

「唔——」

算了，說的也沒錯。

或許，錯的只是殺手這身分。

依道德良知而論。

只不過。

這時候討論道德良知有何意義嗎？

「啊，對了，剛才那句『推銷十件』是『推理十誡』的冷笑話喔。」

「不用特地說明。」

我對殺手吐槽。

可別瞧不起人。

「啊……咦，你臉上的傷口還沒癒合耶。不過剪頭髮的事情我已經聽理澄提過了……」

「你說自己知道的事情不會告訴理澄，但反過來她卻會把知道的事都告訴你。這樣子情報的傳遞並沒有達到雙向交流啊。」

「理澄對我傳達的訊息，也並非百分之百喔。頭髮的事情是在**電話**裡聽說的，因為如果沒有在某種程度上完整分割，就會**不小心被對方干擾**呢。」

「……人為的雙重人格嗎？」

「哦？什麼，還有做過功課嗎？啊，情報來源是紫木一姬嗎？嗯，不錯，不錯。」

「喂喂喂，怎麼可能嘛。」

糟糕了。

這傢伙才真是擁有媲美名偵探的敏銳第六感。

不管怎樣，我想避免的，眼前最想避免的，就是讓小姬跟理澄背後的「食人魔」正面衝突。雖然並不認為小姬會打敗，但那丫頭……我希望她盡量不要涉入這種事情當中。老實說，原本我甚至根本不想帶她來。畢竟，即使沒有這些麻煩問題，小姬也……**尚未徹底擺脫一切**。過去的習慣，尚未徹底擺脫。儘管聽從了哀川小姐的指示，我卻完全沒料到會發展成這種狀況。

「……匂宮這姓氏相當不得了喔。像你們這樣的存在，平常想像歸想像，卻不會活生生地出現呢。」

「嗯——這個嘛——『我們』，我跟理澄，是『匂宮』的產物，或者應該說『副產物』。也可以說是創造那群可惡的『斷片集』的過程之一吧……咦，我好像講太多了。還是說，有關『斷片集』的事情，你也已經從紫木那邊聽過了嗎？」

「啊，不不不——」

我開始支吾其詞。

所以真的，很不妙。

話題牽扯到小姬，真的很不妙。

就算硬轉也好，總之，先設法轉移話題吧。

「……你會出現在這裡……表示理澄所謂的『工作』，果然只是障眼法沒錯吧。」

我立刻對出夢提出質疑。然而，即使問這些大概也沒用，話題根本不會被轉移。

對方再怎麼嘻皮笑臉也是個『殺手』，是殺戮奇術集團，匂宮雜技團的一員，具有保密義務。業務機密之多，相當於醫生或律師，甚至超越名偵探吧。

「木賀峰約跟圓朽葉——」

出夢說：

「我奉命收拾掉這兩人。」

……

口風真鬆。

口蜜腹劍！

「……不對，口蜜腹劍用錯了。」

「啥？你在說什麼？」

「啊，抱歉……」說了你也聽不懂。「問題是，奉誰的命？」

「喂喂喂喂喂，饒了我吧，大哥哥。就算是理澄的救命恩人，我也不能任意洩露委託者的姓名啊。」

「反正都已經洩露暗殺目標的姓名了……」

「算了，就我所能透露的範圍只能告訴你，是狐狸先生啦。你昨天好像也見過了吧，就是那個戴面具的詭異傢伙。」

「……」

倘若往後我的人生，即使對誰憎恨到想殺了對方的地步，也絕不考慮委託這傢伙。肯定會因教唆殺人而被當場逮捕。

「狐……」

狐面男子。

理澄的委託人……也是他。

「這麼說來理澄的『工作』……真的只是障眼法啊。」感覺帳然若失。想到剛才在停車場裡，理澄那種開朗活潑的模樣，全都是一時的假象——就算是我，也會不由得陷入空虛吧。「所以說……那個狐面男子，當然也知道你們不是兄妹，而是同一個人囉。」

「畢竟我們最近等於都靠那傢伙在養嘛……那傢伙據說是不能浮上檯面行動的身分。我是不太清楚啦……雖然理澄也同樣不太清楚，不過無所謂，那種事情根本無關緊要。總之『我們』就是那個狐狸先生的手腳，代替他的雙手跟雙腳去行動。就這層意義而言，理澄的『名偵探工作』，也幫了很多忙收集情報，並非全部都是偽裝的喔。雖然上回尋找零崎一賊那個老么的任務沒有成功……哼，什麼零崎人識嘛，真是個令人不爽的傢伙。」

他嘀嘀咕咕地，說到最後已經像在自言自語。

「不過，關於這回的任務就如你所說，工作上出夢是主角理澄是配角……當然一樣要由她幫忙收集情報啦。首先由理澄負責去『調查』，然後依照調查結果，再由出夢負責去『殺戮』，這就是『我們』慣用的手段跟模式。啊，放心吧，我的意思不是今天現在此時此刻馬上就要動手了。既然理澄受過你的幫助，便會依照你的要求，等到打工結束之後再行動也無妨囉。」

「但願如此。」

我嘆口氣。

啊啊，真是夠了。

與我無關，與我無關，與我無關。

與我無關。

這點非常地，清楚明白。
木賀峰約。
圓朽葉。
殺手的目標。再問一次同樣問過理澄的話。
「……狐狸先生，為什麼會委託你跟理澄做這些事情呢？甚至居然要你殺了那兩個人……理澄還說他『似乎很感興趣的樣子』。」
「誰曉得啊，我也不清楚。反正我只要負責殺人就好了，無須揣測委託者背後的意圖。」
「……真是最惡劣的殺手啊。」
「最惡嗎……這應該是屬於零崎一賊的代名詞吧。只不過……語源另有其人。嗯？等一下，西東診療所……咦？咦，咦，咦……耶──？」
出夢偏著頭，咚──地往旁邊垂直一倒，最後直接倒在絕對不算粗壯的樹枝上側躺著，非常，危險的姿勢。
「嗯……啊──原來如此原來如此，原來是這麼回事啊………狐狸先生的動機，原來是**這麼回事**嗎……啊啊，居然都沒發現。不，對我而言其實怎樣都無所謂啦──完全毫不相干。只是，那個人還真用心良苦呢……」
「你在說什麼？」
「我在自言自語啦。話說回來，大哥哥，可以問你一件事情嗎？」

「咦？」

「都是我在接受發問未免太沒意思了吧，我並不是為了向你解說這些複雜難懂的東西才出場的好嗎？」

「這樣講也沒錯啦……」

「我有一件事情，想要拜託你。」

出夢說：

「可以嗎？」

「直接問我可不可以……到底什麼事啊。」我滿懷著警戒心，卻努力虛張聲勢，反問維持側躺動作的出夢。「『男人』的請求豈能連問都沒問就答應呢。幹麼，莫非要叫我一起協助殺人？」

「喀哈哈哈哈！怎麼可能嘛！」他嗤之以鼻，彷彿沒有比這更好笑的事情了。「我何必要跟程度明顯低於自己的人合作啊。你不知道平衡法則嗎？」

「基於情況特殊，我沒什麼好反駁的。」

「我所謂的請託是——」出夢說：「你啊，可不可以接下來也跟理澄……呃雖然也等於是我，不過我指的是理澄本身，你願意繼續跟她做好朋友嗎？」

「……咦？」

「**這丫頭**啊，完全都沒有朋友呢。」

他從樹枝上坐起來，恢復原來的姿勢，然後直接轉過身背對著我，再雙腳一勾變成倒吊的姿勢。如此一來，我和出夢的頭部，就幾乎位於同樣的高度了。

「雖然大部分都是被我害的啦……不過**這丫頭**實在太多奇怪行徑了。雖然我也沒資格講別人，但理澄畢竟是被塑造出來的虛構人格，言行怪異很容易引起側目吧。」

「……」

「尤其又身為『名偵探』哪……不過你這傢伙，反應倒是特別從容鎮定，還跟理澄打打鬧鬧玩得很愉快嘛。」

「不，其實相當勉強……」我以一種錯愕的心情答應他的請求。「算了，反正我已經很習慣跟怪人相處……至於『殺手』這職業，之前的確也曾跟殺人鬼做過朋友，差不多也稱得上習以為常了。」

「那丫頭就拜託你多關照囉……不過呢——」

出夢倒吊著對我說：

「所謂殺戮的恐怖啊……沒有成為殺人者或被殺者其中一方，是無法真正理解的喔。旁觀者往往認為自己已經習慣了，卻遭人攻其不備趁虛而入。就這層意義而言，你比較像個一知半解的半吊子吧。」

「那麼就——請多，指教。」

殺人者。

被殺者。

如果人生當中從未成為其中任何一方的話……那還真是，可喜可賀。

只不過，很可惜地，實屬可惜。

「總之，你覺得怎樣？狐狸先生似乎也很中意你呢……非常榮幸地——」

「你們似乎，特別有緣哪。」

……有緣。

怎麼回事？

這句話，正在流行嗎？

至少，本地正在流行。

「……這也，沒什麼好在意的。」

「無所謂嗎？」

「什麼叫朋友我是不太清楚啦……反正對我而言理澄是個頗具娛樂效果又容易捉弄的有趣女孩，如果照目前的方式相處就可以的話，這算小事一樁。」

「那真是太感謝啦，眼淚都快要流出來了。」

「不過我有一個條件。」剛才對理澄說過的話，我對出夢同樣再說一次。「希望你，不只**在這裡**，**包括從今以後**，也別在我面前殺人。」

「啥？你在說什麼。」

「我很不喜歡，有人死掉。」

出夢表情愣住。

雖然這樣比喻很不倫不類，但可以算是班門弄斧吧。

即便如此，我還是繼續說下去。

「在與我無關的地方隨你怎麼做都無所謂……但是我，非常不喜歡與自己相關的地方有人死掉……因為感覺很糟。」

「……感覺很糟，是嗎……」

出夢並未使用雙手（廢話），只憑雙腳的力量俐落地一個迴旋，便以優秀的平衡感直接在樹枝上站穩。然後——向下俯視著我，笑道：

「你以為我是誰啊，我可是殺戮奇術集團•匂宮雜技團團員編號NO.18，第十三期特殊實驗會議的副產物耶？無論獵殺目標有無關係有無抵抗有無交涉，全部都貪婪地吞食殆盡，是殺手中的殺手，『食人魔』出夢耶。如果沒有把該殺的傢伙給殺死就要喝西北風了啊。」

「……」

出夢「喀哈哈」地輕笑著。

「不過……算了，這點小事答應你也無妨。反正我除了工作時間以外原本就很少出來……今後我想應該也不會有在你面前執行任務的機會了吧。」

「……為什麼？」

我更進一步。

僅僅一步，試著向前深入。

冒著危險，朝真實邁進。

「那『現在』，又是為什麼呢？」

「嗯？」

「現在……為什麼你會『出來』呢？既然你的工作要**等理澄調查結束之後**才開始……現在，你出現在我面前不就沒有意義了嗎？雖說你對小姬的事情耿耿於懷，但是——光憑這點理由，我實在不認為有必要冒那麼大的危險。」

「……」

「至於你『現在』浮出檯面這件事——應該與工作，沒有關係吧。」

豈止無關，甚至可說是反效果。

這種場面萬一被誰目擊到了……萬一被「獵殺目標」木賀峰副教授或圓朽葉給目擊到的話，肯定會壞事。

毫無理由。

難道，還有其他盤算嗎？

如果有的話那會是什麼？

某種值得冒險的原因。

某種值得交換的代價。

「……這個嘛——」

出夢彷彿自己本身也不清楚答案，邊思索邊回答似地，坐在高人一等的地方，望著更高一等的天空說道：

「……大哥哥，你知道什麼是所謂的強者嗎？」

「強者……」

「套用你剛才跟圓朽葉交談的對話……『不死』並不等於『活著』，同樣地，『強者』也不代表『沒有弱點』吧——超越界線的強者，無論如何都會伴隨著弱點……你是個普通人大概不會知道吧，就好比說在**我們的世界**裡，有個被稱為『死色真紅』的存在。」

「死色真紅……？」

確實是，未曾聽聞的代號。

小姬的話也許就會知道吧。

「那傢伙強到難以想像的地步——然而在『工作』上，卻並非擁有百分之百的傲人成功率。甚至這傢伙的任務達成率，在所處的職業領域算相當低的，可能比我還要低吧。你知道為什麼嗎？」

「這個……也就是說，正因為『很強』，反而容易引起戒心嗎？所以……在達成『工作』以前就被對方逃走了，或是對手策略性地投降……」

「沒錯。超脫界線的強，就等於超越威脅性，只是純粹的危險而已。一旦強到無可奈何的境界，變成災難般的存在……就已經沒有勝負可言了。套用公平法則來論，要決定勝負，要有輸有贏，首先必須實際上有勝負的存在。『勝』與『負』必須達到公平——換言之，過於危險的存在根本『無法取勝』。」

「……原來如此。」我點點頭。「用我們**正常世界**的語言來講，可以想像成核武那樣的兵器吧。這道理，之前我曾經聽過喔。『因為太強而』……『無法使出全力』。一旦過於強韌，就會失去對比的存在。因為沒有相抗衡的勢力，結果便無法取得平衡。」

「嗯？哈，哈哈——取得平衡嗎。你身邊居然還有說話如此犀利的傢伙呢，喀哈哈！愉快，真愉快。」

「……」

這傢伙真愛笑。

理澄也是一樣。

毫無意義地笑，我不了解這些傢伙在想什麼。

笑容毫無意義可言。

「關於這點其實也包括我自己……因為被以**那種形式**創造出來，所以我也有『極強』的部分。坦白說什麼『死色真紅』我甚至完全不放在眼裡。只是……沒錯，太強就等於跟太弱意思一樣。最強與最弱，是互通的。」

強即是弱，弱即是強——

出夢拿莎士比亞名句開起玩笑來。

「什麼強韌與脆弱不過一線之隔，道理可沒這麼簡單啊。強韌與脆弱，很明顯根本是一體兩面。所以，正因如此正因如此，取得平衡，需要精密至極的平衡感。提到『弱點』就會引起負面的刻板印象——這代表弱者不會遭到警戒……亦即不會被視為危險。因此，如果知道自己比較弱的部分，就要注意那些弱點，絲毫不掉以輕心，這樣才能抱著必死的決心去行動。沒有必須守護的東西，就沒有防禦的必要。只要一無所有，便能產生貪欲。只要放棄一切，就不會絕望。只要跑在最後面，就不會從背後遭到攻擊——不會被任何人觀察，卻能夠觀察所有人。可以找出別人內心的破綻。強即是弱，弱即是強——話雖如此，當然光只有弱點是不行的，必須取得強與弱的平衡……就像太極一樣，明與暗，陰跟陽……」

「也就是……你跟，理澄。」

「沒錯沒錯，就是『食人魔』跟『漢尼拔』。」出夢的語氣似乎非常愉快。「簡而言之這個我……不對，是**這個肉體**，分別擁有『強』與『弱』兩種屬性。我的『弱點』，全部都交給理澄負責。」

「……」

多重人格。

人為的解離性身分疾患。

人工所為的人格——

並非只有，理澄單方面而已嗎？

一加上一，結果不等於二。

一除以二，兩個二分之一。

「話說回來，這只是殺戮奇術集團・匂宮雜技團當中嘗試的實驗之一……剛才不是說過副產物了嗎？畢竟身為任何人都無法掌控的龐大實驗錯誤之一，雖然不知道最後有沒有成功，至少我的確是出類拔萃的超級『強者』——如果不穿著這身衣服，幾乎沒辦法『駕馭』自己的力量呢。」

「……」

終於……

知道穿著那件束縛衣的理由了。

然而，卻沒有任何成就感。如今……眼前這當下，此時此地，像那種事情，那種芝麻蒜皮極為瑣碎的小事，早已經無關緊要了。

「現在的我……甚至凌駕於『死色』之上——因此非常希望能找到機會跟『死色』『一決勝負』，不過借用狐狸先生的話來講，我跟『死色』之間，要找到這種命運安排，困難度之高幾乎等於不可能吧——言歸正傳——」出夢說：「對於負責擔任『弱者』的理澄，我還不至於沒人性到徹底忽視的地步……畢竟，本質上還是我妹妹，更何況最重要的，那也是我自己嘛。」

「……妹妹——同時也是，自己嗎。」

「那丫頭跟你或是那個叫春日井的大姊姊在一起時，活潑聒噪的模樣非常難得一見……那丫頭其實很難得那樣**持續地**聒噪。我所看見的，總是她遭人拒絕、受到傷害、然後又在轉眼間全部遺忘、太過脆弱的模樣。」

「全部遺忘……」

「負責擔任『弱者』的理澄，連自己受到傷害的事情都會忘記。因為如果受到傷害，心裡留下傷痕，從此停止跟他人接觸的話，就無法成功扮演『漢尼拔』的角色了啊。」

「扮演角色——」

記憶的竄改，記憶的編纂。

所有形成阻礙的事情都會——全部，忘得一乾二淨。

自己在腦中，穿鑿附會。

自己的世界，完全封閉。

「那丫頭無論受到多少傷害，傷口都不會流出鮮血——滑稽啊滑稽，真是滑稽中的滑稽。脆弱中的脆弱，實在太脆弱了。」

「……的確。」

這樣子——

實在，太脆弱了。

如此脆弱的弱者——我，並不知道。

建立在弱者特質上的，食人魔。

如此脆弱的弱者——

我，除了自己以外，一無所知。

「狐狸先生對待理澄的方式還算好的了，只不過狐狸先生並非那種會跟別人太過『友好』的類型哪……」

「唔……其實理澄她——說真的，真的真的真的，即使沒有我，應該也能跟任何人都成為好朋友吧。或許言行舉止奇特了些，但只要能接受這點的話……」

「那丫頭在人際關係上，確實相當有一套。撇開記憶改編的部分不談，那個天真的笨蛋，能夠完全無視人與人之間的尷尬和衝突，能夠不帶討好地露出討好的笑容。這也算『弱者』的特權……為了便於『調查』而使用的，屬於弱者的特權。只不過——」

出夢直言不諱地說：

「到頭來，就連這些，也是假象。」

「假象……」

「都是虛構的啊。只要我一出場就——宣告終結。」

「……啊。」

職業殺手。

殺戮奇術集團。

匂宮雜技團。

沒錯，本質上，的確如此。

無論理澄有著什麼樣的人格——

她身為食人魔這點，並不會改變。

假象至此完結。

一切化為虛幻。

即使得知一切，仍舊不會傷害理澄，繼續待在她身旁，這種可能性——究竟，可以有多大機率呢？

即使得知一切。

仍舊維持不變。

假如真有人能夠維持不變的話——

「所以——是，我嗎？」

「我無所謂，反正我是殺手，根本不需要朋友。不用對任何人逢迎諂媚，不用對任何人屈服，只憑自己的特殊能力生存，這樣就夠了……可是那丫頭，那丫頭的世界，並非如此吧？然而，卻偏偏受到和我相同的待遇——你不覺得，她這樣太寂寞了嗎？」

「……原來如此。」

這就是，他「現在」出來的理由。

出現在我面前的意義。

假如錯過這次機會，確實，我和出夢應該再也不會見到面了吧。而既然出夢直覺對小姬有所顧忌，這些話也就不方便在屋子裡談了。

「理澄對我而言是『傀儡』是『影子』是『藏身之所』，或者稱之為遠距離操縱的自律型遙控機器人——但更重要的，她終究是我『妹妹』啊。唯獨這丫頭，我無可奈何，那丫頭對我而言，是無可奈何的妹妹啊。」

「……妹控。」

「這是最基本的吧。」

出夢「喀哈哈」地笑著。

「所以你的條件，我就勉為其難接受好了……雙方徹徹底底，達成約定。在你面前，除非為了自保，否則嚴格禁止殺戮。每天固定一小時的殺戮時間，就趁你不在場的時候進行吧。那麼相對地——」

「知道啦。不過剛才說過了，我對待理澄的方式並不會有什麼改變喔……就照原本的方式相處。」

「這樣就夠了。反正我所期望的，就是你維持那種『不動聲色』的態度哪。」

「不動聲色——是嗎。」

「所以囉，大哥哥，親熱舉動也絕對禁止唷～～YA——！咻——！」出夢喀哈哈哈地笑著。「YO、YO、YO！如果感覺到超越尺度的疼痛，或察覺到危機感的話，那時我真的會自動跳出來喔～～」

「……這點絕對，不用擔心。」

「喀哈哈哈！咻～～好的大哥哥，那我們就此達成協議囉。」

「啊啊……那我也差不多該回屋裡去了，你呢？」

「嗯——這個嘛，這個嘛，這個嘛……我隔一段時間再回去吧。兩人一起回去未免太奇怪了，而且我也差不多該**退場**啦。」

「啊對，這樣比較好。那真的就此告別……也許不會再跟『你』見到面了……」

我稍作遲疑，雖然感到有些難為情，仍決定留下這句：

「有緣再見吧。」

3

格林童話當中有一篇名為「兩兄妹」的作品，以童話而言是相當標準的主流型故事結構——從前從前在某個地方有一對兄妹，很理所當然地母親已經去世許久，很理所當然地兄妹倆慘遭苛薄的後母欺凌，然後兩人不堪虐待，逃到森林裡面躲起來。可是壞心眼的後母卻對森林裡的泉水施了魔法，結果哥哥喝下泉水變成了一頭小鹿——

然後理所當然地，最後結局是Happy Ending。

兄妹倆從此永遠在一起過著幸福快樂的日子。

話雖如此，聽完這個故事應該沒有人不會聯想到卡夫卡的《變形記》吧。至於該篇小說最後如何畫下句點，故事裡面登場的又是什麼樣的兄妹，我實在不願回想起來。

而且將這兩篇故事拿來相比較，究竟哪一篇的劇情更加貼近現實，這種事情我連想都不願去想。

實際上，撇開故事裡虛構的劇情，現實生活當中我的確有個妹妹存在，只不過並未因此而發生任何具故事性的劇情。在我還沒來得及以一個哥哥的身分稱職地對待妹妹以前，她就已經——已經命喪黃泉了。

「妹妹嗎……的確是一個例外的存在啊。」

和出夢道別後，我沿著建築物外圍往回走，準備回到剛才的和室裡。在行經停車場時，我停下腳步。唔，對了，本來打算有時間要好好欣賞一下的——飛雅特……常看到就不必了——

KATANA以及，Z跑車。

摩托車的種類我所知有限，不過至少KATANA還是知道的。七百五十cc嗎……別說手了，理澄連腳搆不搆得到踏板都是個微妙的問題。話說回來，穿著束縛衣究竟要怎麼騎這玩意兒……

「……」

廢話，當然是脫掉再騎嘛。

這種事情，按照常理去想，肯定是來到這裡之後才穿上束縛衣的不是嗎。只要請木賀峰副教授或圓朽葉幫個忙就好了，這點小事總有人可以幫忙吧。

不過話說回來，就算這次能解釋得通，但平常又要怎麼解釋呢？我並不認為那種願意幫忙的好心人到處都有……更何況，姑且不論出夢穿束縛衣的理由已經講明了，但理澄**毫無疑問地**穿著那身衣服，實在太過匪夷所思，只會令疑點不斷加深。難道這也屬於記憶改編的一部分嗎？穿著那樣希奇古怪的衣服，卻未產生任何疑惑——表示她的人格，已經**被徹底塑造成功**了嗎？

「……」

接著看，紫色的Z跑車。

我是個平民老百姓，所以若問起喜歡哪一臺，我還是偏好飛雅特。但對於跑車的帥氣和拉風，我也不至於沒品味到毫無感覺不懂欣賞的地步。無論是狐面男子駕駛的保時捷，或哀川小姐的愛車眼鏡蛇，我都覺得很棒……當然了，Z跑車也好保時捷也好，甚至包括**KATANA**，現階段的我再怎麼努力也買不起。無所謂啦，反正偉士牌我也很喜歡，況且又是巫女子留給我的。愛妳唷，巫女子。

「……嗯？」

抬頭望向天空，發現天色已經開始變暗了。這裡位於山間空地尚且如此，無人的深山裡應該會更加漆黑陰森吧，即使走在鋪設柏油的道路也……

還是有點擔心春日井小姐哪。

雖然總是表現得堅毅果決，但春日井小姐體力並沒有特別好吧。說不定會半路跑出野狗之類的……啊，有關動物方面，那個人大概沒問題，不過，問題還是出在體力方面。萬一像理澄那樣昏倒在路旁，這種荒山野嶺可沒有誰會來救她。

……真是個，找麻煩的人啊。

對了。

等面試完畢就趕快追上去吧。

我結束這場迷你鑑賞會，拉開玄關門，脫下鞋子進入屋裡。循著已經完全背起來的路線穿過走廊回到原處，一打開紙門——

「啊——！大哥哥你回來啦！」

只有理澄一個人在裡面。

趁我看車子的時候搶先一步回來了嗎……應該是在「食人魔」的狀態下，從哪邊窗戶偷翻進來的吧。倘若直接相信出夢所說的話，在理澄的認知，理澄的記憶裡，大概會寫著「適性測驗結束後自己一個人乖乖待在房間裡」吧。

改編，吧。

「你去哪裡了？人家好寂寞耶！」

「唔……去外面停車場看車子。」

「哦？大哥哥很喜歡車子嗎？」

「至少勝過喜歡人類……因為機械比較容易理解又不會背叛自己啊……這是我朋友的朋友說的。」

「車子不是機械，是有生命的唷。」

理澄嘟起嘴說道：

「這一點，請務必要分清楚唷！」

「……喔。」

看樣子盡量避免產生爭執比較好。

否則場面很容易凍僵。

「測驗情形怎麼樣啦？」

「萬無一失唷！」理澄滿面笑容。「想必是滿分滿點，大滿貫唷！」

「那真是太好了。」

我隨口敷衍著，一邊暗想朽葉不知到哪去了。屋裡某個角落應該有屬於她自己的房間吧……仔細想想，這棟建築物的內部結構，除了從玄關到這間和室為止的路線以外，其餘我都尚未掌握清楚。實驗室或準備室之類的地方會在哪裡呢……

不過，嗯，話說回來。

事情好像已經複雜到有點棘手的地步了啊。

……

這時候講取消還有用嗎？

正思及此——

走廊傳來腳步聲。

有兩個人。

「——紙門沒關好我還以為發生什麼事情了。」

是木賀峰副教授，還有小姬。

木賀峰副教授神色如常。

小姬則是萬分憔悴。

應該說，兩眼無神如槁木死灰。

「……」

「適性測驗順利結束了。」木賀峰副教授說道：「——那麼在此宣布，幸村同學以及……紫木同學，兩位都合格錄取……」

儘管語氣和平常同樣冷淡，但在講到「紫木同學」的時候，副教授的表情似乎有些僵硬，這感覺我實在難以否認。

……

如果春日井小姐沒走的話妳早就被淘汰了吧，小姬。

雖然事到如今我也沒資格講什麼，但還真是微妙的人選名單啊。

「下週起請多指教，有勞各位了。」

「是。」我禮貌回應。「小姬，妳也一樣喔。」

「……」

沒有任何反應。

只是一具屍體而已。

「是！我會拚命努力工作的！」

理澄則是精力充沛。

然而這樣的她卻是個間諜。

兼職業殺手。

「好的——那麼，你們幾位接下來有何要事嗎？如果時間允許的話，要不要一起吃頓飯……」

「啊，不了。」我婉拒木賀峰副教授所提的，大學教授式的邀約。「我們必須趕緊追上春日井小姐才行，不管怎麼說讓女性獨自一個人徒步夜行實在太危險了。」

「啊啊……說得也對。」木賀峰副教授頷首。「那麼，至少讓我送你們離開吧……咦？朽葉呢，到哪去了？我明明吩咐她留在這裡陪你們的啊。」

「不清楚耶。大哥哥，你知道嗎？」

「唔……」

該怎麼解釋呢。

雖然實話實說也無妨……甚至朽葉本身，似乎也希望我把事情直接講開，只不過……

說起來，我也一樣。

對我而言，要照著圓朽葉的如意算盤去行動，心裡同樣會感到不舒服，況且我也沒有這個義務或理由要配合演出。

「剛才試圖追求結果被她逃走了。」

「這樣啊，原來如此。」

別坦然接受好嗎！

嗚哇……理澄用輕蔑的眼神看著我！

「你會追求朽葉失敗，這件事情我早已預料到了。」

「……」

辯解也沒用了吧。

做人凡事看開點。

小姬已然像溶化的冰淇淋般整個人軟綿綿地攤在榻榻米上，我將她拎起來，背到背後。小姬的身體非常輕，尤其此刻靈魂出竅，變得更輕了。

……靈魂也有重量嗎？

「那麼，打擾多時，先告辭了。」

「好的。」

「理……幸村同學，那妳呢？」

我問理澄，她說：

「啊，我還要再待一會多聊幾句。」

看樣子已經照既定模式進展當中。

「名偵探」（漢尼拔），「殺手」（食人魔）。

算了……此事與我，毫不相干。

與我，無關。

我既沒必要去擔心木賀峰副教授或圓朽葉的性命安危，也沒必要去思考狐面男子**指使**理澄跟出夢前來執行任務的動機是什麼。

沒有必要。

不存在，任何必要性。

「好，那就下週見囉，幸村同學。」

「嗯。暫別囉。」理澄笑瞇瞇地說：「再見了，後會有期！」

「好好保重。」

於是——

我們就如字面所述，真的暫別了——

五分鐘左右。

停車場。

飛雅特、KATANA、Z跑車。

合計十個輪胎，全數遭到破壞。

第六章　不一致——(which?)

敗者死於絕望。
勝者死於渴望。

0

1

「咦——！這麼說來師父，你連看《活了一百萬次的貓》（註22）也沒有哭嗎？」
「嗯。」
「你這魔鬼！」
小姬伸出顫抖的手朝我用力一指，非常地激動，我還以為眼球真的會被她給一指戳穿。
「連看那種名作都不會流眼淚，根本是沒神經可言！小姬我光站在書店裡翻閱都忍不住看得痛哭流涕耶！」
「那就買啊。」

22 插畫家佐野洋子的繪本名作，描述一隻總是不開心也不懂愛的貓，不停地死而復生、生而復死，後來學會付出學會體驗生命的故事。

「那、那『G弦之歌』（註23）呢？聽、聽到那首曲子就算是師父也會感動落淚吧！」

「呃……那是什麼歌曲？」

「…………（無言）。」

「啊啊，我想起來了。」

「想起來了嗎！」

「是那首很沉悶的曲子嘛。」

「渾蛋——！」

我被揍了。

「還、還不快、快向巴哈先生道歉！快向威廉先生（註24）下跪——！」

遭到連續毆打。

很痛。

「可是……或許正因為世人評價太高，那些享譽國際的所謂一流名作，妳不覺得反而很難受到感動嗎？該怎麼說呢，是因為會有預期心理的關係吧。」

「嗚——才沒有那種事咧！」

23　由巴哈（1865-1750）的管絃樂組曲第三號第二樂章〈Air〉改編而來，旋律簡單卻動人的知名小提琴演奏曲。

24　德國小提琴家August Wilhelmj（1845-1908），將巴哈的D大調原曲改編成C大調小提琴獨奏曲《G弦之歌》，僅以G弦（最低音階）來演奏，又名《G弦上的詠嘆調》。

小姬有如使出全身力氣拒絕接受，完全否定我的說法。是哀川小姐熱愛經典王道的喜好也傳染給小姬了嗎。

「那、那那那，師父，你到底在什麼時候才會流眼淚嘛！」

「……點眼藥水的時候吧。」

「那不叫做流眼淚——！」

小姬真的發火了。

「嗚、嗚、嗚咕、嗚哇哇哇——！」

而且還，真的哭了起來。

不要哭啦。

「電、電影呢？師父，你都看些什麼樣的電影？」

「嗯……冷門片。不過基本上我其實很少進電影院……因為不太喜歡熱門片嘛。對了，勉強要說的話，最近有在崩子房間看過『天空之城』的錄影帶。」

「哼！幹麼自命清高啊！」

「…………」

性格也太反覆無常了吧。

難道這才是真面目嗎？

「少來了啦～～！師父在看到『風之谷』劇情最高潮的那一幕，王蟲成群狂奔時，一定超級感動的對不對～～！」

「師父已經聽不懂妳在說什麼了。」

我一頭倒向棉被。真是莫名其妙……為什麼我要進行這種彷彿畢業旅行之夜會出現的對話，這才叫匪夷所思的因果。

「話說回來——」我看著天花板，將話題重新設定在正確的座標位置上。

「總覺得……事情越來越詭異了啊。」

我如此說道。

之所以如此說，是因為事情確實變得很詭異。雖然即使在事情尚未發展到詭異的地步時，我可能也會把『事情變得很詭異』這種話掛在嘴上講，但眼前情況並非無聊的感慨或比喻，而是從客觀角度形容，事情確實變得很詭異。

「請不要轉移話題！連萩原學姊都說過，對藝術文化活動毫無興趣的人，在思想上毫無價值可言——」

「停，眼前不是一廂情願進行那種閒聊的好時機。」聊天也要看場合，懂不懂啊。

「……小姬，想想看，妳明天還要補習喔，等車子修好才回去會來不及吧。」

「唉呀！」小姬砰地一聲，在胸前擊掌道：「我已經完全把這件事情給拋到九霄雲外去了！」

「妳這傢伙……」

這時候就突然變機伶了是嗎。

「算了算了，師父，明天的事明天再說，船到橋頭自然直嘛。」

「難得妳正確說出完整的諺語，不過很抱歉，今日事必須今日畢才行。」

八月十五日，晚間九點剛過。

我跟小姬在二樓——以前診療所時代當作病房使用的其中一間寢室裡。小姬坐在病房留置的空床上，我則坐在地板臨時鋪的墊被上。隔壁另外一間病房，應該是理澄睡在裡面。至於木賀峰副教授和圓朽葉，據說都在一樓各自擁有屬於自己的房間。

如此這般，我們留下來過夜了。

「…………」

即使用比較可愛的說法大概也無濟於事吧。

而用比較不可愛的說法就叫做暴風雨山莊。

「該怎麼跟美衣子小姐說呢……」

想當然，汽車爆胎並不像腳踏車爆胎那樣，可以輕易地修好。況且真要修理的話——這間研究所的地理位置也未免太過偏僻了些，加油站都已理所當然地提早打烊了，甚至修車廠還宣稱正在休暑假。就算想自己動手修理也行不通，因為連備胎都被破壞得非常徹底。更何況，即使沒有遭到如此徹底的破壞，我們根本也沒有十個備胎可供使用。

木賀峰副教授認為，大概是附近的中學生跑來惡作劇（話雖如此，距離最近的學校也要徒步三十分鐘以上）。但我認為應該不可能，畢竟有哪個中學生會這樣不辭辛勞地大老遠專程跑來惡作劇啊。其餘三人（理澄、小姬、朽葉）則沒有表示任何意見。

只不過，這樣缺乏建設性的表決，無論是否採用多數人的意見，同樣都沒有選擇的餘地。

如果從這裡搭計程車回去，車資會貴到要人命，但也不可能會有電車或巴士經過。雖然有一臺腳踏車，卻無法翻山越嶺，相較之下用徒步的方式還勉強可行。然而現在出發的話，全程都要摸黑走夜路，但我們並不像春日井小姐那麼有毅力。

木賀峰副教授據說為了準備下星期的工作，原本就預定從今天開始要住在這邊。圓朽葉是原本就居住在這裡的房客。至於我和小姬，還有理澄，三人的立場並非所謂『原本預定』的狀態，因此——

我們便不客氣地接受了木賀峰副教授的好意。

……以這樣的形式，留下來過夜。

吃完朽葉烹煮的晚餐（味道差強人意），眾人輪流去淋浴間沖澡，據說屋裡並沒有裝設浴缸。使用順序為：小姬↓理澄↓朽葉↓木賀峰副教授↓然後是我。

小姬已經沖完澡，換上跟朽葉借來的長T恤。目前正在使用淋浴間的是……照時間順序推算，大概輪到朽葉了吧。

嗯。這就是，眼前的情況。

事情越來越——詭異了。

總而言之，目前正處於，承蒙對方好意收留的狀態。

這點毫無疑問。

只不過眼前這種情況，究竟怎麼回事呢？

該怎麼說……感覺很『奇妙』。

奇妙。

「……小姬，妳有何看法？」

「嗯？」

「總覺得……這樣的劇情發展好像是被刻意營造的哪。彷彿有誰不希望我們離開，不想讓我們回去的感覺。」

「真的嗎？不過說不定，就像木賀峰副教授所講的，這年頭中學生會做出什麼事來也很難預料呢。小姬我唸中學的時候啊——」

「很抱歉妳的中學時代不能拿來當參考。」

「太過分了！」

「一點都不過分！」

我賭氣地吐槽回去。

真是名符其實的作賊喊抓賊。就在兩個月前，妳跟妳們懸梁高校的那群學生（加上哀川小姐），曾經把我整得多麼悽慘多麼狼狽，這件事情我可一輩子都不會忘記。

「……可是，話說回來，師父跟小姬回不了家，又會對誰有好處呢？」

「對方鎖定的目標不一定是我們，我們或許只是單純地，按照慣例，被捲入麻煩當中而已……」

「誰的麻煩？」

「木賀峰副教授，或圓朽葉……」又或者是，雙重人格的『食人魔』——「幸村冬夏同學也有可能吧。除此之外……單就理論上而言，內部成員也有犯案的可能性。」

「會嗎？」

「嗯。」

至少，全員應該都有犯案的機會。

畢竟並不是每個人都互相監視著。也不是每個人都有跟別的人一起行動。

就連乍看之下沒有空檔時間，都在接受測驗的小姬跟理澄，以及負責監考的木賀峰副教授，過程中也曾經獨自去上洗手間之類的吧。其中理澄甚至提早完成考試，轉變成出夢，離開屋子到戶外去，更別說始終都處於空檔狀態的朽葉跟我了。沒錯，就這層意義而言，出夢跟朽葉跟我——比起理澄和小姬和木賀峰副教授，有著更明確的犯案機會。

「可是，為什麼要這樣子做呢？」

「唔——如果要問動機的話……」

我。

紫木一姬。

木賀峰約。

圓朽葉。

匂宮理澄。

或者是，匂宮出夢。

這六個人當中……無論哪一人，都有著各自的目的。理澄的『目的』實際上只不過是出夢達成『目的』的手段之一，然而即便如此，兩者原本就是同一個人，是畫上等號的關係，因此這點可以姑且略過不談。

但是。

話說回來。

無論怎麼推想。

這個現象都——簡直，毫無意義可言。

對誰的目的，都沒有幫助。

因果定律，絲毫都不成立。

「不知道為什麼……應該說**錯失良機**嗎，有種**掌握不到重要關鍵**的感覺哪。這種不可思議的奇特感覺，究竟怎麼回事呢？」

「師父很喜歡自尋煩惱耶——好像有煩惱癖一樣。其實這已經算家常便飯了不是嗎？師父被捲入不合邏輯的麻煩事件當中，根本已經是家常便飯了不是嗎？為這麼基本的道理去煩惱也無濟於事嘛。」

「拿無濟於事這種話來當藉口，事情只會停滯不前啊……我沒辦法想得那麼樂觀。」

「師父猜疑心真強耶——這樣子好嗎？古人不是常說，信者得永生。」

「那句話是傳教用的。」

哎呀呀，傷腦筋。我伸了伸懶腰舒展一下身體。

「唉——啊，對了，必須趕快跟春日井小姐聯絡上……唔，可是，那個人大概也不會有手機吧……」

就算有，我也不知道號碼。那麼，先跟美衣子小姐取得聯繫好了……那個人也同樣沒有手機，不過這時間應該在家——

好……就這麼辦吧。是該，有所覺悟了。

既然事情已經演變成這種狀態，也別無他法。

雖然和殺手同處於一個屋簷下，這種情況多少會增加緊張的氛圍，但出夢已經不會再『出場』了吧。印象中初次見面時，他似乎曾說過，自己的『現身』會消耗掉超乎尋常的巨大能量。這句話是真是假我並不清楚，即便如此，平常為了保持精神上的平衡，想必肉體上的平衡一定會受到影響而逐漸惡化吧。好比說理澄的『昏迷癖』，或出夢的『一天一小時』，都可算是後遺症。

正所謂，有得必有失嗎。

亦可稱之為寸長尺短。

不過話說回來……問題並非僅止於出夢（&理澄）而已。包括圓朽葉（&木賀峰副教授），也存在著不知該如何形容才好的問題。

「……那個，小姬——」

「在，什麼事？」

「我想借用一下『代替字典的子荻』(註25)豐富的知識。」我抬起平躺的身體，用認真的語氣向小姬問道：「請教大師，所謂不死之身的人類，究竟有沒有創造出來的可能性呢？」

「嗯……大哉問。即使是萩原學姊，也很少有機會認真談論有關不老不死的話題耶……學姊好像曾經說過，那是永遠無法實現的浪漫主義，又或者是逃避現實的機會主義。」

「唔………」

聽不太懂。

子荻，妳是詩人嗎？

「不過，萩原學姊後來又接著說『單純就理論上的方法而言，倒也並非全然是天方夜譚』。所以囉，不用太認真，請想像成畢業旅行的晚上，熄燈之後，大家窩在棉被裡面聊天的話題，聽聽就好吧。」

「……畢業旅行，原來還真的有。可是妳們明明就不同年級……」

「正確地講應該是強化訓練營吧。呃——總而言之，就物質上的意義而言，所謂『不老不死』，說穿了就是新陳代謝，加上附帶的再生能力，以及面對周圍時時刻刻變化多端的環境，能夠充分適應的免疫系統。假如這些條件都完全具備的話，人類

25 仿自《美少女戰士》女主角月野兔的名句「代替月亮懲罰你」。

基本上就不會老化了。應該說，能夠隨時保持『健康狀態』。既然不會老，也就不會死，意即所謂的，不老不死。」

「原來如此。」

確實非常像是科幻小說當中會出現的設定。

細胞複製的完成度……遺傳因子的完整性。

要論起不死之身，這也算不死之身。

「可是，這樣的話腦細胞該怎麼辦呢？記得我曾經聽說過，腦細胞只要達到一定程度的數量，就會停止　生，而且也不具有再生能力。」

「這種聊天時隨口說說的話，被師父拿來認真吐槽也很傷腦筋耶……哎呀，反正人腦就像磁碟片一樣，除了重要資料以外其他東西都會逐漸忘記，只須記得最重要的幾件事情，在某種程度上應該就沒問題了吧？」

「刪除記錄……不對，應該說是**刪除記憶**的做法嗎？不過……這麼一來，不死之身也等於失去意義了啊。」

「理論上也有完全相反的方法喔。在瀕死之際，將人格單獨複製到某種有機的媒介裡，然後再移植到其他新容器，也就是健康的肉體上……簡單講，就是大腦的移植手術囉。」

「這種手術，除了怪醫黑傑克大概沒人辦得到吧……原來如此，這麼一來只要製造成半生化人的狀態，就有可能達到不死之身了。將人格程式化，寫入類似ＤＶＤ的碟片當中，接著移植到機械構造的身體裡……………………………………………………」

突然覺得自己越說越離譜。

什麼跟什麼啊，這種事情。

如果辦得到的話，何必辛苦努力。

根本是偽科學。

在現實中無視於實際的存在。

在理論中不顧及實際的狀況。

如同……超能力。

如同，命運論。

如同，魔法般。

「所以，若極欲追求『不死之身』，解決之道便是活化新陳代謝的能力，擁有『異於常人』的超強細胞再生能力嗎——剛才所舉的那些內容，單就去蕪存菁、替換更新這一點而論，基本上已經算性質相符的假設了吧，只不過，這種做法畢竟所費不貲，最後可是要付出天文數字的代價哪。」呼——我吁了口氣。「也就是說，要像吸血鬼般不老不死，終究是不可能的嗎……想達到現實當中的『不老不死』，妄想在頭被子彈射穿之後還能活著，終究是天方夜譚吧。」

「……其實小姬我，對這種事情沒有太大的興趣啦。」小姬先提出聲明，接著說道：

「不過木賀峰副教授究竟是以什麼樣的方式在進行研究呢？」

「光憑目前為止的解說……就像外星語言一樣有聽沒有懂。而且——感覺對方似乎也沒有要告訴我們詳細內容的打算。」

「咦？」

「這個判斷，確實無誤……嗯，這件事先跟妳講一下也好，小姬，朽葉她啊，據說是『不死之身』。」

「啥？」如同我乍聽之時的正常反應，小姬也同樣回問道：「那是一種什麼比喻嗎？」

「天曉得——這是她本人自稱的。」

「本人自稱的？……聽起來很像鬼扯耶。」

「對啊……姑且不論是真是假，至少聽起來的確很像鬼扯。所有自稱的臺詞絕對不可盡信，這點無論任何事情任何對象都適用，是基本中的基本常識哪。不死之身這說法實在很荒誕無稽……嘖，事到如今，突然覺得春日井小姐毅然決然選擇離開，才是最正確的判斷。」

「是嗎？可是小姬我覺得很開心耶～」小姬嘿嘿傻笑著。「能跟師父一起出遠門&住宿在外，不知道為什麼，心裡莫名地感到興奮耶～」

「啊啊……對了，這麼說來，我好像還沒跟小姬一起去旅行過。」

「正是～～」

「這樣啊。」

真的有那麼開心嗎？

居然一臉雀躍，絲毫不見煩憂的表情。

「好吧，那下次我們就一起去旅行吧。不是到這種奇怪的地方，而是住在真正的旅館裡面，泡泡溫泉之類的。」

我將朽葉的話題束之高閣，開始順著小姬的話題聊起來。對於煩惱也沒用的事情，為了減輕自己內心的不安而強迫別人分擔壓力，終究不過是建築在共鳴幻覺上的本位主義。況且出夢似乎也不把朽葉說的話當一回事，完全不以為意。請教大師，做人最重要的是什麼？大哉問，所謂知之為知之不知為不知，要學會將不懂的東西置之不理，這也是一種才能。簡單講就這麼回事。

「小姬，妳想去哪裡呢？」

「咦——？不行啦，師父，你已經有女朋友了吧？既然有了女朋友，就算是跟小姬也不可以兩個人去旅行的。本來像這樣子跟小姬睡在同一間臥房裡，就已經很不對了耶。」

「啥？我才沒有女朋友咧……妳應該不是在講春日井小姐吧？是的話我可要抱著扭轉乾坤的決心誓死反駁到底，我要徹底擊破妳的錯誤思想喔。」

「才不是呢。少來了，隱瞞也沒用的唷，小姬我早就從美衣姊姊那邊聽說過了唷，師父有個藍頭髮的女朋友。」

「…………」

騙人，不會吧。

原來美衣子小姐，是以那樣的認知在看待我？

「慢著……這是誤會一場。」我以脊髓反射的速度逼近小姬。「剛才……妳說什麼？美衣子小姐是那樣講的嗎？」

「是……怎麼了嗎？為什麼師父臉上露出前所未見的認真表情？好像驚弓之鬼的表情耶。」

「就某種層面而言攻擊效果也太大了點……」

連吐槽的聲音都有氣無力。

「什麼跟什麼啊……」

真的是什麼跟什麼啊。

一旦被那樣認定，不就等於沒指望了嗎。

恍然想起，春日井小姐似乎也說過希望渺茫之類的話……原來連那個冷血動物都早已知情了嗎？正因為知情所以才故意取笑我的嗎？

「……是誤會一場嗎，師父？」

「當然囉……那丫頭只不過是普通朋友而已，我沒跟妳提過嗎？那個跟小姬有點像的女孩子……啊——……嗚哇——」

腦漿沸騰。

彷彿全身血液瞬間湧入心臟。

番茄炒蛋。

有什麼好驚慌的？我對莫名失落的自己感到驚訝。因為被人誤解而遭受如此嚴重的打擊，這種情形睽違已久。嗚哇——什麼『不死之身』跟雙重人格的『食人魔』還有車輪爆胎，原本占據大腦思考優先順序的種種問題，全都迅速淪為無關緊要之事。

「……師父正以超音波的速度陷入低潮當中耶……」小姬看見我的反應便直截了當地試探道：「……被美衣姊姊誤會，有那麼糟糕嗎？」

「唔……」

「師父，你喜歡美衣姊姊嗎？」

「唔……」

問得這麼直接還真難回答。

當然，至少確定不討厭。現在的我，能夠在日本正常地生活著，可以說多虧有她幫助。留學中途強行退出ER3系統，回到這個國度，假如當時沒有在京都遇見美衣子小姐跟鈴無小姐的話——說真的，除了讓玖渚機構**收容**以外，我大概別無生存之道了吧。

然而，這樣的我卻會對別人產生喜歡或討厭的心情。

簡直可笑得，令人笑不出來。

名符其實的戲言。

「美衣子小姐她……美衣子小姐她，對我有恩。不但是個好人，而且更是我周圍少數有常識的人之一。」

「可是美衣姊姊有時候會佩刀走在街上耶。不是模型刀是真刀唷，這樣應該很難叫做有常識的人。」

「唔……也對啦。話是這麼說沒錯。」

「真不乾脆耶。」面對我曖昧閃避的態度，小姬略顯不服氣地說：「師父實在是優柔寡斷，喜歡的話，直接講喜歡不就好了嗎？」

「…………」

果然還年輕啊。

雖然我並不覺得羨慕。

雖然覺得無言以對。

「人的心情，是千變萬化的喔……喜歡也罷討厭也罷非常喜歡也罷非常討厭也罷，愛也好恨也好，或者普普通通不喜歡也不討厭都無妨，這些都不是問題所在，我認為這已經不是重點了。人的心情，往往是由陰錯陽差加上種種誤解堆積而成的不是嗎？」

「……師父你就這樣繼續故作冷漠下去，永遠扮演虛無主義者好了。」彷彿徹底看輕我般，小姬夾雜著嘆息說出這句話來，臉上浮現微妙的平靜表情。「反正師父一定是喜歡美衣姊姊的沒錯啦。」

「…………」

這次不是問句。

我張口欲言，一瞬間，卻為之語塞。

在一瞬間之後，仍舊語塞。

太過唐突了……不，不是這個原因。

也不是因為，被一針見血地猜中。

……既然如此，究竟為什麼？

為何會，說不出話來。

無論她說對了也好，說錯了也罷。

怎樣都無所謂不是嗎？

只要這樣回答就好了，不是嗎？

「妳在……說什麼啊。」我終於擠出聲音來回答小姬。內心的起伏……應該沒有表露出來。「從剛才開始，就淨說些奇怪的話。冷靜一點吧，想想看，這根本就不可能的事情嘛。喂喂喂，小姬，妳以為我是誰啊。」

「當事人自己反而是不會明白的。」

相較之下，小姬神情依舊平靜。平靜歸平靜，卻也顯得有些冷淡。

「這種事情除非被旁人點破，否則自己是不會察覺的。自己喜歡著誰，自己是不會明白的。就連小姬我，也是直到被奈波小姐一語道破，才發現自己懷著那樣的心情

——在那之前，我完全都沒有察覺到。」

「那樣的——心情？」

「喜歡著，某個人的心情。」小姬淺淺一笑，沉靜地回答：「嗯，雖然奈波小姐曾經提醒過我，喜歡可能很快又會變成討厭，可是這樣太沒道理了吧。我沒辦法用道理去喜歡一個人，而且明明喜歡上了，要輕易地討厭對方也辦不到啊。這真的就像師父所說的……人的心情千變萬化——會怎麼變很難說，只能順其自然了。」

「唔……哦，這麼說來小姬，妳有喜歡的人囉。」

頗為驚訝。儘管沒有任何根據，但我一直以為，小姬是和那方面無緣的女孩子。即使撇開過去的事情不論，在性格上我也以為她是沒有那種心思的女孩子。

「是的，我有。」

小姬滿懷自信，並且一臉喜悅地點頭。我聽見她的回答，油然而生欣慰的感覺。雖然是個有點奇怪的女孩子，但小姬終究也有可愛的地方哪。

這個女孩子。

幸好還，為時未晚。

「這樣啊。那傢伙也，很不簡單呢。」我故意調侃道：「能夠讓小姬喜歡上的人，想必是長得帥頭腦又好又有男子氣概，個性溫柔又體貼，完美無缺沒得挑剔的好男人吧。」

「不。」小姬緩緩地搖頭。「他談不上帥腦筋不好又女孩子氣，完全跟溫柔體貼沾不上邊，是個毫無可取之處的人。」

「即便如此，但他想必很懂得珍惜並善待小姬。」

「那個人根本不把小姬看在眼裡，對他而言，小姬就跟路邊的石頭沒兩樣吧。」

「……這種人究竟哪裡好？」

站在同性的角度，恕我直言，綜合以上特質，此人幾乎堪稱為最差勁的存在了吧。儘管我迄今為止也算見識過各種最底層的人類，但如此糟糕的男人還真是連聽都沒聽過。雖然不願跟七七見那傢伙意見一致，卻不難理解那傢伙言下之意。

我無法了解別人，無法了解女人心。

尤其對少女更加無法理解。

如果又是美少女的話那肯定就完全無解了。

「那個人非常遲鈍，所以小姬喜歡他的事情，那個人想必一輩子都不會察覺吧。」

「妳不打算告白嗎？」

「因為結果已經可以預料到了。小姬打算，一輩子，都不將這份心情說出口。」

「一輩子？」

「一輩子。無論發生任何事，都絕對不會動搖我的決定。因為我不想破壞和那個人之間**得來不易**的關係，不想破壞目前維持的狀態。」

「唔……這樣聽起來有點感傷。」

「嗯，的確很感傷。」小姬點點頭。「但是，卻又不可思議地舒坦，覺得這樣的感傷倒也不錯。雖然以前的我，從未想過這種事情……」

以前。

現在。

過往與今日的——差異。

小姬正，一點一滴地，逐漸改變中吧。

和我不一樣。

一步步，一步接一步，緩慢而踏實地。

「…………」

嫉妒心，並不存在。

我只會，寄予厚望。

相反地，我希望小姬能達成。

我未能做到的事情。

我所做不到的事情。

「嗯——」這時候，小姬把頭一歪。「我好像，說太多了耶。」

「……對啊。」

「師父對這方面很敏感吧，不管是干涉或者被干涉，感覺師父都很排斥的樣子。正因如此，才會被擅於保持距離的美衣姊姊所吸引是嗎？」

「嗯……被妳這麼一說，似乎也有點道理。」雖然算題外話，但之前和智惠相處，也是類似的情況。「總之，美衣子小姐是個相當擅長拿捏距離的人，畢竟她有在練劍道嘛。」
「跟那沒關係吧。」
小姬笑了。
「九州比較好。」
「咦？」
「我是說旅行的地點，去九州好了。嗯，既然師父表明自己真的沒有女朋友，那在道德倫理上應該就沒問題了吧。」
「啊啊……喔。」
話題又回到這裡了嗎。
有點突兀，所以我愣了一下。
「不過，九州範圍也很廣呢，妳想去哪邊？」
「博多。據說那是……遊馬小姐的，出生地。」
「…………」
病蜘蛛。
市井遊馬。
我一瞬間為之語塞，然而，隨即又——
「……好，我知道了。等打工薪水拿到手，我們就出發吧。」

若無其事地，非常若無其事地，點頭回應。

應該沒有，表現得不自然才對。

「謝謝師父。」小姬說。

臉上掛著笑容。

至少，看起來是笑容。

而看著她臉上笑容的我，臉上並沒有笑容。

因為不知道怎麼笑。

已經，不記得了。

結果莫名地，演變成兩人互相注視的狀態。

有些尷尬。

有點詭異。

居然面對小姬會覺得尷尬……

迄今為止，鮮少出現這種情況——

就在此時。

「——伊小弟。」

房間外面傳來敲門聲。隔一會房門被開啟，門外出現的人是朽葉。她身上穿著奇妙逗趣的卡通貓睡衣（嚴禁吐槽嗎？），長髮沾滿濕氣，一看就是剛洗完澡的樣子。

朽葉站在門邊說：「浴室該你用囉。」

「咦……木賀峰副教授呢？」

「已經洗好了。反正那個人是夜行性動物……接下來大概還要繼續工作吧。話雖如此，那個人也真是夠了，把我當成丫環還是什麼打雜的嗎……像洗澡這點小事應該自己來通知吧。不管怎樣，總之浴室該你用了。莫非，男生覺得一天不洗，也無所謂嗎？」

「啊，不……我沒這意思——」

感覺，很難應對。

從傍晚在中庭那次交談過後，儘管晚餐時間也曾碰過面，但一直到現在才真正有對話。雖然感激她適時地出現，打破我和小姬之間尷尬的氣氛，然而我和朽葉之間，畢竟還稱不上是可以直來直往毫無顧忌的關係。

「……？」朽葉一臉疑問的表情，看不出是否心裡有數。「那好……既然你是最後一個，高興什麼時候去洗都無所謂。浴室在一樓……你知道地方吧？」

「啊，嗯。」

「不好意思，這裡沒有男生的衣物可以換穿，所以……雖然看起來應該是合身，不過要把自己的上衣借給你，我難免會有抗拒感。反正你一副神經大條的模樣，就這樣直接睡也沒關係吧。」

「沒關係。」

但是請不要若無其事地說別人神經大條。

「朽葉，謝謝妳特地上來通知。」
「不客氣，那沒事了。」
朽葉輕輕地揮了揮手，將房門關上。
彷彿……
中庭那場談話，根本沒有發生過一般。
該說她態度大方，或者不拘小節嗎……總而言之，是個難以捉摸的女孩子。
我回頭望向小姬。
小姬正，凝視著我。
尷尬的氣氛，又逐漸重演。
「……那，我去樓下洗個澡。」
「好的。師父，我可以先睡嗎？」
「嗯，妳睡吧，不用客氣。」
小姬神情恍惚地點頭回應。
雖然感覺仍一如往常。
雖然笑容也一如往常，看上去沒什麼兩樣。
但卻非常地，神情恍惚。
感覺，若有所思。

「…………啊——」

驀地。

那雙眼眸，剎那間顯得無比寂寞。

拜託，不要露出那種表情。

因為，妳跟我是不一樣的。

尚未為時已晚，應該還來得及努力。

過去的妳，純粹只是周圍的環境有問題……不像我，根本是本身人格有問題，才會一直自討苦吃。

所以——

我想對她，說些什麼。

真的——

真的，唯獨這個女孩子——

我很想，為她做些什麼。

「——小姬。」

「……在？」

「我其實是，非常喜歡小姬的喔。」

「…………」

「呃，也許平常講話毒舌老是捉弄妳，感覺很沒說服力，不過這是真心話喔。坦白說，有時候面對小姬的確會讓我相當棘手，但是就算撇開哀川小姐的關係不談，小姬妳仍然有一大堆優點啊。而且到目前為止已經幫助過我好幾次，包括這次也是一樣，願意陪著我到這種奇怪的地方來。所以囉，連我這個不良製品都會這樣想了，小姬妳喜歡的那個傢伙，總有一天肯定也會明瞭妳的心意。所以這件事情，在還沒付諸行動之前，千萬不要輕言放棄啊。」

「……嗯，師父說得對。」

小姬微低下頭去。

那雙眼眸，已經不見寂寞之色。

然而。

眼神中卻透露出，淡淡的悲哀。

「小姬也……我也，很喜歡師父。真的，非常非常地，喜歡師父。」

「嗯，謝謝妳。」

「……那我先睡了，師父晚安。」

小姬鑽進被窩裡。

我轉身走出房門。

2

晚餐之後，為了先熟悉下星期的工作環境，曾經請木賀峰副教授帶我大致參觀過整間屋子。由於是從原本的診療所改建而成，因此與專業的研究機構，例如上個月前往的斜道卿壹郎研究所不甚相同，器具或藥品都是最低限度的設備，嚴格說來比較像資料庫的型態。

會議室、簡報室、圖書室、和室、測量儀器室、實驗室、實驗準備室、會客室（朽葉最初帶我們進去的那個房間）、教授室、副教授室、助手室、研究室（這部分徒具名稱，幾乎都是閒置狀態）。還有簡單的廚房，廁所隔壁是更衣室，裡面是淋浴間，然後一樓的最深處，據說就是朽葉的臥房（當然不可能讓我進去參觀）。至於二樓，似乎便作為我們這些訪客留宿用的空房間（即舊有的病房，分成兩間）。現階段沒辦法詳細瀏覽各個空間的室內設施，因此不能妄下斷語，不過——這間研究室，特地設置在距離大學本部如此遙遠的偏僻場所，感覺好像很沒意義。反而性質比較接近木賀峰副教授的私人別墅（順帶一提，副教授真正的住處據說是位於四条烏丸一帶的高級大廈）——或者也可以說，是圓朽葉隱居遁世的棲身之所。

不，不對……這裡的前身是，診療所。

或許這點出乎意料地重要也不一定。既然有朽葉這個『實驗體』在此，則與其稱之為生物研究，其實更接近人體醫學的領域……真受不了，感覺好像變態解剖狂聽見會

喜極而泣的話題得心視老師目前在做些什麼呢……」下次有機會，再叫玖渚幫我調

查看看吧

「說到這——」

毛巾擦乾身體，將方才脫在更衣室裡的衣服重新穿上。頭髮前陣子剛

沖 就算沒用吹風機應該也很快就乾了吧。

……」

讓

對我，說那些事情呢。

要向我，追問那些事情呢。

被問，不就會開始去思考了嗎？

不由得去想。

萬一得到答案，妳又將怎麼回應——

「……真是戲言啊。」

沒錯，全是戲言。

喜歡上一個人，實在很愚蠢。

本來就很愚蠢。

迄今為止，我從未喜歡或討厭過任何一個人。也從未愛上或憎恨過任何一個人。

我對誰都沒有任何感覺。我跟誰，跟任何人事物，都不會產生交集。

沒錯，就這麼想吧。

沒錯，就如此覺悟吧。

即使是錯覺亦無妨，就如此覺悟吧。

「……該睡了。」

將擦過頭髮的毛巾丟入籃子裡，伸了下懶腰。

一走出更衣室——

「啊。」「哦。」

就在走廊上遇到木賀峰副教授。

並未穿著睡衣，而是充滿幹勁的整齊服裝，彷彿宣告著接下來還要繼續投入工作當中。話說回來，這個人穿睡衣的模樣，我實在是很難想像。甚至連她睡覺的畫面，完全超出我的想像範圍。

「……晚安。」

。會跟你在這個地方相遇，這件事情我早已預料到了。」木賀峰副教授說道。

，剛才妳明明就有被嚇一跳吧。

到頭髮剪短了嗎？」

「還有你說嗎？」

，發生什麼事情了？」

「……不，沒什麼。」

這個人……

真的是完全沒把別人當一回事啊。

「不管怎麼說，輪胎遭到破壞實在是無妄之災呢。」

「呃，彼此彼此。」

「明天首要任務，就是盡快找來備胎把車子給修好，這個就要麻煩你多幫忙了……」

「當然，畢竟是自己的車子嘛。反正類似經驗之前也曾有過，請放心交給我處理。這些都算在酬勞裡面，當作打工的一部分吧。」

「你準備要睡了嗎？」

「嗯……雖然我並非作息正常的人，但是因為同行者的生活異常規律，已經進入休眠模式，只剩我自己一直醒著也沒啥意思。」

「這樣啊……你是說紫木同學嗎？」

「是的。」

「她真是個笨蛋。」

毫不留情地直接斷言。

宛如一招斃命的用劍高手般犀利直言。

……想必在此之前，她已經憋了一整天都苦於無處發洩，其實真的非常想講又不得不忍住，直到此時此刻才終於一吐為快的吧。

「也對……畢竟這個世界上也是有那種人存在著啊……是我自己太少見多怪了……」

「唔……」

的確，木賀峰副教授身為國立大學的教師，又是一名學者，在過去的人生當中應該跟所謂不會唸書的笨蛋無緣，沒什麼機會認識這種人吧。搞不好，這還是頭一次見識到也不一定。

彼此之間有代溝。

「可是小姬她，是個很好的女孩子喔。」

「我承認她心地善良……但是善良又有何意義？話說回來——」木賀峰副教授問道：「有件事情，可以向你確認一下嗎？」

「好的……請說，什麼事？」

「你從朽葉那邊，聽到了些什麼？」

哦——

突然切入到核心，問得相當深入呢。這下可好，該怎麼回答呢……既然對方以不同於方才的語氣詢問，這種時候隨口胡謅敷衍了事好像也不甚妥當。腦中迅速轉過一圈，在片刻猶豫之後，我決定照實回答。

「只聽她提到『不死之身』的事情，還有我跟副教授的恩師十分相像這件事——差不多就這樣吧。」

「……是嗎？果真如此，那一切都還言之過早。」木賀峰副教授壓低嗓音說道：「既然如此，接下來也請你繼續待在她身邊，暗中觀察她的一舉一動，明白嗎？」

「……可是，朽葉她，全部都知道了耶。」

「我也不打算隱瞞啊。反正只要她和你交談過，應該很容易就會發現了吧……無論何時，朽葉總是能夠完全看穿我的企圖。」

「真的嗎？」

「沒錯。完完全全，都被她事先預料到了。」木賀峰副教授以冷淡的語調，不帶任何情緒地——至少表面上看不出任何情緒地，接著說道：「儘管如此……坦白講，目前正遭遇到瓶頸，可以說前景一片黑暗，伸手不見五指吧——所以才希望你的存在，對我——對我們而言，能夠成為一線轉機。」

「所謂的『不死之身』……」這種話題好像不太適合站在走廊上談論，雖然心裡暗想著，我仍繼續說下去：「具體而言究竟是什麼意思呢？」

「她本人會怎麼說，我大概都猜想得到……不過讓我來說的話，其實就如同**字面上的意思**，確確實實完全等於**字面上的意思**喔。不死之身，不死之身，不——死——之——身。肉體永遠保持在最佳的健康狀態，說得更透徹一點，就是在所有方面，都不會老化。」

「不會老化……」

「外表年齡乍看之下只有十八歲……然而她實際上，最少活了整整三倍的歲數。」

「三倍？」十八乘以三等於……「五十四歲……這，這怎麼可能，太誇張了……五十四歲？」

「這還是最保守的估計呢。若純粹以數學角度去推量，再多乘上三倍的歲數才是明智的判斷吧。」

再多乘上三倍——

一百，六十二歲。

什麼啊——這個數字。

就連搖頭否定，或是拒絕接受，都顯得荒謬無比。

「所謂三倍——三倍是怎麼推算出來的？最初那個『保守估計』的底線數字，究竟有何根據呢？」

「據她自己說，過去的記憶大約只能回溯到**那段時間為止**……腦細胞並非RAM而是ROM，假如按照這個理論來講，腦細胞便不能做無謂的浪費……或許，她那種奇特的慵懶性格，也可以說就是根源於此。呵呵呵，這部分應該已經參雜了牽強的假設吧？順帶一提——在我之前『負責保管』她的人，是我的恩師，而據我的恩師當時研判，她差不多已經有八百歲左右了喔。」

「八百歲……那不就是八百比丘尼了嗎？」

「你覺得有可能嗎？」

「咦？」

「你對此，有何感想？總共活了將近十個世紀的人類——你覺得有可能存在嗎？」

「唔——雖然覺得很不合理——」

儘管明知不合理，但是——

我將之前與小姬的談話內容告訴木賀峰副教授。關於擁有完整再生能力與複製能力的細胞，以及永遠循環不已的新陳代謝。當然，也沒忘記事先聲明這是『外行人的想法』。然而木賀峰副教授聽了，只是聳聳肩，說聲『挺有意思的想法呢』。

「只不過——你所謂的『擁有完整再生能力與複製能力的細胞』，這個前提本身就存在著矛盾喔。畢竟人類的細胞，包括遺傳因子當中，原本就被設定好『死亡』機制了啊。」

「…………」

「apoptosis（細胞自然凋亡）加上細胞分裂作用……無論維持在多麼健康的狀態，即使延長壽命，充其量也不過是讓遺傳因子裡面既有的癌症基因增加活化的機率而已。並非單純的細胞複製失敗，而是每一個細胞各司其職善盡責任，自然地死去。『有生命』就『必然有死亡』，這句話指的正是這個含意。因為在生命的必要條件當中，原本便已經包含了死亡這一項。」

「…………」

永遠無法實現的浪漫主義，又或者是逃避現實的機會主義——子荻在『閒聊』之前先提出的這兩句話，所表達的含意便是如此嗎？盲目而無視於理論存在的絕對矛盾定律。

「結果說穿了，其實就是成長與進化何者為先的矛盾……矛盾嗎，呵呵。」對於『矛盾』兩字，木賀峰副教授只是輕笑了笑。「話雖如此，假使拿最強的矛與最強的盾相比，想都不用想當然還是矛略勝一籌囉。」

「為什麼呢？」

「因為盾是用來防禦矛的工具，而矛卻是用來刺殺人的工具。儘管俗話常說『以子之矛攻子之盾』……但實際上矛並非用來攻擊盾的工具——不過話說回來，即使每個細胞都被設定著自然毀滅的機制，那種『死亡』其實也是邁向『重生』的過程之一，僅僅是過程之一而已……因此所謂的『不死之身』，意思也等同於『沒有生命』一樣了不是嗎？」

「………」

「反過來講，符合嚴格定義的不老不死傳奇，倘若真實存在著也很麻煩。如果細胞長保不死特性，人類就會變成永遠無法停止生長了喔。被設定的程序會一再重複一再重複一再重複，朝向無限的彼方永劫增殖——如此一來，便真正成為不折不扣的癌細胞了。個體將無限制地生長下去……最後宛如黑洞般的巨人宣告完成——不對，是**永遠處於未完成狀態**的巨人，宣告誕生。總之，無論出於自動或者被動，細胞都絕對不會滅亡，除非擁有可以任意調節細胞生死的力量則另當別論，但那已經屬於神的領域了。」

「嗯，確實……」

成長與進化。

互相矛盾。

「況且，為了確保能夠不斷『成長』，這些能量要由何處供給也是一大問題——畢竟以綜合的觀念而言，能量就等於生存的同義詞。」

「——嗯，也許吧。」

不知該怎麼說——完全無法辯駁。

對於不死之身，對於朽葉，原本應該致力研究的木賀峰教授居然——對**主題本身**提出如此致命性的否定觀點，我實在不知道自己該站在什麼立場才好。豈止立場，此時此刻，眼前的我連立足之地都無法確定。

木賀峰副教授無視於越來越陷入混亂的我，絲毫沒理會我的反應，仍舊有如自言自語般，繼續往下講。

「只不過……呵呵——或許作為生物學者這樣問會被人嘲笑幼稚，但我認為，這是非常基礎的觀念。沒錯，以最基礎，有如二進法般的邏輯規則去思考——你認為所謂的『死亡』，究竟是什麼呢？」

「……所謂『死亡』是……」

是沒有生命。

是無法與任何人相見。
是無法與任何人交談。
是什麼都感覺不到。
是什麼都不能思考。
一言以蔽之的話——
「可以說是，空無一物吧。」
「…………」
我想起被朽葉問過的問題。
所謂『不死之身』究竟是怎樣一回事。
對於我曖昧模糊的答案，朽葉表示難以苟同，當時她自己是如此回答的——所謂『不死之身』，就是永遠都不會改變。
那麼，所謂的『死亡』又是什麼呢？
「所謂『死亡』，就是永遠、永遠、永永遠遠地，空無一物。說得更徹底一點就是……完全黑暗吧。存在於完全無法透視的黑暗當中，沒有任何憑藉任何依靠，只剩下純然的孤獨。」
「真像詩人啊。」
「是戲言玩家。」
「我對你充滿詩意的感性表示讚賞，只不過——我想得比較現實無趣一點……嗯

——好比說，在一般人的觀念裡，通常都認為只要心臟停止跳動人就會死亡。但心臟屬於不隨意肌，因此正確來講，與人類的意志根本毫無關聯。」

「很有小酒井不木（註26）的調調呢。」

「嗯？什麼？」

木賀峰副教授反問我。

看樣子似乎沒聽過這號人物。

「有一本小說便是以此為題材喔，雖然那是一本推理小說……」

「你看的東西還真另類。」

被投以微妙的眼光。

應該說這也難怪嗎。

「心臟裡面依附著心靈，這是自古以來就存在的說法——你知道嗎？古時候的人以為，人類是用心臟在做思考呢，這是大腦的存在被確認之前的事情——」

「會這樣想也沒錯吧，畢竟輸送血液到腦部的就是心臟，況且，心臟並非受大腦指揮而運作的啊。」

會撲通跳動的是心臟。

會寒冷的，也是心臟。

26　本名小酒井光次（1890-1929），為東京帝大醫學博士，大正時期推理作家，同時也是SF作品的先驅，著有《戀愛曲線》、《愚人之毒》等作品。

會遭受試煉的，也是心臟。

「沒錯——**然而心臟的跳動，卻與『死亡』沒有任何關係。**『死亡』這件事，『死亡』這個名詞，並非由於大腦或者五臟六腑發生異常所導致——甚至不如說**它是一種正常現象。只要正常地活著，就會正常地死去**。因為，如果不這樣的話，人類就無法生存下去。所以，朽葉的存在，究竟算什麼呢？」

若不屬於正常——則為異常。

若不屬於正形——則為異形。

「她**自己心裡有數**——妳是這麼想的吧。」我說：「**所以，才會把我找來。**」

「沒錯，正是如此。」

「但請容我冒昧地反駁一句，有時候自己的事情自己反而不清楚，我覺得朽葉她應該什麼都不知情喔。」

「嗯……的確，也許果真如你所言。但是——」木賀峰教授說道：「至少西東教授似乎已經——在她身上掌握到『某種關鍵』了。」

「西東……」

據說與我非常相像的，兩個人的恩師。

由她們兩人來說的話，應該是我像他才對嗎。

「——對因果定律的反抗，對實際存在的命運發起革命，對必然性正面迎擊的獨立宣言。」木賀峰副教授宛如朗誦般續道：「這其實……原本是那個人，西東教授所說的話喔。當時我正在接受他的指導，只是一名平凡的高中生……對了，就跟紫木同學差不多年紀吧。」

「啊啊，高中生嗎。」

「雖然我承續了他的研究——**雖然在他之後，我繼續承接了下來**——可是坦白說，這擔子非常沉重。朽葉根本不肯對我敞開心房——甚至找來像你這樣的人設法套她話，類似的**計謀**，其實也不是第一次使用了。」

「………」

「只可惜，每次都失敗，屢試不爽啊。」

「——人材不足，朽葉是這麼講的。」

「嗯——在朽葉看來，我的企圖，不對，是我這個存在，想必十分滑稽吧……但是，但是但是但是，這一回，這一回真的——或許會成功也不一定啊。」

「為什麼呢？」

「因為過去朽葉即使察覺到我的企圖，也會完全視若無睹。」木賀峰副教授話語中帶著自嘲。「這便成為，僅存的一絲希望。」

「一絲……希望嗎？」

「沒錯……儘管我一直承繼著教授的研究持續到現在，但是……也差不多開始產生倦怠感了。然而明知有圈套——明知道背後有計謀，朽葉卻仍心甘情願地自投羅網——這種情形還是頭一遭哪。看樣子適性測驗應該也奏效了，總算不枉我特地選在這裡舉行測驗的用意。」

「…………」

頭一遭嗎？

雖然朽葉自己是那樣說的。

雖然她說彼此的利害關係一致。

但至少，站在木賀峰副教授的角度去觀察——朽葉對於研究計畫，並非全然支持與配合的態度吧。事實上，包括今天對我所說的話當中，究竟含有多少程度的虛假，和多少程度的算計，坦白說也不得而知。儘管如此——像這樣的情況，終究屬於相當希奇的特例。

「本人——木賀峰約，願用盡一切手段，追求一切希望……只為了，打破命運。

為了——開創命運。」

開創命運。

破壞因果。

讓故事——崩壞。

「……既然是工作，就該遵照命令指示。」我說：「只不過要懷著目的認真去欺騙別人，我實在是不太擅長呢。」

「沒有必要欺騙啊。」

「……是嗎……看樣子話題到此結束，我可以離開了嗎？」

「嗯？」

「春日井小姐對妳失禮冒犯，並且逃離此處的理由，我似乎能夠體會了。如果要追根究柢的話……或許原因就出在『朽葉身上』吧。」

「……什麼意思？」

「天曉得。也許，根本就沒有任何含意。即使有，那個含意本身，也不一定真的會有任何含意。而一旦深入到含意中的含意中的含意，那已經超乎人類智慧所及的範圍了喔。」

「……假如是因為覺得將朽葉當作『實驗體』這件事情太過不人道的話，那只能稱之為偏見。」木賀峰副教授平靜說道：「她所擁有的『不死之身』，在社會上可是屬於弱者喔。萬一被知道的話，不曉得會遭受什麼樣的傷害，所以……必須要有人負責保護她才行。」

強即是弱，弱即是強。

『不死之身』。

受到警戒，被視作危險。

可能會……

遭到殺害。

在各種層面，慘遭殺戮。

「因為她並沒有自我保護的防衛能力。」

我對任何人都不會產生影響。

我也需要有人提供住處和生活照應。

不死之身。

死亡。

能夠自殺的人，都是強者。

「……我並沒有覺得不人道啊。況且只要回頭想想我的人生，就會感覺事到如今這根本算不了什麼……只不過，或許——」

「或許怎樣？」

「不，沒什麼，我說太多了。」

的確。

這才真是，說太多了。

我根本沒有這種資格。

因為事情——與我，無關。

「晚安，木賀峰副教授。」

「……嗯，晚安，明天見。」

木賀峰副教授既未讓我有繼續開口的機會，也不打算和我多說，便逕自朝走廊邁步離去。那個方向，應該是通往實驗室或圖書室，總之看樣子，是準備要徹夜進行研究作業吧。朽葉說過她是夜行性動物，豈止如此，那個人好像整天二十四小時幾乎都在工作。看在我這樣的懶人眼裡，真是值得敬佩啊。

值得敬佩。

只不過……只不過我想，春日井小姐她——對於木賀峰副教授，大概不會是這種評價吧。

上個月，當她還在斜道卿壹郎研究所，那間被玖渚友和兔吊木垓輔聯手破壞得體無完膚的機構裡任職時，所從事的研究雖然卓越非凡，卻絕對不是什麼值得歌功頌德的東西。

然而。

倘若去問當時的她『妳為何要從事這樣的研究』，想必她會如此回答吧——

『因為這是工作。』

以此類推——

木賀峰副教授，並不值得敬佩。

那個人，並非為了工作而研究。

那個人，是為了使命感而研究。

話雖如此，要說這一點讓春日井小姐心存芥蒂，倒也不盡然。無論在任何層面上，春日井小姐都不具有會為這種事情心存芥蒂的性格。那個人——對誰都毫無感覺，不生亦不死，是屬於**另一個世界**的人類。

只不過。

與卿壹郎博士分道揚鑣後——

現在，沒有人會對她提出指示。

現在，沒有人會對她下達命令。

就這層意義而言，現在的春日井小姐，正處於不安定的狀態吧。甚至無法預測她的下一步行動，一切都無法預料。

善變。

有如擲骰子般難以捉摸的性格。

真是，好像在說我自己一樣。

「……不知道光小姐，最近過得好嗎——」

將思考模式轉換到完全無害的方向，我移動腳步準備回房間去。

「啊～～真想把頭枕在光小姐的膝上……對了，等打工結束，就找小友一起，再去一次那座島吧……雖然原本以為絕不可能再去第二次的。」

只要那個占卜師不在就好。

經過方才與木賀峰副教授的談話，頭髮已經完全風乾，我無意識地摸著乾髮，在走廊上漫步，正要爬上樓梯時，看見理澄從樓梯上方迎面走下來。由於這間研究室的樓梯非常狹窄，一次只能容納一個人通行，因此我便停下腳步站在樓梯口，等理澄先下來。

「……嗨，理……」

「…………………」

「理……澄？」

不對。

她和小姬一樣，穿著跟朽葉借來的長T恤……此刻，雙手是露在外面的。從袖口伸出兩隻——細長的手臂。而衣襬底下則露出兩隻腳。

並未穿著斗篷。

也沒穿束縛衣。

臉上的表情，面無表情。

並非理澄平日天真無邪的笑容。

也非出夢那種無法無天的笑容。

臉上的表情，面無表情。

不發一語。

不發一語的她。

不發一語的她究竟是誰，不得而知。

不發一語的他。

不發一語的他究竟是誰，不得而知。

是哪一方？

這副身體的『生命』屬於哪一方？

這副身體的『死亡』屬於哪一方？

完全，不得而知。

不一致。

何者為何者，並不一致。

「呃……你是，出夢嗎？」

分不清楚是『他』還是『她』的她，下完階梯，從我身旁走過。

身影無聲無息地，融入黑暗之中。

那個方向應該是前往……會客室嗎，或者是，對面的玄關呢？三更半夜突然心血來潮出門散步——看樣子也不像。那究竟要往哪裡去呢？洗手間的話在反方向，難道是睡糊塗了意識還沒清醒嗎？之所以面無表情，純粹只是因為半夢半醒間意識模糊，之所以對我視若無睹，也純粹只是沒有發現罷了。

然而，感覺好像又不太一樣。

彷彿夢遊症的狀態。

到底怎麼回事……莫非還有第三人格存在嗎？

不會吧，根本也沒聽說過。

況且……那並非人格層次的問題，而是宛若變身的狀態。

簡直就像是——

人格已經完全抽離的模樣。

看上去，有如空殼。

彷彿明亮的黑暗般，空洞虛無。

「…………」

要追上去嗎，這念頭掠過腦海，但隨即又覺得太過深入似乎不妥，便停下正準備跨出的步伐。

最糟的可能性，我並不是沒有想到過。

說不定那是食人魔出夢，此刻正準備前往獵殺『目標物』木賀峰副教授與圓朽葉，畢竟在一樓的只有她們兩人——

……然而。

縱使真的是這個最糟的可能情況，也與我無關。

我並沒有挺身而出保護她們的理由。

假如我出面阻撓的話，出夢想必會毫不留情地殺了我吧。因為那是『殺手』的職責，想必他會遵循自己存在的理由，將我殺死。

拒絕遭受池魚之殃。

更何況，出夢已經答應過我了。

在與我相關的地方，絕不會動手殺人。

仔細想想，這實在是破格的條件交換，畢竟我只要負責跟理澄那樣可愛的女生做朋友就好。縱然問題堆積如山，但如果只是做做朋友而已，應該能夠輕易避開那座山吧。雖然山就在那裡，我也可以選擇不去爬它啊。所以說——知之為知之不知為不知，這便是將不懂的東西置之不理的才能。

我爬上樓梯。

回到房間，打開房門，電燈已經關了。轉頭看向床鋪，小姬正窩在棉被裡蒙頭大睡。時機點恰到好處。就算對方是小姬，我也不願被看到自己的睡姿或睡容，否則會沒辦法熟睡，感覺很怪異。

我鑽進自己的被窩裡。

真是累人的一天……啊，本來想要跟美衣子小姐聯絡，告訴她春日井小姐的事情，結果都忘光了。也罷，反正我也嫌麻煩。不管怎樣，那個人應該可以平安無事地，徒步走回古董公寓吧。能夠獨自生存的人，只須獨自一人就能活得很好；無法獨自生存的傢伙，要是獨自一個人就會活得很痛苦。儘管如此，如果非這麼做不可的話，那也必須這麼做才行。

「睡吧。」

我閉上雙眼。

再次睜開眼睛時，我看見了地獄。

第七章 戰場吊——（千羽鶴）

0

沒有麵包就餓死吧。（註27）

1

有些時候我會想，假如時間能倒轉就好了。

這種話若說出口，隨之而來便是這樣的問題——

『假如人生能夠重來的話，你希望能回到什麼時候，從哪個時間點重新開始？』

標準答案，非常簡單明瞭。

我並不想重來，只想早點死去。

我的答案，如上所述。

即使——時間真的能夠倒轉也一樣。

好比說，就算時間回到與那名藍色少年相遇之前，我也還是會像與那名藍色少年相遇之後一樣，讓相同的事情重新上演吧。仍舊會不斷重複不斷重複，讓相同的悲劇無窮無盡地一再上演。宛如將影像收錄在永不損毀的媒體上，彷彿中毒似地，依照程

27　改自法國大革命時瑪麗皇后傳說中的名言：「沒有麵包，那就吃蛋糕啊」。

式設定，不斷重複相同的事情。

即使回到妹妹死前也一樣。即使回到出生之前也一樣。

我只會，一再重演相同的劇情。

彷彿命運早已注定的故事一般，彷彿遵從著誰的旨意。

就算是不同的因，也會有相同的果。

然而，我卻又覺得。

即使被說幼稚也好，被說滑稽也罷。

被稱為戲言也好，被稱為傑作也罷。

假如時間能夠倒轉就好了。

回到我產生這種想法之前。

那個時候，總比現在要來得好。

沒有任何比未來更加殘酷的事情了。

假如有掌管因果之神存在的話，我大概會向祂祈求吧。

拜託，請高抬貴手別再讓任何事情發生。

請祢，安安靜靜地待著別動。

「……啊——好像，做了一個怪夢。」

窗簾縫隙間射入的陽光將我喚醒。

剛才做了一個奇怪的夢，夢的內容已經忘光了。唯讀這點實在不能歸咎於我的記憶力太差，畢竟大部分人似乎也都是這樣。據說夢這種東西，就算試圖要把它記住，大多數終究還是會被忘得一乾二淨。

…………。

為什麼我會知道自己做了怪夢？

照理說應該都忘光了才對啊。

「說不定其實只有忘掉一小部分而已嗎……搞不太清楚。」

剛睡醒的思考迴路也很不清不楚。

為什麼我會，思考這些事情？

視線朝床上瞥去。

小姬似乎還在睡。明明今天也有補習，她卻一副老神在在的模樣，真是個散漫的傢伙。話說回來，修好飛雅特似乎也會花掉不少時間，今天中午以前大概沒辦法完成吧。其實，小姬能夠到目前為止都保持全勤連一次也沒缺席過，本身就是個奇蹟了。

不管怎麼說，她是真的很喜歡學校吧。

我小心翼翼地，盡量不發出聲音以免吵醒她，輕輕走出房門。想要洗個臉清爽一下……去用更衣室的洗臉臺好了，雖然知道走廊正前方的廁所也有裝設洗臉臺，不過能選擇的話，根本用不著選擇那邊吧。

到達一樓。

直接，前往更衣室。

感覺還有點渾渾噩噩地，介於半夢半醒之間，不知該說是視線模糊還是意識模糊。我沒有低血壓，甚至起床狀態算良好的，只不過好歸好……最近因為春日井小姐的關係，造成連續睡眠不足，才會變這樣吧。也許差不多該想辦法找個可以單獨睡覺的地方了……或者，到玖渚那邊去住個一星期也不錯。如果是那丫頭的話，就算她待在旁邊我也能安然入睡，完全不受影響。

敲敲更衣室的門，確定沒有人回應，我便開門進入。才剛踏進去——明明直到進去以前都沒什麼，明明一切都看似正常的，但就在剛踏進去那一刻——

某種奇妙的第六感發生了。

「……咦？」

怎麼回事。

不知為何，突然有股直覺，覺得必須繼續往前走，去最裡面的淋浴間看一下才行。為什麼呢？這股異樣的感覺，奇特的第六感，確實非常微妙。並非具體有形的事物，甚至可以說是朦朧不清又脆弱的確信。

彷彿空氣，已然死滅。

彷彿空氣，已然死絕。

是第六感嗎？

又或者是，經驗談。

不太清楚。

雖然不太清楚但……

是因為剛起床的關係嗎？

雖然不太清楚但……

不太清楚。

又或者是，經驗談。

是第六感嗎？

彷彿空氣，已然死滅。

彷彿空氣，已然死絕。

「…………」

對於自己覺得非看不可的東西，對於自己基於自我意志想要一探究竟的事物，沒有必要勉強自己去抗拒。出於這點基本認知，我先簡單洗個臉，讓剛起床的頭腦盡量清醒，然後才接著，將通往淋浴間的門給打開。

眼前是，不死之身的少女，死在裡面。

幾乎無法更加慘烈地，死在裡面。

幾乎無法正眼直視地，死在裡面。

上半身與下半身被撕扯分裂開來，原本充塞身體的內臟大量湧出。可能因為缺氧已久，內臟全都變成了紅黑色。活著的內臟應該是鮮紅色的，會散發閃亮鮮豔的紅色光彩，而眼前從朽葉上半身溢出的**那些**，卻怎麼看都毫無光澤，完全是死亡的內臟。

蓮蓬頭正緩緩地漏著水，緩慢到連隔壁更衣室都聽不見聲音……水流似乎將原本應該大量淹沒地板瓷磚的血液都沖洗掉了，血的氣味，很淡。

呼喚我前來的是，微乎其微幾不可聞的蓮蓬頭水聲，與微乎其微隱隱飄散的血腥香氣。

原來如此。

已然死滅，已然死絕。

此處——

已經終結了。

「啊，嗚……」我用力捂住嘴巴。

拚命忍住，差點衝口而出的尖叫。

從半夢半醒之中，瞬間回復。

回到現實？

還是夢中？

這裡是……哪一邊？

乍看之下已被撕裂的身體……其實還相連著，雖然很不明顯。只靠一根脊椎骨，和一片背部的皮膚，勉強相連著。

回憶迅速倒帶。

迄今為止所見過的，各式各樣的屍體，一一掠過腦海。

然而，與之相較，眼前這具仍屬於特別慘不忍睹的類型。

非常地，慘不忍睹。

簡直就像是，內臟被——

內臟被人粗暴地狼吞虎嚥的感覺。

而表情。

朽葉的表情。

朽葉臉上的表情，從這個角度隱約可見朽葉的表情則是……是什麼呢，我無法理解，難以形容。既非因痛苦而扭曲的狀態……當然，也並非平和安祥的模樣。硬要描述的話，就是面無表情。

蒼白又，冰冷地。

眼睛正，緊閉著。

雙手跟雙腳，伸展開來。

並沒有，握緊拳頭。

衣服是，昨晚那件，俏皮的卡通貓睡衣。

貓圖案變成黑色的。

貓。

貓，貓，貓。

血液凝固，變成黑色的。

黑色、黑色、黑色、黑色、黑色、黑色、黑色。

黑色的。

黑色的貓。

黑貓。

「呃……」我向著不存在的誰問道：「這是怎麼回事呢？這個……這樣子，讓人很困擾啊……」

向後退一步。太過突兀了。

向後退兩步。來不及理解。

向後退三步。快冷靜下來。

向後退四步，轉身走出淋浴間。

關上門扉。

什麼也看不見了。

這樣就，什麼都看不見。

所以我，什麼都不知道。

「…………嗚！」

快步衝向洗臉臺，竭盡全身力氣，打開水龍頭。即使在如此情況下，水流仍不顧一切地傾洩而出。我用手盛住，洗把臉。對，沒錯，我是來洗臉的。我是來這邊洗臉的。咦？剛才洗過了嗎？有什麼關係，多洗一次又沒什麼損失。洗吧洗吧洗吧洗吧，我愛乾淨，我很愛乾淨，要隨時保持清潔。我有潔癖，我愛清潔。

冷靜一點。

冷酷一點。

「呼、呼、呼、呼、呼……」

空氣堵塞。

呼吸困難。

是喝到水了嗎？

不對，是我忘了要呼吸了。

笨蛋，這樣會死翹翹啊。

「嗚……」

我放著水龍頭沒關，又像逃命似地，快步走出更衣室，接著蹲在外面走廊上。忽然回過神，立刻把門關起來。

「嗚、嗚嗚……」

為什麼……事情會，變成這樣？

這種劇情發展，到底怎麼回事？

為什麼朽葉會死？

啊啊，對了，說不定這是整人遊戲，為了嚇我而精心設計的超級恐怖秀。反正朽葉是『不死之身』，內臟被挖出來也死不了的，一定馬上就會打開這扇門衝出來，大聲喊『surprise！啊哈哈哈，看你嚇成這樣～』。

帶著肚破腸流的內臟。

照樣面無表情地，出現在眼前。

「…………啊。」

我回想起來。

昨晚見到的，理澄……又或者是，出夢，分不清楚是哪一方，無從得知那是誰，身分不一致的『食人魔』。

職業殺手。

以殺人為業。

假如追問，想必會得到這樣的回答。

『因為這是工作』。

既然是工作，就非達成不可。
既然是工作，就應該不擇手段。
既然是工作，就必須拿出成果。
混亂的大腦，勉強重新啟動。
混亂的身體，也重新站起來。
「木賀峰……副教授——」
人在，哪裡？
那個人，平安無事嗎？
夜型性動物……當時她說還要繼續進行研究工作，所以……是在實驗室，或者圖書室嗎？印象中好像是往那個方向走去。如果我沒記錯的話。如果我的記憶正確無誤就好了。只不過，如果我沒記錯的話，我的記憶從來也沒正確過。
記憶？
那種東西，我只想把它忘得一乾二淨。
只會記得討厭的事情。
只會記得討厭的人類。
只知道討厭的事。
只知道討厭的人。
「還沒死……還沒死……」

穿過走廊。

來到實驗室。

先敲門，敲門很重要，因為這是基本禮儀。不能不遵守禮儀，否則太失禮了。沒禮貌，等於是非禮，一定會被罵，我不想被罵。況且，只要敲敲門，裡面有沒有人很快就會知道了。敲門這個行為具有如此優越的好處，實在沒有不執行的道理。

然而卻，沒有任何回應。

我轉動門把。

門是鎖住的。

沒有人回應，而門是鎖住的。

換言之，裡面沒有人。

「…………」

又或者是，沒有活著的人？

我無暇思考，立刻用肩膀去撞擊門板。使盡全力，毫不留情地撞。無論是對門板，還是對自己，都絲毫不留餘地。

在撞到第五次的時候，門板鬆動了，傾斜了，產生一條細微的縫隙。這時候我才意識到痛覺。無所謂，反正痛覺永遠都存在著，我永遠都感覺得到痛苦。痛苦。痛苦。痛苦。痛苦。痛苦。痛苦。痛苦。痛苦。

想必——

「……………」

裡面一定真的，沒有任何人在。

廢話，這是當然的。

假如裡面有誰在，而那個人已經死了，再加上房間是鎖住的，如此一來不就成為密室狀態了嗎？這種事情，現實當中是不可能存在的。不可能存在的事情，就不可能會發生。

理所當然。

我摸摸肩膀。

完好無缺，沒有骨折。

真不可思議，怎麼會沒有骨折呢？

我疑惑地歪著頭，繼續朝走廊深處邁進。

來到圖書室。

先敲門，敲門很重要，因為這是基本禮儀。不能不遵守禮儀，否則太失禮了，一定會被罵的，我不想被罵。況且，只要敲敲門，裡面有沒有人很快就會知道了。敲門這個行為具有如此優越的好處，實在沒有不執行的道理。

然而卻，沒有任何回應。

我轉動門把。

門沒有上鎖。

眼前是，木賀峰副教授，死在裡面。

坐在椅子上，面朝辦公桌趴伏著。一雙對著我的眼睛，異常混濁，那是已死的雙眼，已經沒有了生命。確確實實，無可奈何，百分之百肯定地。

已經死了。

人類的脖子，不可能扭轉到那樣的角度。

還有一點。

右邊的肩膀，被凶狠地撕裂了。

殘留著，鮮血**汩汩流出**的痕跡。

已經，幾乎沒有在流動。

已經，幾乎完全凝固了。

凝結成，紅黑色。

抑或是——已經流乾了嗎？

這股氣味。

剛才並沒有察覺。

為什麼呢？

是因為密閉著嗎？

血的氣息。
死亡的氣息，全部被封閉住了。
如今，已不再密閉。
死亡——被解放了。
「…………」
想要靠近，卻猶豫著。
一旦靠近——彷彿就會被困住。
不同於恐懼。
不同於驚愕。
這種情緒——非常不妙。
我現在，被蠱惑住了。
死亡。死亡。死亡。死亡。死亡。死亡。
圓朽葉的屍體。
木賀峰約的屍體。
我被這兩者，蠱惑住。
受到吸引，被吸引住，無法抗拒地，無窮無盡地。朝向遙遠彼方無限擴張的莫大質量，擁有絕大向量的牽引力，正以物理作用蠱惑著我。
這是一種——憧憬。

我正，嚮往著死亡。

「唔。嗚——嗚嗚嗚——」

這次沒有一步步向後退。

而是一口氣連退四步，轉身將門關上。

氣味消失了。

前診療所。原來如此，是這樣的構造嗎？

完全密閉的空間。

死亡，再度被封閉了。

「為什麼，怎麼會變成這樣？」

木賀峰副教授和圓朽葉一死，打工的事情不就告吹了嗎？明明說好從下星期開始的。這樣美衣子小姐的掛軸不就泡湯了嗎？問題不在這裡？這不是重點？我知道啊。這種事情，這種事情，我知道啊。

你以為我連這種事情都不懂嗎？

沒錯。

「出、出夢——」

已經，想不出別的可能性了。

是他下的手。

職業殺手。

搞什麼鬼啊，那個大騙子。明明說好不在我面前殺人的。
簡直可笑，太滑稽了。
殺手說的話，能信嗎？
事到如今，可別說什麼遭到背叛之類的話。
可別說直到剛才你都還深信不疑。
少來，其實你早就心裡有數了吧？
知道隔天醒來，這兩人可能已經沒命了。
即便如此，卻還是認為與己無關。
你早就料想到了吧？
事情照預料發展，有什麼好驚慌的。
要高興才對啊，全都被你料中了喔。
「——**吵死了！**」
我在走廊上狂奔。
明明應該是筆直地奔跑，卻到處碰撞，撞到牆壁，撞到轉角，撞到各處的門把，還在沒有東西的地方絆倒。
狼狽不堪。
「**吵死了吵死了吵死了吵死了吵死了吵死了吵死了吵死了吵死了吵死了吵死了吵死了吵死了吵死了**……閉嘴！我很正常！」

輾轉來到樓梯口。
踏上階梯。
緩慢地，小心翼翼地。
一步一階，一步一階。
宛如要烙下足印般咬緊牙根往上爬。
「**我什麼也沒料到我什麼也沒想到我什麼感覺也沒有我什麼念頭也沒有我並沒有焦躁不安我並沒有後悔莫及我沒有我沒有我沒有——**」
爬完樓梯。
再度向前，奔跑。
在理澄所睡的房間門口停下腳步。
這一次，我並沒有敲門。
「……出夢！」
就在床面上。
匂宮兄妹，已經死了。
「……啊？」
啪茲，頭頂傳來龜裂的聲音。
啪茲，啪茲，啪茲。

啪搭。

容量已經飽和，達到極限了。

大腦開始準備遁逃。

又或者，已經開始進行了嗎？

不行，這樣下去不行。

會錯失關鍵，掌握不住狀況。

「……咦，呃，耶？」

躺在床上的她的身體——

鮮血淋漓。

鮮血淋漓。

鮮血淋漓。

同樣是，已經變成紅黑色的血液。

這也，難怪。

因為首級，被切斷了。

以脖子為界，頭跟身體分成兩邊。

完完全全，連一片皮膚都不相連地，完成了。

斬首屍體。

光是這樣，應該已經十分足夠。

然而胸前，卻還有一個彷彿被貫穿的巨大傷口。

向朽葉借來的T恤已經破開，在衣服底下，原本應該屬於心臟的位置，有著巨大的巨大的巨大的巨大的，很深的很深的很深的很深的——傷口。

與其稱之為傷口，不如稱之為洞穴。

已經，貫穿了。

頭部被斬斷，胸部被挖開。

總共，**被殺了兩次**。

這也，難怪。

畢竟是雙重人格嘛。

兩次。

必須殺兩次才行。

否則，是不會死的啊。

『我喜歡你！』

我想起理澄純真的笑臉。

『咯哈哈哈！』

又想起出夢狂妄的笑聲。

通通給我停止。

這些事情，我都不願回想起來。

通通給我停止給我停止給我停止停止停止停止。

「理澄、出夢、理澄、出夢、理澄出夢、理澄出夢理澄出夢……？」

呼喚名字又能怎樣。

明知道根本不會有任何回應。

不，我並不知道，我怎麼會知道呢。

我根本不想去理解，我不想崩壞。

快回答我啊。

妳是……妳們應該是恐怖的殺手沒錯吧？

『漢尼拔』理澄，以及『食人魔』出夢。

殺戮奇術之匂宮兄妹。

只不過脖子被切斷胸部被貫穿而已，死不了的。

死不了的吧，不可能會死的。

就算想嚇唬我也沒用。

我對死人這種事情早就習以為常了。

事到如今。

事到如今這點程度，已經嚇不倒我了。

在房間一角，那件斗篷和束縛衣，都被折好安放著。哦——原來束縛衣要這樣折

啊，那種構造看起來就是很難整理的樣子。

真是的。

「……嘿，理澄……」

沒有任何回應。

「……嘿，出夢……」

沒有任何回應。

冷靜一點吧。

我是很冷靜的。

首先，要做出選擇，選擇接下來的行動。是應該要釐清眼前這個情況，還是應該繼續保持混亂呢？很顯然是後者比較輕鬆，這才是所謂正確明智的選擇吧。然而我卻選擇了前者，想必是因為腦袋一團混亂不夠理智吧。

圓朽葉死了。

木賀峰副教授死了。

匂宮兄妹也死了。

這當中應該，有著某種關聯性。

沒錯，大家都死了。

所有人都被殺了。

共通點。

如此便將支離破碎的環節（Killing Link）串聯起來。

「……**然後**——」

至少還有兩件事情，是清楚的。

圓朽葉跟木賀峰副教授。

她們兩個，是『殺手』狙擊的目標。

目標必須，被殺死。

這是，遊戲規則。

這是，基本常識。

最低限度的，禮儀規範。

「**可是……為什麼，出夢會……**」

或者說，為什麼理澄會——

死在這裡。

搞不懂。

根本，沒有必要搞懂。

「…………………………………………………………………………………………不快逃不行——」

必須趕快把小姬叫起來，迅速逃離此地。

既然飛雅特沒辦法開，就騎備用的腳踏車。

反正沒有必要翻山越嶺。

到哪都行。

總之只要離開這裡，到哪都行。

這裡已經——**全完了**。

這裡已經，宣告終結了。

我將匂宮兄妹的身體撇到視線範圍以外，轉身走出房間。接著打開隔壁的病房，沒有先敲門。已經沒空理會那些事情了，敲門是什麼東西？

「一姬！快起來！」我一口氣衝到床邊，抓住蓋著棉被的小姬用力搖晃。「趕快離開這裡……大事不……妙了——」

突然，察覺異狀。

抓住棉被搖晃的手，沉了下去。

這不是——人類身體的彈性。

「…………？」

掀開棉被一看。裡面是，一團棉被。

棉被底下裹著，一團棉被。

「…………」

這是棉被。

無論左看右看怎麼看，都是棉被。無庸置疑的無懈可擊的棉被。會說這東西不是棉被的傢伙肯定腦筋有問題。如果腦袋正常的話，那肯定是眼睛有問題。假如眼睛正常的話，那就是腦筋有問題。總而言之，想必是哪裡有問題。

不，不對。

可是，是我有問題。

我應該是屬於異常的。

我並不擁有正常的本質。

「……咦？」

我偏著頭。

「小姬人呢？」

小姬人呢？

2

小姬死在中庭裡面。

雙手——從手肘的地方，被撕扯斷裂。

然後，脖子朝著不可能的方向被扭斷。

死在，一片血泊當中。

已經沒有了笑容。

已經沒有了希望。

「…………」

肉的碎片。

血的氣味。血肉模糊。

那副嬌小的身軀到處都是血渾身都是血。

鮮血淋漓。

血流成河。

彷彿漂浮在其中的，嬌小身軀。

骨頭。骨髓？傷可見骨的，手腕。

手掌到哪去了？被扯斷的手掌。

混雜在，血泊當中，破碎四散。

肉塊。

肉片。

被扭斷的脖子。

毫無生氣的眼瞳。黯淡無光的瞳孔。

彷彿見到邪惡本體似地，瞳孔極度睜大，然而表情並非恐怖的扭曲亦非悲壯的凍結，只有一片空虛。

蝴蝶結鬆開了，長髮胡亂披散著。

殘忍，殘忍，殘忍。

制服。才剛買的新制服到處殘破不堪。

感覺就像，遭受到野獸襲擊一樣。

宛如遭到神話中的野獸凶殘蹂躪般。

蹂躪。

征服。褻瀆。

祭品，犧牲，暴食。

凌辱。破壞、破壞、破壞。

殺人。殺戮。血、肉、骨、血、肉、肉。

肉的碎片。血的氣味。血肉糢糊。那副嬌小的身軀到處都是血渾身都是血。鮮血淋漓。血流成河。彷彿漂浮在其中的，嬌小身軀。骨頭。骨髓？傷可見骨的，手腕。手掌到哪去了？被扯斷的手掌。混雜在，血泊當中，破碎四散。肉塊。肉片。被扭斷的脖子。毫無生氣的眼瞳。黯淡無光的瞳孔。彷彿見到邪惡本體似地，瞳孔極度睜大，然而表情並非恐怖的扭曲亦非悲壯的凍結，只是一片空虛。蝴蝶結鬆開了。長髮胡亂披散著。殘忍，殘忍，殘忍。制服。才新買的水手服到處殘破不堪。感覺就像，遭受到野獸襲擊一樣。宛如遭到神話中的野獸凶殘蹂躪般。蹂躪。征服。褻瀆。凌辱。祭品，犧牲，暴食。破壞、破壞、破壞。殺人。殺戮。血、肉、骨、血、肉、肉。

肉的碎片。血的氣味。血肉糢糊。那副嬌小的身軀到處都是血渾身都是血。鮮血淋漓。血流成河。彷彿漂浮在其中的，嬌小身軀。骨頭。骨髓？傷可見骨的，手腕。手掌到哪去了？被扯斷的手掌。混雜在，血泊當中，破碎四散。肉塊。肉片。被扭斷的脖子。毫無生氣的眼瞳。黯淡無光的瞳孔。彷彿見到邪惡本體似地，瞳孔極度睜大，然而表情並非恐怖的扭曲亦非悲壯的凍結，只是一片空虛。蝴蝶結鬆開了。長髮胡亂披散著。殘忍，殘忍，殘忍。制服。才新買的水手服到處殘破不堪。感覺就像，遭受到野獸襲擊一樣。宛如遭到神話中的野獸凶殘蹂躪般。蹂躪。征服。褻瀆。凌辱。祭品，犧牲，暴食。破壞、破壞、破壞。殺人。殺戮。血、肉、骨、血、肉、肉。肉的碎片。血的氣味。血肉糢糊。那副嬌小的身軀到處都是血渾身都是血。鮮血淋漓。血流成河。彷彿漂浮在其中的，嬌小身軀。骨頭。骨髓？傷可見骨的，手腕。手掌到哪去了？被扯斷的手掌。混雜在，血泊當中，破碎四散。肉塊。肉片。被扭斷的脖子。毫無生氣的眼瞳。黯淡無光的瞳孔。彷彿見到邪惡本體似地，瞳孔極度睜大，然而表情並非恐怖的扭曲亦非悲壯的凍結，只是一片空虛。蝴蝶結鬆開了。長髮胡亂披散著。殘忍，殘忍，殘忍。制服。才新買的水手服到處殘破不堪。感覺就像，遭到野獸襲擊一樣。宛如遭到神話中的野獸凶殘蹂躪般。蹂躪。征服。褻瀆。凌辱。祭品，犧牲，暴食。破壞、破壞、破壞。殺人。殺戮。血、肉、骨、血、肉、肉。肉、肉、肉、肉、肉、肉、肉、肉、肉、肉、、肉、肉、肉、肉、肉、肉、肉、肉、肉、肉、肉、肉、肉、肉、肉、肉、肉肉肉肉肉！

紫木一姬。

紫木一姬的人生，其實相當平凡。
很普通，又有些微地，與眾不同。
沒什麼大不了的，平凡的故事。
很遺憾地，其中並沒有任何可以滿足惡趣味或好奇心的故事。沒有任何值得訴說的故事，也沒有任何值得傾聽的故事。
故事本身，是隨處可見的故事。並不新鮮，也沒有意外的情節。
適度地不幸。
適度地悲慘。
適度地殘酷。

然而，紫木一姬卻不是個，適度的女孩子。

因此，非常不幸。
因此，非常悲慘。
因此，非常殘酷。

被哀川潤所救。

受到市井遊馬的薰陶。

即使如此她依然不幸又悲慘又殘酷。

毫無改變。

本質上沒有任何改變。

包括六月的事件，追根究柢其實也是因為她本身不夠適度，才會導致一切發生。

假如她能夠稍微再適度一點的話，就不會發生那樣的慘劇。啊啊，承認吧，承認吧，難道你還不想承認嗎？

紫木一姬，絕對不是受害者。

可以說是加害者。

甚至是異種的，異樣的，異形的存在也不一定。

那張開朗的笑容是欺騙，

那些開朗的言語是偽善，

那副開朗的姿態是假裝，

那種開朗的氣息是演技。

全部都是刻意模仿，都是無可否認的贗品。

是異種的，異樣的，異形的存在也不一定。

甚至是加害者也，不一定。
「然而——就算真是這樣，那又如何？」
倒在血泊當中。
猶如被生吞活剝般支離破碎地，輕輕飄蕩著。
失去依賴的雙手，
喪失一切意念和心願和希望和祈求，
空洞虛無的，空虛的眼瞳，
那種表情，那副模樣，

還能說，不是受害者嗎？

我遠遠地眺望這一幕。
從口袋中拿出手機，按下記憶中的號碼。
「啊啊……是我。」電話接通了，我說：「人都……死光了。」
『所以咧？』
電話另一端傳來回覆的聲音。
「人全都，死光了。」
『所以咧？』

「包含我在內一共有五個人……結果早上起床發現，其他四個人，都已經死了。」

『所以咧？』

「除了我以外，全部的人都死了。」

『所以咧？』

「就算想逃出去，卻是在深山裡面……所有車子都已經遭到破壞……」

『所以咧？』

「救我。」

『知道了，乖乖待在那邊等救援吧。任何事情都別做，什麼也別做唷。不要報警，也不要跟任何地方聯絡唷。全部都交給人家搞定唄。』

「嗯……那就先這樣了。」

我切斷電話。

也把電源給，切斷。

然後，一步又一步地，朝小姬走近。

已經——誰的事情，都不記得。

木賀峰副教授的事情，圓朽葉的事情。

匂宮的，理澄的事情，出夢的事情。

全部都，灰飛煙滅。

全部都，煙消雲散。

都消除了。

「……對不起，小姬。」

我一腳踏入血泊當中。

尚未完全風乾，發出啪搭的聲音。鞋子弄髒了。弄髒了？你認為沾上人的血液，叫做弄髒了嗎？這可是血啊，是人類的一部分。你想褻瀆冒犯嗎？

根本無關緊要吧。

我輕輕地，抱起小姬。

什麼現場保存，誰還管那麼多。

「啊——啊……」

小姬她，居然死了。

居然，死了。

「我老是給妳添麻煩……老是把妳捲入事件當中，其實一直覺得很抱歉……我是說真的。真的，真的。絕非虛假。」

喃喃低語的自己感覺很詭異。

這傢伙在，講什麼東西啊。

儘管如此，我卻沒有停止低喃。

無法控制自己。

「小姬明明，才正要重新開始的不是嗎……」

『師父——』

曾經有一次，小姬問我：

『師父你在什麼時候會感覺到幸福呢？』

『…………？』面對這個摸不著頭緒的疑問，我愣愣地把頭一歪。『呃……抱歉，師父不太明白這個問題的意思。』

『我——是——說——會讓你瞬間產生「啊——活著真好～～」這種想法，是在什麼樣的時候呢？』

『如果能和三名比我年長的蘿莉女僕一同住在兩坪大的房間裡每天被伺候著，這樣的生活應該就叫做幸福吧，只可惜還沒有實際體驗過。』

『有的話就是死刑了。』

『應該還罪不致死吧。』

『這叫做思想犯。』

『有那麼嚴重嗎……話說回來，幸福的感覺啊……還真沒想過呢。因為根本不覺得自己會得到幸福，況且，我也並不渴望得到幸福。』

『連想都沒想過嗎？』

『我覺得現在這樣就很不錯了啊。能夠正常地生活，正常地上大學，正常地跟那些普通人交朋友，偶爾打打零工，偶爾去旅行，如此平凡的，極其自然的生活，真的很適合我。只要這樣就夠了，並不特別需要什麼，也不特別期望些什麼。』

『唔——沒有任何屬於個人的慾望嗎？對於這個問題，也有些人會回答，只要世界和平就覺得很幸福唷。』

『世界怎麼樣都無所謂啦。難道關心世界，世界就會帶給我幸福了嗎？簡直滑稽。此時此刻，我只關心眼前的事情，這有什麼不好？彩券會不會中大獎，經濟上會不會大獲成功，長年的夢想會不會實現，這些問題何必刻意去想，犯不著把事情搞得那麼複雜嘛。只要今天跟明天跟後天，自己和週遭的人都能好好地活著，這樣就夠了，妳不覺得嗎？』

『嗯——啊，原來如此。』

小姬微微一笑。

微微地揚起嘴角，會心一笑。

『原來對師父而言這就是幸福啊。』

幸福。

所謂的幸福。

那是什麼東西。

究竟有什麼含意？

是怎麼樣的一回事。

我根本，沒有那種東西。

甚至從來也不適合去擁有。

因為我早就來不及，為時已晚了。

然而，小姬並不是我，她跟我不一樣。

小姬跟我不一樣，對她而言，一切明明才正要重新開始。明明好不容易，才有了新的開始。好不容易，才能夠看見所謂的未來。覺得活著其實也不算太糟糕的一件事，小姬她事到如今，好不容易，才終於產生了這樣的想法。

事到如今，一切都太遲了嗎？

如今才開始，已經沒用了嗎？

遲來的開始，已經沒用了嗎？

我也是，小姬也是。

我們原本就已經，注定要失敗了嗎？

明明現在，應該過得很幸福。

明明說過，覺得自己很幸福。

每天都過得很開心，小姬曾如此說過。

然而卻——

為什麼，就連這樣微小的幸福也，不能如願。

有那麼罪大惡極嗎？

不幸的人，難道就不能夠得到幸福嗎？

只因為不幸，就注定不能夠得到幸福了嗎？

又沒有，期望比別人得到更多幸福。
明明只要，能擁有一半就好了。
就算只有十分之一也好，便能滿足了。
甚至只要沒有不幸，這樣也就可以了。
並沒有，奢求別的東西。
並沒有，奢求任何東西。

「小……姬——」

好重。
小姬的身體，好沉重。
明明應該很輕才對。
原本應該輕如鴻毛的小姬，此刻身體卻遠比地球還要更沉重。沉甸甸地，充滿了破壞力的重量，彷彿正對我發出最嚴厲的譴責。千刀萬剮慢慢凌遲反覆折磨緊緊糾纏著。讓我痛苦，受苦，苦惱，苦悶。
完全包圍封閉。
像要處以極刑。
恐怖。

很恐怖。

抬頭仰望天空。

一片蔚藍。

天氣真好，還吹著涼爽的微風。

與日式房屋，非常相稱。

真是個好地方。

這裡，真是個好地方。

在這樣的地方過日子，其實也不賴。

朽葉也很喜歡這裡吧。她曾經說過，這裡環境很好。沒錯，這裡是非常好的環境，很適合人居住。

只不過——這裡已經空無一人。

到處都沒有人在了。

這裡現在，只剩下我。

與任何人……任何事物，都毫無交集。

沒有聲音，也沒有光線。

彷彿被世界隔絕，我是全然孤獨的。

這裡是，一片黑暗。全然的黑暗。

黑暗中的孤獨。

好暗。
一片漆黑，好暗。
沒有任何希望，充滿了絕望。
這裡真討厭，這種地方真討厭。
宛如遭受刑求。
是命運的牢籠，是命運的斷頭臺。
我不想待在這種地方。
不想要一個人。
不要把我一個人留下。
已經受夠了。
讓我一個人安靜地獨處。
我不想感受這些思緒。
不想要，感受這些思緒。
為什麼要誕生在這世上？
誕生在這世上究竟有何意義？
至少——絕不是為了體驗這些感受。
假如只是為了體驗這些感受，那我一開始就不願意被生出來。假如只是為了要感受如此悲慘的，比死更加痛苦的心情，那我情願沒有被生出來。情願在上個月就先被

殺死。情願在上上個月就先被殺死。甚至在更之前的之前的之前的之前，任何時候都好，總之，如果要經歷這種有如黑暗深淵般無路可逃的喪失感，我情願在這之前，乾脆於某時某地，先被殺死就好了。甚至情願我這個人從一開始就不存在。

覺得所有事情，都出了錯。

覺得活著本身，就是一種錯誤。

覺得所有事情，都很失敗。

覺得自己沒死，就是一種失敗。

「對不起……小姬。對不起，對不起，對不起，對不起……」我像發狂般不停地喃喃低語喃喃低語喃喃低語。「我這傢伙……即使在這種情況下，依然還是哭不出來啊……」

小姬沒有任何反應。

即使沒有反應我仍繼續說著，說著毫無助益的戲言。

「……早知道會這樣的話，情願當初沒去救妳還比較好。如果發生在當時的話，至少——」

「至少妳應該，就比較不怕死了吧。」

妳一定很害怕吧？

因為現在活得很開心，無論是跟美衣子小姐聊天的時候，跟萌太和崩子他們一起玩耍的時候，或是偶爾被七七見那傢伙捉弄，跟荒唐丸老先生互開玩笑，都充滿著愉快的心情。而且在學校也有交到新朋友不是嗎？之前還曾經介紹給我認識呢。

連喜歡的人，也已經出現了不是嗎？

想必真的，活得很開心吧。

這些事情如果從來也沒體驗過就好了。

否則就會像現在的我一樣。

妳懷著這樣的心情死去嗎？

「唔。唔，嗚，嗚嗚嗚嗚，嗚嗚嗚嗚嗚嗚———」

已經，說不出話來了。

已經什麼都無可奈何。

拜託。

誰快來殺了我吧。

我不想再承受更多痛苦了。

我不會說什麼希望時光倒轉。

不會祈求那種事情。

只希望，從現在起，時間都別再前進了。

能不能就此停止？

即使是Bad End也無妨，就此結束吧。

不要再繼續了。

不要再繼續，不要再繼續，不要再繼續了！

停止一切惰性！

「乾脆去死好了……」

腦中直接浮現這個念頭。

「乾脆去死好了……」

至少，這樣我就會結束了。

即使命運跟必然跟因果跟因緣都不會結束。

至少我個人可以結束。

此刻的我，並不害怕死亡。

除了絕望別無知覺。

「……………………」

既然是兩層樓的房子，跳下去也不會死。哪裡有刀子呢？廚房裡面應該有菜刀吧。畢竟前身是診療所，仔細找找或許會發現手術刀也不定。沒有也無妨，只要對準牆壁一頭撞死就好。方法多不勝數，要幾種有幾種。有何不可，反正是無趣的人生。

就在這裡劃下句點吧。

終點。

終站。

終焉。

「…………………」

和小姬相遇是陰錯陽差的機緣巧合。如果沒有哀川小姐的話，想必彼此不會相識，根本也不會知道對方的存在吧。因為小姬是屬於異世界的人，和子荻跟玉藻她們屬於同一個世界的人。儘管總是笑容滿面嘻皮笑臉地，儘管總是活潑開朗純真無邪地，卻與我有著決定性的差別。

因為不同，所以沒有交集。

毫無交集。

絲毫沒有交集。

況且，我對小姬實在很沒轍。

說話沒大沒小地，又跟玖渚很像。

也跟我很像。

實在很沒轍。

為了這種事情，有必要去死嗎？

我並不是，那種人吧。

我並不是那麼善良的好人。
我是不良製品。
感受那些情緒的迴路早已經斷線了。
我沒有任何感受。
什麼也感覺不到。
什麼感覺也沒有。
沒有感覺。
我一點都，不覺得悲傷。

「所以小姬死了……又怎樣。」
我鬆手，放開小姬的身體。嬌小的身軀，啪搭一聲，墜落血泊當中。我站起身來，用沾滿血腥的手觸摸臉頰。濕濡黏膩的觸感。很噁心。很噁心。很噁心。很噁心。很噁心。很噁心。很噁心。很噁心。很噁心。很噁心。
真舒服。
輕輕舔舐沾滿血的指頭。
味道很糟。
當然。
接觸過空氣的血，只不過是普通的氧化鐵而已。

這種東西，不算是人類的，一部分。

「喝杯茶等待救援好了……」

到廚房去，燒壺開水吧。就算是玖渚，也需要先處理一些程序，趕到這裡也要花上一小時左右的時間吧。既然如此——

先去淋浴間把血洗掉。

再到圖書室借幾本書。

然後邊喝茶，邊等待吧。

正轉過身準備移動雙腳朝玄關前進時——

「啊，對了。」

忽然又，回過頭來。

差點就忘記。

真是的。如此重要之事怎麼能忘呢。

我開口說聲：

「小姬，辛苦妳了。」

掰掰。

再見了。

好好睡吧，晚安。

第八章 偏執狂——（終點站）

玖渚友
KUNAGISA TOMO
工程師。

0

如果不受到信任，就無法背叛。

1

聽見玖渚友三個字，腦中會浮現的種種聯想——

藍頭髮。藍眼睛。朋友。天真無邪。純真潔白。工程師。與我同年。唯一知道的表情只有笑容。藍色學者。玖渚機構。玖渚直，霞丘道兒。『集團』。死線之藍。『凶獸』、『害惡細菌』、『雙重世界』、『罪惡夜行』、『永久立體』、『狂喜亂舞』、『街』、『屍』。電腦世界的恐怖份子。藍色妖精。Ｇｅｏｃｉｄｅ。無法獨自一個人下樓梯。無法獨自一個人上樓梯。充電中。任性自我。身材嬌小。體質虛弱。夜行性動物。專心一志精神集中型。說話口齒不清。自稱人家。摸起來柔軟又舒服。討厭洗澡。俄羅斯藍貓。不會成長。絕對停止。絕對停滯。蹂躪者。家人般的存在。妹妹般的概念。卓越超群的記憶力。一件事情只要記住就絕對不會忘記。有錢人。斷絕血緣關係孤立中。城　的高級大廈。電腦主機。遍布全世界的根基。裝置。異於常人。異形。對我而言重要的存在。對我而言無可取代的存在。曾經喜歡過的存在。過去當我尚未完全崩壞的時候，曾經喜歡過的存在。將我破壞至體無完膚的存在。被我破壞至體無完膚的存在。

「…………………」

後來。

後來事情如何發展，我不太清楚。

不過我想，應該已經被處理妥當了。

雖然事件並非發生在與世隔絕的孤島上，可能沒辦法完全毀屍滅跡封鎖消息，不過——至少並不是無法掩人耳目的大規模事件。充其量，也只不過是死了四個人而已。與戰爭當中發射一枚飛彈的威力比較起來，根本算不上什麼。所謂四個人就是八個人的一半，也就等於四十個人的十分之一。總而言之，事情不過僅此而已。

啊啊……

仔細想想，還真是難為情。

在靠近小姬之前，我還先打電話向玖渚求救。腦中第一時間最先想到的是如何自保。在無意識的情況下，做出了自保的行動。

唉，實在很差勁。

真是差勁透頂啊。

「阿伊～～？」

敲門聲傳來，接著門被開啟了。
門外輕輕走進，一頭藍色長髮。
是玖渚。
「阿伊，起床了嗎？」
「嗯……？什麼起床……？」
咦，我原本，是在睡覺的嗎。
連夢也沒做地——沉睡。
有如已死般，一如往常。
「……現在幾點了？」
「晚上十點，人家的活動時間正要開始。」
「啊……這樣啊。那，今天是幾號？」
「唔咿？」
「今天幾號？」
「阿伊在發什麼呆，今天是八月十七咩。」
「…………呃……」
啊啊。
所以說，那也不過是昨天的事情而已嗎？
什麼嘛。

感覺好像已經過了一世紀般。

「阿伊～～起床了起床了起床了起床了起床了起床了起床了起床了～～」玖渚來到面前，啪啪啪啪啪啪啪啪啪啪啪啪啪啪啪啪，朝我的臉頰使出十六連發巴掌攻擊。「人家醒著的時候阿伊一直在睡覺這樣人家好無聊耶～」

「……唔，抱歉。」

「肚子好餓，阿伊去弄點吃的吧。」

「OK。」

馬上站起來。

什麼，我剛才，是坐著睡覺的嗎？

真沒想到，我還有如此絕技。

「……咦？」才剛走出房門我就疑惑地偏頭問道：「小友……這裡，是哪裡？」

「是人家的窩啦，阿伊在講什麼東東啊？」

「為什麼，我會在這裡？」

「……玖渚神拳——」

立刻挨了一記勾拳。

看她表情，已經有點不爽。

「真是夠了，阿伊，人家特地幫你脫困借你地方躲起來，居然還講出那種話簡直該打耶。」

「唔——等等等等，我想起來了。」

對了。

我從那間研究室，直接被不認識的人帶上陌生的車子，沒有回古董公寓也沒連絡任何人，直接被帶到玖渚的高級大廈來。

然後，在這裡瘋狂地嘔吐。

然後，就睡著了。

有如死亡般，沉沉睡去。

「阿伊最近是不是都沒睡覺咧？這次睡超～～久的，完全熟睡耶，或者應該叫爆睡？」

「唔——」

「結果人家趁機對阿伊好好地惡搞了一番。」

「什麼——？」

「呼呼呼——」玖渚笑得很邪惡。「阿伊睡著的時候可真是大膽呢。」

「什……」

「呵。」充滿挑釁的，令人渾身不舒服的笑法。「省省吧，不管嘴上講得再怎麼冠冕堂皇，身體還是最誠實的，口嫌體正直嘛。」

「喂，妳這傢伙！究竟對我做了些什麼？可惡！」

「哈哈哈，哇——！」

果然是自己的地盤，玖渚開心地嘻笑著，才一眨眼功夫便逃得不見人影。在這間大房子裡一旦被她逃走，根本就無從找起。可惡的傢伙……居然趁人熟睡時偷襲。連我都沒幹過那種禽獸行徑……正因如此，才會那樣嚴重地睡眠不足啊。

應該是開玩笑的吧？

剛才應該是開玩笑的吧，玖渚？

唉——讓妳費心了真不好意思啊。

「……………」

我不再多想，移步朝廚房走去，一邊小心避開腳下如蜘蛛網般密布的纜線。不光是地板，包括天花板上跟牆壁上，也都固定著數條紮起的電纜。感覺似乎，又比上次來訪的時候更加壯觀了……彷彿機械化為擁有意志的生物正侵蝕著空間的狀態。

走到廚房打開冰箱。

……為什麼上個月就做好的東西會一直放到現在完全是個謎。非但如此，整個冷藏室內部，根本近乎全滅。那丫頭近半個月來只靠垃圾食物維生嗎？真是怪物。無可奈何，徹底死心的我將目標轉向冷凍庫，這邊還殘留著僅存的一線希望。雖然冷凍食品也很乏善可陳……不過反正我也沒有能夠做出精緻料理的好手藝。調味料呢，啊——果然又是用過就直接丟著不管。我邊用電鍋炊飯，邊利用空檔時間隨便製作幾樣勉強可果腹的菜色。玖渚是那種要吃就卯起來狂吃，不吃就完全不吃的類型。對了，在那座島上的一流廚師……呃——名字叫什麼來著，當時由她負責烹調的料理，玖渚倒是每天都吃得津津有味，那幾天似乎三餐進食得特別規律。也就是說，假如廚藝能達到那種境界的話，就連個人的生活習慣都會為之改變是嗎。

花了大約一小時左右準備好飯菜，『喂～～～小友，吃的弄好了，快來幫忙端吧——』我出聲叫她，卻沒有任何回應。是沒聽見嗎，還是有聽見卻假裝沒聽見呢，究竟是哪一種？這裡沒有托盤之類方便周到的器具，沒辦法，只好一盤接一盤地依序端到餐桌上（看得出來平常根本沒有在使用，桌面上堆積著厚度微妙的塵埃。套句朽葉說的話，東西放著不用是很容易積灰塵的，人類也是一樣）。第一盤剛端上桌，忽然想到是不是應該先清掃一下，便又開始尋找抹布。結果等到準備完畢去叫玖渚吃飯，已經是三十分鐘以後的事情。雖然菜都放涼了，不過反正也沒做什麼特別講究的料理就無所謂。

「我開動囉——！」

「請慢用。」

玖渚將手中預備好的筷子伸向餐盤，像餓鬼似地大吃特吃起來。此時嚴禁交談。關於用餐時間不說話的習性，雖然和那名狐面男子不謀而合，但這丫頭純粹只是忙著埋頭猛吃而已。因為進食的時候要是沒有多吃一點，什麼時候會突然衰竭而死都不知道。如果之前去健康檢查的時候也同樣這副德性，直先生想必非常擔心吧……畢竟那個人，可是相當在乎妹妹的。

妹妹。

理澄。
糟糕，不小心又想起來了。
「我吃飽囉——！」
「粗茶淡飯多多包涵。」
兩個人都用餐完畢，差不多該洗碗了，我起身收拾碗盤。『啊，阿伊，阿伊阿伊阿伊～～』玖渚突然出聲叫我。
「……阿伊叫一次就夠了。」
「是是是～」
「是也講一次就夠了。」
「有件事情必須先報告一下。」
「嗯？儘管玖渚一副輕鬆自若的模樣，臉上維持著一貫的散漫表情，但這丫頭的價值觀向來異於常人，思想完全脫離常軌，因此從表情無法解讀真實的情況，千萬不能掉以輕心。
「是有關於阿伊昨天被捲入的事件。」
「嗯。」
「沒辦法完全掩蓋。」
「嗯？」我暫時擱下收到一半的碗盤，重新坐回椅子上。「什麼意思？」
「該怎麼說咧，因為稍微超出了玖渚機構的管轄範圍，事情變得有些棘手。哎呀，畢竟人家現在也已經算是一個外人了，從間接打探的消息聽來，情況似乎很不妙呢。」玖渚盯著空盤子說，彷彿腦中一部分注意力並未放在我身上，而是正在考慮要不要把盤子舔乾淨，又怕這樣做會被罵的樣子。

「那個叫做木賀峰約的副教授倒還好，然後那個自稱管理人的圓朽葉，唔，也還算簡單，這兩個人都有辦法解決。或者應該說，總會解決掉的。反正先掩人耳目，等過一陣子就船過水無痕了。」

木賀峰副教授。

圓朽葉。

「只不過，問題出在剩下的兩個人。」

「所謂剩下的兩個人是……」

「其中一個是住在阿伊那棟公寓的房客紫木一姬，然後另外一個是——匂宮理澄。因為她同時也等於匂宮出夢，所以正確地講應該算三個人才對。」

小姬。

理澄。

出夢。

「這三個人，已經超出玖渚機構的管轄範圍了唷。」

「對玖渚機構——對那個絕對強勢的組織而言，還會有管轄不到的範圍嗎。」

「與其說管轄不到，不如說是別人的領域，算是別人的勢力範圍吧~該怎麼說咧，或許用畫圖的方式比較容易理解，不過……唔，算了，用最簡化的說明方式大略講一下重點就好，阿伊要仔細聽唷。」

「……真是讓人一點都不想聽的主題呀……」

「這個世界是由四個安定的世界所組成，而這四個世界彼此又互相有著少許的重疊。」

「妳是宗教家嗎……」在下敬而遠之。「麻煩用普通人的說法解釋給我聽。」

「了解～～那，嗯——這樣講吧，這四個世界，首先是普通的世界，也就是**現在**，我們所處的**這個地方**。以日常生活而言，是相對和平又帶有競爭的世界，這是一切的基礎，算標準模式吧。如果要說以什麼為劃分基準的話……對了，像阿伊曾經去留學過的ER3系統，就勉強算在『普通世界』的範圍內。」

「……**那種地方**還叫做『普通』嗎？」

「勉強算啦，那已經是最底限了。」玖渚若無其事地，宛如在背誦九九乘法般說明著。「好，剩下另外三個。假如將正常世界當成表象世界的話，其餘三個感覺就像隱藏在背後的世界。首先是，以玖渚機構為核心的世界，嗯，算屬於政治力量的世界吧。壱外、弍栞、参榊、肆屍、伍砦、陸枷，跳過柒的姓氏，接著是捌限，以及統率眾勢力的玖渚機構。因為是一種類似祕密結社的存在，所以知名度並不高，不過——其影響力卻是，涵蓋地相當廣泛。再來是，阿伊應該還記得吧……伊梨亞，鴉濡羽島的伊梨亞。包含她曾經隸屬的赤神集團在內，以四神一鏡為核心的世界，也可稱之為財政力量的世界。赤神、謂神、氏神、繪鏡、檻神等財閥——若要論最接近表面世界的存在，也許這就是位於最上層的部分。好比說，神理樂就經常被稱之為日本的ER3系統對吧？實際上某些方面的確只有一線之隔——而且惡劣的本質，也同樣半斤八兩呢。」

「唔——的確，或許正如妳所言。」

「然後還有一個，最後的世界——就數字上與概念上而言，都是最後的世界……五月那時候不是曾經出現過殺人鬼嗎？就是之前，阿伊提到的那傢伙，一個叫零崎什麼的人。以那群魑魅魍魎為核心的——屬於戰鬥能力的世界。簡單講，生存在這個世界的都是怪物，感覺就像所謂的非人魔境。各種各樣的異種異樣全部群聚在一起的模樣。和玖渚機構或四神一鏡有所不同，生存在其中的人，並非**有所為而為**，不會為了某種特殊目的而行動，然而他們所擁有的能力，卻是壓倒性地危險，可以稱之為秩序中的無秩序世界吧。所謂的一騎當千，用來形容這群人還真貼切，簡直是專為他們所創造的成語……光憑這句話的說服力，便足以和其他兩個世界彼此牽制互相抗衡，堪稱究極的異形族群。這三個世界在各方面產生糾葛，關係很複雜，互相勾結的同時卻又彼此對立。」

「也就是說，維持著一種勢力平衡囉。雖然印象模糊，不過這種三足鼎立的狀態之前曾經聽過……畢竟我也不是無知的小孩子了。當然啦，六年前對這種事情確實只有一知半解懵懵懂懂地……」

「唔——那還言之過早咧。」玖渚說道。她似乎已經放棄了舔盤子的念頭，雙眼正視著我。「阿伊應該也知道吧，那個叫紫木的女孩子，跟四神一鏡排行最末的檻神家族頗有淵源，據說曾隸屬於旗下的私兵部隊……這部分阿伊想必不會不知情。除此之外，那個匂宮則是——」

「匂宮的背景我也知道，是職業殺手沒錯吧。」

「沒錯。殺戮奇術集團•匂宮雜技團。在人家還身為恐怖份子的時代，也曾經為了避開這群人而花過不少心思呢。包括剛才提到的零崎也一樣，因為對方作風實在太脫離時代啦……所以才恐怖咩。」

「恐怖嗎？」

「嗯。如此這般——所以，超出管轄範圍。」

「什麼叫『如此這般』……」

「唉呀，就這麼回事咩。『如此這般』，所以報告完畢，僅此而已，沒有語帶保留只有清楚完整的前因接續後果，然後理論便成立了。嗯，話說回來，其實也沒必要過度擔心，事情沒那麼嚴重啦。勢力平衡的狀態並不會因此而崩毀，那是絕對不可能的。頂多是一兩條人命罷了，還不到驚天動地的程度，既有的平衡狀態並不會輕易產生動搖。只不過——**正因如此**，才很難掩人耳目。」

「聽不太懂……怎麼說呢？」

「想想看，剛才不是說過這個『三足鼎立』的關係彼此也『互相勾結』嗎？所以囉，無論什麼樣的消息，都會有人負責將情報傳達至**另一端**。既然成為內部消息，就怎麼樣都沒辦法封鎖了。」

「啊，原來是這個意思……」

人言可畏，嘴巴是上不了鎖的。

雖然問題應該沒有如此單純，但說穿了就這麼回事吧。

「不過，我想應該還不至於無法掩蓋……畢竟對我而言，只要能瞞過『表面的世界』，這樣就夠了。」

「人家所謂的無法隱瞞——」玖渚說著突然伸出兩隻食指，將自己雙眼的眼角向上推。儘管一點都不像，但這動作在模仿誰已經一目瞭然。「是指沒辦法瞞過小潤那一關。」

「…………」

哀川——潤。

人類最強的，承包人。

「那個叫紫木一姬的女生，跟小潤關係匪淺沒錯吧？那個女孩子是小潤的人沒錯吧？因為這層關係，事情變得有一點點棘手呢。尤其對阿伊而言。」玖渚絲毫沒有停頓地接著說：「畢竟那個紫木會死，感覺好像都是阿伊造成的咩。」

一瞬間。

辯解的話語幾乎就要衝口而出。

想要說，沒那回事。想要說，才不是這樣。

然而卻，說不出口。

因為——她說得並沒有錯。

她說得確實沒錯。

「唔當然啦，小潤想必也不會責怪阿伊，只是心裡難免會有疙瘩嘛。所以人家想說能瞞就盡量幫忙瞞過去，可惜**另一邊**已經先走漏消息，就愛莫能助了。既然沒辦法封鎖內部情報，小潤絕對**遲早會知道**的，畢竟她跟剛才所說的那三個世界，全部都有往來，況且前陣子人家才把小豹介紹給小潤認識，只要她想知道就不可能打聽不到咩。唉呀～～這可真是一大失策～～原本說好不要介紹雙方認識的。所以囉，因為這個緣故，人家也盡可能試著挽救了，即使如此**這件事情**頂多也只能瞞著小潤三天左右，已經是最大極限了咩。」

「——我並不打算瞞著哀川小姐啊。」

「哦？」

「之所以打電話向妳求救——**的確是因為五個人當中死了四個，結果我變成最可疑的嫌犯**。如此一來會惹上許多麻煩事，但只要幫我構成不在場證明——事件本身就算不隱瞞也無所謂囉。」

「唔——」

「所以，就算讓哀川小姐知道也無妨，倒不如說其實我還比較希望讓她知道咧。雖然不清楚究竟是什麼原因導致那樣的情況發生，不過……知之為知之不知為不知，不需要刻意去搞懂也沒關係。反正哀川小姐想必又會按照慣例，出面將事情解決得乾淨俐落吧。」

「**什麼原因導致那樣的情況發生嗎……**」玖渚別有深意地複述這句話。「只是隨口問一下，阿伊，這起事件，你真的不是凶手嗎？」

「……為何會這麼想？」

「理由就跟阿伊講的一樣咩。一共有五個人，結果死了四個，按照常理推斷剩下來的那個人當然就是凶手囉。」

「妳在懷疑我嗎？」

「人家相信你啊。只是要確認一下而已。假如阿伊沒有先將真實情況交代清楚，那就沒辦法幫忙掩護囉。如果是你殺的要坦白講唷？萬一事後又推翻說辭，那可就麻煩大了。即使是玖渚機構，也不代表具有無窮無盡的權力。」

「……不是我殺的啦。」

「真的嗎？」

「真的。這句絕對，沒有說謊。」

對，不是我殺的。

我沒有殺任何人。

最低限度，至少沒有殺那四個人。

其實我有雙重人格，夜晚入睡後，在自己無意識的狀態下殺光其他四個人——除非作者設定了這種推理小說慣用的伎倆，否則我就沒有殺死任何人。

「唔——」玖渚點點頭。「好唄，既然如此，昨天看你好像很累所以沒有追問，現在可以告訴人家詳細經過了嗎？阿伊這次，究竟在人家不知道的地方做了些什麼？」

「呃這個嘛……該怎麼說咧——」

該從何說起才好呢。

猶豫片刻之後，我決定從八月一日，與木賀峰副教授初次見面那天開始講起。反正細節部分我本來就不可能記住，許多地方，包括美衣子小姐的事情或狐面男子的事情，這些跟事件主軸無關的瑣碎過程就通通省略，然後連帶地，即使不具有任何特殊理由跟必要性，但我仍將春日井小姐賴在我房裡當食客的事情改編，變成借住在小姬的房間裡。

整個來龍去脈講完，總共花三十分鐘。

就這樣嗎，油然而生一種複雜的心情。

這一連串事件——只等於短短的三十分鐘。

恍如隔世啊。

「嗯——」

「小友對於這起事件，有何看法呢？」

「嗯……，可以算是，一種假設吧。」

「什麼樣的假設？」

「一般而言這種情況，應該是所謂的骨牌殺人法。」

「那是啥？」

「A被B殺掉，B又被C所殺害，最後C再落入A生前設下的圈套當中被殺死，於是全員死亡。這種劇情模式，也是推理小說常見的類型之一喔。」

「唔……畢竟總有些思想異於常人的傢伙嘛，只不過話說回來——」

即使撇開木賀峰副教授不談，姑且將她視為普通人。

但『不死之身』的圓朽葉。

匂宮理澄，『漢尼拔』理澄。

匂宮出夢，『食人魔』出夢。

以及——病蜘蛛的弟子，紫木一姬。

「坦白講——說真的，跟小姬一對一決鬥能贏的人類，我實在無法想像——況且就算對方人數眾多也不代表什麼，小姬所使用的『琴弦師』技術，基本上就是設定為一對多的絕對防禦技，是宛如蜘蛛網般重重包圍的招式。」

「嗯……『漢尼拔』的身分不用說，換成『食人魔』匂宮出夢應該也一樣吧，反正可以一開始就針對化身為『漢尼拔』的時間來下手——只不過，話雖如此，最後卻沒有人倖存……大概所謂的雙重人格，在某種程度上還是可以操控彼此的**隱現**吧。」

「疼痛或危機感，都會成為信號——出夢似乎說過類似的話。雖然木賀峰副教授跟圓朽葉是出夢的『獵殺目標』，兩人的死因或許**可以就此結案**，但是……出夢本身也被殺死，再加上連不相干的小姬也被殺害了——這部分就很詭異。應該說，這根本不合理啊。」

「同類相殘的可能性呢？」

「嗯？」

「同類相殘，同樣身為強者的人彼此廝殺。」

同類相殘。

小姬跟——出夢，是嗎。

「可是，果真如此的話，屍體必須出現在相同的地點才對吧。一個死在中庭裡，一個卻死在二樓病房內，完全不相干的位置。」

「也對，只是問問看而已。」玖渚像在咀嚼訊息般點了點頭，接著又說：「要不然自殺呢？舉行像大逃殺那樣的生存遊戲，最後活下來的唯一生還者自殺而死。」

「不可能。無論是誰，要以那種方式自殺都很不合理。」

上半身和下半身分裂為二的她。

脖子被折斷，右肩被撕裂的她。

首級被斬，胸口被挖貫穿的她。

雙手被扯落，脖子被扭斷的她。

那種自殺方式，並不存在。

那種意外事故，也不存在。

完全就是——

任意殺害棄屍的景象。

生吞活剝支離破碎的景象。

「那就變成，外來者的入侵犯罪囉。」

「唔……以消去法思考，或許自然會得出這個結論，不過那種地方根本沒有外來者出現的可能性。沒有外來者可以入侵的餘地，這一點就類似當時鴉濡羽島的暴風雨山莊狀態，像斜道卿壹郎研究所一樣，是座陸地上的孤島。」

「哦……那先行離開的春日井呢？」玖渚說道：「春日井要成為入侵者也不是不可能不是不行的不是嗎？」

「……妳這個疑問句究竟是肯定疑問句還是否定疑問句，我已經無從判斷了——不過這也不合理吧。畢竟那個人，可是春日井小姐呢。」

「這樣啊。」

玖渚坦然接受了。

看樣子這答案頗具說服力。

她可是春日井小姐呢。

比起任何嚴密的理論都更強而有力的理由。

「況且就算有外來者入侵……又或者，那間研究室除了朽葉以外，還有別的藏匿者住在地下室之類的地方，即便如此——問題還是一樣，這個人不可能打贏小姬跟出夢，要殺死她們兩個人根本是天方夜譚，這才是重點啊——」

除非對方是哀川潤。

除非祭出最強的王牌。

「……說得也對啦～如此一來，身為**內部成員**的阿伊卻能夠**獨自一人**呼呼大睡一覺到天明，背後的原因也成謎囉……唔——事情聽到這裡，最後只剩下一種合理的假設了。」

「什麼假設？」

「阿伊想聽嗎？」

「呃，不……」我支吾其辭。「算了，反正事情與我無關。」

「唔咿——……也好，畢竟只要一牽扯到『殺之名』，就已經脫離人家感興趣的範圍了咩……」玖渚說：「不過，假如這起事件另有凶手存在的話，對方想必是一名理性主義者。想想看，在推理小說當中，雖然搞不清楚為什麼，但往往都一次只殺一個人對不對？一個殺完再殺另一個，按順序來進行。可是照常理思考，這種事情應該一次全部解決掉比較有效率嘛。一擊必殺，一擊解脫。在戰場上，這是最基本的觀念吧。」

「理性主義者嗎……」

換言之……沒有偏頗，均等配置，簡單講就這麼回事。然而——實際上，真的確確實實毫無疑問地『就這麼回事』嗎？那種狀況，那個現場——感覺似乎和這樣的說法相去甚遠。

那是——偏離常軌的。

極端，偏離常軌的。

我思考著『合理』一詞的含意，不經意地朝玖渚瞥去，結果發現玖渚正目不轉睛地盯著我瞧，隨即又若有所思地望向半空中——

「嘿，阿伊。」

開口說道：

「莫非阿伊的心情正陷入低潮？從剛才就一直無精打采地，看起來很沮喪耶。」

「陷入低潮……」面對突來的追問，我一時語塞。「……嗯，的確是啊。」

「為什麼咧？」

「因為……因為有認識的人死了，而且還一次死了四個人，任誰都會感到沮喪吧。」

「真奇怪耶。」玖渚一臉不可思議地歪著頭說：「唉呀～～想想到目前為止阿伊和人家的周圍已經死過多少人了，事到如今再多增加四個根本算不了什麼咩。別放在心上，沒事沒事啦～」說完又哈哈兩聲，天真無邪地輕笑著。「本來就很奇怪嘛，死的是那四個人，又不是阿伊或人家對不對？既然如此那就怎樣都無所謂囉。」

「怎樣都……無所謂嗎？」

的確。

也許真是這樣沒錯。

玖渚還活著。

玖渚友還，好好地活著。

在這裡，像這樣，與我交談著。

既然如此，這樣就夠了不是嗎。

這世界，並沒有任何改變。

一切順其自然，聽天由命。

仰賴著——命運的安排。

「要不要先過來這邊？」

「……咦？」

「人家是說，要不要先搬來這邊住？反正房間多到快發霉了，阿伊就搬過來跟人家一起生活唄。」

「…………」

「因為想想現在的處境，阿伊很難再回到那棟公寓不是嗎？即使能夠隱瞞事件本身，即使能夠隱瞞真相，但那個叫紫木一姬的女孩子永遠不會再回去了，唯獨這件事實沒辦法隱瞞啊。到時候會很難面對古董公寓的眾人，氣氛會變得很尷尬吧？」

的確……

要面對的，不只是哀川小姐而已。還包括七七見跟崩子跟萌太與荒唐丸老先生……以及，美衣子小姐。大家，每個人每個人，都非常喜歡小姬。

而我卻，毀了這一切。

……還有什麼臉回去呢。

「飛雅特等輪胎修好會先送回公寓停車場，這段期間必然也要跟音音斷絕往來，不過這也是無可奈何的事囉。莫非，阿伊心裡還執迷不悟嗎？」

「執迷不悟……」

「說出來也沒什麼關係，人家對這些事情不會太介意啦。無論是自怨自艾或者唉聲嘆氣，人家都會用無限大的愛來包容一切唷～」玖渚身體向前傾，彷彿要爬過餐桌般，臉孔朝我逼近。「還是說，其實阿伊比較在乎的是，跟你住在一起同居的春日井？」

「……妳早就知道了嗎？」

「只要是阿伊的事情，十之八九都知道唷。」

玖渚滿面笑容。

大眼睛微微瞇起，瞇成細縫。

「所以囉，人家並不會特別在意。即使阿伊喜歡上誰，愛上誰，或者被誰吸引，和誰擁抱，甚至跟誰接吻，跟誰上床，這些事情都無所謂，人家反而還想舉雙手贊成咧。只要阿伊高興就好了。只要阿伊是阿伊，就算必須扭曲什麼也根本算不上什麼。

只要阿伊能當個正常人，光這樣人家就覺得超級開心了喔。況且阿伊將會如何轉變，這也很有意思呢。阿伊的幸福，就是人家的幸福。所以囉，不管阿伊要做什麼，要想什麼，都是你的自由——只不過，唯有一點。」

玖渚的眼瞳——

瞬間由群青，變質為蒼藍。

更加清澈。

更加純粹。

「一旦阿伊變成不屬於**我的東西**，屆時我將會破壞整個地球。就像當初一樣，如果阿伊再從我面前消失的話，這次說什麼都沒用了。如果阿伊不屬於我的話，那我誰都不要。屆時會將一切都破壞得體無完膚，將全部都毀滅，殺到片甲不留。」

「……小，友——」

「什麼嘛，嘿嘿嘿，這種事情，應該不用說也知道吧？畢竟阿伊是個聰明人咩～」

笑容滿面。

純真，無邪，全然澄淨——

是故，傲慢，妖媚，的笑容。

我，只能點頭。

對於自己，自己這個人，究竟掌握在誰的手中——深切地，體認到。

「嗯——我知道啊。這是，理所當然的，對吧。」

「說得沒錯呢～～真好真好，呵呵呵，阿伊什麼也沒做，就成為救世主成為英雄囉。阿伊是以現在進行式拯救世界的偉人唷～～這實在太～幸運了不是嗎？大家都托了阿伊的福，今天才能夠世界和平唷～～」

「……妳說得對。」

「嘿嘿嘿，阿伊～～阿伊～～阿伊～」見我點頭，玖渚立刻把手伸到我背後用力圈住，整個人貼抱上來。沉甸甸地，將全身體重都賴到我身上。「人家最喜歡阿伊了！」

「啊啊……嗯。」

已經——夠了嗎。

連思考都嫌麻煩。

連活著都嫌麻煩。

既然如此——

乾脆溺死也，不錯吧。

要瘋狂就瘋狂，要崩壞就崩壞，異常者就不要循正道走。徹底覺悟無聲無息地沉淪並不代表灑脫。對命運既不順從也不違抗，只是放任自然隨波逐流，亦是一種——符合失敗者該有的，生存方式。

「小友——」

我說：

「把我推倒，吃了我吧。」

「……嗯──？」

玖渚靠在我肩膀的下顎緩緩移動，臉頰與我互相摩擦。此刻的她有著什麼樣的表情，光憑想像已綽綽有餘。

「可以嗎？」

「……可以啊。」

已經，什麼都無所謂。

已經，怎樣都無所謂了。

世界並非充滿了絕望，世界就是絕望本身。這個世界是地獄，但那又如何。不要懷抱期望，就不會遭到掠奪。眼前若出現門扉，就轉身往回走。無須哭泣，無須歡笑，一切都毫無意義。無論信者或不信者一律平等，通通得不到救贖。

所以──

停滯吧。

沉澱吧。

溺死吧。

讓我，成為妳的所有物。

「那，人家要動手囉……啊，今天不行。」

「……為什麼？」

「明天還要進行複檢，如果今天上床的話，會被小直發現咩。」

「……怎麼了，檢查的結果，有問題嗎？」

「嗯——」玖渚暫時放開我。暫時，暫時，暫時而已。「好像是吧～～看樣子全身上下都已經瀕臨危險狀態了。沒辦法，人家本來就過著不正常的生活咩。」

「大概……還能撐多久？」

「啊，情況也沒那麼糟，至少再拖個兩三年沒問題——應該吧。要看明天檢查的結果而定。」

「是嗎……好吧，那就先欠著。」

「好滴～～啊，不過，如果只做一半倒無妨。」

「不了。」我從椅子上站起來。「留著以後慢慢享用吧。那我先回去收拾一趟，把行李拿過來。」

「唔咿？」

「不是叫我搬過來住嗎？在這邊跟妳一起生活。」

「……喔，好啊。」

「什麼嘛，明明是妳自己提出邀請的。」

「唔，人家以為阿伊還會戀戀不捨地說。雖然知道最後終究會達成這個結論，不過比想像中來得快耶，真驚訝。」

「我看學校也別去了……就在這裡，跟妳一起生活，悠哉悠哉地過日子，這樣也不錯……會太早嗎？一點也不，我只是經過這次的事件，終於痛定思痛罷了。」

明白自己有多麼不自量力，一直在追求著不該擁有的東西。

明白自己是個，崩壞到多麼嚴重的人。

其實——早在五月那時候就應該有所覺悟的。

已經，可以停止了吧。

別再將不相干的人給，牽扯進來。

別將整個世界都捲入漩渦當中。

差不多該，封印了吧。

將我自己，封印起來。

「呵呵呵，這樣子從早到晚隨時隨地都可以嘿咻，每天過著縱欲淫靡的生活耶～～阿伊跟人家，就像亞當和夏娃一樣囉？」

「這正是妳最嚮往的伊甸園吧。善哉，善哉。」

「不過話說回來，行李也可以派別人去拿就好了不是嗎？阿伊還專程回古董公寓一趟，萬一遇到誰不是很麻煩嗎？這種時候應該保持沉默，低調地消聲匿跡比較好吧？」

「沒關係啦，反正已經是三更半夜，大家都在睡覺了。」我說：「況且，有些東西我也不希望被別人亂碰。」

「阿伊——」

「嗯？」

「老實說，現在人家覺得好安心。」玖渚她——帶著微笑，向我表白。「因為只要跟小潤那樣的人來往，無論是誰都會受到改變，原本人家以為阿伊也不例外，應該也會跟著被潛移默化吧。畢竟，小潤是一個非常另類的存在，擁有絕對的領袖特質，而且又——很特別，嗯，她確實很特別。加上阿伊原本就屬於被動型的人，其實相當容易受到別人的影響不是嗎。你去美國待了五年，似乎在那邊經歷過許多事情，人家以為很多東西都改變了，實際上，也的確感受到許多東西都改變了，但是——」

但是——

儘管如此——

玖渚說。

「阿伊是不會變的，對吧。」

玖渚說。

「阿伊是真正不會變的，對吧。」

玖渚說。

「阿伊不可以變喔，永遠都不准變。」

玖渚這麼說。

玖渚這麼說。

玖渚這麼說。

2

鮮少外出的玖渚，並不擁有任何具機動性的工具，譬如汽車或摩托車之類的，因此我決定徒步走回古董公寓。玖渚提議叫計程車，但我婉拒了，並非想要附庸風雅，說些什麼現在的心情適合漫步之類裝模作樣的臺詞，純粹只是因為，希望保留覺悟的時間罷了。

覺悟。

剛才我對玖渚撒了謊，其實我根本就沒擁有什麼不希望被別人亂碰的重要東西。所謂重要的東西，連一個也不存在。無論是對這個世界，或者對我而言都一樣。不存在於這個世界上，也不存在於我的空間裡。

什麼重要的東西，根本連一個也沒有。

所以，這只是一種眷戀。

正如玖渚友所說的，是一種眷戀。

想要再一次回到那棟公寓裡。

想要再回去一次，見見大家。

「……這樣說似乎也，不太對。」

啊啊，這樣說也不對。

我並不想遇見任何人。

並沒有見面的打算。

萬一見著了，該說些什麼才好呢。

「只不過——終究還是，有所眷戀啊……」

是希望被安慰嗎？

是希望被斥責嗎？

還是企圖演出偽善者的戲碼？

簡直愚蠢又可笑。

愚蠢也要有個限度。

「真是戲言中的戲言啊……」

到達千本中立賣，大約是深夜三點半左右。因為沒有戴手錶，而手機又從那時候切斷電源一直到現在都還沒開機，所以這也只是毫無根據的憑直覺推測。

就在公寓入口前方。

突然，遇到春日井小姐。

出乎意料。

真的是，神出鬼沒。

這個人，三更半夜地還在這裡幹什麼。

「……哎呀。哎呀呀呀～」

「………」

「……春日井小姐，別來無恙。」

「歡迎回來。」

「回來得還真晚呢，順帶附送一句你看上去似乎別來『有恙』哪。」

「……嗯，沒錯。」

「飛雅特呢？」

「留在那裡了。」

「一姬小妹妹呢？」

「已經死了。」

「哦～～這樣啊——」春日井小姐彷彿什麼事也沒發生般，面無表情地點點頭。在此人的認知觀念裡，死亡這回事，不管發生在別人身上也好發生在自己身上也好，都不過爾爾罷了，沒什麼大不了的。她早在很久以前，便已經達到了那樣的境界。「那我就搬到樓下的房間去住囉，兩坪大的空間要擠兩個人畢竟還是太勉強了。什麼幽居斗室知足常樂完全是鬼話連篇嘛。」

「………」

「你那是什麼表情？那副表情是什麼意思？唉呀呀真討厭，快省省吧。」春日井小姐宛如與我對峙般，雙手交叉在胸前。「不要因為自己沒辦法傷心難過就想叫別人幫忙傷心幫忙難過，省省吧，我才沒有那種感覺。自己做不到的事情拿來要求別人是一種不近情理的行為而別人辦不到的事情還硬拿來要求別人更是一種不近情理的行為。」

「……說得也對。」

「對別人的死沒辦法感到悲傷並不是什麼罪過話雖如此但也別怪到我頭上來。況且我當初應該也警告過你了，請不要事後才來埋怨。」

「知道啦……」我將絕大部分想說的話都忍住了。儘管春日井小姐所說的話我根本連聽都不想聽懂，儘管我也不可能會聽得懂，但和此人爭論，在本質上毫無意義可言。「只不過，唯有一件事情我想確認清楚……妳當時所謂不好的預感，主要是指朽葉的事情對吧？」

「答對了。」

答對了。

不愧是，生物學者。

而且是專攻**動物全科**的，生物學者。

「……不必特地搬到小姬房間去住，反正我要離開了。」

「嗯？真的假的？」

春日井小姐一臉真正受到驚嚇的模樣。

「是真的。所以，我是回來拿行李的……我已經決定，要搬到玖渚那邊去住。反正也沒有臉再回來見大家了，而且這也是之前就考慮過的事情。」

「唔——」

春日井小姐沒有表示任何意見。

這個人，就是這樣的一個人。

根本不會有，任何意見。

「真是短暫的相處啊。」

「已經覺得太漫長了。」

「我會感到有點寂寞呢。」

「會嗎？」

「也許吧……天曉得。好了，我要去一下便利商店，那就麻煩你在我回來之前搬走囉，掰掰。」

春日井小姐的表情絲毫沒有任何變化，說完便從我身旁經過離去。真的就像，明天理所當然還會碰面似地，輕鬆自若，只留下一句簡單的道別，便從我身旁經過離去了。

無言以對。

不管是告辭也好後會有期也好，或者很抱歉也好請保重也好，用來對那個人說，似乎都覺得不太合適。

但或許，我應該這麼說才對？

向她說，有緣的話，再見吧。

「……為什麼呢？」

究竟為什麼，事情會演變成這樣呢。

明明不應該是這樣子的。

話雖如此，然而這其實連想都不必想，當然是，如同之前已經一再一再一再一再一再一再一再思考過，思考的次數多到答案早已昭然若揭般，肯定是我的錯。

因果之中的因，就出在我身上。

緣分這東西，不要有比較好。

確實如此對吧？

我抬頭仰望古董公寓。怎麼回事……只不過才短短兩天沒回來而已……竟然已經覺得，看上去彷彿全然陌生的地方。

無根浮萍。

好討厭的字眼。

真的是，很討厭的字眼。

帶著些許躊躇，我一腳踏了進去。想當然，什麼事情也沒發生，就跟剛才沿著柏油路走來的時候沒有什麼兩樣。還能有什麼不一樣嗎。

我是，永遠都無法改變的。

用不著玖渚說也知道。

又何妨。

已經夠了，死心吧。已經夠了，快停止吧。
弱者還做無謂的掙扎，不是很難堪嗎？
失敗者做垂死的掙扎，太難看了吧？
搞清楚。
半吊子的傢伙少得意忘形，能力不足就別出來丟人現眼。
快滾回去吧。
死屍別假裝自己還活著，輸了就是輸了心裡有數。
承認吧。
我早在很久以前，就已經失敗了。
別只會逞口舌之快。
坦白承認吧。
「我沒救了我沒救了我沒救了我沒救了我沒救了我沒救了我沒救了沒救了沒救了沒救了沒救了沒救了沒救了沒救了沒救了——」
真的是無藥可救了。
爬上樓梯，走向自己的房間。
呃……要拿換洗衣物、存摺、還有……健保証。書籍之類的……放著就好吧。反正以我閱讀的程度跟份量，玖渚那邊成堆的書山已經綽綽有餘。那麼，要打包全部行李，應該用一個運動背包就足夠了吧。

打開門鎖，進入房內。

一片黑暗。

我把燈打開。

「…………………」

「…………………」

美衣子小姐，站在裡面。

黑色的甚平，方才融入了黑暗當中。

她唔了一聲，察覺到我的出現。

「……你……回來啦？」

「………………」

「怎麼，連聲招呼也不打。」

「……請不要明知故問，講些心裡有數的事情。」我無視於美衣子小姐的存在，逕自走向壁櫥。沒記錯的話，存摺應該就收在這個地方……。「還有，請不要隨便進入別人的房間。」

「我是因為擔心你才在這裡等的。」

「擔心？……真是多管閒事。」

「哦……小姬人呢，她怎麼了？」

吵死人了。

煩不煩啊。

憑什麼我必須要一一解釋這些事情？

根本與我無關好嗎。

小姬也一樣。

妳也一樣。

不相干的人就閉嘴少囉唆。

「已經死了啦。」

「哦——」

美衣子小姐神色鎮定地點點頭。

接著從腰間取出鐵扇，**啪地一聲**打開。

「那好——」

「怎麼樣？」

「既然小姬死了，為什麼你還會在這裡？」

「……因為就算小姬死了，我也不會死，反正又不干我的事——」

幾乎無聲無息，幾乎猝不及防。

鐵扇倏然一揮，打上我的臉頰。宛如遭受雷擊般的衝擊力從臉頰穿透，我整個人從壁櫥前方被打飛出去，肩膀撞上牆面，頭部也受到猛烈撞擊。很痛。臉頰的疼痛持續蔓延，之前被出夢劃破的傷口，似乎又裂開了。真是，好不容易才快要癒合的……

超痛的知不知道。

在搞什麼東西啊。

「雖然光看你那副模樣也知道出事情了，但我並不清楚究竟發生了什麼事。」美衣子小姐平靜地說：「而且也沒興趣知道。只不過，好好回答我的問題，為什麼你會在這裡，還有，你打算到哪裡去？」

「……去逃命啊，因為我害怕。」

要逃命是嗎。

害怕了對不對？

沒錯正是如此。

因為害怕，所以想逃。這是理所當然的事情。

我只不過是理所當然地做出理所當然的事情而已。

不是過錯，不會被罵，不該被責怪。

「哦，是嗎。」

「而且我並不想給任何人添麻煩……所以決定異常的**缺陷製品**就該跟**缺陷製品的同類**在一起，**異形**就該和**異形同類相聚**。」

「哦——異形，是嗎。」美衣子小姐蹲下身來，與跌坐著動也不動的我視線相交。

「伊字訣，我並不認為在悲傷的時候哭泣，在厭煩的時候動怒，在高興的時候歡笑，或者喜歡一個人會感到幸福，討厭一個人會想要吵架，獨自一個人會孤單寂寞，與社會群眾相處融洽，這樣就叫做符合人性。」

「………」

「儘管你說自己是不良製品，但我並不覺得——」

「吵死了妳煩不煩啊！」

我忽然——

沒來由地，大聲怒吼。

「少用一副自以為了解的語氣評論別人的事情！少瞧不起人！幹麼自作主張地濫用同情心，我有那麼悲慘嗎！妳對我的事情，根本一無所知什麼都不懂！事情不應該是這樣子的，簡直莫名其妙！不應該是這樣子的，連我自己都搞不清楚怎麼回事！究竟為什麼會變成這樣，我根本搞不懂，可是事實已經擺在眼前了也無可奈何啊！算了隨便怎樣都行，怎樣都無所謂了！反正這又不是第一次，直到目前為止，我已經讓數不清數不清數不清的人因我而死，已經有數十人數百人數千人，都因我而死了！事到如今再多增加一個兩個或三個四個，又算得上什麼，還會有任何感覺嗎！」

我粗暴地，一把揪住美衣子小姐的衣襟。

啊啊，已經受夠了。

真想就這樣狠狠地撕裂。

想要徹底撕個粉碎，狠狠地破壞。

憤怒正，支配著我。
是對美衣子小姐所說的話，感到憤怒嗎？
沒錯，一定是這樣子。
絕不是因為小姬死了的關係。
絕不是因為小姬死了的關係。
「反正我早就覺得小姬很煩人了，一天到晚只會黏著我不放！心情好的時候稍微對她和顏悅色一點就自己一廂情願地胡思亂想，又老是沒大沒小地讓人很頭痛，根本是一個乳臭未乾又任性的死小鬼！死得剛好，感覺輕鬆多了，反正對我而言所謂重要的人連一個也沒有！」
「…………」
「美衣子小姐，妳也一樣！妳還不是一天到晚，只會說那種似是而非的陳腔濫調，如果真正了解我的心情，還會說得出那麼沒神經的話嗎！假裝信任我的樣子，每次只要聽到妳那些狀似豁達故作清高的言論，我就覺得很煩！幹麼表現一副好心大姊姊的模樣，難道妳以為我會感恩圖報嗎？帶著一張溫柔的面具，誰知道妳到底想對我做什麼！少對絕望的人說什麼還有希望存在！隨便燃起別人的希望，妳有辦法負全責嗎！簡直噁心到了極點！有夠噁心，就好像穿著襪子踩在紙箱上一樣噁心！無可救藥的人永遠都是無可救藥，只要別抱任何期望就不會再有更多絕望了，為什麼不肯讓我死心，該適可而止了吧？」

我一吐為快。

將積壓已久的東西，全部一吐為快。

「我最討厭的，就是像妳這種人！」

忽然有股想笑的衝動。

說穿了，不過就這麼回事。

人與人之間的牽絆。

情感連繫。

體貼，溫柔，慈愛。

想要幫助，想要守護。

可以信賴，可以託付。

真滑稽。

緊抓著這種東西不放真的很滑稽。

實在掃興。

無以復加的，掃興。

人明明只能夠獨自一人生存下去，嚴格來講，所謂絕無背叛的人際關係明明就不存在。會心懷顧慮而無法背叛的人際關係，哪裡找得到？那種東西根本就不存在，任何人都有可能會背叛別人，誰都可能會背叛誰，只不過是在背叛之前，短暫地互相信賴而已不是嗎？僅此而已。反正每個人，最終都必然要背叛的。

那就背叛吧。

既然如此，那就背叛好了。

什麼相信別人。

什麼相信自己。

原本我也很想做到啊，真的。

可是，卻做不到。

沒有辦法。

別強人所難啊。

到目前為止，已經很努力了不是嗎？

已經努力過，一直到現在不是嗎？

夠了，讓我放棄吧。

倒不如，給點掌聲吧。

因為這種事情再也不會有了。

因為永遠都不可能會有了。

就算給點掌聲又何妨？

已經，可以了吧？

反正我，就是這種傢伙。

嫌棄我，輕視我，嘲笑我吧。

隨便要說什麼都無所謂，任何謾罵都心甘情願承受。我是一切誹謗中傷都罪有應得當之無愧的窩囊廢。沒辦法重視任何人，所有重視的東西，全部都會崩壞殆盡。無論何時，待在我身旁的人永遠都得不到幸福。

我的身邊不能有任何人存在。

「已經夠了，別管我讓我自生自滅吧，無謂的擔心只會讓我覺得很煩！像我這種無關緊要又常惹事生非的禍害，就連美衣子小姐都會感到不耐煩吧？像我這種專找麻煩的笨蛋，能夠就此斷絕往來想必很爽快吧？其實美衣子小姐也很討厭我，也打從心底鄙視我對吧？既然如此，那就放手別管——」

「伊字訣。」

喀地一聲，臉頰猛然被掐住。

隨即被使勁一推，直接撞上背後的牆壁。

力道之強，彷彿整棟公寓都為之震動，牆壁幾乎要倒塌般。

肺部的空氣全被擠光，我無法呼吸。

什麼都，說不出口。

什麼都——說不出口了。

「我的心情，輪不到你來決定。」

「唔……」

「你要怎麼說都隨你高興，你要怎麼認定我也隨你高興，但是少用你自己單方面的想法來指揮我……你究竟，是因為什麼而憤怒？」

「唔，嗚，嗚嗚嗚——」

「並不是因為我，對吧。」

臉孔被強制固定住，眼神無法閃避。

美衣子小姐的臉龐，倏然朝我逼近。

眼神銳利。

不要這樣，我討厭被那樣的眼神注視著。

和別人產生交集，真的很討厭。

為什麼都沒有人願意理解呢？

「吵死了……少囉唆。夠了……請妳，快住手，放過我吧……我向妳道歉……放過我吧……」我呼吸困難，上氣不接下氣地，勉強擠出話續道：「我有……說過什麼嗎？有拜託過妳同情我嗎？有求妳跟我做朋友嗎？夠了，放開我吧，反正已經來不及了。一切——一切都，為時已晚了啊。」

「……是嗎——」

美衣子小姐她——

把手鬆開，放開了我。

啊，一瞬間。

後悔湧上心頭。

讓對方失望了。

被對方捨棄了。

我不要。

我討厭這樣。

我討厭被輕視。

但也，更討厭被捨棄。

不想被眼前這個人，用那種方式對待——

唯獨不想被美衣子小姐，如此對待。

「既然如此，那你已經沒救了。」

美衣子小姐**啪地一聲**，收起鐵扇。

「你真的是已經，無藥可救了。」

「啊……」

這件事，我心知肚明。

然而卻，不願被別人說破。

不願被妳，毫不留情地說破。

「連一個女孩子都保護不了，甚至也沒挺身去保護，只會廢話連篇拚命找藉口的傢伙，根本沒有生存的價值。只會逃避現實沉浸在自己的無能裡，這種傢伙，已經連活著的資格都沒有。」

說完便從鐵扇抽出——

隱藏在扇柄機關裡的，一把小刀。

一把匕首型的利刃，形狀近似飛鏢暗器。

「怎麼？不想死嗎？」

「…………」

「你不是一天到晚都在說活著沒有意義嗎？不是老愛把這些厭世的思想掛在嘴邊講嗎？好，既然如此——

就由我來，殺了你吧。

反正你也沒必要繼續苟延殘喘地活下去了不是嗎。」

「……怎麼，會……」

不，是這樣子的嗎？

也許確實是這樣子。

沒錯，我還繼續苟延殘喘地活著做什麼。

根本沒有必要不是嗎？

何須執意求生，拖泥帶水地苟活著。

如果有人願意代勞，被殺死也無妨。

是嗎，原來如此。其實我並非渴望被安慰，亦不是希望受到責罵。

而是期盼有人，來殺了我嗎。

「煽動希望所該負起的責任——我就來好好跟你，算個清楚吧。嗯——當然，難得能和伊字訣成為朋友，要動手殺了你對我而言實在很掙扎，不過你的痛苦和我的掙扎想必不相上下，彼此彼此，所以——」

啊啊……

動彈不得，無法逃跑。

可是卻，不覺得害怕。

這樣好嗎？

咦？真的好嗎？

我——是不是，弄錯了什麼呢？

慢著。

慢著，等一——

「一次。」

咻——地一聲，美衣子小姐的右手動作了。

短刀的光影掠過。

啊，死定了，我心裡想。

然後。

緊接著。

正當這個念頭，才剛浮現在腦海的時候——

「兩次。」

美衣子小姐的動作，並未就此結束。

刀刃順勢往回，又重疊反覆。

「三次。四次。五次。六次。」

刀鋒每劃過一次——

右邊臉頰，就被劃出傷口。

等到她的動作終於停止，同一瞬間，所有傷口全都一口氣迸裂開來。被重複劃了六刀的複雜傷口，噴出的血量也非比尋常——美衣子小姐將短刀往塌塌米上一扔，手掌貼撫我的臉頰，像要抑制出血般，溫柔地輕輕按住。

「好了。這下子，你已經，死了六次。」

「…………」

臉頰的傷，痛得我說不出話來。

就連原本緊閉的口中，也滲出血腥味。看樣子其中幾道傷口，似乎已穿透了臉頰。果然自己的血，味道實在是稱不上好。真噁心。如此噁心的鮮血還是頭一次嚐到，充滿鐵的滋味。但急遽浸溼美衣子小姐手掌的鮮血，既非綠色也非紫色，而是深紅色的。

並不是藍色。

是閃亮耀眼的，紅色。

「一口氣重生六次——假如這樣還要再說什麼不知好歹的渾話，那你就真的是真的無可救藥了。我會真的殺了你。」

「…………」

「所以，你打算怎麼做？」

「……什麼怎麼做，問我也，沒用——」我強忍著臉頰的疼痛，強忍著胸口的疼痛，回答道：「莫非——妳的意思是，像我這種傢伙，還有什麼事情是我能做的嗎？」

「至少，能做的事情比我多。」美衣子小姐斬釘截鐵地說：「我是個無能者，除了舞刀弄劍之外別無所能，但你呢？你還有許多能做的事情不是嗎？你只是——只是沒有把可以做到的事情給付諸行動而已，不是嗎？」

「……只是沒有，付諸行動……」

「你一定，感到很悲傷吧？」美衣子小姐沉靜地說：「小姬死了……你一定很悲傷吧？既然如此那就直接說出來又何妨。明明很傷心，為什麼卻要苛責自己，又對我發怒呢？此時此刻，你必須要去做的——並不是這些事情，對吧？」

悲傷？

是這樣子的嗎？

我是——因為小姬死了，而感到悲傷嗎？

的確。

「沒錯……確實如此。」我說。

這是，一種懺悔。

宛如，遺言般的自白。

「確實是那樣沒錯，美衣子小姐。我……我到目前為止，已經傷害過太多人了。給許多的人帶來不幸，讓許多的人痛苦，已經忽略過許多人的存在。就連小姬，也等於是因此而犧牲的一樣。事到如今，這個我……這樣的我，更遑論為誰的死哀悼……自己究竟傷害過多少人，陷害過多少人，欺騙過多少人，設計過多少人，我早已記不清楚。究竟背叛過多少人，利用過多少人，出賣過多少人，這些事情早就數也數不清了。用惡意回報好意，用憎惡回報愛慕，從來也沒相信過任何人，對於相信我的傢伙，也全都視為大騙子。即使被誰說了什麼，無論對誰說了什麼，我都泰然自若，完全不當一回事。居然會有人無條件地喜歡我，自己根本連想都沒想過。我是個糟糕透頂，差勁到極點的不良製品，老早就無藥可救了，所以事到如今，事到如今，更遑論什麼悲傷，根本就——」

「你有完沒完啊！」

美衣子小姐大喝一聲，以雙眼都來不及捕捉的速度抓住我脖子，整個人被向上吊起。腳尖離開地板懸空，領口也被完全勒緊，真的無法呼吸了。

「什麼戲言不戲言的我才不管，你以為這種死小鬼的胡說八道對我有用嗎！從未認真與人坦誠相對，這種傢伙說的話誰都不會產生共鳴！這樣子認定自己一無是處，沉浸在無能的自卑感當中，想必輕鬆又愉快對吧！但也站在我這個旁觀者的立場想想看！這樣是不行的，為什麼你還搞不懂？」

「美衣子，小姐——」

「就算狼狽也好垂死的掙扎也好，總之要有所行動！即使結果慘不忍睹，至少也遠遠勝過坐以待斃吧！掙扎過，抵抗過，這樣就夠了！每個人的生活都帶著謊言和欺騙，大家都是這樣子活著的啊！別以為只有自己活得最辛苦，不要只會選擇那種姑息苟且的生存方式！」

美衣子小姐強而有力的眼神，激動地注視著我。

那雙眼眸，甚至隱隱浮現了淚光。

就連怒吼的聲音，也帶著哽咽。

「給我好好聽清楚！無論你傷害過多少人，陷害過多少人，欺騙過多少人設計過多少人，或是背叛過多少人利用過多少人出賣過多少人都一樣！即使造成再大的傷害帶來再多的不幸也一樣！不管有多滑稽多可笑多麼地狼狽不堪！就算為時已晚就算無藥可救也一樣！就算身為不良製品從不相信任何人，就算你是個人間失格的殺人鬼也一樣！

——憑什麼這些就足以構成，你不被允許悲傷難過的理由呢。」

「……………………」

忽然間——

感覺到——有什麼東西，鬆落了。

一瞬間，身體彷彿變得輕盈起來。直到前一刻自己還執迷不悟的事情，直到前一刻還束縛著自己的存在，終於明白，其實是極為渺小又脆弱，非常不堪一擊的牢籠。

究竟——我是被什麼東西給侷限住了呢。我以為受到詛咒的禁錮……又是誰所扣上的枷鎖？

「——你是很喜歡一姬的，對吧。」

「……對。」

「有那丫頭在，你覺得很開心對吧。」

「……對。」

「多虧有那丫頭，你過得很幸福對吧。」

「——對！」

我——

帶著確信，用力點頭。

小姬。

總是開朗活潑得不像話。

任性胡鬧，又愛哭。

容易受騙，卻又，很會說謊。

經常用錯詞彙，書念得很糟。

然而卻，非常地努力用功，是個勤奮的好學生。

一個讓人無可奈何的女孩子。

啊啊，沒錯。

這兩個月當中。

因為有小姬在，過得特別開心。

為何都沒有察覺到呢。

自己是那麼樣地幸福。

明明曾經，擁有過那樣多的幸福。

我想起來了，全部都，回想起來了。

小姬的一言一語。小姬的身影。

甚至連她的每一根頭髮——

就算想忘也沒辦法忘記。明知道如果能夠徹底遺忘，將會有多麼輕鬆愉快，即便如此，卻仍無法忘懷。曾經那樣地幸福、那樣地快樂，怎麼可能忘得了呢？

想要大聲說出口，想要現在立刻前去告訴她，帶著滿滿的誠意，向她宣告。告訴她——妳曾經讓這樣一個無可救藥的人，讓這樣一個認為人生毫無希望可言，唯一收穫便是一無所獲的傢伙，在稍縱即逝的短暫時光裡，切實地，感受到幸福。

一定，並不是只有我。

包括美衣子小姐，包括其他所有人。

甚至包括哀川小姐，一定也是一樣。

為什麼要誕生在這世上？誕生在這世上究竟有何意義？

假如只是為了體驗這些感受，那我一開始就不願意被生出來。假如只是為了要感受如此悲慘的，比死更加痛苦的心情，那我情願沒有被生出來。

原本我是這麼想的。

現在也沒有更正的打算。

因為沒有更正的可能或必要。

覺得所有事情，都出了錯。

覺得活著本身，就是一種錯誤。

覺得所有事情，都很失敗。

覺得自己沒死，就是一種失敗。

然而又，為什麼呢？

真的不明白，究竟是為什麼？

假如從未和小姬相遇過就好了——唯獨這個念頭，卻無論如何，都不曾出現在我腦中——

「我——」感受著血腥的滋味，開口說道：「小姬死了……我很，不能接受。」

「啊啊。」

「小姬死了，我覺得很難過。」

「嗯……對啊。」

美衣子小姐鬆手，放開了我。

向下一沉，雙腳落地。

感到安穩。

地面是，平穩安定的。

「我也，很難過。」

「……美衣子小姐。」

我觸摸自己的臉頰。
溼溼黏黏地，流滿了鮮血。
「我知道……自己可以，做些什麼了。」
「是嗎。」
「那是我非做不可，必須去做的事情。」
「是嗎。」美衣子小姐輕輕頷首。「當然你一定會回來的，對吧？」
「嗯……雖然不知道會是什麼時候。」
「沒關係，隨你高興，任何時候回來都好。」美衣子小姐豪爽地說：「因為，這裡是你的家啊。」
「——也對。」
我用力抹去臉頰上的血。
卻怎麼擦也擦不完，鮮血已沾滿了衣襟。
還真，適合我。
反正本來就像具行屍走肉。
只是存活著，卻活得像行屍走肉。
既然如此那就掙扎吧。
就狼狽地作垂死的掙扎吧。
前進是地獄，後退也是地獄。

就讓時間倒流，一再地重演。
即使軟弱無能也繼續苟活下去吧。
死亦無所懼，原本便有死的覺悟。
無論別人怎麼想。
那又如何根本不重要。
「那麼，我出發了。」
「嗯，自己小心啊。」
臨別最後一刻，我回頭望。
看見美衣子小姐正雙手環胸，注視著我的背影。
臉上微微揚起一抹淺笑。
沒錯——
我真的，很喜歡，這張笑容。
「美衣子小姐。」
「怎樣？」
「等我回來之後，可能會向妳告白，所以請妳，先好好考慮一下答案。」
「告白？……什麼，莫非你，喜歡我？」
「是的……就跟美衣子小姐喜歡我的程度差不多。」
「……有意思，這可真有意思，伊字訣。」美衣子小姐毫無畏怯地，向我回應道：

「那好，我就在這裡等你回來吧。」
「嗯……那再見了。」
即使無緣，也再見一面吧。
我故作瀟灑地揮揮手，走出房間，步下樓梯，離開古董公寓。夜晚的空氣冷卻了臉頰的傷口，對夏季的京都而言是恰到好處的涼意。
鮮血汩汩流出，停不下來。
很紅，很紅，很紅的，鮮紅色。
頭腦異常清晰，即使在黑暗當中也能清楚看見所有物體，就連蝙蝠飛過天邊的聲波都分辨得出來。神經異常敏銳，甚至連微風吹向皮膚的觸感彷彿都能夠仔細區別。
一切都釋放了。
我的全身上下，都被解放了。
真是——
爽快。
真是，通體舒暢。
真是——傑作啊。
「那我就好好地認真一次，卯足全力——去將你殺死、肢解、排列、對齊、示眾吧。」

於是，我出發了。

沿著鴨川向上直行。

翻山越嶺，前往彼方。

到木賀峰副教授的，研究室去。

第九章　無意識下——（無為式化）

他擁有一切她所沒有的，她所擁有的他卻一無所有。

10

才剛踏出公寓大門三公尺我就暈倒了。

因為貧血。

失血過多。

出血致死。

被恰巧路過的春日井小姐救起（剛從便利商店回來，雙手提著裝滿大量啤酒的塑膠袋，真是糟糕的大人），她和崩子（在睡夢當中被春日井小姐叫醒，真是Good Job）兩人合力為我治療。

「——你是白痴嗎你。」

剛起床的崩子小妹妹言詞相當犀利。

「公寓前面變得好像命案現場一樣，就連樓梯，還有走廊也全部都是血。這下子看起來更像鬼屋了不是嗎。」

「抱歉……」

「道歉也於事無補，總之要出門也請等天亮以後再說吧。反正傷口很細不需要縫合，而且到那時候身體應該也復原得差不多了。」

「好的……崩子，謝謝妳。」

「不用客氣，這沒什麼。」

「伊小弟，要道謝的話應該對我說才對吧。」

「…………」

因為吐槽太費力了，我就姑且向春日井小姐也順口說聲謝謝。

然後，等到天一亮，右邊臉頰由上到下被紗布包裹得密不通風只剩下眼睛的我，便開始搜索自己的房間。當然，我並不是在尋找存摺或健保証。但，東西藏到哪裡去了呢？事隔一個多月，其實已經記不太清楚當時把東西給藏在哪……啊，對了，在天花板裡面。

「春日井小姐，麻煩妳騎上來一下。」

「……色鬼。」

「不是那個意思。」

「性騷擾，猥褻，變態。」

「就跟妳說不是了少囉唆。」

好吧，即使春日井小姐個子比我高，但仔細想想，叫女性騎到自己身上，也是一種違反社會常識的說法。不過我也沒多餘的閒功夫在這時候討論兩性平等。我只是請春日井小姐暫時騎到我肩膀上（雖然光是這個動作，畫面也夠詭異的了），幫忙從天花板拿出想要找的東西。

「哎呀，這個……」

「沒錯。」

裡面是兩把短刀，和一把手槍。

其中一把小刀是開鎖用的，殺傷力很低，因此『開鎖工具』的屬性比較強，勝過當武器的功能。而另外一把，則是由哀川潤直接授予，異常堅韌，卻又出奇地輕薄短小，類似醫療手術用的刀子。至於手槍——是Jericho941，關於這部分，沒有必要特別說明。子彈為.41AE，還剩三發。

「真懷念啊。」

春日井小姐望著這些武器說道。對了，回想起來，此人在上個月的事件當中，還曾經單槍匹馬，與配備這三樣武器的我周旋對峙過呢。

「是你跟我聯手合作將邪惡的卿壹郎博士擊垮時所使用的武器呢。」

「請不要憑空捏造記憶。」

我確認好手槍的操作情形及彈藥數之後，將東西塞進背包裡。至於刀子則是一把（短刀型的）收入上身裝備的皮套當中，另一把（開鎖工具）思索片刻，決定暫時先和手槍一起收在背包裡面。雖然經過充分休息應該已經沒有貧血的顧慮，但把刀子插在腰間，萬一暈倒或跌倒可就麻煩了。

「好，那我出發了。」

「嗯。對了，你不去向淺野小姐打聲招呼嗎？」

「不了……」

美衣子小姐似乎從春日井小姐獨自離開研究室一個人跑回來之後，就不眠不休地徹夜等著我。剛才跟我說完話，應該已回到隔壁自己的房間裡昏睡補眠中。

「現在去見她，未免太難看了點……倒是春日井小姐，有件事情想要拜託妳。」

「什麼事？」

「第一次遇見理澄的時候，妳有拿過她的名片對吧？那張名片還在不在？」

「丟掉了。」

「…………」

這傢伙實在差勁透頂。

「不過內容我還記得喔，要寫下來嗎？」

「不愧是學理科的……謝天謝地，這對我真是一大幫助。」

「有需要的話我也一起去吧。」

「不，一個人行動比較方便。」

「喔。」春日井小姐反應冷淡面無表情地回道。「不過伊小弟，怎麼說呢……你就那副模樣直接跑去不會不妥嗎？」

「嗯？什麼意思？」

「呃當然像你這樣平庸又不出色的男人我也不認為有誰會記住不過萬一被附近的人留下印象的話多少還是會有點棘手吧。」

「也對……」儘管有種莫名遭受羞辱的感覺，但她說得確實沒錯。「那還是稍微變裝一下再去好了。唔……該怎樣變比較妥當呢，頭髮剪太短了，沒戴假髮也不能扮女裝啊……」

「其實真要說起來臉上貼的紗布已經足夠掩飾了，不過也可能反而會引人注目，至少換件衣服戴頂帽子再去吧。那就不送囉伊小弟，路上路前路後都自個兒小心點。」

「知道了。」

「土產就拜託你了。」

「沒有那種東西啦。」

於是，我背起運動背包，走出公寓前往停車場，戴上安全帽發動偉士牌機車——

兩小時後。

抵達木賀峰副教授的研究室。

也就是原本的，西東診療所。

「…………咦？」

將偉士牌騎到停車場停放時，發現飛雅特與Z跑車還有KATANA，全都已經不見蹤影。到哪去了呢？難道是在進行隱蔽作業時，被當成『證物』毀屍滅跡了嗎？不會吧，心倏地涼掉半截。畢竟除了Z跑車之外，KATANA跟飛雅特都是相當舊型的車款，很可能直接報銷作廢。即使撇開與我無關的KATANA不談，飛雅特如果被處理掉也很傷腦筋。

「唔……」

腦中思忖著，一邊繞過建築物，朝中庭方向走去。

現場乾乾淨淨。

既不見血跡斑斑，也不見小姬的身體。

「…………………」

原本已做好心理準備，結果當場愣住。

看樣子『處理善後』的工作似乎已經完結了。我打電話聯絡玖渚是在……呃，時間感略為混亂……應該是前天早上沒錯，所以相隔四十八小時，嗯，對玖渚機構而言，從開始出動到行動結束，已經是綽綽有餘。

只不過，居然做得如此徹底。

連任何一絲痕跡，都不留下嗎。

「這麼一來簡直就像……」

話才剛出口，我立刻住嘴。絕不可能說得出口的。『這麼一來簡直就像，小姬從來也沒存在過不是嗎』——這種話，就算撕裂我的嘴巴也絕對說不出口，怎麼可能說得出口呢。

甚至連血腥味也都完全聞不到。

話雖如此——

「……真是戲言啊。」

我沿著建築物環繞一周，回到正面玄關。

那扇橫向開啟的拉門，已經上了鎖。

「……唉呀傷腦筋。」

我從背包裡面拿出開鎖用的小刀，只花五秒鐘左右，就將鎖輕易撬開。打開拉門，進入屋內。看見玄關有鞋，是朽葉的鞋子，只有這麼一雙而已。

「打擾了。」毫無意義的招呼。「那麼，我就不客氣地進去了。」

首先……該往哪去呢。

圖書室嗎。

懷著警戒心緩步穿過走廊——然而，一切屬於人的氣息，皆已消失無蹤。全部被斬草除根，趕盡殺絕了。這裡原本就只有朽葉一人獨自居住，因此缺乏生氣也是理所當然——不過這恐怕又是『洗淨』過後的結果吧。途中行經之前被我撞壞的實驗室門板，也已修復完整。最後來到圖書室門口——果然，同樣上了鎖。我照樣用小刀把門鎖給撬開。

裡面，空無一人。

木賀峰副教授，並未坐在裡面看書。

木賀峰副教授的肩膀，並未被扯裂。

「……特地跑來一趟，好像變得沒什麼意義啊。」

現場被收拾得如此清潔溜溜，根本不可能留下任何證據或蛛絲馬跡。儘管作為啟發靈感的儀式也不算沒有效果……然而，做得這樣徹底實在太誇張了點。

也罷，畢竟要求幫忙掩護的人是我。

只不過……姑且不論圓朽葉，木賀峰副教授既然是巫女子口中所謂的『知名人士』，究竟要用什麼方法隱藏事件操作訊息呢？沒看報紙或電視新聞也無從了解情況。又或者，事情已經完全落幕，劃下句點了。

劃下句點。

無所謂，反正總會一再地重新開始。

接著我朝更衣室走去，打算查看淋浴間。這裡沒有裝鎖，我直接開門進入，底部那扇門——雖然有簡易型的門閂，不過這種東西只要裡面沒人在就沒辦法上鎖，因此用不著擔心。

在手剛碰觸到門把時，稍微，遲疑了。

不死之身的少女。

不死之身的少女。

所謂不死之身，是怎樣一回事呢。

不死之身，不老不死。

當時她真的——已經死了嗎？

這個可能性。

假如，**當時她是活著的**——

假如她還活著的話。

「……事情也不會有任何改變嗎。」

停止荒謬無稽的胡思亂想，將門開啟。

上半身與下半身被撕扯分裂的她的屍體——

已經，不在這裡。

已經，消失無蹤。

「——終究，還是死了啊。」

關於她的種種來龍去脈，我全都沒有隱瞞毫不保留地告訴了玖渚——而她的身體，她的屍體，被玖渚機構帶回保管，想必又會繼續遭到擺弄不得安寧吧。

真可憐。

不，真的可憐嗎？

像這樣——屬於死後的事情，死亡之後才發生的事情，一切不過是，旁觀者一廂情願的感慨罷了。而之所以會這麼想，會用這樣的角度去思考，是否正代表我和朽葉之間，交情並不夠深呢？

話雖如此。

若要問除此之外我對她還有任何感想，很顯然地，就是彼此之間太過缺乏言語的交流。也許——也許我應該跟朽葉再，多聊一點，多談論各種不同的話題。

時間，太短促了。

只能這麼說，無可奈何。

「……………」

把門關上，走出更衣室。

下個目標，前往二樓。

返回走廊，爬上階梯——抵達二樓。

來到病房，靠近樓梯的這一間。

匂宮理澄，匂宮出夢。

匂宮兄妹。

打開房門，進入。

當然——裡面是，整齊乾淨一塵不染的。

慘遭斬首，胸口被挖穿的屍體，不見了。

「傷腦筋啊……」

這下不就，白跑一趟了嗎。

走出房間，朝隔壁病房，也就是我和小姬借宿一晚的客房前進。這間臥室並沒有任何人死在裡面，因此其實不用看也無妨。

踏入房中一瞧，果然，還保持著原本的狀態。

不知道是否有清理過……啊，不，看樣子似乎已經被打掃過了。床鋪已恢復原狀，棉被底下所填塞的，偽裝成小姬的棉被團，已消失無蹤，床面被整理得乾乾淨淨。整潔的白色床單，平坦地鋪設著，連一絲皺褶都沒有。

「……嗯？」

如此說來……**前一夜那個**，又是什麼呢？

當我起床的時候，眼角瞥到**那個**以為是小姬。但其實那個時間點，小姬早就不在被窩裡面了，這點是可以確定的。然而……然而前一晚我回房間的時候，情況又是如何呢？當時我有看見小姬的身影嗎？由於她全身都鑽入被窩裡面，要問我實際情形我也不知道。話說回來，即使沒親眼看見，也不能證明當時小姬已經離開客房了，是嗎……

「不能證明呢……」

我傾身撲向床面趴著不動。

暫時閉上雙眼，靜心思考。

與其說思考，其實比較接近回想。

「究竟為什麼——那是小姬自己做的嗎？又或者不是小姬……而是另有其人，為了不讓我發現才……刻意留下的？」

但又，為什麼呢。

特地大費周章設下障眼法，就算真是某人所為，但如此大費周章地製造假象，**只為了暫時瞞過我一個人**……與其說不明所以，倒不如說純粹覺得很詭異。

這是內心耿耿於懷的，其中一點。

然後還有另外一點。

相較之下，更明顯地不對勁。

不自然，超自然。

「**當時遇見的食人魔……究竟是哪一方呢？**」

那天深夜，我從淋浴間出來巧遇木賀峰副教授，交談結束之後，在樓梯處擦肩而過的——那道身影。那究竟是出夢，還是理澄呢……**抑或是，兩者皆非？**

看上去宛如空殼。

彷彿一切歸零般。

「只不過……類似第三人格的存在——之前根本連聽都沒聽說過啊，無論理澄或出夢都沒提過。」

不對，慢著。

假設在兩人都完全不知情，皆無從得知的情況下，還有所謂第三人格存在著，有沒有這種可能性呢。畢竟對理澄而言，『本尊』出夢的存在被認定為『另外一個人』。既然如此，同理可証假使有第三人格存在……假如有出夢跟理澄都不知道的第三人格存在的話，即使這個出夢跟理澄都不知情的第三人格確實出現過，或許也沒什麼好意外的。

「…………嗯——」

……雖然這只是靈光乍現的突發奇想，但亦不失為具參考價值的想法吧？原本以為是雙重人格，實際上還有第三人格的存在。而誰都不知情的第三人格，或許並不具備威脅性的作用——對『名偵探』未必有幫助，但至少對『殺手』而言——

這不正是，方便利用的詭計嗎。

不……儘管如此，別忘了還有子荻所提供的情報。那個軍師子荻，千變萬化又足抵千軍萬馬的子荻，不可能連這點程度的詭計都沒察覺到。當然了，話又說回來，子荻也有可能沒將一切內幕全盤告訴小姬……正所謂欺敵之前須先欺騙同伴，這點道理在那位小姑娘面前根本是班門弄斧。

但就算第三人格，比方說名字叫 HIZUMU 之類的傢伙確實存在好了，那又如何呢？事情並不會因此而有任何改變不是嗎？即使人格再多重，肉體終究只有一個，同一時間只能做一件事情，並非擁有三頭六臂之身。多重人格增殖的詭計對『殺手』而言或許有好處，但針對這起事件本身，則似乎沒有特別深究的必要。

如此一來，可就傷腦筋了……

頓時之間，陷入瓶頸。

「……在被哀川小姐發現以前……據說還剩三天的時間……呃……雖然三天是從哪時候算起這也很微妙，不過算了，就姑且當作到後天為止吧。」

希望盡可能趕在期限之內解決完畢。

其實照道理，應該由我主動連絡才對……可是坦白說，我真的沒臉去見她。縱使撇開這層逃避的念頭，也並非完全沒參雜其他因素。假如由哀川小姐親自出馬，肯定會一口氣將整起事件**徹底解決不留餘地**，迅速處理得一乾二淨。

正因如此才，敬謝不敏。

因為我——無論如何，都希望能做些什麼。

說不定，這也只是自己一廂情願的想法。

小姬本身意願究竟如何，我無從得知。而妄加揣測已死之人的想法，正是一種自以為是的行為。尤其拿已死之人來當藉口，更是差勁到了極點。這樣自以為是，真的很不對。

然而明知不對。

「還是想要盡可能地，為她做些什麼——咗，又來了，淨會替自己找些冠冕堂皇的藉口……」

就在此時。

冷不妨地，聽到有聲音。

即使身體還趴在床上並未立刻坐起來——但警戒訊號已經瞬間傳達全身上下。剛才那是……什麼聲音？是玄關拉門被打開的聲響嗎？神經變得極度敏銳，全神貫注。聲音。聲音。趕快補捉聲音的來源，快集中精神。

嘎……嘎……嘎……嘎……嘎……

有人——在走廊上移動嗎。聲音停止了。緊接著，是紙門拉開的聲音。沒有關門聲，然後是隔間被拉開，以及某扇門被開啟的聲音。

……是在，巡視房間嗎？

難道是玖渚機構的人？不可能啊，怎麼看現場應該都已經全部處理完畢了。況且在來此之前，我有先向玖渚知會一聲，如果對方有任何行動，玖渚應該會預先告訴我才對。

嘎吱——

這時候，傳來樓梯被踩壓的聲音。**嘎吱**、**嘎吱**、**嘎吱**、**嘎吱**地，聲音持續著。已經爬上二樓了。情勢發展至此，我終於起身下床，從皮套中抽出刀子。

是隔壁房的開門聲。

正按照順序一間間檢查嗎？

關門的聲音。

下一步……來到這裡。

我握緊刀子備戰，已經沒有多餘的時間可以拿槍了。

「………………………」

等待房門被開啟。

然後——

「————嗯？」

門一開。

眼前出現的是，狐面男子。

狐狸面具，配上白色和服。

「你是……之前在哪見過的……」狐面男子偏頭沉吟半晌。「唔，嗯，原來如此。外面那臺偉士牌……難怪覺得似曾相識，仔細一想的確車牌號碼是同樣的沒錯。」

「……你怎麼會————」

「『你怎麼會』，呵。」

狐面男子摘下面具，以素顏相對。那雙與我所認識的某個人極為相似的眼睛，正俯視著我。

「緣分的安排就在此處應驗了嗎……真耐人尋味啊。你不這麼認為嗎？」

「呃，不，我是————」

「不管怎樣先把手中的危險物品給放下來吧。」

「啊，好……」

「呵、呵、呵。」

狐面男子他————

十分詭異地，笑了。

2

從病房移動到樓下那間會客室，我與狐面男子兩個人，隔著矮桌面對面地坐在軟墊上。我去廚房泡了熱茶端過來，狐面男子摘下面具，拿起茶杯啜飲。

「理澄跟出夢一直沒回來，到現在還找不到人。」

「啊啊……對了，她之前有提過，說目前借住在你的地方……」

「我也不是京都出身的本地人，只能算活動根據地之一罷了……理澄是受我之託，潛入調查『這裡』，以及有關木賀峰……副教授所從事的研究——簡單講就是這樣。」

「…………」

「結果，她到今天都還沒回去。我推測可能在『這裡』發生了什麼事情，所以上門來找找看。」

「開著上次那臺，白色保時捷吧。」

「啊啊，雖然也沒有什麼特別的堅持，不過那是我從以前就很偏愛的車款。」

「呃，狐狸先生……你應該本來就知道出夢的事情了吧?關於匂宮『理澄』和匂宮『出夢』兩者之間……表裏一體的原理。」

「『表裏一體的原理』，呵。這說法真不賴，似乎是你慣用的表現方式。」狐面男子說道：「嗯——的確，我大致上都知情，否則也不會無緣無故去**馴養**那種傢伙啊。」

「…………」

「原本我並不想大老遠跑來這種鄉下地方的——不過**感覺似乎有人**，正從中動手腳進行隱蔽作業。連同理澄曾經到過這裡的事實，也一併被湮滅證據。如此一來，我就沒辦法再**置身事外隔岸觀火**了。因此才專程跑一趟探個究竟——剛才你說『理澄之前有提過』是吧。」

「…………」

「看樣子你應該，已經知道些什麼了。」狐面男子以確信的口吻說：「從實招來吧。」

「……這個……也算不上知道什麼——」

奇怪。

玖渚機構明明已經完成隱蔽作業了——即使尚未完成，還在進行當中——**這名男子，以這種方式**出現在現場，未免也太過奇怪。這點我從剛才開始就一直暗中思索著。畢竟所謂隱蔽作業，就是為了掩人耳目設法不被察覺到而進行的作業——為何眼前這名狐面男子，卻能夠察覺得到呢？

究竟是為什麼。

太奇怪了。

異常現象。

不合邏輯。

假使還有其他可能性的話……沒錯，就是這名男子──處於玖渚機構政治力量的，**管轄範圍之外**──

這個推測，讓我開始緊張起來。

要留意一點，千萬別掉以輕心。

然後──同時也。

同時也提醒著我，絕對不能錯失良機。

或許──可以從中得到線索提示。

就在匂宮兄妹的雇主，眼前這個人身上。

「其實──你派理澄和出夢潛入這裡的時候，我正好也在現場。為了打工而來參加適性測驗……」

「──哦，原來如此。然後呢？」

「在那之前，有件事情──」相對於狐面男子的催促，我卻是力求謹慎，小心翼翼地開口道：「純粹出自個人的臆測，可以冒昧地請問一下嗎？」

「說吧。」

「你……與當年診療所時代的主人，也就是西東先生──有什麼，關係嗎？」

「……哦～」狐面男子將放置在一旁的面具重新戴上。「是**那兩個人**──告訴你的吧。不過，我倒想聽聽看，你為什麼會如此推測。」

「只是自己胡亂猜測的啦……從木賀峰副教授跟圓朽葉，再加上出夢所說的話，經過簡單推論得來的想法。還有，上回曾提到木賀峰副教授的名字，當時你的反應……以及最後，你對理澄和出夢所下達的指令——『調查這間研究室』，包括背後所隱藏的『殺掉木賀峰約和圓朽葉兩人』——這些都成為，推論的線索。」

「淨是些多嘴的傢伙……」狐面男子以一種無奈的語氣說道：「尤其匂宮兄妹，雖然是可以派上用場的『搭檔』，但卻……無論哪一方，都有著情緒太過亢奮不受控制的毛病。話雖如此，太過冷靜的性格也有待商榷……尤其當冷靜只是一層薄弱的表象，內在其實潛藏著熱血的本質……如今回想起來，像純哉那種人正是最好的例子哪。」

「純哉？」

「唔，抱歉，是一位故友的名字。明明看似陰沉卻偏偏是個出奇熱血的傢伙，當時還真拿他沒辦法……呵。你最好也銘記在心，不管怎樣，原則少的傢伙容易掌控，比較好辦事。當然，先決條件是必須夠聰明，否則可就傷腦筋了。如果只是個普通的笨蛋，那怎樣都派不上用場。」

「…………」

「關於你剛才的疑問……我只能夠回答一半的ＹＥＳ，而要回答ＮＯ，也同樣只具有一半的含意。因為——我正是，那位『西東先生』本人。」

「咦……」

「嚇一跳嗎。」

狐面男子聳聳肩，做出玩笑般的促狹動作。

接著又，轉動脖子，環視周圍。

「這裡一點都沒變啊……彷彿就像，時間的流動早已停滯了般。這個地方，和二十年前都一樣，絲毫沒有任何改變。」

「二十年……」

這一切——想必該歸功於，朽葉的一片心意。

她一直——這二十年來一直都——管理著，這個地方。將此處——與自己的身體同樣妥善保管著——讓一切，持續保留在停滯的狀態。

為了什麼呢？

那肯定是為了——

「當時的我大概才剛滿二十歲左右吧。在高都大學擔任教授職務……連自己都覺得好笑，充滿噱頭的工作，簡直跟招攬顧客的吉祥物沒啥兩樣。」

「…………」

雖然因為認識小學階段就取得博士學位的人物，所以聽見二十歲就當上教授也不會感到驚訝，但眼前這名男子，便是那位『西東』本尊……既身為木賀峰副教授的恩師，同時對朽葉而言也有如『恩師』般的人物，這點根本始料未及，完全出乎意料。

霎時之間，我啞口無言。

而狐面男子，則繼續滔滔不絕地往下講。

「對我來說，教授的工作比較像副業，在這裡經營診療所才是正職——至於外界評價如何無須認真看待，反正誤解和扭曲，無論怎麼做都沒辦法完全避免哪。言歸正傳，說到木賀峰……約，以及，圓朽葉，還真懷念呢……其實，在上回聽你提起這兩個名字之前，我早已忘得一乾二淨了。沒想到，她們居然還堅守在這樣的地方，繼我之後，持續到現在。」

「……她們兩個，一直都在等著你耶。」

即使沒有明講。

儘管如此，那兩個人卻是在等待著什麼。

等待著某件事，等待著某個人。

瘋狂又，眷戀地。

「沒辦法，實在是忘得一乾二淨了。」狐面男子說得很乾脆。「不過我也真夠離譜——在踏入『京都』的時候應該就要想起來了啊，搞什麼鬼。如今回頭想想，我所有的起源，就是從那名『不死之身的少女』開始——沒想到人類竟然會連自己的起源都遺忘掉，太驚訝了。」

「……姑且撇開遺忘的事情不談——」我說：「既然你就是西東先生，又為什麼要殺掉那兩個人？為什麼你會——委託出夢下此毒手？」

「誤會一場，都是語病惹的禍哪。我並沒有要痛下殺手的意圖……畢竟那兩個人，早在二十年前就已經形同死亡了。假如她們還僥倖活著的話，必須設法永絕後患……當初委託任務時，我是這麼交代的……之前應該也有提過吧？在我年紀尚輕不懂事的時候，曾違抗命運留下後果，當時所燃起的希望——必須負責解決善後才行。可惜這些話對出夢講也講不通，那傢伙根本只把別人說的話聽進去一半的一半的一半而已。」

「……出夢——」

「正因如此那傢伙才需要理澄互相配合。出夢的**身體**，與其說暴力不如說已經成為一種兵器了。非但超越一騎當千的程度，稍微使用不慎，甚至是一個人單槍匹馬就能發動戰爭的狂戰士哪。你知道那傢伙將雙手束縛起來的理由嗎？」

「呃——之前有聽過，假如不那樣做的話，連他自己都無法駕馭自己的力量……」

「匂宮出夢，『食人魔』出夢的傳家寶刀，名為『一口吞食』（Eating One）的必殺絕技……那是使用平常封印起來的左右兩隻手，施以連續攻擊的驚人招式。坦白說，就連我在親眼看見他展現力量時都曾為之震撼。即使在歷史悠久的匂宮雜技團當中，那傢伙也堪稱是最高傑作了吧……當然，也得等到幾年後的未來才算數，畢竟要冠上最高傑作的頭銜，現階段資歷跟名聲都還累積不夠……而到那時候，也將更加需要理澄的配合，必然不可或缺。」

「理澄……的身分……雖然用身分這說法也有點怪，不過轉變為理澄的時候，這樣不會很危險嗎？儘管名義上互相配合，但她本身，並沒有戰鬥能力吧？」

「……這就不清楚了。其實在我看來，反倒是理澄的身分比較恐怖喔。那樣天真無邪宛如孩童的小丫頭……那樣纖細瘦弱不堪一擊的小丫頭，那樣年幼無知惹人憐愛的小丫頭，要下手將她『殺死』，你想想看，這是多麼難以容忍的行為。殺害有形體的活人，擊潰弱者的罪惡感，你應該知道這代表什麼意思吧。況且事實上，就連你也曾經一時疏忽，『平白無故』地對理澄伸出過援手啊。」

「…………」

「正因柔弱所以強韌……強即是弱，弱即是強。這層道理，出夢沒跟你提過嗎？即使作為偵探也並非毫無能力……然而從更具效果的意義來講，理澄其實是出夢的防禦壁。無論在肉體層面……或精神層面上都一樣。」

「……可是，這麼一來，理澄她——未免也太可憐了吧。呃，當然，對虛構的人格產生同情，聽起來也許很奇怪——」

「可憐，是嗎——你看似一副頭腦機伶反應敏捷的模樣，結果卻連最重要的關鍵都沒搞清楚哪……」狐面男子的語氣，明顯地嘲笑著我的狀況外。「我問你，關於匂宮兄妹——殺戮奇術之匂宮兄妹，出夢和理澄，你認為誰是『表面』，誰才是『主人』？」

「這——主體應該是出夢沒錯吧。」

「笨蛋。」

痛快地挨了一記悶棍。

狐面男子繼續『呵、呵、呵』地嘲笑著。

「儘管出夢和理澄，都是由人為所創造出來，刻意分裂成『強』與『弱』的兩種人格——但那傢伙化身為殺手的時間，整體而言少之又少。畢竟她不是殺人鬼，並非每天二十四小時都毫不間斷地持續在殺人。也就是說——『食人魔』現身於『表面』——

一般社會所謂的『表面』，只有極少數的時間而已。所以『影子』——**隱藏在背後的配角**，反而應該是，出夢才對。」

「…………」

「『漢尼拔』的身分，占據了匂宮兄妹的絕大多數時間。話雖如此，時間長短並不代表一切——硬要分什麼表裏內外也沒啥意義，那兩個傢伙根本就是一體的，互相等於對方啊。」

「……兩人等於，一人。」

「一人即為兩人，這便是匂宮兄妹。」

彼此互相支撐著——

話雖如此，雙方關係卻過於傾斜。

原本是這麼以為的。

結果卻，並非那樣一回事。

對出夢而言理澄的存在。

對理澄而言出夢的存在。

已經不是——思考角度的問題。

已經跳脫邏輯，不需要理由了。

我沉吟片刻，不由得陷入沉思。

狐面男子輕哼一聲，稍作停頓後說道：「話題扯遠了，回到原來的主題吧。」

「……啊啊——也對。那麼，我有個疑問——剛才你說木賀峰副教授跟圓朽葉『還僥倖活著』，這句話是什麼意思？」

「就是字面上的意思啊。詳情不方便向局外人解釋……嗯不過說起來你也不算完全的局外人，而且如果我只顧著問出自己想問的事情，未免有失公道。」狐面男子以此為前提，接著說：「**她們兩個**，應該早在二十年前就已經被我**殺死**了——不，這樣講好像也不太對，照一般人的說法用『遺棄』這個字眼會比較正確——『捨棄』——沒錯，應該用這個字……這才是正確解答。『我』將『那兩個人』給『捨棄了』。」

「……還是，聽不太懂。」

「『不死的研究』——這原本，是我在研究的主題……你可能已經從朽葉那邊聽說過了，這是當時我所從事的研究。也許說來見笑……那年我才二十歲左右，大概——就跟現在的你差不多年紀吧。」

「我目前十九歲……半。」

「『我目前十九歲半』，呵。那麼年齡恰好符合……當時的我，非常非常地『不想死』，說得更明確一點，就是想要長生不老。」

「……唔……」

乍聽之下覺得每個人不都是一樣的嗎，但仔細想想，能夠在二十歲左右就堅定如此信念，或許也算相當罕見。並非我以偏概全，而是年紀輕尚未成熟的人，往往都有虛無主義的傾向。要去探究長生不死的意義，應該是再多過幾年，稍微成熟世故一點之後才會開始去思考。

「我曾經試著計算過，若要將自己感興趣的事情，全部全部，都毫無遺漏地了解透徹，必須花費多久的時間——結果算出來是一個天文數字。至少，以人類壽命的極限區區一百二十年來看，根本還差太遠。即使憑我所擁有的思考速度跟演算能力也完全不夠用。真是呆子啊，居然去算這種東西。」

「唔……」

「其實我並非害怕死亡，而是害怕活著的時間不夠長。想知道的事情還沒來得及知道就結束，不知道的事情還殘留著未知就先死去，我不願發生這樣的遺憾。」

「所以才會有……『不死的研究』是嗎？」

「遇見朽葉，是所謂『單純的偶然』——只是單純的，偶然而已。嗯，簡單講，就是從在我之前的**飼主**那邊接手來的。」

「……應該也是透過相關的研究者吧。」

「這部分不重要。在那之前的朽葉，嚴格說起來，比較類似暴發戶所養的寵物——順便問一下，既然你已經見過朽葉了——她現在模樣如何，看起來像幾歲呢？」

「大約十七……十八歲左右。差不多那個年紀的樣子。」

「和我當初一樣。」狐面男子說：「朽葉與我初次見面的時候，外表年齡跟肉體年齡也差不多是這個樣子。如果覺得難以置信的話，那間診療室……現在變成『實驗室』了嗎，可以進去看看，裡面應該還留著照片——二十年前拍的。」

「那麼……所謂寵物的意思是？」

「**就是寵物的意思**。如你所想像地泯滅人性，地獄般黑暗晦澀的意涵。擁有不死之身的人類，無論何時何地想必都會被當成珍禽異獸看待，然而只要能不被視為怪物，還算比較人道的境遇了……只要能夠四肢健全地活著已如極樂天堂。想當初為了買下她，可花費不少金錢啊。那位飼主似乎對朽葉特別執著……或許不管以什麼樣的形式，被愛總不是一件壞事情吧。結果托她的福，交易價格也水漲船高貴得離譜，逼使我不得不將所有積蓄全部都吐出來。」

「…………」

什麼人權，什麼道德倫理，全都被置之度外了。

畢竟問題本身就有問題，所以也無可奈何嗎。

「之後……我跟朽葉相處了大約半年左右……期間也受到木賀峰之類有共識的人協助……呵，木賀峰約，那傢伙莫名地與我氣味相投……假使她有才能的話，當時應該就可以一同往前邁進了吧……沒想到她居然會獨自一個人繼續撐到現在，無能實在是，人間悲劇啊。」

「為什麼……你會停止對朽葉的研究呢？」

「因為發現只是白費工夫。」狐面男子單刀直入地說：「那是獨一無二絕無僅有的稀世變種。儘管她本身只擁有六十年左右的記憶——沒辦法，這似乎已經是腦容量的最大極限了，與其稱之為容量，不如說是單純的記憶力。就像你對十年前的孩提時代，應該也記憶模糊了吧。類似這樣——朽葉她，以我藉由催眠療法所試探出的結果推算，活了將近八百年左右，雖然是值得推崇讚嘆的『現象』但……呵、呵、呵，你大概覺得枉費她活了八百年性格卻相當庸俗，不過小哥，無論八百年也好一千年也罷，假如光靠活著便能頓悟的話，那就沒人要坐禪修行了啊……呵，八百年，雖然是值得推崇讚嘆的『現象』——但她的存在，今後絕對，不會再有後繼者。畢竟朽葉身為人類，即使具有接近完備的能力……身體健康，免疫力又高，恢復能力與再生能力都非比尋常——然而卻欠缺了生殖能力。總歸一句就是，無法繁衍子孫。若設法複製出人造人則另當別論……即使真這麼做，也需要足以將朽葉的異形細胞完整複製的精密技術。換言之，她的『不死之身』，根本沒有其他用途。」

「……所以你就，決定捨棄了。」

「當時對她們兩個，並沒有直接明講，或許在她們心中也沒有被捨棄的認知——呵，但這並不代表我已經放棄了目標……只是轉移到下個舞臺而已。可惜那個新的舞臺，也宣告失敗了……豈止失敗，簡直是貨真價實的大失敗哪。後來又進展到下一個……的下一個，再下一個，另一個新的舞臺。關於這部分，之前曾經提過，就是上回委託理澄搜尋零崎人識的任務……看樣子也無疾而終了。再加上這回所交代的任務，原本想要不著痕跡地收拾善後，結果連理澄跟出夢都莫名其妙失蹤，實在匪夷所思到了極點啊。」

「…………」

零崎人識。

那傢伙……處於那樣的定位？

「也罷，我的事情留給我自己慢慢思考就好，先暫且擱下……話說回來，那兩個人一直苦撐到現在，其實也挺可憐的，畢竟我多少還是有點人情味哪。該怎麼說呢……感覺就好像看見電腦正不斷計算圓周率小數點以下的畫面……又好比機關鳥不停重複喝水動作的悲劇……抑或是用破洞穿孔的杓子持續舀水的妖怪……或者像人造衛星終止了環繞地球的機能……彷彿目睹這種種悲哀，油然而生憐憫的心情。其實說穿了，無論我有沒有提出委託——事情都不會產生任何變化，終究會殊途同歸。遵從『故事』安排的她們，頂多只會在不同的地點死去，或是過著猶如行尸走肉般的生活吧。苟且偷生的人，不是難逃一死，就是繼續苟延殘喘下去，既然這樣，倒不如死了比較痛快，我是這麼想的——說起來，也算顧及情分，等於助她們一臂之力哪。另一方面不諱言，也為了要抹滅自己的過去。」

「遵從『故事』的安排——是嗎。你只憑這樣的理由，就如此輕易地，決定殺掉兩個人？」

「那又要基於什麼樣的理由，才能夠殺掉兩個人呢。假如換成兩億人的話，除非打著正義或和平的旗號，否則不足以構成殺人的理由吧。以此類推，對我而言，這個理由已經十分充足了。」狐面男子臉不紅氣不喘地說：「更何況，其中一個，並不算是人。」

「……也對。」

「哈，我還以為你會站在道德的角度批判幾句，已經做好心理準備了，沒想到反應居然如此冷靜。」

「反正跟你理論這些大概也沒用，況且……」

「**況且，事情最後並沒有，照我所預期的去發展。**」

狐面男子伸出手比向我。

「我的說明到此為止就可以了吧。如果太過深入細節的部分，也會侵犯到那兩個人的隱私……而且，都已經是老掉牙的陳年往事。相隔二十年，我的記憶可能也有誤差，沒有什麼比記憶模糊的瑣事更無聊的東西了。現在輪到你將所知道的來龍去脈告訴我，出夢跟理澄究竟出了什麼事情，快講吧。」

「知道啦……」我說：「不過，關於這部分我也一樣……為了避免參雜個人無關緊要的瑣事，只能簡短交代大致的過程，這樣可以嗎？」

「無所謂，反正我也不想聽冗長的廢話。」

「那好，事情是這樣子的——」

我把十五日夜晚到十六日早晨之間所發生的種種經過——簡單扼要地，向狐面男子大略說明一遍。就算狐面男子超出玖渚機構的隱蔽範圍之外，想瞭解事情的真相，除非去拜託小豹否則不可能會調查到的……狐面男子聽著我的敘述，偶爾穿插幾句對話。雖然無從得知面具底下的表情，但感覺自始至終，似乎都非常興味盎然的模樣。

只是不管怎麼說，我並沒有義務要向他清楚交代細節，因此關於隱蔽工作其實是我動的手腳（應該說玖渚機構才對）這部分就直接隱瞞，隨便扯謊敷衍過去。

「哦，」聽完全部經過，狐面男子說道：「原來如此——被殺了兩次的，匂宮兄妹嗎？」

他喃喃低語著——一副，稀鬆平常的模樣。也沒有表示哀悼，彷彿只是在，確認一件事實的樣子。

「……可以稍微，回答我幾個問題嗎？你剛才提供的訊息，有些部分線索實在少得可憐。」

「別問太多就無所謂。」

「那個紫木一姬……名字似曾相識。印象中，有個被稱作『危險信號』（Signal Yellow）的存在，似乎就叫這個名字。」

「呃，這個嘛，她有沒有類似的稱號，我也不太清楚……畢竟彼此交情還沒到那麼深的程度。」

「『交情還沒到那麼深的程度』。那換個說法如何……你所講的紫木一姬，是不是曾經和市井遊馬，一個被稱為『病蜘蛛』的異形，組成過搭檔呢？」

「……你都知道嗎？」

既然會馴養『匂宮』的殺手，連帶知道澄百合學園的事情當然也沒什麼好奇怪的。只不過即使是『食人魔』出夢，對紫木一姬這名字，也沒瞭解到如此透徹的地步——

「果然如此，這麼說來那個女孩，紫木一姬，會使用『琴弦師』的技術……而且還是，足以和『病蜘蛛』匹敵的戰鬥能力哪……」

「……那又，怎樣呢？」

「沒什麼，只是對你的交遊廣闊感到驚訝而已。不僅木賀峰約和圓朽葉——甚至連『病蜘蛛』的弟子，都互相熟識。」

狐面男子表情嚴肅地瞇起眼道：

「要說巧合——未免也，太過巧合了。」

「……這應該，純屬巧合吧。」

「呵，是嗎——你或許認為自己應該要為紫木一姬的死負責——其實你錯了。她之所以會死在這邊，是因為總有一天遲早要死在某個地方……既然號稱『危險信號』，就算沒死在這裡，遲早也會有等同於『死亡』意義的離別方式在等著你們。你應該感到悲哀的，不是紫木一姬的死，而是被牽扯進去的自己啊。」

「這……」

能夠否認嗎？

此刻狐面男子對我所說的話，與我之前拜託出夢的事情——希望要殺木賀峰副教授或圓朽葉時，可以在我不知情的狀況下，在與我無關的地方動手——希望他在我面前不要殺人——兩者之間，意思其實沒差多少不是嗎？

假如小姬死於交通事故，或者死於疾病的話——我也不會涉入這麼多了，不是嗎？

然而。

這樣的假設。

這樣的懊悔，又有何意義。

「沒有意義……毫無意義可言。唯一有意義的只是集合各種結果堆積出來的過程而已。換言之，就是故事，Story。無論木賀峰或朽葉都一樣，屬於故事中的一段篇章，她們死了也好沒死也罷，終歸形同死去，這就是故事主線的安排。」

「故事——故事的安排，是嗎。包括剛才——還有之前也都，說過同樣的話……」

「你對於故事的存在，仍然懷有輕視的態度。沒關係，不相信也無所謂……舉個例子吧，你跟出夢在『這裡』並非第一次碰面，上回曾聽你提起，彼此似乎已經在別的地方見過面了……啊啊，我的第二個疑問就是——你第一次遇見出夢，是在什麼地方呢？」

「……呃——就在前陣子，某天的深夜，他昏倒在路旁……的時候，正好被我發現。」

「原來如此。沒錯，好比說這種情況吧，小哥，假如將這些事也都歸為巧合——你不覺得，未免也太過巧合了嗎。在路邊發現昏倒的出夢之前沒多久，你才剛幫助過昏倒路邊的理澄。」

「不……事情並非如此。曾經救過理澄的，是那名臨時退出自行返回的生物學者。」

「啊啊，春日井春日嗎。她也是個名人……有名的『怪人』哪。這無關緊要，即使那位春日井春日沒有把理澄給撿回去，也會由你來撿回去。就算你沒有把她撿回去，也會有你的某位朋友撿到，最後你還是會認識她。如果不這樣子的話──」

「故事就，無法進展下去。」

狐面男子斬釘截鐵地斷言。

「…………」

「嗯，所以……理澄確實是昏倒沒錯，但出夢正確來講並非昏倒，那傢伙是在『狩獵』。」

「……狩獵？」

「因為太融入職業殺手的身分，那件束縛衣就是為了防止在『狩獵』當中出手過重才銬上的枷鎖。對屬於那個世界的人而言，其實很常見沒什麼好希奇的……尤其那傢伙，幾乎將自己的『弱點』完全交給理澄負責，假如平常不找人互相獵殺，不找人**互相吞食**的話，人格會無法安定下來哪。」

「…………」

一天一小時的殺戮。

……這句話從頭到尾都不是在開玩笑嗎。

「過度激烈地投入殺手工作結果愛上殺戮（Worker Holic），已經演變成殺戮中毒（**Killing Junkie**）的狀態。甚至連殺戮奇術集團匂宮雜技團都感到棘手，所以由我來收留他是正確的選擇。」

「咦……」

好像又扯到，另一個世界的話題。

究竟這名狐面男子──

是屬於**哪個世界**的人？

「而那次『狩獵』的獵物，好死不死偏偏選中了你，關於這點……你有何想法呢？我認為那是故事重要的一環，你大概不這麼認為吧。居然還不明白……這並不是機率的問題啊。」

「不是機率問題？」

「跟機率一點關係也沒有。之前應該也說過，基於時間收斂與替代可能的觀念。你在這裡，在這個場合與我再度相遇，**看似單純的巧合──或許你是這麼想的，但其實不然**。現階段你已經和木賀峰約以及圓朽葉結下不解之緣──而木賀峰約對你產生興趣的理由，又與我息息相關。我跟你之間，夾著匂宮理澄、匂宮出夢、木賀峰約及圓朽葉，有如樹狀圖的分支般存在著──如此一來，我和你若不再相遇反而顯得奇怪啊。**無論發生什麼事**，最後我和你的命運，終究注定要兜在一塊。」

「命運——是嗎。」

「硬要解釋的話，這就叫做測不準原理。**沒有何者為正確答案……一切答案皆為正解的世界**。將整個世界與人類分解至量子單位，計算積分，計算微分，然後加以解釋，最後證明完畢。現階段我的目的用這個方式來表達最為貼切——在言語表現上這已經是極限了。沒錯——無論發生什麼事情，結局終究會讓一切都朝向既定的一點逐漸收斂。即使樹狀圖有著無限的分支，最終還是會朝向唯一的點收束。而那個最終的焦點——我稱之為，完結篇（Epilogue）。」

「…………」

「我想要，看到那一幕。」

狐面男子的語氣——

絕非在做白日夢說夢話的口吻，而是再認真不過地，十足認真的語氣，甚至是，不容反駁的態度。

「……在我聽來，這種事情就像天方夜譚一樣哪……」思索片刻之後，我坦言真實的感想。「縱使真的如你所說——就算你所說的都正確，那個故事裡面，也不會有我出場的餘地。」

「『不會有我出場的餘地』，呵。即使不必明講也知道，這對我而言是一大難題……畢竟在量子力學的世界裡要成為觀測者，本質上就互相矛盾啊。」

「……你的疑問，就到此為止嗎？」

「嗯……啊啊，沒錯，我所在意的，只有以上兩點。」狐面男子微微頷首。「其實，第二個問題純粹出於好奇而已，至於事件真相，重點在第一個問題，有關紫木一姬的疑問——呵，原來如此……原來是這麼回事嗎。也罷……並非不能理解箇中涵意。籠中的小鳥，假如永遠只能小幅地跳躍，終究會無法忍受吧。呵，這種心情——當然也，不難理解哪。」

「……啥？」

「沒什麼。只是想要，向你表達感謝之意。如此一來，心裡感覺清爽多了，我差不多該打道回府……你也趕快回去吧。這種地方多留無益，畢竟這裡是——」

既已，完全終結的地方。

早就和故事，沒有任何關連了。」

「……可是——」

「反正，你也已經確認過了吧。雖然不清楚是誰動的手腳，但確實被進行過隱蔽工作。此處已經，什麼痕跡也沒留下了。」

「話雖如此……你難道都不介意嗎？自己所委託的『暗殺任務』，最後以這樣混亂的方式收場，即使撇開任務不談，與自己有著深厚淵源的理澄跟出夢也……」

「先前的確是耿耿於懷，所以才會來到這裡。」

狐面男子說道：

「然而，這件事情也已經，畫下句點了。」

「不明之處，皆已徹徹底底，煙消雲散了。」

「…………咦？」

「坦白說當然也有受到打擊——更何況，出夢跟理澄又是『十三階梯』當中對我特別盡心盡力的兩個人。這種情感該怎麼形容呢——執著，對，是執著吧。以及懸念，對，是懸念。儘管多少存有這層意念，但既已落幕的劇情，終究還是無可奈何。我只能盡己之力大聲鼓掌，然後默默地起身離席。保持沉默——呵、呵、呵，真正地沉默。包括理澄跟出夢，似乎也都期望我保持緘默——畢竟相處久了，這點舉手之勞就當作是餞別禮吧。」

「呃，所以，狐狸先生，你的意思是……」

「啊啊……先聲明我跟理澄不一樣，不是什麼號稱名偵探的異常人種，並非藉著推理之類的過程來導出答案，只不過……」狐面男子斟酌著用詞，說道：「只不過**若將我原先已知的情報，再融入你補充的線索加以重組，就可以大致想像出發生過什麼事情了。**」

「所謂的大致想像……」

「就只是**大致**上而已。至於隱蔽工作的**用意何在**，仍舊摸不著頭緒。呵，大致想像——真的完全出於想像哪。既然現場被處理得這樣清潔溜溜，什麼證據什麼根據都別談了。況且你所說的也未必全是實話，甚至連我所謂的已知情報究竟是真是假，可能也不一定——當然，最後這句只是我客套的假設罷了。雖然世界上有許多聽不懂客套話的笨蛋，但你看起來並不像那種呆子。總之一切只是不負責任的臆測而已——不過我想，應該也八九不離十了吧。」狐面男子說到這裡，便從坐墊上站起來。「話雖如此，我也不能將結論告訴你。世上有些事情，即使被請求也不能鬆口，即使被追問也不能回答。最低限度，至少不應該把別人的祕密隨便散播出去——這點道理你還懂吧。我和那些傢伙不一樣，口風可是緊得很喔。」

「…………」

這點，我很明白。

明白到不能再明白地，徹底明白。

「話說回來，這種問題自己用想的也不至於找不出答案。所以小哥，與其在這種地方想半天，不如回家慢慢想要好得多吧。待在這種已經終結的地方，只會讓人越來越消沉。假如剛才我沒出現，接下來你又打算怎麼做呢？」

「怎麼做……你說接下來嗎。不管怎樣——」我望向運動背包說：「我打算先照著第一次見到理澄時，她那張名片上所印的地址去找找看——運氣好的話。」

假如運氣好的話，希望能遇見你。不管在那裡有著什麼都沒關係，是住處也好是什麼都好，就算沒有任何具體的東西也無妨，總而言之，我想要找尋與你相關連的線索。

但是，這個念頭我卻不會說出口。

如果說出來的話——就等於表示認同。

即使沒有在此處巧遇狐面男子——最後終究會在此刻以外的某一刻，此處之外的某一處，進行與現在相同的對話——等於認同了這個觀念。

「沒用的。」狐面男子乾脆地說：「那個地址雖然不是隨便亂掰，也只能算臨時的住所，對匂宮兄妹而言不過是為數眾多的祕密基地之一罷了。就算打電話聯絡，也只會有二十四小時全年無休的電話錄音，絲毫感覺不到羞愧之意。」

「……這樣嗎。」

我輕嘆口氣。

似乎立刻陷入瓶頸……如此一來，除非透過玖渚或直先生，向玖渚機構負責經手『處理』的人員詢問，否則真的別無他法了。儘管整起事件跟玖渚並沒有關係，實在不願意借用玖渚機構的力量，但倘若除此之外別無其他方法的話——話說回來這樣真的好嗎？假如狐面男子所言屬實的話——這種問題，不是光靠努力或勞力就可以解決的不是嗎？

靈感。

飛躍的聯想。
矛盾邏輯（psychological）。
需要的是，紙上談兵。
超越理論的方法論。
異常理論的魔法論。
表裡不一的魔法，才具有必要性。
「——不過，類似這種臨場反應的靈光乍現，媲美老王賣瓜的戲言，正是我拿手強項喔。」
「是嗎？那麼，只是時間早晚的問題。假如你是有能力找出解答的人，則無論發生什麼事情，終究會有找出解答的一天。」
「嗯……雖然說終有一天會找到答案，但其實只剩下短短兩天而已，這是我給自己定下的期限。」
「既然是自己做下的決定，就要盡量努力去達成。我也一樣，解決完一樁心事，就該安心朝下個舞臺邁進……卻不知為什麼，還沒找到新的立足點哪。雖然不覺得這條途徑有錯——但缺了鑰匙就無法開啟門扉……與其說鑰匙，倒不如說這時候缺少的是門把嗎……」
「…………」
下一個舞臺。

舞臺。

關鍵。

要不要問呢？

我躊躇片刻，一想到錯過這次恐怕再也沒機會了，便決定先問為妙。

「……之前你曾經派理澄去調查過那個名叫『零崎人識』的男子……照剛才所說，似乎並非純粹出於興趣才打探他的消息，而是有著確切的目的……但上回你只說是因為『想跟他產生交集』……」

「真奇妙的執著啊。」

狐面男子彷彿有些起疑。的確，我對『零崎人識』的執著，在狐面男子看來，即使稱不上異常，也顯得很奇特吧。

「算了無所謂——嗯，沒錯，確實只為這個原因，沒有任何隱瞞。我純粹只是，想要和那個名叫零崎人識的男子，**認識看看產生交集**而已。關於零崎人識的存在，我也是最近才知道，呵，然後就大感興趣……對了，我稍微解釋一下吧。」狐面男子重新坐回墊子上。「匂宮出夢和匂宮理澄，兩人背後的殺戮奇術集團・匂宮雜技團，旗下有著類似親族組織的分支……其中之一，就叫做『早蕨』。」

「唔……」

早蕨。

這裡應該不是指，和服的花色吧。

源氏物語的宇治十帖之一……描述中君上京的片段，卷名好像就叫做『早蕨』。坦白說，我也記不太清楚。

「這個『早蕨』，先前曾經和『零崎』有過正面衝突。我從出夢口中聽說此事，當中有個名字讓我的雷達天線起了反應——就是傳聞超越『染血混濁』和『自殺志願』的存在，零崎人識。上次理澄提到，零崎人識在京都幹下了連續殺人案件——過程剛好，就跟這場『正面衝突』發生的時間相連接。然後我透過理澄進行各種詳細調查，發現此人的命運實在非常有意思。與其說有意思——倒不如說是有著，充滿破壞性的命運。」

「……關於這點，上回你也有提過。」

零崎與零崎之間——近親亂倫生下的鬼子。

血統純正到不能再純正的，殺人鬼。

「嗯，或許這個名叫零崎人識的存在——**不須參與故事卻能夠旁觀故事的進行**。說不定這條途徑將是可以成為觀測者的第一步，原本我是這麼想的。」

「……………」

「這樣的構想，一開始是從朽葉身上得到靈感。她應該有提過吧，假如木賀峰懷著企圖有計畫地雇用你的話……朽葉應該會說『我對任何人都不會產生影響』——這句話追本溯源，其實是我的臺詞。」

「而你當初……當初之所以說出這句話，主要是想為她的『不死之身』下註解對吧。」

「嗯。當然，說不會產生任何影響未免有點言過其實……木賀峰或許已經講解過了，人類，應該說生物的身體，原本就設定了死亡這道程序。除非採取重新編寫程式的方法，否則不可能實現不老不死。即使是你，對於生物為何會死亡，也不至於從沒認真思考過吧。」

「……有關物種多元化的問題嗎？也就是說，個體的死亡，並非群體的死亡……以這層意義去想。」

常聽人說『今年的流行性感冒來勢洶洶』，這種話幾乎每年都在講，然而在生物學上這是一種正確的觀念。無論病毒也好細菌也好，隨著時間不斷地日積月累，都會更加進化，演變成人類尚未擁有免疫力的強烈性質。假如不把人類當作個別獨立的生命體看待，而當作一整個群體來衡量的話……所謂的『死亡』，其實並不存在。

人類始終——持續生存在世界上。

「用植物來舉例可能比較淺顯易懂——植物這種東西，與其要一個一個去數，不如用一群一群來數比較正確。換言之，將朽葉視為『人類以外』的存在，才是最適合的計算方式。」

「意思是——非人類嗎？」

「啊啊，沒錯。非人類，非動物，非生物，因此不會死亡——假如會有死期降臨，那只限於『絕滅』之時。」

絕滅。

絕滅之時——已然降臨。

因為朽葉她，已經死了。

「所謂『不死之身』這說法稍嫌誇張，畢竟也不是真的不會死……一旦被開膛剖肚，照樣會沒命哪。重點只是跟普通人類屬於不同種罷了。」狐面男子語調冷靜地說：「該解釋為成長與進化的矛盾嗎，搞不好是地球以外的生命體也不一定。」

「有可能嗎？」

「這種可能性，也不能說絕對不可能。話雖如此，我的解釋還要更天馬行空一點……**認為她或許是處於故事外圍的存在**。搞不好在故事當中，原本就是不應該出場的角色。意即跑錯場的角色，不小心混進來亂入。呵，就像科幻小說的登場人物跑到推理小說來湊熱鬧一樣——這樣講應該比較好懂吧。簡而言之便是如此。朽葉她是，在名為故事的程式當中，不小心產生又無法避免的矛盾（bug），是小說中意外插入又無可逃避的誤植（miss）。」

「…………」

「她的名字恐怕——在我們所稱的阿卡沙祕錄當中，並沒有被記載，等於從一開始就不曾存在過。由外圍侵入到內側，變成不是一種特別，而是一種缺陷。」

被視為矛盾——誤植。

神的失敗作。

沒有被賦予『死亡』，因此不會死亡。

並非不會死亡。

而是，欠缺了死亡。

這麼說來——這樣的朽葉，實際上不就像是，在活著的同時，卻永遠持續地邁向死亡嗎？她那些漫不經心又太過自虐的話語，有如利箭般，一字一句都尖銳帶刺。方才聽到的『外星人』論點，突然有了奇妙的說服力。

原來如此——彼此居住的世界，是不一樣的。

非關種族，非關種類。

無關乎表裡或正反或對稱。

而是來自不同世界的異人。

所以——根本沒辦法，加以解釋。

終究也，形同那名占卜師的存在。

除了，放棄理解——別無選擇。

但即使放棄理解，仍然可以從中得到收穫。那名占卜師曾經說過——偶爾也會遇見一些人，有著無法讀透的心，無法看穿的未來。玖渚友對占卜師而言，就是這樣的例子。我當時認定那是因為玖渚的心思深不可測，然而事實並非如此，假設原因出在，她的名字未被清楚銘刻於『故事』當中的話——

「話說回來，既然在統計學上，所謂絕無矛盾或失誤的作品不可能會存在……那麼朽葉的存在也可說是，對故事而言不可或缺的必然吧。想必除了朽葉以外還有**其他人**……或許並非以不死之身的方式被誤植，但無論如何，**這些不必要的存在，都是不可或缺的必然，非存在不可**。這個概念變成永遠無解的矛盾邏輯……當然，這只是就觀念上而言，所謂的『不死之身』，我不認為光靠這些狗屁歪理就能夠得到解答。只能說那已經超出我的理解範圍之外了。朽葉八成是，在某處吃下了人魚的肉吧……」

八百比丘尼。

八百歲。

「高橋留美子的漫畫你總該看過吧。」（註28）

「……………」

看樣子他似乎偏好小學館書系。

「你還真是——知之為知之不知為不知，擁有對事情置之不理的才能哪。」

「對啊。這點很重要，小哥也明白不是嗎？即使能找出『不死的方法』卻仍舊未能確立答案，所以這次我為了達成目的，要選擇改用別的手段來作為全新的舞臺。我決定，放棄『不死之身』。因為就算沒有『不死之身』——也還有其他方法，能夠讓我知道一切想知道的事情，不是嗎？答案極為簡單明瞭——

28　此處指漫畫家高橋留美子的《人魚之森》，故事敘述吃下人魚肉而長生不死的少年漁夫，為求恢復正常四處尋找人魚，在遇見同樣吃下人魚肉而不老不死的少女之後，兩人一起展開旅程。

只要想辦法，解讀故事就好了。

由於朽葉的存在——讓我對故事更加確信。**既然會有誤植存在，就代表故事一定存在著**。這是非常理所當然的事情，極度理所當然的事情。太過理所當然到無須贅言的地步。」

「想辦法——解讀，故事嗎。」

那就是——旁觀者。

究極意義的，旁觀者。

「既然確信有故事的存在，既然已經確定了，會想要去解讀也是人之常情，並非什麼特殊的念頭。正因如此，我才發下宏願要達成目標，掌握故事之鑰，此方與彼方的分界線。強者與弱者，弱肉強食，全都來者不拒，就建造出有如巴別塔般的金字塔吧。我只要能站在一旁，觀察整座金字塔……這樣就心滿意足了。」

呵、呵、呵，狐面男子輕笑幾聲，稍作停頓又道：

「拉拉雜雜說了一大堆，其實我直到目前為止，在摸索途徑的過程當中，已經重複過許多次慘不忍睹的錯誤嘗試了……然後，關於『零崎人識』，原本應該是第四次的挑戰——結果也變成，第四度的失敗。少了理澄代勞，如今的我，要再進一步尋找跟『零崎人識』的交點，更是難上加難。只好又轉移到下個全新的舞臺，否則也沒有其他方法。」

「……『如今的我』？」

「之前應該說過了吧。如今的我，是既已遭到因果放逐之身，因此不能浮上檯面行動。既然理澄跟出夢都不在了，必須尋找新的成員才行……原本就有空缺的『階梯』，這下子又少了兩個，真是找麻煩，匪夷所思啊……呵，也罷，有關零崎人識的話題就到此結束，這樣你滿意了嗎？」

「嗯……獲益良多。」

其實，還是一樣有聽沒有懂。

不過——至少有一點，是可以清楚理解的。

眼前這個人——絕對不能讓他和零崎碰面。

肯定會，後果不堪設想。

那個人間失格的傢伙，居然有著如此積極的定義，那個除了殺人以外沒有任何存在意義的殺人鬼，竟然有著如此究極的定義，實在有些難以想像——儘管如此。

絕對不能，讓這名男子和零崎遇上。

唯有這點可以確定。

……平心而論，為這種超乎常理的事情擔心根本是杞人憂天。人與人之間，沒有那麼簡單就能夠相遇的。在電影或小說當中，**經常**漫無目的隨便走在路上就會**碰巧**遇到認識的人或想見的對象——然而要將這種現象套用到現實當中，只會發生在行動範園受到嚴格限制，類似高中校園的場景吧。稍微踏進市區一步，就完全失效了。在電車上**碰巧**相遇，在路上**碰巧**撞見誰跟誰走在一起，這種事情，根本叫做幻想。所謂偶然的相遇幾乎不可能會發生，尤其什麼命中注定的相遇，更是絕對不可能。

況且，零崎人識也已經死了。

理澄已經，針對這項調查結果提出報告。

已死之人，難道還會有遇見的可能性嗎？

話雖如此——

我遇見了理澄。

我遇見了出夢。

我又遇見狐面男子。

巧合。

若非巧合。

除了必然之外，沒有其他表現方式，這樣的機率——

宛如故事安排。

「木賀峰似乎為了打破自己的命運，透過各種努力和你取得連絡——但其實，也沒有這個必要。所謂的開創命運，對於不是矛盾也不是誤植，只是純粹的正常人而言，簡直多此一舉啊。那傢伙並沒有開創出什麼命運，畢竟早在很久以前，木賀峰就一直在尋找**像你這樣的人了**——甚至你也一樣，在受到邀請參加打工之前，在木賀峰主動連絡你之前——呃我想想，她叫什麼來著……對了，那個名叫葵井巫女子的同學，你原本就已經從她口中，聽說過木賀峰約這號人物。呵，至少能令你留下印象，表示當時木賀峰約應該也引起你的興趣了吧。無論木賀峰有沒有一廂情願地，將預定情節加以扭曲、牽強附會、推波助瀾，設下舞臺與你聯繫……無論你有沒有參加打工，不管發生什麼事情，遲早你們兩個都會相遇……然後你就會，和朽葉相遇。差別只在，時間的早晚而已。」

我和木賀峰副教授相遇。

我和朽葉相遇。

六月，和小姬相遇。

七月，和春日井小姐相遇。

四月，和哀川小姐相遇。

五月，和零崎相遇。

和玖渚的相遇呢？還有，想影真心呢？

這些——能說都是，單純的偶然嗎？

這種可能性——才是，幾乎不可能。

「『對因果定律的反抗，對實際存在的命運發起革命，對必然性正面迎擊的獨立宣言』——把這種不成熟的話掛在嘴邊，提倡浪漫主義的時代，對我來說已經成為過去式了。因果律是用來觀測的，命運是應該凝望的，必然性是值得期待的——戰爭交給底下的奴隸去打就好。我是個不斷改變立場與主張的男子，唯獨一件事情沒有改變，告訴你我從出生以來就抱持的座右銘吧。

『讓無趣的世界變得有趣——』（註29）

這就是我，窮盡一生的理念。」

「讓世界——變有趣嗎。」

「嗯。就這層意義而言，木賀峰識人的眼光實在高超……你真的，非常有意思哪。越聽越覺得，你的存在非常有意思。你自己也不是完全沒想過吧——五個人當中死了四個，卻偏偏**只有自己存活下來的理由**。究竟為什麼呢，難道是因為你就是凶手嗎？」

「咦，這——」

「這不是正確答案！因為你並不是會死在這種無聊地方的小角色……我說得沒錯吧。」

「……你太高估我了。」我一如往常，以慣用句回答道：「誠如外表所見，我只是個普通的死小鬼而已。」

「呵，只有這部分和當初的我不一樣嗎……的確，木賀峰跟朽葉說得沒錯，**你很像當初的我**——並非指性格，或者外在——而是指，**靈魂**。」

29 幕末維新志士高杉晉作（1839-1867）臨終前留下的辭世之句。

「靈魂……」

「對，人類最惡的，靈魂。」

…………

無法反駁，無法提出任何異議。

甚至，開始慢慢被說服。

啊啊，原來如此，是嗎。

千鈞一髮之際——恢復清醒。

「拜託別開玩笑了——我只不過是個，最弱的傢伙。是人類最弱的，戲言玩家啊。」

「強即是弱，弱即是強——你的弱點，想必已經達到了強者的境界。我說的一定沒錯。當然，屬於你的故事，還充滿著各式各樣的因果機緣——今後將如何發展，現階段的我尚無法預測。唯一能給的建議就是，享受每一天，開心玩樂，讓自己活得有趣，僅此而已。」

「……這正是我，最不擅長的事情。」

「那是當然的，正因為單純，所以很難做到。正因為很難做到，所以才有趣啊。假如失敗也沒什麼好懊悔的，這種遊戲去參加還有什麼意思。並非參加的過程有意義，在成功中得到喜悅，在失敗中嚐到屈辱，這些才是有意義的。」

無論勝利或敗北——都只是銜接『下一步棋』的，布局。

狐面男子動作俐落地，從坐墊上站起來。

這一次，大概真的要回去了。

「……啊——」

就這樣結束，沒關係嗎？

內心略微焦躁。

就這樣直接讓狐面男子回去也沒關係嗎？

結果好像，都在談論**外圍**的話題，關於事件的線索什麼也沒打聽到。明明還有應該要問的事情不是嗎？既然對事實真相耿耿於懷，就該想辦法拜託對方告訴我——不，這件事情如果不靠自己找出答案就會失去意義。向別人尋求解答，是行不通的。

然而，縱使是這樣，至少也要先捕捉到一點線索提示才行，否則我一定會，距離真相越來越遠不是嗎——

任何提示。

任何提示，一點點都好。

「……你一臉有所求的表情哪。」狐面男子說道：「雖然有些事情不管你怎麼追問我都不能回答，但撇除這種不能回答的事情以外——我就再給你最後一次機會發問吧。」

「最後一次……機會嗎？」

我猶豫了。要問什麼才好呢，該怎麼發問呢？命運，必然，因果，因緣，木賀峰約，不死的研究，圓朽葉，不死之身，匂宮理澄，『漢尼拔』，匂宮出夢，『食人魔』，紫木一姬，『病蜘蛛』的弟子，春日井春日，食客，西東診療所，狐面男子，戲言玩家。可惡，可惡，可惡，不管怎麼絞盡腦汁拚命想拚命想拚命想拚命想，就是導不出正確解答。我沒辦法像方才狐面男子那樣，當場一針見血提出最適切的疑問。腦中只浮現一堆，曖昧不明，又無關緊要的問題。

坦白說，可能的假設，並不是沒有想到過。

對事件的現象並不是沒有找到合理的解釋。玖渚也曾經說過，還有一個可能的假設。至少從狐面男子的反應來看，確實有個**真正合理的解答**，這點絕對無庸置疑。既有假設，也有正確答案，但——不管怎麼說，光憑這些線索，論點還是太弱太弱了。

為了突破弱點——無論如何，都必須推翻其中一項前提條件。然而這項前提條件，實在太過堅固強韌，幾乎可以說是絕對的銅牆鐵壁。推翻這項條件的行為，簡直等同於竄改歷史，甚至有種逃避現實的感覺。但卻是我所能想到僅有的假設。

啊啊……可惡，真希望自己頭腦再聰明一點。不必像哀川小姐或玖渚那樣，不需要過度龐大的容量。需要的只是，以最小能力，得到最大收穫的，『軍師』般的頭腦

——

「——萩原子荻。」我說：「萩原子荻這名字——你知道嗎？」

「萩原……」

「既然你知道市井遊馬跟紫木一姬……我猜想，說不定連這個名字……你也會知道。」

「什麼知不知道——」狐面男子似乎對我的少根筋感到傻眼，語氣相當訝異地說：「那個女孩子，可是唯一能與殺戮奇術集團・匂宮雜技團，以及殺人鬼集團・零崎一賊勢均力敵周旋到底，對戰到不分軒輊的難纏小鬼啊。莫非，連那樣的角色你都認識？」

「呃……對啊，算認識吧。」

「據說，當時零崎這方是由『自殺志願』跟『愚神禮贊』兩人聯手參戰……同時被大剪子和狼牙棒左右夾攻……簡直是無法想像的地獄哪。雖然這段傳聞還加上出夢自己的加油添醋，但就算把內容打對折，這個『軍師』萩原子荻——仍然是超乎我想像的究極怪物。」

「…………」

子荻小妹妹，有那麼厲害嗎？

我還真是，不知天高地厚啊。

不過——

不過，假如子荻沒那麼厲害的話，可就傷腦筋了。

「所以呢，萩原子荻怎麼樣了？」

「呃……我聽說子荻以前，曾經和匂宮交手過……當時出夢跟理澄，這對『食人魔』匂宮兄妹，有和子荻正面衝突嗎？」

「當然沒有。」

迅速回答。

「假如萩原子荻果真像傳聞所說那樣，憑出夢的單細胞根本不足為敵，肯定會落入圈套被對手耍得團團轉——就連理澄扮演的『弱者』，想必也對『軍師』行不通吧。先聲明，這並不表示匂宮兄妹本身太遜，而是因為萩原子荻連有名的『斷片集』都能從容自若地玩弄於股掌之間。喂——小哥，既然你認識萩原子荻，能不能幫忙介紹一下？搞不好那個萩原子荻，才是我的**正解**也不一定呢。四神一鏡的王牌，『軍師』萩原子荻。演算能力少說也有我的五倍以上吧——原本以為這種怪物跟我不會有任何緣分，但既然是你認識的人，或許並非絕對無緣。就算不是正解，缺了出夢跟理澄的『十三階梯』，也可以讓她遞補其中一席。待在四神一鏡那種組織裡面太埋沒人材了，萩原子荻的運算能力在我旗下才能發揮到淋漓盡致。」狐面男子以過度熱忱的語氣接著說：「怎麼樣，小哥，拜託幫忙引見一下嘛。如果你願意的話，甚至連剛才那些不能回答的問題，我都可以回答你喔。包括這整起事件的真相，也通通都告訴你。」

「呃——非常吸引人的條件，只可惜我跟子荻，在她所屬的組織被摧毀那一戰當中，已經斷絕往來，很久沒連絡了。」

「這樣啊……真是遺憾。」狐面男子明顯地流露失望，彷彿比之前從理澄口中聽說零崎人識的死訊時更加失落。沒想到這個人，也會有這樣的情緒表現嗎，我略感驚訝。「沒辦法……時間收斂的觀念也可適用於逆向量，不會發生的事情就絕對不會發生，即使發生了，也會失去意義。也罷……假如有緣的話，將來總會見到面的，就姑且這樣想好了。如果是像傳聞中所說的怪物，除非遭到身旁的戰友偷襲，否則應該沒那麼容易死才對——話說回來，你提出這個問題究竟有何意圖，我實在摸不著頭緒，這樣子你根本無法從中得到任何線索吧。反正還有一點時間，我可以再給你一次機會。」

「**不——這樣已經，足夠了。**」

我回答道。

好——我瞭解了。

找到迷宮出口。

想像力快速飛躍。

魔術演繹完畢。

式子，大功告成。

既然沒有和子荻正面對峙過——既然　宮兄妹不曾和子荻直接交手過的話——答案就，呼之欲出了。

仔細想想，只有那一點，是受到制約的。

如此一來，前提條件徹底崩解了。

非常，簡單。

非常，明瞭。

正確解答——除此之外別無可能。

「非常感謝你，狐狸先生。」

「啊啊……雖然不太清楚怎麼回事，不過你覺得沒問題的話就無所謂，反正看你也不像在逞強的樣子。那麼，就此告辭，**有緣的話**——」

這時候——

正當狐面男子準備說出招牌臺詞之際，忽然從我褲子口袋傳出警鈴般的聲響。那是前一陣子，春日井小姐擅自幫我設定的來電鈴聲。這種宛如地獄傳來的聲響，重金屬的旋律，是屬於誰的來電鈴聲——

根本連想都不願去想。

真是個——頭痛人物。

「……不接沒關係嗎？」

「啊，不，失陪一下。」

「啊啊，那我先告辭了，再見。」

在狐面男子轉過身去同一時間，我從口袋中拿出手機，看向液晶畫面顯示的數字，是記憶中那組號碼。

真傷腦筋……

明明應該，有三天的時間才對啊。

『喂——！』

冷不妨地，被大吼一聲。

『你這傢伙，為什麼給我裝死啊渾蛋！』

「…………」

我將手機稍微拿遠一點。

耳內嗡嗡作響，頭昏腦脹。

「抱歉，潤小姐……」

果然。

果然在這種情況下，就沒膽直呼她的姓氏。

『抱你個大頭鬼！一姬死了，為什麼不馬上跟我連絡啊笨蛋！不但沒連絡你這傢伙還給我偷偷進行隱蔽工作是嗎！雖然不清楚發生什麼事，你以為我會因此而責怪你嗎？我是那麼糊塗的人嗎，白痴！把一姬交給你的人是我，王八蛋，幹麼搶走我該負的責任啊！**那是我的東西**，給我還回來！』

「…………」

『不管你搞砸了什麼我也會原諒你，所以快把狀況解釋清楚！真是個麻煩鬼，什麼事都無所謂，至少要信任我啊！我有多優秀多出色還需要說明嗎，你其實都心知肚明吧？我是最強的，難道你蠢到連這點都看不出來嗎？我現在立刻趕過去你給我好好待著不准亂跑！』

「…………………」

實在是……

這個人實在是，真爽快啊。

怎麼會有，這樣爽快的人呢。

我想向她道謝。

想要，表達感謝之意。

感謝和妳相遇。

在這場故事當中，能夠和妳相遇。

……然而——

「……不勞，妳費心。」

可以了，到此為止吧。

每次都勞煩妳出手擺平的時代——就到此結束。

坦白說，我其實很想永遠活在妳的庇護之下。並非以過去式，即使在此時此刻，

我也打從心底這麼想，真的。我甚至希望，能夠隱藏在妳身後，終此一生，不斷傳頌

妳的事蹟，只當個敘述者。希望自己能作個旁觀者，永遠站在故事外圍，敘述妳的事蹟。能夠認識妳，是此刻我心中最大的驕傲，是我的殊榮，是無上的光耀。

但是——

已經，不行了。

已經不能——再繼續，縱容自己。

這件事情絕不能讓步。

因為這是——**屬於我的，責任**。

「這件事，不勞妳費心。」

『啥～？』

「目前已經……解決一大部分，只剩下收拾善後……很抱歉，**這一次的事件歸我管**。」我下定決心——清楚明白地說道：「屆時，還請潤小姐務必鼎力相助——妳願意出面幫這個忙嗎？接下來要開始擬定『策略』——可以讓我，把妳也算進去嗎？」

『…………』

哀川小姐沉默片刻。

『突然變得……很積極啊你，怎麼回事？』

「不……沒什麼。」

『啊啊，算了算了。等見了面再問你吧……好，我應該到哪邊去會合？』

「妳願意接受我的請託了嗎？」

『廢話，這什麼爛問題，承包人豈會拒絕別人的委託……雖然不知道詳細情形，但似乎挺有趣的不是嗎？』

「這是當然。敢把潤小姐拉來幫忙——我絕對不會，讓妳感到無聊的。」

『哈，既然要幹就轟轟烈烈地大幹一場——為弔祭一姬的亡靈而戰吧。反正匂宮雜技團是出名地難纏，正好我也很久沒機會，可以毫不留情地放手大開殺戒啦。』

「那就這麼說定了……總之不管怎樣，先到京都御所會合吧。我現在也，正準備要往那裡去。目前人在外面——大概花個三小時左右，應該可以趕到。」

『瞭解。』

「那就待會見了，哀川小姐。」

『王八蛋，就跟你說不准叫我的姓——』

切斷通話。

心情頗愉快。

好，準備完畢。

想做的事情……立刻就付諸行動吧。

這種事情——從來不曾有過經驗，所以實際上究竟會如何發展，坦白說我也不知道——所謂知之為知之不知為不知，不懂的事情只要置之不理就好了。

反正，終究會有結果。

無論會是哪一種結果。

哪一種結果？

不，結果已經注定，只會有一種。

我從坐墊上站起來。

「……………」

「…………咦？」

發現狐面男子，還背對著我，站在原處不動。

一直，站在原處不動。

「你還沒回去嗎？」

「……哀川……潤——」狐面男子像在喃喃自語般，低聲說道。

緊接著，以驚人之勢，迅速轉過身來。

幾乎可以感受到面具底下所散發出的，強烈壓迫感。

「剛才，你說了，哀川潤，這三個字，我沒聽錯吧。」

「啊，是……」

不由得，乖乖點頭。

狐面男子開始**渾身發顫**，不停顫抖著身軀……抖到我差點以為是什麼怪病要發作了，整個身體明顯地震動著，持續痙攣著，慢慢彎下腰來。比起剛才聽見子荻名字的時候還要——更加，激烈的反應。

「哀川潤——紅色征裁，死色真紅——千人斬——沙漠之鷹——」

「咦……？」死色真紅？「那個，狐狸先生──」

「……呵、呵、呵。」

緊接著──

「……啊─哈、哈、哈、哈、哈！」

狐面男子他，使盡全力，縱聲大笑。

「原來你才是正解嗎！上回遇見你的時候也曾經懷疑過──可是，完全超乎想像啊！沒有比這更絕的了！簡直無與倫比哪！究竟怎麼回事，這樣的安排！原來不是零崎人識，是你才對啊！在那種『無關緊要』的地方『偶然』遇見的平凡男子居然──啊哈哈哈哈哈哈哈！木賀峰，閣下還真是非常非常地有眼光啊！即使扭曲情節也不枉費繼我之後繼續堅持到現在的意義了！幹得好，我要向妳致上最後的敬意！我要在妳跟前跪下！」

「呃……請問？」

「原來是你嗎！啊哈哈，你這傢伙，到底是何方神聖啊！儘管本身只是個毫不起眼的平凡小鬼──卻能將周圍全部捲入漩渦當中，那股強大的黑暗渾沌究竟從何而來！異形與異端的大鎔爐，你才是真正的地獄啊！啊哈哈哈哈哈哈啊哈哈哈哈啊哈哈哈哈哈哈哈哈哈哈哈！哈哈哈哈哈哈哈！愉快愉快！有趣有趣！很久沒這麼有趣了！為何這世界會如此有趣呢，簡直不可思議！這個宇宙簡直，脫軌到要人命的地步啊！」

「——嗚——」

極力克制差點衝口而出的尖叫。

我出於本能地，向後退。

啊啊——好恐怖。

有生以來第一次，感受到真正的恐怖。

迄今為止所感受過的各種恐怖——跟這比起來都變得微不足道。假如這才叫做真正的恐怖，那麼我以前根本，從來也沒見識過什麼是恐怖。全身上下無一處不在顫抖。心臟急遽跳動到幾乎快要爆裂。

恐怖。

恐怖恐怖恐怖恐怖。

恐怖。

這才是，真正的恐怖。

絕不是什麼戲言。

這個人——

好恐怖。

冷汗直流，心臟緩緩破裂。

到前一刻為止，直到剛才為止，自己還在跟這個人交談，簡直不敢相信。自己是走在多麼纖細脆弱的鋼索上……根本連想都不願去想。

「救、救、救命啊——」

「精采！實在太精采了！——原來如此，就算見不到『零崎人識』——但我卻，注定要遇見你嗎。了不起的替代可能。照理說零崎中的零崎，究極殺人鬼與絕對殺人鬼交配所產下的純正血脈，豈會有替代品存在！究竟為什麼為什麼呢！話雖如此，我的假設卻並沒有錯！」

喀一聲，肩膀被毫不留情地用力掐住。

「啊哈哈哈哈！哈哈哈哈哈哈哈哈哈哈哈哈哈哈哈哈哈哈哈哈哈哈哈哈哈哈哈哈哈哈哈哈哈，呵、呵、呵——

幸會了，我的敵人。

終於有幸相遇，請千萬將在下牢記在心，今後也請多指教，或許會從此長相左右糾纏一生呢！啊哈哈哈哈哈哈哈哈哈哈哈哈哈哈哈哈哈哈哈哈哈哈，啊哈哈哈哈哈哈哈哈哈哈哈哈哈哈哈哈哈哈哈哈哈哈哈哈哈哈哈哈哈哈哈！」

接著狐面男子突然，狠狠推了我一把。我一屁股跌坐在塌塌米上。狐面男子終於斂起笑聲，隨即又『呵、呵、呵』地輕笑起來，轉過身背對著我。

「這場戲就此拉開序幕——這間死氣沉沉的診療所不適合當作你我相遇的舞臺，連序章都不配，頂多只能稱之為伏筆啊。劇情越來越緊湊越來越刺激，不得了不得了，熱鬧非凡手忙腳亂翻天覆地的大騷動！真開心真開心真開心真開心，愉悅加愉悅加愉悅加愉悅，手牽著手排成一列跳舞慶賀！盡情瘋狂盡情崩壞盡情發作吧！歌唱吧昇華吧狂歡吧淪陷吧！這是結束是開始是終焉是濫觴！快快快——我必須開始為自己做準備，畢竟『十三階梯』也才湊齊了一半的人數而已——因為沒想到事情會進展得如此倉促哪。總之不管怎樣，先盡速把你跟匂宮兄妹之間的無聊故事畫下句點。**這種無關緊要的東西**，留下禍根只會後患無窮——**隨便你要藉助誰的力量都無所謂，只要設法收拾乾淨就好**。我不想被剝奪一絲一毫的樂趣。聽見沒有，給我記清楚，以全神貫注的確信徹底覺悟吧，你現在……已經將其餘所有命運都封閉起來了。」

「封閉……」

「你現在，僅存和我之間的因果，其他什麼也不剩了。不，其實原本就應該是這樣子的，這是無可避免的必然，是故事的主軸。你跟我早已注定，哪裡都去不了——早已注定要朝向永劫的最終章（Epilogue）邁進，在抵達之前，絕不允許踏出結界任何一步！」

「什麼，意思？」

「沒什麼意思，有或沒有意思都一樣。好——既然注定『有緣』，不管願不願意，都還會再見到面的。在那之前好好鍛鍊自己可別輕忽怠慢啊，自我探索是你唯一僅存的義務，必須深刻體認到這一點。」

「…………………」

狐面男子跨出房門，走出和室。

而我──

「你……究竟是誰？」

近乎衝動地，儘管不希望彼此再有任何瓜葛，仍舊脫口問出。因為不問不行。不問個清楚，就沒辦法釋懷。

「你……你究竟是，哀川小姐的，什麼人？」

「嗯──……我嗎？」

狐面男子只轉動脖子，回過頭來。

摘下面具，以素顏相對。

與她極為相似的，那張臉孔。

與她極為相似的，那抹微笑。

「我，就是我啊。還不到報上姓名的時候，改天再自我介紹。如果現階段要有個識別名稱的話……對了，這樣講吧，人類最惡的遊蕩人──可以算是，我的代號。」

然後，狐面男子他說：

「哀川潤是，我的女兒。」

第十章　崩壞的最惡——（吞食的罪惡）

0

再見。

沒有下一次機會了。

1

死亡。

來試著思考，有關死亡這回事吧。

廣義而言，存在於這個世界上的所有存在當中，能夠『不死』的物質，並不存在。無論生物或非生物，一切分子構造，最終都會在不知不覺當中抵達『死亡』。任何人，任何東西，都沒辦法逃脫這項法則。毫無例外地，全部都會走到『死亡』這一步。甚至讓人不禁懷疑，難道一切生命，都是為了『死亡』而存在的嗎？我們的思考之所以會停滯在此，是因為認定『死』絕對不等於『無』。至少這樣的想法——是人們，是人類，一直以來面對死亡的基本概念。

當中的極致，便是宗教。

為『死亡』，提供意義。

為『死亡』，提供後續。

提供死後的復活。

無論在醫學上或哲學上，針對克服死亡這一點，都有著共同的信仰。沒錯，誰都害怕死亡，能夠輕鬆看待死亡的人，想必對『死』還沒有正確的認知——以為只有自己不會死，懷著錯誤的確信。

又或者是，真正擁有，不死之身。

然而，人類終究，免不了一死。

這是遊戲規則。

永生不死是一種——犯規。

在名為世界的遊戲當中——違反遊戲規定。

然而，那又是什麼樣的心情呢？

能夠永遠地活著——長生不死。

如果無止盡地持續下去，遲早也會難以忍受的不是嗎？如果沒有設定終點的話——人終究會感到疲倦的不是嗎？正因為是百米賽跑，才能夠全力以赴地衝刺——倘若沒有確定的目標也沒有所謂的終點站，根本就沒辦法盡全力衝刺。俗話說凡事都要有始有終，正因為有終點在，人才能夠下定決心，才有辦法開始向前邁進不是嗎？

老實說。

老實說，大家真的都，不想死嗎？

人生真的，那麼快樂那麼有趣嗎？

我並不這麼想。覺得什麼時候死都無所謂，死也沒什麼大不了的——從前的我，對於生與死之間的差別，向來沒有明顯的區分。沒錯，當時的我——尚未和紅色征裁或苦橙之種或藍色少年相遇，也未曾見過妹妹。當時的我——不知生也不知死。

不知生與死。

當時不知生死為何物的我，是強者。

不知道什麼叫做終點的我，是強者。

正因剛強——所以柔弱。

不死之身。

倘若被賦予了這樣的生命，將會如何？

一旦終點消失的話。

如果被賜與永恆的生命，人類將會如何改變？對痛覺越來越遲鈍，停止戰爭，諸如此類，想必會放棄許多事情吧。原本在生命有終點時認為很重要的想法，也會毫不在乎地捨棄——

想必會死氣沉沉地虛度光陰吧。

千真萬確地，絕非戲言。

沒錯，正是如此。

當時覺得死也無所謂，認為命根本不重要的我，確實都是這樣子虛度著光陰。不知生也不知死的我，既然對死亡不以為意，等於死亡這件事情從一開始就不存在。自然也就沒有，區分生與死的必要。

我不屬於這個有生有死的世界。

因此——

就算做了什麼，結果仍舊不變。

是最弱，也是最強。

是最強，也是最弱。

此外，還有一點可以斷言。

我是——最惡的存在。

這一點，直到現在也，沒有改變。

彷彿活著其實已死。

彷彿死去卻還活著。

想要忘記自己還活著。

試圖遺忘自己還活著。

對，總而言之便是如此。

正因如此，所以必須遵守遊戲規則。

認識死亡，獲得死亡，捕捉死亡。

與死對峙，與死決鬥，與死對決。

死亡可怕嗎？

即使害怕，也要正面迎戰。

將死亡，完全吞噬。

這就是，本篇故事要說的。

只要有死的覺悟，便能置之死地而後生。

「……差不多了吧。」

我拿出手機，最後一次，確認時間。

螢幕上顯示的月曆。

八月十九日，星期五。

晚間——十點，五十五分。

牆上的古董鐘，也指著相同的時刻。

我關閉電源，將手機放在矮桌上。儘管哀川小姐叫我要隨時保持聯繫，儘管不用說我也知道這樣做才是正確的，儘管如此——卻還是不希望，遭到無謂的打擾。不希望參雜任何，不確定的因素。否則這麼一來，準備好的舞臺，就前功盡棄了。

「…………」

我仍舊和昨天一樣，待在木賀峰副教授的研究室——前．西東診療所的，會客室裡。獨自一人，連電燈也沒開地，端坐在墊子上。

這段時間都沒有回過古董公寓。

昨天在那之後，我前往京都御所，和哀川小姐徹夜長談——討論有關小姬的事情，以及接下來的預定計畫——然後我又，直接回到這裡來。

假如回去古董公寓，可能會動搖決心。

沒錯——我是，很軟弱的。

容易因為一點小事，就意志不堅。

即使已經確定了答案，只要發現還有另一種相反的解讀方式，立刻又會回到原點。就是這樣子，優柔寡斷，脆弱膽怯，見風轉舵，只擁有些微薄弱的意志力。

實在是——真正的，無地自容。

窩囊也要有個限度。

這樣子——有辦法貫徹到底嗎？

疑問的聲音，從內心深處不斷湧起。

你真的明白，自己正準備要做什麼嗎？如果真的明白，應該不可能還這麼輕鬆自若好整以暇才對，難道不是嗎？你只不過想要，出出風頭耍耍帥而已不是嗎？

永遠渾渾噩噩地。

曖昧不明的態度。

甚至連自己是活著還是死了都不清楚。

這樣的你，能夠作戰嗎？

「…………」

——笑話。

我才不會，去作戰。

不會去，一決勝負。

無論勝利或敗北——都只是在為下一手棋做布局。

有贏就有輸，這是理所當然的事情。沒有全盤皆勝的人生，也沒有滿盤皆輸的人生。連戰連勝的人只不過是沒察覺到自己曾經失敗，而屢戰屢敗的人也只不過是沒發現到自己曾經獲勝。純粹只是強者不知道什麼是弱，弱者不知道什麼是強罷了。

我是弱者，絕對的弱者。

然而，一旦對『弱』有所自覺——

「那麼，就算不必達到棋士的程度，也無妨吧。」

記得以前，曾經聽誰說過，在現代社會當中，沒有比將棋或圍棋的職業棋士更懷才不遇的存在了。這些人只能將自己舉世無雙的驚人頭腦，運用在棋盤上。假如生在不同的世界，那種媲美『軍師』的能力——甚至能夠輕而易舉地，撼動天下。

但是——

這點其實，每個人，都一樣。

包括只能成為後繼者的木賀峰副教授。

包括不死之身的圓朽葉。

包括小姬，和理澄，以及出夢。

要說時運不濟，的確時運不濟。

要說懷才不遇，的確懷才不遇。

至少，和我不相上下。

「——然而，她們絕對不會希望……從我這樣的人身上，得到憐憫吧。」

她們，並未死去。

她們，曾經活過。

讓無趣的世界，變得有趣——

『叮——咚——』

電鈴聲傳來。

我正準備確認一下時間，又想起手機電源已經關閉了，因此抬頭看向牆上的古董鐘。十一點整。

「…………………」

呼。

出乎意料地，非常準時。

沒聽見開門聲。

也沒聽見脫鞋的聲音，或穿過走廊的聲音。

這點程度的聲響——大概可以輕易掩除吧。

過沒多久，紙門就刷地一聲，被用力打開。

「……嗨。」

我率先出聲，打了招呼。

並沒有，先發制人的打算。

想也知道，那是行不通的。

「——耶？」

拉開紙門的『他』──

匂宮出夢，一臉疑惑地歪著頭。

「為什麼你會在這裡？」

2

出夢並未按照慣例，穿著束縛衣出現。

貼身皮褲配上短窄的皮夾克，夾克底下什麼也沒穿，骨骼線條清晰可見。肌肉偏少的纖瘦體型，隱約可見雪白的肌膚和微微隆起的胸部。沒有穿襪子，赤著一雙腳。這樣看上去──如此這般，穿著完全貼身的服裝一看，便可以清楚發現到，原本隱藏在束縛衣底下的雙手十分修長，與出夢的矮小身軀顯得非常不搭調。

那胳臂。

那手腕。

那指尖──

「嗯──？這可奇怪了──我是被『死色真紅』叫過來的──她應該已經先到了才對啊。」出夢反應誇張地，一副由衷感到困惑的模樣說道：「那個紫木一姬似乎跟『死色』關係匪淺，她說要找我報仇──」

「哀川小姐是我的女朋友，正在熱戀中喔。」我轉動身體，與出夢正面相對。「你也太狀況外了吧，真是不知天高地厚的想法。你以為自己有資格直接跟她決鬥嗎？不管電玩也好小說也好或什麼東西都一樣——在挑戰大魔王之前，都要先過中魔王這關啊。」

「…………………」

出夢用不屑的眼神看著我。

彷彿無言以對的輕蔑表情。

「……所以，你就是中魔王？」

「正是。」

「喀哈哈哈哈！」出夢以高分貝的音量狂妄大笑。「這麼弱的中魔王，我還是頭一次見識到，就連小庫巴（註30）都比你強吧！」

「……我沒什麼好反駁的。」

「……哈，哈哈哈。啊啊——原來如此，你也是一樣，因為那個女孩子，紫木一姬被我殺了而感到憤怒嗎。唉呀，關於這點我確實很過意不去——畢竟是我打破了和你之間的約定哪。」

打破彼此之間的約定。

言下之意，要道歉的只有這件事情。

30 電玩《超級瑪俐》系列當中的敵人，大魔王庫巴（烏龜）的兒子。

至於殺死小姬的部分——

完全都，不當一回事嗎？

「坦白說——鬆了一口氣。」我無視於大笑不止的出夢，自顧自續道：「嗯，雖然覺得幾乎不可能——不過之前也曾經擔心，萬一是理澄來赴約的話該怎麼辦。畢竟這種可能性——也不完全是零啊。」

「——唔的確，說得也對……啊，所以換言之——」出夢說：「不只『死色』，包括你也已經，識破我們兄妹使用的**伎倆**了。」

「沒錯。」我點點頭。「應該說，是由我先察覺到再向哀川小姐提出看法的——其實，假如哀川小姐從一開始就參與整起事件的話，想必誰都不會死，可以平靜地落幕吧。」

「先鄭重聲明——」

出夢理直氣壯地，臉不紅氣不喘說道：

「你把矛頭指向我，是不是恨錯對象啦？可別模糊焦點，『死色』也就算了，幹麼連你也來湊熱鬧。殺死木賀峰約跟圓朽葉是狐狸先生所委託的任務——職業殺手動手殺人，有什麼不對？當你拿槍殺人的時候，能怪那把槍不對嗎？刀子傷了人，是刀子的責任嗎？這說不過去吧。」

「……可是，小姬不一樣。」

「啊啊——那個小鬼，的確不是我執行『殺手』任務的目標，但是——」出夢說：

「話雖如此，**一旦生命受到威脅**，基於生物本能，也只好保命要緊啦。」

「…………」

「……沒記錯的話，『自保』應該不在我們的約定範圍內吧？有關這種事，我可絕不含糊。」

「……也對。」

果然——是這麼回事嗎。

果然是這樣沒錯啊。

昨晚和哀川小姐經過徹夜長談，最後達成一致的看法。雖然也有其他可能性，無法妄下斷言——但現在看來，果然飛雅特和KATANA，以及Z跑車的輪胎，都是小姬去破壞的。

小姬這笨蛋。

然而整件事情，該罵笨蛋的並非只有小姬一個人而已。哀川小姐不該指派小姬擔任我的貼身護衛——我也不該接受她所提的建議。而且不管輪胎爆了或怎樣，當時我就算翻山越嶺也應該要回古董公寓才對。

小姬她——原本是一名，狂戰士。潛意識裡有著好戰的特質，面對近在眼前的『敵人』無法置之不理——是被以這種方式，訓練長大的。這件事情，我和哀川小姐，明明都知道得非常清楚，明明都心裡有數。對於近在眼前的『匂宮』『食人魔』，小姬絕對無法置之不理——這點我們明明都很清楚。

因為小姬使命感太過強烈。

尚未完全——擺脫習慣。

過去培養的，壞習慣。

戰鬥本能。

「話說回來——小姬為什麼會，發現你是『匂宮』的殺手呢？——照理說已經取了假名，而且理澄在小姬面前，應該也表演得很自然沒有露出破綻才對啊。」

「是憑著，氣息吧。」出夢說：「你不知道嗎？殺人者身上，都會沾染血的顏色跟腐臭的氣味——我當時，不就是看穿了紫木一姬『殺人者』的身分嗎？既然如此同理可證，你怎麼肯定她不會反過來看穿我？」

「——原來如此，瞭解。」

「——**講是這麼講，但有一點也要提醒你**。」

結果出夢又，繼續往下說道：

「**我之所以必須有理澄搭配，就是為了防止被看穿，這點可千萬別忘記啊**。只要有理澄存在，我們兄妹倆『職業殺手』的身分，就不可能會露餡。」

「…………」

「換言之，要怪就怪我跟你太不小心了。並非理澄的緣故，也不是紫木的關係——而是因為，我跟你都太多嘴啦。我當時既不該到中庭去——你也不該，對紫木透露任何隻字片語。」

我？

不對——我應該徹底瞞過小姬了啊。關於和出夢或理澄認識的事情，我應該完全沒有告訴過小姬才對。

……話雖如此——

卻不見得完全沒有表現出**不自然的態度**。也許在小姬看來，光是我主動向她打聽有關「匂宮」的事情，就已經十分明顯了。

「所以說——終究還是，我的責任嗎。」

「這個嘛——反正本來就沒辦法用玩笑話敷衍了事，畢竟是謊言無法遮蓋的真實。唉呀呀，不過沒想到紫木也不是個笨蛋，居然擁有超乎水準的洞察力呢。」

「…………」

沒錯——這點我也，疏忽了。

小姬或許的確是個笨蛋——但卻擁有卓越的戰鬥直覺。再加上，小姬非常擅於說謊。並非擅長，而是如同我操弄戲言般，已經成為小姬的處世之道了。這點在六月的時候，應該也早就充分明瞭才對。**不讓別人察覺到她的察覺**，對她而言是極其自然，輕而易舉便可虛構的假象——

「話說回來，真不愧是強敵——我也並非毫髮無傷哪。畢竟自己也沒有跟『琴弦師』交手過的經驗，而且那個小鬼——作為戰士的能力實在非比尋常，即使和職業級的相較也毫不遜色，堪稱高水準了喔。她究竟什麼來歷？搞不好是狐狸先生知道的名人咧。沒想到我的對手居然還會出現琴弦師這種人物——差點亂了方寸呢。」

「可以告訴我詳細經過嗎？」

「詳細經過？啊啊，這個嗎，很抱歉，沒有什麼詳細經過可言。就只是那小鬼和理澄獨處的時候，雙方約定好半夜到中庭去單挑而已。既然遭到挑釁——**我們**就，沒有拒絕的理由。」

「…………」

「因為那個小鬼觸及了『**關鍵字**』，所以我才主動現身——進行戰鬥。」

「……原來如此嗎。」

所以說——當時朽葉來通知我使用浴室，在我剛踏出房門沒多久事情就發生了嗎。假定是這樣的話，後來在樓梯口與**她**擦身而過，時間上也符合。當我結束和木賀峰副教授的談話，回到房間裡面時，小姬早已經不在床上了嗎。

小姬。

那時候——小姬她，究竟在想些什麼呢？是認為自己，一定還能再回來嗎？或者是——不，算了，這種東西想再多也於事無補。再想下去，萬一果真如我所想的話，未免太殘酷了不是嗎？

「我們所屬的世界慣於用暴力解決事情，是建構在暴力基礎上的究極和平主義。假如那小鬼打贏的話，我們就要消失在你面前——這是決鬥時她所提出的條件。本來我也沒打算對你們出手啊，之前已經說得很清楚了——偏偏那個小鬼，完全不肯把話聽進去。」

「沒辦法，她是個很頑固的丫頭呢。」

「一點也沒錯。像那種完全不聽取敵人意見的傢伙，絕對活不長久——咦，人好像就是我殺的嘛？咯哈哈哈！」

「…………」

「真可笑。」出夢毫不掩飾煩躁的情緒，咂嘴說道：「總之簡單講就是——紫木那傢伙為了生存殺過太多人了。做到那種地步，已經來不及挽回啦。殺過那麼多人，還想苟且偷生下去，甚至想要重新當個普通的高中女生，未免也太厚顏無恥太自私自利了吧。其實你也心知肚明不是嗎？紫木一姬為了生存，已經殺過太多的人，她實在太強——也太弱了。」

為求生存殺過太多的人。

也許確實如此。

小姬一直以來所受的訓練。

殺死敵對者，獵殺妨礙者。

絕不放過危險因子。

毫不猶豫，斬下對方的首級再說。

不能錯失良機，不能相信別人，否則會被殺。

這些都是她，一直以來所受的教育。

幾乎根深蒂固。
幾乎已經，無法擺脫。
幾乎無法，衡量自己的死亡。
敵人近在眼前——幾乎已經，不容遲疑。
所以小姬，早就來不及挽回了嗎？
小姬的一切，全都為時已晚了嗎？
幸福也好，快樂也好——
全部都，為時已晚了嗎？
「…………」
才沒有——這種事情。
絕對沒有，這種事情。
我斬釘截鐵地斷言。
無論誰說什麼，也堅持斷定。
「……在殺了小姬之後，又發生什麼事？」
「其實說真的——在剛開始決鬥的時候，我並沒有要殺了那傢伙的打算，畢竟也跟你有約定在先了嘛。」出夢彷彿迫於無奈地，自白般說道：「可是除此之外別無辦法，不殺也不行了啊。我以為**咬掉**兩隻手，她就會乖乖認輸，結果根本沒那回事。這可不是開玩笑的耶，那個小鬼，簡直頑強到不可思議啊。」

「…………」

的確。

要對付小姬或玉藻——即使是像子荻那樣的人都會感到棘手。絕非半吊子，也非泛泛之輩。不是隨便應付，就可以輕易擊倒的對手。因為太強——甚至連『食人魔』，都無法輕易取勝。

「逼不得已只好把『預定行動』提前囉。既然已經殺掉一個人，接下來就不得不改變計畫……所以才會打破和你的約定。反正什麼約定什麼計畫——早在殺死紫木的時間點，就已經失去意義，形同無效了啊。既然都已經毀約了。」

「……嗯，的確是。」

「當然啦，理澄的『調查』行動，才剛開始第一天而已，根本還沒得到結論——不過某種程度上，有關那兩個人的推測似乎已經成立了。別看我妹妹那樣，只要短短一天就能有驚人的效率。雖然無法否認情報不足的事實，但我最後還是決定直接攤牌。」

「攤牌？」

「直接去問那兩個人啊。木賀峰正在工作還沒就寢，圓朽葉則是已經睡著了被我叫起來。我說——『有一位狐狸先生，應該就是妳們的恩師——那個叫西東的人，他派我來殺掉妳們兩個，怎麼樣？』」

出夢向我展現修長的手臂。

彷彿引誘，彷彿蠱惑。

彷彿正，召喚著我。

「她們兩個都說『既然如此，請動手吧』，就點頭答應了耶。這樣一講，我反而遲疑了呢。」

「**請動手吧**……她們是這麼說的？」

我實在，無法掩飾內心的驚訝。

聲音，微微顫抖著。

這真是——這真的是，出乎預料。

就連哀川小姐都沒說過這樣的話。

「圓朽葉甚至還說，不想讓血弄髒床面，所以選擇死在淋浴間裡——其實那兩個人，早就已經疲倦了吧。」

繼狐面男子之後，一直持續堅持到現在的副教授。

無法自然地死亡，一直持續朝向死亡邁進的少女。

疲倦了。

如同腐朽般地，疲倦了。

所以就——坦然地，接受死亡？

太荒謬了，這種臆測。她們只不過是，面對眼前出現的職業殺手，選擇放棄抵抗而已。只是面對由過去的恩師所派來的殺手，感到徹底絕望而已。只不過僅此而已。怎麼可能，因為活累了這種理由，就從容受死呢。果真如此的話——

果真如此，為求自己解脫而大方接受死亡的話——

死亡形同，失去意義。

一旦接受死亡，死亡便不存在了。

既然沒有活著，也就不會死亡。

既然不會死亡，也就沒有活著。

這才叫做，名符其實的——

不死，之身。

「……我也，疲倦了。」出夢說。

聲音裡——確實充滿了，疲倦。

「我也覺得累了。對於殺人，已經感到疲倦。對於工作，已經感到疲倦了。殺掉那兩個人——和她們兩個交談以後，忽然開始這樣覺得——不，不對，其實我早在很久以前——就已經感到徹底疲倦了。」

「……所以——」我說：「**所以，這就是你——在事件之後，消聲匿跡的……原由嗎？」**

「狐狸先生曾經用熱愛殺戮、殺戮中毒來形容過我——雖然必須承認這個說法的確正確——但在中毒症狀之後緊接而來的，只有厭倦感而已。」

「……厭倦感？」

「嗯。並非壓倒性，也非究極性，並非絕對性，也非致命性，就只是單純的厭倦而已。你知道嗎？據說有種哺乳類動物在遺傳基因裡面被設定了特殊機制，一旦對活著感到厭倦，身體便會自然死亡喔。我以前聽狐狸先生講過。這真是最棒的機制了，你不覺得嗎？……包括那兩個人也是一樣，大概對活著這件事情，已經感到厭倦了吧？」

「這——」

朽葉的話，可以理解。

她確實——活太久了。

但，木賀峰副教授呢？

還不至於——活到厭煩的地步吧。

她根本，還不算活著吧？

明明還沒有真正地活過。

「你之所以『感到疲倦』的理由——其實應該說是，因為跟小姬決鬥才造成的不是嗎？」

「……也許吧。」

出夢對此，姑且點頭表示同意。

並未，予以否認。

實際情形，我也不得而知。話雖如此，果然殺死小姬和朽葉以及木賀峰副教授，這三個人——對出夢而言，與其說是原因，倒不如說比較像契機吧。是扣下的扳機而不是子彈本身。

籠中的小鳥。

出夢他，對於長期身為「匂宮」一事——

對於長期被狐面男子馴養一事——

對於長期扮演理澄的影子一事——

對於長期擔任理澄的配角一事——

感到厭倦了。

「喀哈哈哈哈哈！」出夢突然，高聲大笑。「總之呢，基於這個緣故！當時我想既然機會難得，乾脆趁此消聲匿跡隱居起來也好——結果就在這時候，『死色』居然聯絡上我——真不知道該怎麼說，這到底算什麼跟什麼啊？搞什麼東西，簡直莫名其妙嘛！莫非這一切全都是你設計安排的圈套？」

「可以算吧。」

我站起身來。

「因為無論如何——都想要再見你一面。」

因為想要見上一面。

想要見一面，把話說清楚。

出夢在事件之後，打算隱居遁世藏身起來——這是我從狐面男子所說的話當中，得到的推想。籠中的小鳥。這件事情本身沒什麼問題，這是出夢的自由。問題出在我的孤注一擲，無論如何都想掌握到出夢的行蹤。

首先，不管怎麼說，憑我自己是無能為力的。就算去拜託玖渚也沒用，出夢在玖渚機構的管轄範圍之外，是屬於另一個世界的人。儘管並非沒辦法調查，但卻多少必須鋌而走險。這種事情，我絕對不能讓玖渚去冒險。所以必須請出，跨足所有世界的，人類最強的承包人，紅色征裁——哀川潤登場。

『可是，要引出已經隱遁的『匂宮』，需要有決定性的誘餌哪——畢竟那些傢伙可不是泛泛之輩，聯絡過程稍有不慎，肯定會被對方逃走喔。這樣正中下懷的誘餌，我們有嗎？』

對於哀川小姐的疑問，我回答『不用擔心』。沒錯，我曾經聽出夢提過他的願望，出夢所引頸期盼的那個心願——我曾經聽他說過。當時我並不知道，原來『死色真紅』就是哀川小姐——

這確實剛好，正中下懷。

與其說正中下懷——不如說是，絕佳的，機緣。

「……唔——」出夢一臉厭煩地，瞇起眼道：「我還真是受歡迎哪～～只可惜很抱歉，我並不想見到你。咯哈，我是個冷酷的男人嗎？唉呀，說真的，其實我也不想在心裡面留下疙瘩——這樣表示我也算在乎了吧？對於打破和你之間的約定。」

「別說得那麼無情嘛。我很死纏爛打窮追不捨嗎？像我這種人如果去當跟蹤狂，肯定會成為全世界最大的麻煩。要小心危險喔。」

「咯哈哈哈……這點確實，領教到了。」

「況且，我還幫你安排好和『死色真紅』的決鬥呢。這正是你長年以來的願望吧？」

「與其說願望——倒不如說是，未完成的，遺憾吧。」

出夢宛如孔雀開屏般張開雙臂。

十分修長的手。纖細又，太過修長的手臂。

充滿威脅感的，預備動作。

「我一直很想試試看……自己究竟能，達到什麼樣的境界。就這層意義而言，你也算搔到癢處囉。所以——呃，戰鬥規則是怎麼樣？只要突破你這一關，『死色』就會登場嗎？」

「哀川小姐人不在這裡——正確地點，只有我知道。直到限制時間為止，哀川小姐都會在那個地方等著你。只要能讓我供出地點你就獲勝——相反地，沒辦法逼我招供，你就輸了。」

「不是我贏就是我輸，這樣嗎——呵，我贏或我輸——」出夢反覆咀嚼這句話。「難道沒有屬於你的，獲勝條件嗎？」

「一決勝負的只有你一個人而已。不是你贏，就是你輸，除此之外沒有其他結果。我並沒有——要一決勝負的打算。」儘管覺得自己的臺詞既愚蠢又荒謬，我卻絲毫也不難為情地，清楚說道：「我只不過是——想要，體會一下而已。」

「想要體會一下？體會什麼？」

「這個嘛——」

我從皮套中迅速抽出短刀，按照之前坐在這裡時，腦中早已不斷演練過無數次的想像，將刀尖利刃，朝向站在我正對面的出夢，左腳一步跨上桌面，瞄準他纖細的脖子，對準喉嚨——

「——真無聊。」

視線忽然，天旋地轉。

連發生什麼事情都還來不及掌握，連跨在矮桌上的一隻腳是怎麼被絆倒都來不及察覺，我整個右肩，就重重地摔在桌面上。雖然緊急用右手護住了身體，但尚未展開下一步動作，出夢就猛地一腿掃過來，腳尖彷彿要挖掘內臟般，狠狠踹中我的肋骨。

「嗚……呃啊？」

從未體驗過的奇異痛感侵襲腹部，我從矮桌上滾下來。雖然有剛才坐的軟墊適時做為緩衝，但光憑這樣子並沒有辦法舒緩全部的衝擊。

肋骨在，嘎吱作響。

先前被絆倒的腳踝也，開始隱隱作痛。

「唔——嗚、唔唔——」

「沒有斷掉啦——只是稍微，踢歪你兩根肋骨而已——不過還是，別太勉強的好喔。被移位的肋骨，對內臟而言已經不是護甲而是凶器了喔。」

「…………」

「因為沒辦法控制腳的力道，難免會造成裂縫，嗯，這點小傷就忍耐一下吧，你可是男孩子呢。」出夢語調輕快地笑著說：「好了，『死色』在哪裡？要去哪邊才可以見到『死色』？」

「……唉呀呀傷腦筋——」我一邊強忍著腹部持續蔓延的疼痛，一邊撐起上半身，斜睨著出夢道：「在你們那個世界裡所謂的『食人魔』——就是指用腳尖替人按摩肚子的變態行為嗎？這種程度的低等變態——我可不能，介紹給哀川小姐認識。要夠格介紹給哀川小姐的，必須是更勁爆一點的變態才行喔。」

「……你好像還沒搞清楚哪——」出夢完全不受我的激將法所挑撥，彷彿在教小朋友般，以開導的語氣說：「我和你之間的戰力差距——光憑精神意志跟虛張聲勢，或者那些賣弄三寸不爛之舌的戲言，是沒辦法改變什麼的喔。最低限度，至少就正面作戰而言實力相差太懸殊了。看你的樣子，不難發現全身上下都有受過相當的鍛鍊，運動神經也不算差——只可惜，我是職業級高手。你的一切動作在我眼中都如同定格畫面，無論奇襲也好偷襲也罷——我就算確認完你的動作再開始反應，都還綽綽有餘。」

「…………」

「刑求拷問是屬於墓森的領域不是我專攻強項——話雖如此，並不代表我不清楚該用什麼手段。吶，這可是為你好喔，在我用可愛的外表幹出可怕的事情以前——快從實招來吧。」

「可愛的外表嗎……」我重複出夢說的話。「既然如此那有沒有比嚴刑拷問更好的手段呢？譬如色誘的話，我或許會爽快地自投羅網喔。從剛才就一直看到你胸部若隱若現地，想不注意都不行呢。啊啊，不過…………這樣太那個，太那個了。嗯，實在太那個了，畢竟那樣子，還是太那個了啊。」

「……啥？」

「我對年紀比自己小的沒辦法接受哪——**因為會忍不住想起妹妹，突然變成不舉耶**。」

「……莫名其妙的傢伙。」出夢語氣當中——開始夾雜著，明顯的煩躁。因為無法理解而感到惱怒——似乎又，並非針對著我。「莫名其妙的傢伙，真的很莫名其妙，只能說你瘋了。腦子有問題嗎？啊——啊啊——好的好的ＯＫＯＫ！那麼，就由好心的出夢教授，用連豬都聽得懂的簡易方式來為你說明——就用比言語更容易理解的視覺方式來表達吧。這雙手，即將對你的雙眼宣告死刑。」

出夢舉起兩隻手肘，向我展示手背。那雙背對著我的手掌，形成宛如熊掌的姿態。

「你已經知道了嗎？或者還不知道呢？這就是我被稱作——『食人魔』的由來。這雙手本身，就是我最得意的祕密武器。**睜大眼睛仔細看清楚了——**」

出夢緩緩轉動手腕，接著那雙熊掌同一時間，彷彿集中全身力量般迅速向上高舉——再一口氣，朝桌面用力擊下！

「——**就像這樣子！**」

破壞聲響起。

應該說，已經接近，爆炸的聲量。

因為衝擊而自動閉上的眼睛睜開一看——出夢的雙手，幾乎從手腕以下都深深刺入塌塌米當中——而**整張矮桌**，彷彿遭到灰熊以手刀正面劈中——**宛如遭受吞食般，被從中剖開**。

厚度達五公分的，木製矮桌。

以那樣——屬於女孩子的，纖細手腕。「THE HAND轟炸空間……才怪。這就是本人，匂宮出夢的傳家寶刀——『一口吞食』（Eating One）。」出夢他——微微揚起嘴角，邪氣地笑著。「將人類的身體完全不顧後果極盡所能鍛鍊，可以達到這種程度，我就是活生生的範例。當然，不僅限於『一口吞食』——包括這雙腳，也只要隨隨便便一踢，就能輕易將人的脖子給踢斷。所以剛才對你那兩根肋骨有多麼地腳下留情

——現在總該，明白了吧。」

「——『一口吞食』……」

上半身與下半身被撕扯分裂的朽葉。

右肩被撕裂的木賀峰副教授。

雙手被扯斷的小姬。

「原來如此……我才在想要用什麼樣的凶器才有辦法作出那樣凶殘的行徑——結果什麼也不是，原來你還身懷那種絕技啊。」

居然能夠在這樣爆炸性的音量當中安然入睡，我還真是了不起的人物。儘管之前已從狐面男子口中聽說過『一口吞食』的事情，卻沒想到會是如此一擊必殺的招數。原來如此，確實就像玖渚所說——是究極的異形。將究極鍛鍊到更上一層樓，更加極致的，異形絕技。

「親切的出夢小弟再發揮愛心，告訴大哥哥一件好事吧。這個招式的弱點——或者應該說缺點，**就是完全無法控制力道手下留情喔。**」出夢將維持熊掌形狀的雙手從塌塌米當中抽出來，朝我攤開掌心，接著又翻回手背。「正因為怕我失控暴走，才不得不用那件束縛衣封印起來——喀哈哈。事實上如你所見，毫無例外只會出現這樣的破壞力——所以沒辦法改變數值，已經被設定好了。這種連鐵板都能一舉擊破的威力已經成為常態，可是這終究不能算弱點要算缺點吧。你想想看嘛，這種東西一旦擊中——更正，一旦被這種東西擊中，真的會很慘耶。對於『一口吞食』根本沒辦法作出防禦，任何防禦都毫無意義可言——用手接招會整隻手被劈斷，用腳接招會整隻腳被劈斷。由此可知，傷口本身也非同小可——簡直就像爆裂一樣，即使是自己的寶刀也會感到排斥呢。被撕裂的傷口甚至連縫合也——辦不到。是無法修復的，致命傷喔。」

出夢撿起一塊飛散的矮桌碎片，朝我輕輕一扔。碎片落在我身旁。

那塊碎片。

又或許會是，肉片。

「雖然沒有真正嘗試過——不過如果換成幼稚園小朋友的話，只要左右手各用一次，就能讓對方消失在這個世界上。」出夢起身，面朝著我重新站直。「但我在進行殺戮的時候卻一定會使用這個招式——因為，這樣就**不會感覺到痛**。比傳達速度更快一步破壞掉神經組織，所以完全不會產生痛覺——聽起來好像很慈悲，其實最主要是因為我不想聽見哀嚎聲。能將痛苦減至最低是最好的，包括你的哀嚎，和你的痛苦，也都會比照辦理。所以……真要動手的話，我會毫不考慮，即使對手是像你這樣缺乏戰鬥力的傢伙，真要動手的話，我仍會毫不留情地——使用這一招。」

「還真是——宅心仁厚呢。」

對於我的嘲諷，出夢絲毫不予理會。

反而用憐憫的眼神看著我。

我和出夢之間，壓到性的力量差距——在出夢眼中看來，應該是一目瞭然的吧。比起從下方抬頭仰望，站在高處俯瞰，更能夠清楚看見，彼此懸殊的差距。所以對出夢而言，我現在所做的事情究竟有何意義，肯定完全無法理解。

意義。

不管有或沒有——意思都一樣。

「我再說最後一次。」

「不用說了。」

我立刻——

以半爬起身的姿勢，直接從皮帶背側抽出事先裝備好的 Jericho 手槍，將槍口朝向出夢。

「BAAANG！」

扣下扳機。

一陣衝擊，震動著剛才被踢到的側腹。

「……嘖！」

出夢往左跳開，躲過了子彈——應該說，早在我拿出手槍之時，出夢就採取閃避動作了。明明身上帶槍的事情應該沒有被察覺到才對——明明為了聲東擊西，一開始還故意先用短刀發動突襲——真是了不起的反射神經啊。話雖如此，倒也不算出乎預料。畢竟這種由正面拿槍攻擊也行不通的人類，之前已經見識過了。

我一起身，就用衝的。

沒有繼續追擊出夢，而是往紙門的方向，跑進走廊。

「……逃什麼逃啊——」

「…………誰准你逃了，王八蛋！」

背後傳來，怒吼聲。

果然是個，直性子。

而且是個，激情派。

即使再怎麼從容不迫遊刃有餘——就算態度表現得再怎麼冷靜，一旦眼前出現可能會威脅到自身安全的危機，那層偽裝的外皮立刻脫落。你的從容，你的冷靜，都只是一層薄薄的表皮。你的沸點比冰點還要更低。沒錯，對出夢而言——這就是，因為太強而產生的弱點。正因特別強韌所以才，特別脆弱。

再加上，還有一點。

剛才第一回合，出夢他閃避了手槍的子彈。會做出閃避動作，表示子彈如果打中的話，任憑他號稱『食人魔』，也無法避免受到重創。

並非無敵。

也不是，最強。

更稱不上——最惡。

既非幽靈也非妖怪。

是具有人格的——
人類。
我來到走廊，加速狂奔，沒有回頭看背後。不用等到回頭看，出夢就追上來了。
從毫不隱藏的腳步聲，與不斷逼近的驚人氣勢，就可以清楚感覺到。
「唔噢噢噢噢噢噢噢噢噢噢噢噢噢噢——！」
樓梯間。
才剛轉彎正準備爬上樓梯，眼角立刻捕捉到，出夢舉高右手使勁一揮的動作。
——『一口吞食』。
「——嗚！」
千鈞一髮之際……我快步踏上階梯，與那隻手驚險地擦身而過。出夢的右臂猛然揮棒落空——整個人瞬間失去平衡。原來如此，習慣以全力攻擊為前提，一擊必殺的絕招，正因為是一擊必殺的究極招數——在出手之後，完全沒考慮到失手會有的狀態嗎。或許跟出夢缺乏冷靜也有關係，但要說弱點的話，這也是一種弱點。
很好，情況還不算太糟。
「……來追啊！」
我趁出夢重新站穩姿勢以前，僅僅一秒鐘的空檔，迅速爬上樓梯。腰側開始發熱，隱隱刺痛著。太劇烈的動作也許會帶來後遺症，最嚴重可能就像出夢所說的，肋骨本身會刺傷內臟。

但是——

這種時候，誰還管那麼多。

「竟然夾著尾巴逃跑，你這孬種！」

出夢大聲怒吼，在一片黑暗當中，毫不遲疑地爬上樓梯，從我背後直追過來。憑著氣息確認對方的動作——當他追上時，我正好抵達通往二樓的轉角處。

「這麼狹窄的地方看你還能逃哪去白痴加笨蛋！哦哦哦想往哪跑門都沒有，去死吧啊啊啊啊啊——！」

一到達轉角平臺處。

我立刻回頭，朝出夢飛身撲下。

「——什麼？」

出夢一臉，驚愕的表情。

只可惜——已經太遲了。

已經，太遲了。

我只需要，將全身交給重力加速度。

然後——在這間研究室裡，這座僅容得下一人通過的狹窄樓梯上，腳不容易站穩，兩側的牆壁跟扶手又形成阻礙——無法施展『一口吞食』。

Flying・Bodyattack（飛身撞擊）。

儘管動作並非那麼流暢俐落，但弓起的手肘和肩膀，分別鎖定了臉部跟喉嚨，對出夢施以肉體撞擊。就算——就算是殺手也好職業高手也好，不管怎麼說，縱使號稱『食人魔』或『漢尼拔』聽起來很唬人也一樣，肉體本身終究只是一名個頭嬌小的女孩子。

雖然試圖想要硬接下這招。

出夢卻不由自主地向後仰，雙腳踩空滑下樓梯。

我和出夢滾成一團直接跌下樓梯摔到走廊上——出夢的身體，被夾在堅固的木板與我的身體之間，當場變成了三明治。

「咕嗚……」

出夢發出嗚咽般的呻吟聲。畢竟是完全出乎意料近乎奇襲的強力撞擊，再怎麼樣都不可能毫髮無傷。然而事情並未就此結束。『食人魔』不可能這麼輕易被擊倒——正因如此，必須牢牢抓住這次機會。這已經是——我腦中所能想到的最後一次機會了。

我掙脫和出夢糾纏成一團的狀態，以跨騎姿勢壓在他身上，與四腳朝天仰倒在地的出夢面對著面——將右手緊握的 Jericho 手槍，直接抵住他額頭。

如此貼近的距離。如此壓迫的姿態。

無論怎麼掙扎——也沒辦法閃避。

「——可、可惡……混帳！」

出夢在緊要關頭舉起雙手握住槍管，隨即在我扣下扳機之前，搶先一步將槍口從自己頭頂移開。我判斷光靠單手難以制敵，便加入左手作輔助，憑蠻力要將槍口的位置，重新對準目標。

「唔嗚嗚嗚嗚嗚嗚嗚——」

「嗚唔唔唔唔唔唔唔——」

如此——貼近的距離。

如此壓迫的姿態。

而且——明明是，如此纖細的少女手腕。

任憑我使盡全力，卻仍舊連一動也沒動。甚至還可以感覺得到，槍身正逐漸被推開。究竟哪來這樣的力氣？不，不是力量的問題，這並非單純的加法或減法，並非普通的算數問題。出夢更進一步，連被壓制的身體也開始反抗。明明被我用兩腳牢牢箝住動彈不得才對——身體卻開始劇烈地掙扎晃動，稍微一個不小心就可能會被他給掙脫，絲毫不能掉以輕心。

勢必，握槍的兩隻手也開始有隙可乘。

可惡，這樣下去根本沒辦法維持多久。

情況不妙。不妙。非常不妙。

到底該怎麼辦——

「……………………！」

不管了。

我就以這樣的位置，直接扣下扳機。

子彈發射聲，火藥爆炸聲響起——既然槍口的方向已經完全偏離了出夢，子彈當然是飛往不知名的方向，什麼也沒打中，直接射入走廊的地板。

只不過——

「…………唔？」

一瞬間，出夢的力道放緩了。

因為緊握著槍管——所以子彈通過時產生的熱度，便**結結實實地**傳到掌心。不僅如此，還加上槍聲在耳邊近距離響起，子彈從耳邊近距離飛過——這些波動全都直接傳入腦中成為震盪。無論受過多少訓練，人類的身體構造本身也不會改變——對腦神經直接攻擊，不可能會沒用的。

趁著出夢力道放鬆的空檔，我使出渾身解數，盡全力將槍口對準他眉心部位。就算出夢馬上又握住槍管，也不會再有原先的力道。畢竟才剛發射過，槍身尚未徹底散熱。

「——嘖，可惡……！」

就在下一剎那。

出夢的手完全鬆開了槍管。

放棄抵抗——不可能。但以這種仰躺的姿勢應該沒辦法施展『一口吞食』才對……

不——或許是可以的？難道說，他並非以全身力量做出攻擊——而是只用雙手就能攻擊了嗎？事實上，出夢的確正將左手緩緩向外伸展，稍微平貼地板一秒鐘——隨即畫出弧線，整隻手揮過來。

目標瞄準，我的臉部。

下手毫不留情。

「嗚——」

可是，只要躲過的話。

只要能躲過這招的話——就勝負已定，十拿九穩了。『一口吞食』只要失手一次接下來就會破綻百出，身體會暫時呈現僵直狀態，這點在剛才的一擊，還有更早之前試驗的一擊當中，已經得到證明。

這是貨真價實的分水嶺。

「唔，唔噢，噢噢噢噢——」

我迅速下腰，背往後彎，避開這一掌。至少也拚了命，盡可能地閃躲了。然而出夢的『一口吞食』卻超越我的反應速度，凌駕於反射神經之上，以更驚人的速度襲來

——

事實上。

假如出夢是站著從正面來，大概已經擊中了。

我應該已經，被吞食了。

右邊臉頰的紗布被利爪撕破，整塊紗布化成了碎屑。我用右眼清清楚楚地捕捉到，僅僅一釐之差——自己從『一口吞食』的毒牙底下，死裡逃生。

幹得好——

還沒來得及確認成功。

「…………啊——」

我立刻恍然大悟，明白出夢真正的意圖。

在空氣中畫出弧線的左手，將『一口吞食』直接順著圓周軌道繼續延伸——按照計畫，**朝他右側的地板**——**猛烈直擊**。

剛才那種槍聲簡直無法比擬的，爆炸聲響。

被利爪**咬中**的地板，碎片朝四面八方飛濺——化為尖銳凶器的木頭碎片，也波及到我的方向來。無關乎意志與否，眼瞼為了保護眼球，出於本能自動閉上——

「喝！」

就在同時，我不顧一切豁出去地，用力扣下扳機。子彈發射的衝擊力彈回自己身上。雖然感受到臉頰被木片刺中的痛覺，仍悄悄睜開眼睛確認成果——

「……喀哈哈哈。」

出夢他——

絲毫沒有，受到創傷。

用『一口吞食』破壞走廊的地板——並非為了轉移槍口方向，**而是為了讓自己原本被固定的頭部移動位置**。比起製造飛散的碎片——這才是他真正目的所在。不，應該說是雙管齊下一石二鳥的策略。

匂宮出夢——

非但不笨，而且難纏。

「看你沒有連續發射，可見子彈已經用完了吧——喂！」出夢用腹肌將我向上一頂，又瞬間曲起雙腳從我跨下鑽出，再朝我胸口一踹。「幹麼一直用騎乘位壓著我，征服欲這麼強你變態啊你！」

我整個人騰空飛起，衝勁之強令我不禁懷疑自己的身體是被某種鋼絲吊了起來。這一踹直接將我踢向正後方，飛回剛才跟出夢比賽摔角競技的樓梯轉角處，背部重重撞上臺階，再往後翻滾，最後癱倒在平臺上。

「…………………」

連暈倒的多餘時間，也沒有。

背後——再加上，越來越疼痛的腹部。並非剛才受傷的肋骨，是內臟嗎？內臟感覺就像，被放入果汁機攪得亂七八糟，儘管還沒有達到破裂的程度——卻已經，苦不堪言。沒有反胃之類的噁心感，所以並非消化系統，而是循環系統嗎。那麼事態益發嚴重了。即使設法想要重新站起來，全身上下也只是，不停地顫抖著，持續痙攣。

「呃，嗚，嗚嗚嗚——」

「喀哈哈哈——第一次也是最後一次的機會，就這樣錯過啦。」

抬眼望去——

只見出夢站在被挖出大洞的走廊上，雙腳穩穩地立定著。明明耳邊連續遭受那樣劇烈的破壞聲——以人類而言，別說站起來了，甚至會暫時失去思考能力才對。他的半規管到底是什麼做的啊，那樣劇烈的爆炸聲就在近距離處響起，為何沒有失去平衡感？莫非，身體的構造本身就異於常人嗎？果真如此，未免太離譜太荒謬了。

「不過——以外行人而言，算表現得很好了，就稱讚你一下吧。」

「…………」

已經恢復——冷靜與從容了嗎？

真糟糕……

確實……唯一的一次機會，已經被我錯過了。當出夢失控暴走露出破綻的時候——對我而言明明是獨一無二，最好趁虛而入的機會。

子彈已經，用盡了。

戰術也——用盡了。

雖然所謂的戰術，其實有或沒有結果都一樣。

「……已經可以了吧？」出夢垂下雙臂，對我說道：「和我這樣的對手戰鬥，能夠拼死努力到這種地步——和『食人魔』這樣的對手決鬥能孤軍奮戰到這種地步，就連紫木也不會責怪你了喔。所以快點告訴我，『死色』到底人在哪裡。」

「…………」

「還是說，其實你根本不知道？聲稱自己知道『死色』所在的地點，只不過是隨口撒的謊嗎？」出夢一臉詫異地說：「不對——這不可能啊。假如你真的那麼做……我肯定會殺了你。如果『死色真紅』確實像傳聞所說地那樣恐怖那樣厲害——應該不可能會，做出這種事情才對。」

「…………」

快想想看。

還有沒有，什麼計策。

打破眼前最糟狀態的方法。讓眼前全部終結的狀態重新開始的方法，為眼前完全膠著的狀態開闢出路的方法。

如果真有，那麼便宜的好事。

根本也不會陷入這種狀態了。

人生是無法重來的。不管怎麼做，都絕對無法，重新來過。假如人生當中任何事情都可以重新來過，那或許會是一件非常幸福的事情，但對此抱著期望未免太過傲慢且心存僥倖。

就算真的，重新來過。

結果也——同樣不變。

「……總之說到底，什麼報仇也好尋仇也罷，並不符合你的性格吧？你那張臉，不懂悲傷也不懂喜悅，是一張什麼都不在乎面無表情的臉孔啊。」

「什……」

「正因如此，正因為這樣，理澄才會特別喜歡你吧。你對自己剛才所做的事情難道沒有疑問嗎？應該覺得很不踏實吧？完全沒辦法平心靜氣對吧？是不是焦躁難安，覺得身體好像不屬於自己呢？」匂宮出夢用確信的口吻說道：「包括之前兩次跟你交談的時候，還有剛才對戰的時候都可以感覺得到——你這傢伙，根本什麼想法也沒有嘛。從剛才開始到現在——我從你身上都，什麼也感覺不出來。包括對我的恨意——或者對於紫木被殺的憤怒——一切都，感覺不到。但話說回來，你又跟我不一樣，不是個戰鬥狂——完全沒有好戰的特質，反而一副隨時準備逃跑，企圖不戰而勝的模樣。甚至還一副戰得很勉強不情不願的樣子。搞不懂，真搞不懂，我完全搞不懂，你究竟是為了什麼來跟我決鬥的？」

「…………」

「剛才你說是為了體會一下，喂，到底是想體會什麼？實在讓人摸不著頭緒耶。我一點都不想為了那種不明不白的理由，莫名其妙跟你這種弱角對戰廝殺。」

「……的確。」

我的確——對出夢沒有任何恨意。

事實上，我既不覺得憤怒也未懷恨在心。

這些情緒，都不大合理。

出夢他只不過是執行自己的任務而已——小姬也一樣，只是在執行自己的任務而已。如果對整件事情感到悲傷或懊悔還無可厚非，但卻並沒有表達憤怒或懷恨在心的餘地。

本來——

人的死亡，就只是屬於死者個人的事情。旁人擅自投射情緒七嘴八舌地說長道短，一旦逾越了分寸，只會顯得難看。

不要將悲傷與憤怒混為一談。

不要將悲傷與恨意混為一談。

這樣做，很危險。

是永無止境的——危險。

「……也許，就像你講的沒錯。」

「…………」

「既然如此，乖乖扮演推理小說的旁白就好了……偵探的角色，應該要交給玖渚那些人才對啊——」

「啥？你在說什麼？」

「在說這樣玩就**太沒意思**啦！」

我突然……起身狂奔。

衝向階梯——朝二樓繼續往上爬。

「……莫名其妙！搞什麼鬼啊混帳傢伙！別再作無謂的掙扎，難看死了！只會逃跑跟兔子一樣！」

出夢大聲怒吼著，從我身後直追而來。速度之快，難以想像他才剛遭到飛撲撞擊外加身體被壓制住，彷彿絲毫沒有受到創傷。相較之下全身傷痕累累的我，只差一點點就快要被追上，逃得驚險萬分。

然而，只需要一點點就夠了。

只需要這一點點距離就夠了——

「……嗚——」

我拐著一開始被絆倒的腳踝（疼痛感越演越烈，彷彿正按照等比級數逐漸擴張——），步履顛簸地來到二樓。沒有遲疑沒有停佇，直接轉進走廊——後方來勢洶洶，不能躲在第一間客房，再往裡面走——是我跟小姬借宿一晚，正確地講是只有我獨自一人完全狀況外地一覺到天明的隔壁病房——迅速閃身躲入。

關上房門，直接滑壘撲向臥床——將床面上鋪設得整齊乾淨的床單一把抓起，隨即朝門口方向，以撒網般的動作使勁一拋——

開門聲響起。

「——？」

「……**唔噢噢噢噢噢噢噢噢噢！**」

收好的短刀再度抽出，伴隨著咆哮聲，我朝空中張開的床單全力衝刺。瞄準床單另一側，應該正站在門前的出夢——

將刀尖，狠狠刺入。

「………………」

然而卻——
沒有刺中東西的觸感。
張開的床單，輕輕飄落地面。
而眼前——並未出現出夢的身影。
仔細一看——

出夢正，倒吊在天花板上。

用他的雙腳。
倒掛在天花板上——看著我微笑。
腳力也非同小可——這點剛才好像有說過了。
一打開房門，就朝天花板躍起，使出正好可以避開床單的——
三角跳躍。
「——喝啊啊啊啊！」
出夢在空中翻轉一圈，猛然伸出左腳，瞄準我的心臟位置踢過來。千鈞一髮之際，我迅速鬆手，放開刺中床單的短刀，雙臂交叉在胸前防禦。才剛做出抵擋動作，立刻聽見骨頭發出的聲音。與其說骨折——比較像是碎裂的聲音。我無法承受衝力，整個人被踢飛，撞上背後的床板。

兩隻手臂已經——失去一切知覺了。

而雙臂底下的肋骨，這才開始感覺到痛。看樣子——那幾根歪掉的肋骨，似乎終於折斷了。自己都可以，明顯地感覺出來。

「呃啊，啊啊，嗚嗚——唔——」

儘管如此——這對出夢而言，還尚未使出全力。剛才那一踢，只是威嚇作用而已，純粹是雙腳落地前的牽制動作罷了，當成是用來與我拉開距離的一擊也不為過。然後光是這麼一踢……我的兩隻手臂就，被摧毀了。

啊啊，牽制嗎……

牽制動作。

繼跳躍之後，不用說。

接著便是，直接攻擊。

「喀哈哈哈哈哈哈哈哈哈哈哈哈哈哈哈哈！嘿————————————————————————喝！」

我仰躺在床面上，雙手無力地攤放著動彈不得，視線僅見——出夢高高舉起雙臂，如閃電般疾速撲來——

緊接著。

揮動，那雙手臂——

「暴飲暴食！」

同時使出——

『一口吞食』左右雙殺。

頭部兩側各遭受一發，深入腦髓核心的衝擊。

眼前瞬間浮現——核彈爆炸的畫面。

大腦兩側受到劇烈震盪，完全空白無法思考。左右兩邊的衝擊沒有互相抵銷——反而有相乘效果，感覺腦細胞彷彿都被溶解了。病床以這兩點為中心，被徹底破壞——宛如沉船般，我的背沉入碎片的深海裡，墜落到病房的地板上。

「……嘖，好險好險。」過一會——出夢他，開口說道：「不小心就認真起來了——萬一把你殺死，那可行不通啊。」

「…………」

轟隆轟隆，腦子嗡嗡作響。衝擊波還停留在身體裡面，一直徘徊不去。感覺全身上下所有的水分，好像都還餘波盪漾。波浪打在傷痕累累的骨頭上，不停迴蕩著。

「嘿——」

出夢將刺入地板的雙手抽出，從瞬間解體的病床殘骸上跳落，手指完好無缺，絲毫沒有受傷的模樣。

完全就像——家常便飯。

「那就……先從這裡開始吧。」

右腳傳來，已經非常熟悉的，最高極限痛感。稍後才，啪地一聲，傳出橡皮筋斷裂般的聲音。痛覺和聽覺，究竟何者較快我並不清楚。在全身上下都疼痛難當的此刻，即使再增加任何一點創傷——也是難以言喻的，痛苦。

「不管怎樣既然阿基里斯腱已經斷了……想要儘早康復的話，勸你別亂動比較好喔。」出夢熱心地對我提出忠告。「雙手跟雙腳都，正式報銷了——嗯，接下來呢？」

「什麼接下來呢——喂喂喂，『食人魔』，剛才已經讓你這麼多招了還不夠嗎？」

面對我的虛張聲勢，出夢完全不予理會。

沒用的……他已經，不會再失控了。

強者已——堅如磐石，不受動搖了。

「可以了吧，大哥哥。都到這種時候，也差不多可以告訴我了吧？我要去哪裡才能見到『死色真紅』啦。」

「………」

「啊—啊—啊——對了說到這，人類的肋骨總共有幾根，你知道嗎？」出夢一步接一步地——慢慢朝我逼近。「正確答案是左右各十二根，合計二十四根。喀哈，數量還挺多的對吧？你現在，包括最早移位的兩根，再加上剛才斷掉的三根——還剩下，十九根。」

「……………」

「你想要，留下幾根？」
話聲未歇，出夢的腳就先展開行動了。我連出手防禦的能力都沒有，被他的腳尖結結實實踢中。
「嗚呃！咕，唔……」
「首先是一根。」出夢說著：「接下來兩根。」
安安靜靜。過程全然，安靜無聲。
與那招『一口吞食』，完全成對比的足技。
一根接著一根，無聲無息地，攻擊我的肋骨。
「三、四、五——好，暫停一下。」
「…………」
已經，連嗚咽聲或哀嚎聲，都發不出來了。全身上下被痛苦占據，已經到達匪夷所思的境界。自己究竟為什麼要遭受如此待遇，我已經無法理解了。
究竟，為了什麼事。
究竟，為了什麼人。
為什麼我要，落得如此悽慘狼狽呢。
「要繼續嗎？還是要結束？讓你選擇吧。」
「…………」
「啊啊——算我拜託你！已經很夠了吧！再繼續下去真的會有生命危險喔！我最討

厭不能殺的人了！一點樂趣也沒有！」

「…………」

「……ＯＫ——那就繼續來。」

出夢再度展開行動。

啊啊……

突然覺得。

真羨慕啊，像他這樣子。

懷著目的，為了達成目標，向前邁進。

為了達成目的，能夠動手殺我。

能夠動手殺人。

殺人。

「這樣到底有什麼意義，實在搞不懂耶。」出夢一邊持續著攻擊行為，一邊說：「你啊，就算再怎麼堅持下去，也絕對殺不了我的喔。」

「……殺不了——」

「畢竟兩隻手和兩隻腳都沒辦法使用了不是嗎？剛才——滾到樓梯底下近身搏鬥的時候，**你本來有機會殺了我的**——結果卻沒有殺成，卻讓我逃過一命——那是因為，你根本就沒有要殺我的膽量，簡單講就是這樣。」

「…………」

殺不了人。

我——沒有辦法，動手殺人。

因為認定殺人是，不可以的。

殺人是一種，罪惡。

殺人是一種，最惡。

所以才，一直都，忍了下來。

即使曾經對很多人起過殺念。

卻一直都，忍了下來。

實際上——或許也等於被我殺死了，已經死過好幾個人。舉凡我曾經希望對方死的，那些人大部分後來都會死。儘管我不希望對方死的，有些人卻也都相繼死去，這點相當困擾。

可是，這些人都不是我親手殺死的。

只有這是可以支撐我的，唯一理論。是僅存的希望，是真理與原則。

然而我又想。

難道沒有親手殺死，就不算殺人了嗎？當自己眼看就要被殺的時候，立刻反擊對手殺回去，這樣不算殺人嗎？如果不算，當我反擊之後對方要是再殺過來，那樣也不算殺人嗎？立場對調再對調，乘方再乘方，就像永遠沒完沒了的無限迴圈。

殺人是不可以的。

是絕對的禁忌。

一旦打破，會發現其實不堪一擊。

一定會，非常非常地，不堪一擊。

但只要不去打破它，就是堅固的銅牆鐵壁。

用槍比拿刀容易殺人，而用毒藥應該又比拿槍更容易些。如果使用魔法，或許會比毒藥更容易殺人。而用言語殺人，肯定又比用魔法更輕而易舉——

我就是這樣，一直以來，不斷地在殺人。

將各式各樣的人，陸續吞噬。

對別人蠶食鯨吞，直到現在。

同類相殘。

從前我一直認為，這句話要寫作「同類相蠶」才對。現在依然——有一半是，這麼想的。

唉傷腦筋。

坦白說確實，打從心底覺得。

自己還真是，搞不清楚方向啊——

「清水寺的——清水舞臺。」

我開口說道：「清水寺的——清水舞臺。」

「……啥？」

「哀川小姐——就在，那裡。直到太陽升起為止——她都會，在那個地方等你。」

「……是嗎。」

出夢收回腳。

肋骨到底，還剩下幾根呢。

我忽然，很想知道。

各種疼痛參雜在一起——已經分不清楚，是什麼部位在痛了。夠了快點麻痺吧。乾脆什麼都感覺不到也好，快點麻痺吧。

　這樣的痛。

　這樣的痛。

　這樣的痛。

我已經，充分體會到了——

「那好，我差不多該走了……要幫你，叫救護車嗎？」出夢傾身觀察我的表情。「看你這副樣子，應該連電話都沒辦法打吧。」

「麻煩你了。」我回答道：「有一間已經去習慣的醫院，可以幫我聯絡一下嗎……」

「啊啊，電話幾號？」

我唸出一串數字。

這組號碼——是來此之前，預先背好的。

因為覺得，絕對會有需要。

出夢拿出自己的手機，幫我叫了救護車。真是體貼周到的服務。最近的職業殺手，連售後服務都包辦了，不管對殺人者也好被殺者也好，確實都不算壞事。啊，不過，出夢已經準備從殺手界引退了，至少他本人打算去過退隱生活吧。就算覺得可惜之類的，這種事情多想也無益。

「雖然這或許無關緊要……雖然好像已經問過幾百次了……但說到底，你啊——」出夢闔上手機，對我說道：「你究竟，想要做什麼呢？真搞不懂，把自己弄到這麼狼狽的地步，你究竟想要體會什麼東西啊？」

「這個嘛……我也不知道。」

「哦是嗎……」出夢似乎，完全放棄理解了。真是明智之舉。「那，我要趕過去囉。」

「趕過去，去哪裡？」

「當然是你說的清水寺啊。」

「勸你別去比較好喔……」

猶豫片刻之後，我決定提出忠告。雖然接下來的劇情發展，已經與我無關了，但我還是覺得，先提出忠告總比沒講要來得好。

「哀川小姐她……絕對不會，饒過你的。畢竟小姬對哀川小姐而言，是非常重要的朋友……」

「……重要的朋友，是哦。」

「我都知道喔……其實我都知道。大概是那個人——就是她，殺掉零崎人識的。如果理澄的調查報告正確無誤，零崎人識真的已經被殺死的話——那麼殺了零崎人識的，就是哀川潤。」我喃喃低語，如咒語般說道：「我很清楚——因為我是她的替代品，所以非常清楚……哀川小姐她，雖然不知道為什麼……但對於你們那個世界的人，是絕對不會手下留情的……即使撇開小姬的事情不談也一樣。」

「哦是嗎，這樣才好，正合我意。」

「……出夢你又是為什麼，要對哀川小姐如此執著呢？」

「因為這是我的存在意義。雖然這句話是從狐狸先生那邊現學現賣的——但對於以『強者』為終極目標被特殊訓練的我而言——與最強的人決鬥，是不可或缺的挑戰。」

存在意義。

存在證明。

為了，這樣的理由。

為了，這樣無聊的理由。

這麼說來，簡直——

跟我是，一樣的啊。

「好不容易能重獲自由——卻要去送死嗎？」

「無所謂啦。自由對我而言，並沒有到『好不容易』的地步，沒什麼好執著的。況且，真要說起來——理澄對我而言，也是非常重要的妹妹啊。」出夢神情愉悅地說著。

「理澄有說過，她很喜歡你呢。」

「……那真是，謝謝厚愛。」

「沒什麼，那丫頭很容易喜歡上一個人，別太在意。」

出夢笑了笑。

算了，原本就覺得多說也只是白費力氣，反正已經沒辦法阻止。匂宮出夢與哀川潤之間決定性的一戰，已經沒辦法阻止了。哀川小姐對於殺死小姬的出夢，想必是非做個了斷不可。這幾乎可說是絕對肯定的事實，命運般注定的安排。

這是，無法避免的故事情節。

是 story。

我只不過是——中途跑進來，插花客串的配角。

只不過是插進來客串，強行把故事拉長的，配角罷了。

就只是這樣子而已。

「…………」

我陷入一種，難以形容的感覺。

腦筋逐漸空白什麼都無法思考。

出夢的聲音越來越遠，聽不太清楚。

意識開始——逐漸朦朧。

朦朧不清——曖昧不明。

「……出夢你，接下來，有何打算呢？」

「這個嘛，我也不知道。」出夢模仿我的語氣，如此說道。「要說有何打算嘛，總之不管怎樣——先將以往強加在理澄身上的『弱點』給……慢慢收回來，就從這部分開始嘗試起吧。」

「唔……」

「強即是弱，弱即是強——所以囉，正因如此——首先，必須從『死色真紅』身上獲得壓倒性的敗北才行……先學習『在失敗中求生存』吧，這可是，超乎想像地困難呢。」

「那麼，出夢——」我茫然眺望著天花板，已經連抬起脖子看向出夢的力氣跟體力都沒有了。「有緣的話……」

「省省吧。理澄是怎麼想的我不知道——但是像你這種——」

出夢輕輕一笑。

用理澄的方式，輕輕一笑。

「——不能吃的傢伙，我最討厭了。」

然後——

便無聲無息地，走出病房離去。

我沒辦法起身，目送他的背影。

只能繼續，茫然地眺望天花板。

就這樣，深深地，嘆了一口氣。

「……本來想要從你口中，聽見那句臺詞的啊。」

在我自虐般地喃喃低語當中。

痛覺終於，開始逐漸麻痺了。

即使出血性的創傷並不多——但在樓梯下挨的那一腳，後果可能不太妙。自己的肉體此刻究竟面臨何種狀況，連想都不願去想。事實上，就算回顧迄今為止經歷的人生——如此嚴重的肉體創傷，也幾乎可說是前所未有。

「啊……」

搞不好會，就這樣死掉也不定。

會死掉。

會死也不一定。

這時候，我腦中浮現許多事情。

從過去到現在。

妹妹的事情，家人的事情，朋友的事情，朋友家人的事情，六年前的事情，在休士頓五年的生活，在那邊交到的朋友，剛回日本的時候，崩子的事情，萌太的事情，美衣子小姐的事情，鈴無小姐的事情，浮雲的事情，荒唐丸老先生的事情，七七見的事情，還有，小姬的事情。除此之外，回到日本之後再度相遇，或者新認識的人。有些人是敵對的，有些人討厭我，有些人對我很友善。

鴉濡羽島上的主僕們、鹿鳴館大學的同學們、澄百合學園的千金們、斜道卿壹郎研究機構的研究員們。以及——

木賀峰副教授，與圓朽葉。

應該並不是，真的想死吧。

其實她們一直都在——等待著。

一直等待著。

僅此而已，真的僅此而已，除此之外沒有任何想法。只因為這個理由，木賀峰副教授持續堅持下來，朽葉也繼續生存下來。

她們大概已經，有了永遠的覺悟。

瘋狂又執迷地。

直到極限為止。

甚至幾乎就要，有了想死的念頭。

「……真是不知道，該怎麼說哪。」

我閉上眼睛。

身體的疼痛隨著麻痺逐漸煙消雲散，反倒是，眼睛開始痛了起來。天花板一片模糊，越來越看不清楚。周圍一切都霧茫茫地，是因為大腦已經神智不清了嗎？眼球有如燃燒般灼熱，感覺眼睛很痛，很痛，明明沒有遭受到直接攻擊，一定是因為，最後那兩股衝擊的波紋，後勁太強了吧。

於是，我閉上眼睛。

感覺有點昏昏欲睡——

就這樣子，沉沉睡去吧。

雖然不知道，明天還能不能醒過來。

那也要，取決於後續的故事發展吧。

如果注定不會死，就無論怎樣都不會死。

如果注定死在這裡，我也沒什麼好囉唆。

反正再怎麼掙扎，也無濟於事。

反正也，沒有什麼想做的事情——

心願也好期望也好，我全都沒有。

所以，這種事情，怎樣都無所謂。

怎樣都沒關係。

隨它高興，順其自然就好。

反正一路走來到目前為止都是這麼做的。

究竟是活著還是死了，自己也分不清楚。

曖昧不明又模糊不清，渾渾噩噩又隨隨便便，優柔寡斷又見風轉舵，始終過著不乾不脆又不確定的人生，這樣的我——

「……還是覺得，不想死啊——」

於是——

我終於體會到，自己還確確實實地活著。

我終於知道，自己在什麼時候，會流下眼淚。

終章

仲夏夜之夢

我（旁白）
主角。

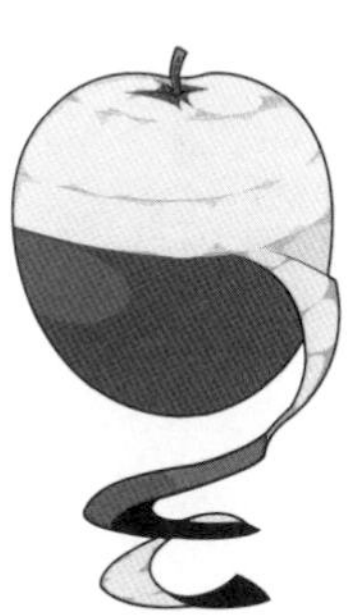

身高一百三十八公分，體重三十二公斤（推測）。體型纖瘦，剛開始迎接第二性徵初期所以隱藏得宜。髮型是娃娃頭，肌膚似雪，帶點病態的蒼白。唯獨嘴脣出奇地紅潤，宛如人偶般的形貌，令人不禁聯想到靈異片裡的殭屍。血型是O型Rh陰性，生日為四月十六日，也就是現年十三歲。直到十歲為止都住在北海道，目前則因為私人因素逃家當中，與大兩歲的同父異母哥哥一起移居京都。不吃肉類的素食主義者。討厭香菸的煙味勝於一切。興趣是殺害低等生物。喜歡去的景點是鴨川公園（當然，目標是鴨子和鴿子）。托離家出走的福沒有去上學，但似乎仍有著與年紀相符的求知欲跟好奇心，每天都會去圖書館報到。

——以上，是闇口崩子的個人檔案。

「我有時候會懷疑，戲言大哥哥其實是住在醫院裡面，偶爾才到古董公寓來玩的客人吧。」

崩子小妹妹正以熟練的手勢拿著瑞士刀，動作流暢地削著蘋果皮，一邊對我這麼說。削下來的果皮陸續垂落到放置在她白皙腿上的金屬盆裡。崩子穿著鮮紅色薄洋裝，搭配低跟涼鞋，充滿夏天風味的裝扮。身上沒有任何裝飾品，整體而言相當簡單樸素的造型，但卻不是因為她缺乏流行品味，而是因為崩子有個保護過度的哥哥。話雖如此，看著床邊端坐在鐵椅上的崩子，又覺得與其說服裝怪異倒不如說這樣的簡單素雅才比較適合她吧，其實萌太的心情也並非不能理解。
「就算要說大哥哥的人生一半都在病床上度過也不為過。」
「沒那麼誇張啦。不要把別人說得像體弱多病一樣。」
「可是戲言大哥哥從來到京都以後，算一算這已經是第五次住院了。」
「也不過六個月當中才住個五次而已，還算少的啦。」
「很多了。」
「會很多嗎？」
「已經住上癮了。」
這時候，崩子已經將與自己嘴唇一樣鮮紅的蘋果完全削好皮。剛才一直盯著她的手勢看，發現刀子幾乎都固定不動，而是讓蘋果貼著刀子慢慢轉，大概是一種特殊的削皮技巧。原以為她會把削好的蘋果直接遞過來，結果崩子又拿著蘋果開始切起薄片。

八月，二十二日——
原本應該要開始打工的日子。
我住進了，京都市內的醫院。
直到昨天都還處於意識不清的狀態。據醫生說昏迷程度非常嚴重，似乎在生死邊緣徘徊許久。今天才總算恢復意識，也可以開放會面，不用再謝絕訪客了。而第一個來探望我的，就是崩子妹妹。

「所以，這次要住院多久呢？」

「完全康復需要兩個月……醫生說，要住滿一個月才行。」

「也就是說暑假的一半都要在醫院裡度過囉。」

崩子輕輕竊笑著。平常明明是個相當單純直率的女孩，為何有時偏又莫名地伶牙俐齒會挖苦人咧。

「……嗯，對啊。」我無奈地承認這個事實。「不過，據說不會留下什麼後遺症——骨折方面，只有剝離性骨折跟單純骨折而已，也不需要限制飲食。」

「真的嗎。」崩子看向病床上的我，從頭頂到腳尖，仔仔細細地端詳一遍。

「可是，看起來實在很滑稽。」

「別說得那麼直接……」

「看起來實在不太稱得上優美。」

「別說得那麼迂迴……」

雙手，雙腳，都各自打上石膏。

身體纏滿了繃帶。臉上貼著紗布。

這就是，我現在的模樣。

不用想像也知道，一定非常狼狽。

話說回來……傷得如此慘重，說是性命垂危也不為過的重創下，還能夠絲毫不留下後遺症，唉～不得不說，真是售後服務十分週到的職業殺手啊。即使造成多處骨折，卻完全沒有傷到神經，阿基里斯腱也成功地接合，所以問題只剩下內臟受損，而這部分也沒嚴重到需要開刀的地步。當然儘管如此，曾經徘徊在生死邊緣從鬼門關走一遭回來仍是不變的事實，這種時候除了運氣好，沒有更貼切的表現方式了吧。

順帶一提，肋骨最後還，剩下五根。

「上次因為睡眠不足也沒追問詳細情況，大哥哥，這個月到底發生了什麼事情呢？」

「呃……………」睡眠不足也能算理由嗎。「該怎麼說呢，發生了許多事，許許多多一言難盡。小姬的事，妳應該已經聽說了吧？嗯，總而言之，在我入院之前，總算全部解決告一段落了──」

「是嗎。那就好。」

崩子一邊交談，一邊動作俐落地切片著。蘋果跟蘿蔔不一樣，水分比較多，照理說需要相當高難度的刀工技巧，但她卻連看都沒看一下就切得很順。

「……公寓裡的大家，最近過得怎麼樣呢？」

「跟平常沒什麼兩樣。姑且不談小姬姊姊的事情，至少大哥哥住院已經是家常便飯了，對我們的生活絲毫沒有造成影響，連些微的變化也沒有。」

「喔……」

「對了……關於最新近況──有好消息跟壞消息各一則。」

「那就先從好消息開始聽起吧。」

「美衣子小姐看上的那幅掛軸，已經到手了。」

「耶？」我忍不住發出疑問。對了，現在回想起來，這幾乎可以說是一切事情的開端哪。「——怎麼辦到的？是找到什麼好工作了嗎？唔，可是時間緊迫，哪來這麼剛好錢又多的打工機會——」

「是因為彩券中獎了。」

崩子沒有任何情緒起伏地說道。

「中了三獎，五十萬。」

「………真的假的？」

「是真的。」

「…………」

這麼一講——這件事情，她好像有提過。

搞什麼嘛。該說她樂觀、幸運嗎，或者該說什麼呢，其實我根本什麼也不用做——

不，不對，事情並非如此。換言之……美衣子小姐她——無論發生什麼事情，都注定要得到那幅掛軸，在時間流程當中，這是一開始就存在的設定。無論過程如何地迂迴曲折，無論我這樣的配角如何手忙腳亂，事情最終都會循著軌道，抵達目標所在地。

這樣的，故事安排。

這就是，屬於美衣子小姐的故事嗎。

的確……

那個人，很適合這樣的故事發展。

「怎麼了嗎？戲言大哥哥，你好像一臉若有所思的表情耶。」

「不——沒什麼。然後，壞消息呢？」

「就是——春日井小姐，春日井春日小姐她，昨天深夜，離開古董公寓了。」

「咦？」有點驚訝。「那傢伙不是搬到小姬房間去住了嗎？」

「不曉得耶……因為好像阻止也沒用，而且大哥哥又處於昏睡狀態沒辦法通知你，只好隨她去了……應該要阻止才對嗎？」

「不……」我搖搖頭。「反正那個人，就是那樣的一個人嘛。雖然沒能好好地道別有些遺憾，但也無可奈何。所謂冥冥中自有定數，就順其自然囉。」

「春日井小姐有留話給你。」

「哦？」

「『兩人共度的甜蜜夜晚我將永生難忘。』」

「…………」

最後還非要留一手惡搞一下才走。

「她說的『甜蜜夜晚』，是指什麼意思呢？春日井小姐和大哥哥之間，曾經有過什麼嗎？」

「呃這個……」

居然對小朋友講這什麼鬼東西，那個白吃白喝的渾蛋寄生蟲。

最好永遠都不要再來。

「說到底，那個人究竟是來幹麼的……連續當了一個月的食客，結果根本什麼也沒做不是嗎？」

「不需要想得那麼複雜吧。其實春日井小姐只不過是，純粹想找大哥哥一起玩而已不是嗎？」

「妳應該說她只是『想玩玩大哥哥而已』才對吧。」

崩子對我的反駁完全沒有意見，又接腔說「因為大哥哥很受異常者的歡迎嘛」。關於這一點我實在難以否認，只好說「也許吧，可能真的是這樣也不一定」隨便敷衍過去。

「這樣看來，春日井小姐不是很可愛嗎，選擇在大哥哥住院的時候默默消失。就這層意義而言，小姬姊姊想必也是一樣吧。畢竟小姬姊姊跟大哥哥特別親近，對你的好感也不是普通程度而已呢。」

「嗯？啊啊——不不不，沒這回事妳弄錯了。小姬另外有喜歡的人，是她自己親口說的。」

「……。是這樣子的嗎？」

「？怎麼了？為何出現奇怪的停頓。」

「不——沒什麼。話說回來，戲言大哥哥，這下子又多出一個空房間了。」

「啊啊……小姬的房間，好像是原本浮雲住的那一間嗎？還是七七見住的那間才是？」

「如果沒記錯的話，浮雲之後的房客，應該是小姬姊姊。」

「這樣啊……不知道接下來，會是誰搬進來住呢。」

「大概會暫時空著吧。我跟萌太會設法充分利用的。」

蘋果肉已經被切到極限，只剩下最中間細瘦的果核，崩子這才停下手邊的動作，將瑞士刀啪一聲合起來，俐落地轉兩圈再收進洋裝口袋裡。然後她伸出手捏起盆中切好的蘋果薄片，送入自己口中品嘗。

……搞半天是自己吃嗎。

「請放心，公寓的事情就交給我，戲言大哥哥趁此機會好好休養吧。」崩子呼嚕呼嚕地吃著蘋果（薄片），臉上浮現詭異的微笑。「有空的時候我會再來探望你的。」

「那就麻煩妳囉……」

「說到這——戲言大哥哥，我聽美衣子小姐說——你的頭髮，是請小姬姊姊幫你剪的對吧？」

「嗯？啊啊，抱歉，沒打聲招呼就剪掉了。」

「這不是道歉就可以了事的。」

「…………」

沒辦法獲得原諒。

真不講情面啊。

「沒關係，反正很快又會留長的……下次就拜託崩子幫我剪吧。我頭髮長得很快喔，從以前就這樣，在跟崩子差不多年紀的時候，還曾經留到腰際，綁著粗粗的辮子呢。」

「是哦。」

一臉不感興趣的模樣。

看來她並不喜歡拿過去吹噓的男人。

「謝謝招待。」

連皮都不剩地吃完盆子裡的蘋果後，崩子從鐵椅上站起來。

「那麼，戲言大哥哥，我回程還要順道去圖書館，所以差不多該告辭了。」

「這樣啊，好，路上小心囉。」

「明天或者後天，我會再來探望你的。到時候再幫大哥哥帶幾本你喜歡的書來吧——啊——」

崩子忽然說聲對了，隨即把肩膀上的背包卸下來，放到鐵椅上開始翻找，從裡面取出一個手掌大小的紙袋。

「這是魔女姊姊交代我，說要給戲言大哥哥的探病禮物，差點忘記要拿出來了。」

「唔……？」

奇怪了，還真不像七七見那傢伙會做的事情。

我歪著頭，一邊懷疑會不會是什麼陷阱，一邊小心翼翼地打開紙袋。裡面裝的東西是，一種從未見過的機器。黑色外殼，材質並不堅固，嚴格說起來有點廉價的感覺。中間有個螢幕，周圍排著幾顆按鈕。唔，從大小跟外型來判斷，可能是攜帶型掌上遊戲機之類的東西吧。但卻沒看到可以插卡的地方。不，仔細一看，螢幕上方有著疑似讀卡機的插孔。大概把卡匣插進去，主機就會讀取資料吧。

「這是什麼？GBA（GAMEBOY ADVANCE）嗎……應該不是吧。」

「據說叫做Barcode Battler，是現在最受小朋友喜愛的超人氣商品。呃——這臺主機，好像是第二代的樣子。」

「Barcode……？」

「簡單講就是，把遊戲卡上面的條碼放入讀卡機裡掃描，條碼數字就會轉換成戰鬥能力，據說可以用來互相對戰。」

「唔～～最近在流行這種奇怪的東西啊……孤陋寡聞的我完全都不知道。」

「其實我也不知道，不過魔女姊姊一向對流行很敏感嘛。」

「的確，雖然不太願意稱讚那傢伙，但唯有這點我也不得不承認。」我翻轉手中的機體仔細觀察。「可是話說回來，既然稱為對戰遊戲就表示要兩個人才能玩囉？遊戲的設計似乎是這樣子——住在單人病房沒辦法玩吧。又不能找醫生來打電動。」

「她說一個人也可以玩，還附帶說明書，你看。」崩子從背包裡面另外取出一疊紙來。上頭的字是用手寫的，看樣子不是正規的說明書，應該是七七見自製產品（走火入魔的傢伙）。「據說是風靡青少年超級熱門的東西，非常非常搶手的電玩呢，魔女姊姊叫你要心存感激。」

「那傢伙還真是，一點都沒變哪……就算世界毀滅，就算故事再怎麼轉折，也只有那傢伙會發自內心地說『關我屁事』吧。儘管真的、真的、真的以不想變成那副德性為前提，卻還是禁不住會油然而生尊敬之意哪。」

不過話說回來，有這玩意兒用來打發時間也不錯。原本打算卯起來看書，度過這整整一個月的時間，現在先來玩玩看這東西也挺好的不是嗎。雖然要先讀完說明書，了解遊戲的操作方式才能開始進行。

……應該不會，突然爆炸吧。

「魔女姊姊本來還準備了另外一款，叫做ＶＢ（VIRTUAL BOY）的遊戲機，不過她說『這對伊字訣而言太新了他大概不會使用吧』，所以就沒拿來了。」

「呿，幹麼把別人講得好像很落伍一樣。」

「那就先這樣囉，我真的要告辭了。」

崩子說著，便將包包重新背上。

這時候——

「嗬～呵～～！」

從我病床看過去位於正前方的拉門，忽然被迅速打開，護士小姐有如動作熟練的服務生般，單手端著排滿餐具的托盤走入病房裡。

「伊伊～～好久不見，吃飼料的時間到囉～！」

「…………」「…………」

「是伊伊最喜歡吃的，醫院的伙食唷～！」

「…………」「…………」

不，我並非因為喜歡醫院的伙食才照三餐吃，這跟個人喜好一點關係也沒有。

重點是，為什麼連妳都出場了啊。

完全出乎預料。

護士小姐明顯地違反職業守則，穿著超短迷你裙，移動包裹在白色長襪底下的雙腳，朝病床走近，以流暢的動作將餐具依序擺放在桌面上。此人無論外表或內在都是個不正經的怪護士，唯獨對工作會一絲不茍按部就班地完成。果然有戴眼鏡的就是不一樣（跟這沒關係吧）。

「唉呀～～話說回來還真是好久不見了呢～～將近兩個月沒來醫院報到，人家還以為伊伊怎麼了，大姊姊好擔心喔。真的很擔心耶！」

「……不敢不敢。」

真是多謝閣下的好意。

因為沒來住院讓妳為我擔心了。

「嗯？哎呀哎呀，哎～呀呀呀，伊伊也不是個省油的燈，可不能小看你呢～～嘖嘖嘖———」護士小姐眼睛真尖，立刻把焦點鎖在面對突然闖入的外來者動作瞬間停格的崩子身上（正確地講應該是『已經把手伸向洋裝口袋進入備戰狀態的崩子身上』）。

「居然有這麼可愛的小姑娘來探病！哇～～真的好可愛！哪裡來的小女生啊！伊伊太奸詐了，竟然跟這麼可愛的小蘿莉在一起！而且還在只有一張床的病房裡面獨處！在這樣的完全密室裡面兩個人孤男寡女地究竟幹什麼好事！啊啊真是夠了，你這個蘿莉控、戀童癖！」

「妳來亂的是不是。」

為什麼我連住個院都要遇到這種情緒亢奮的變態。

我伸出打著石膏行動不便的雙手去拿碗。腳部的傷比較脆弱不能輕舉妄動，但手部的骨折都集中在前臂兩隻尺骨附近，只要忍耐一定程度的行動不自由，至少日常生活沒問題。

「哇～～～真的好可愛！而且好細緻！小姑娘，妳叫什麼名字？告訴大姊姊好嗎，Tell me please～！」

「我叫闇口崩子。」崩子說完點了下頭。從她把手收回的動作來看，應該已經解除警戒了。「謝謝妳的稱讚。」

「喵～？闇口？」護士小姐疑惑地偏著頭。「……唔，怎麼說，應該說很有個性嗎，真是奇特的姓氏呢。會不會是闕口而妳弄錯了？沒關係長得這麼可愛就原諒妳吧。好萌喔～！對了對了，崩子小妹妹，妳跟這個冷漠無情的大哥哥是什麼關係呢？」

「我們是砲友。」

剛喝進嘴裡的味噌湯立刻噴出來。

就連護士小姐聽了都當場僵住，病房裡的時間彷彿正逐漸凍結。

慢、慢著……鎮定一點，快冷靜下來。這個現象……有可能是遭到某種替身使者的攻擊！

「怎麼了嗎？」

只有崩子一個人，不解地偏著頭。

「……崩子……原諒我冒昧地發問，那個字眼是從什麼三教九流的鬼地方學來的？」

「是魔女姊姊教我的。她說有誰問我跟大哥哥是什麼關係的話，只要這樣回答就好。」

「…………」

果然是那個女人嗎……

總有一天非要跟那傢伙做個了斷不可。

「這樣講不妥嗎？」

「嗯……非常不妥。」我全身無力地搖搖頭。「畢竟我也是有所謂的人生要過哪。」

「啊，不過請放心。」崩子笑容滿面道：「這句話我只對十個人說過而已。」

我的人生……

我的人生……該何去何從啊？

「……崩子妹妹，這是為妳著想，不了解的辭彙還是別亂用比較好。」

「好的。可是，以後再被問到類似問題的時候，該怎麼回應才對呢？」

「這還用說嗎，反正我們又沒做過什麼見不得人的事情，當然簡單回答『我們是朋友』就好啦。」

「你要負起責任。」

「什、什麼？」

別、別亂開玩笑。

我對崩子絕不至於逾越道德規範，應該沒做過任何違背倫理喪盡天良的行為才對啊。而且我比較喜歡把點心留到最後慢慢享用……喂，不是啦。

崩子朝我揚起嘴角，露出惡作劇般的笑容。

「真不愧是魔女姊姊，連話題進行到這裡，大哥哥會主動承認跟我是朋友都料中了，作戰計畫果然奏效。我真的，非常非常高興。」

「………………」

「那麼，如果有我可以幫上忙的地方，請隨時通知我。」

崩子說完便從我和護士小姐（依然處於停格狀態）身旁經過，朝門口走去。在推開房門時回過頭來——

「啊，還有——」接著又說：「我至少還知道，砲友代表什麼意思。即使沒有經驗，但我畢竟也是個少女了。」

「………………」

「那麼祝你，早日康復，珍重再見。」

然後崩子踏出病房，拉門自動關閉。沉默再度降臨，過一會兒護士小姐將滑落的護士帽與眼鏡調回原位，隨即聳聳肩說道「你被將一軍囉」，然後朝我扯了扯嘴角。

「那個小姑娘，還真是可愛呢。」

「……對啊，的確是。」

「可惜好像活不過下個月的樣子呢。」

「什麼意思？」

這句話逼真到有點殘酷。

「嘿——」護士小姐輕呼一聲，一屁股坐到剛才崩子坐過的椅子上。「不過伊伊，久別重逢——你似乎，變成熟了唷？」

「……那是對我現在整張臉裹滿紗布的一種諷刺嗎？」

「不，不是那個意思。我是說言行舉止變成熟了。」

「嗯——說得也對。」我半開玩笑地回答。「當然了，經歷過同伴的死亡，做人方面應該會成長不少吧。」

「哦——」

一副事不關己的模樣。

只是隨口問問的樣子。

「……………」

「嗯？怎麼啦？為何突然陷入沉默？」

「………………沒事。」

「求愛訊號嗎？」

「不是。」

唔——

好吧，就這麼辦。

儘管難以啟齒，又覺得麻煩，卻也無可奈何。

既然已經成為一種儀式般的例行公事。

反正心誠則靈。

「護士小姐，按照慣例，考妳一道謎題好嗎？」

「嗯？啊啊，好啊，什麼謎題？」

一臉興味盎然的表情。

沒錯，討厭的事情交給別人去做才是上上之策。

「假設某個夜晚，在某個地方，有五個人因為某種理由聚集在一起——」

我將這次事件的大致經過，向護士小姐簡單說明一遍。穿著黑斗篷加束縛衣，具有雙重人格的職業殺手&名偵探，一人等於兩人，兩人等於一人的同體兄妹。擔任貼身護衛的琴弦師。不死之身的少女，以及承續研究的副教授。再加上，一名無能的戲言玩家。早上一覺醒來，發現其中四個人都死了——只有一個人存活下來。

狼狽不堪地，存活下來。

苟活在世上。

「……唔——這次的謎題不是密室殺人哪，唉～～真沒意思。」

「沒意思嗎？」

「對啊。我最近，正沉迷於密室殺人呢。」

「喔……」

「我可是號稱能夠記住所有讀過密室的女人唷。算了這不重要，呃我想想——」護士小姐捧著頭作勢思考，看來這次的謎題，稍微有點難度。「所以，那個僥倖活下來又狼狽又窩囊的笨蛋男人，並不是凶手囉？」

「………對。」

有必要用那麼過分的形容詞嗎。

「嗯——嗯，嗯，嗯，那也沒有入侵者囉？」

「都沒有。」

「這麼說來答案只剩下一種可能啦。」護士小姐漫不經心輕描淡寫地說：「那對兄妹並非雙重人格，而是雙胞胎才對吧？」

「……答得好。」

「既然是雙胞胎，就表示擁有**相同的身體**，要扮演雙重人格應該輕而易舉吧？只要夠熟練，就能做到不被看穿的程度。**兩個人**擁有著相同的身體，無論當偵探也好當殺手也好，怎麼想都沒有比這更方便的事情了。甚至斗篷跟束縛衣，就算一個人沒辦法穿，但有兩個人的話就可以自由穿脫。同理可証，要騎機車也不成問題囉。除此之外，包括那個所謂的琴弦師，媲美秋節羅（註31）的女孩子，就算一對一無法取勝，但如果換成二對一的話，想必也能增加勝算，這點非常簡單明瞭吧～」

「嗯……說得沒錯。」

這就是匂宮兄妹的殺戮奇術。

匂宮——兄妹。

「漢尼拔」理澄與「食人魔」出夢。

連命名方式也是一種——詭計。

一男一女的組合，不可能是同卵雙胞胎，因此只要以相同的身體出現，別人就會輕易相信她們的說法。至於出夢——即使號稱是「哥哥」，但身體卻跟理澄一樣，是個不折不扣的少女。

雙重人格這個說辭，其實才是虛構的假象。

兩人共飾一角，刻意演出雙重人格，這件事情我之前從來沒設想過。然而就算光憑想像也能發現，除了剛才護士小姐所說的幾點之外，還有許多好處。首先最重要的，就是擔任影武者。讓理澄站出來當表面上的主角——出夢便可以隱藏在「背後」，

31　菊地秀行小說《魔界都市Blues》的主角，擁有俊美外貌與神祕能力的青年，主業是煎餅店老闆，副業是尋人偵探，武器為『妖線』。

肆無忌憚地暗中活躍。而且——不僅如此，假設理澄只負責扮演「弱者」的角色，則其中更帶有某種無可否認的惡趣味。

出夢曾經將「理澄」定義成「傀儡」。

傀儡。

替代品。

影武者。

『雙重人格其實是雙胞胎——撇開這一點，其他大致上就跟出夢解釋的差不多吧。』當時，哀川小姐在商討對策的過程中說道：『另外……就像一姬提到的「斷片集」那夥人一樣，出夢在某種程度上，應該也能遠距離操控理澄。如此一來，那天晚上你在樓梯間跟理澄擦身而過，就找得到理由了。』

沒錯——

出夢曾經說過，她們是「斷片集」的，副產物。

空無一物的，理澄。

宛如空殼的，理澄。

傀儡。

自律型遙控機器人。

那並不是……一種比喻，既非炫耀也非隱諱，而是完完全全直截了當符合字面上的含意。她的肉體被賦予了極富可塑性的人格，帶著缺陷，並且——遵從出夢的意志。

行為受到操縱。

就像那個夜晚。就像傀儡一樣。

傀儡被賦予的**暫時性**人格。

自己會突然失去意識，甚至對於斗篷底下穿著那種奇裝異服的自己完全不感到質疑，為了塑造這些缺陷，必須設定最低限度的虛擬人格。

連寫樂保介都，稱不上。

排除一切『弱點』被特訓成絕對『強者』的殺手匂宮出夢，以及身為附屬品的理澄，身為附屬品肉體保管者的——匂宮理澄。出夢之所以對理澄那樣地愛護，理由其實不難理解。

「只可惜……因為那場決鬥，兩人當中，不小心死了一個。」

「大概吧。不過，這樣計算起來才合乎邏輯。如果實際上有六個人——然後有兩個人存活下來的話，表示那個狼狽又窩囊的笨蛋男，就不一定要是凶手。至於隔壁病房的屍體，當然就是身為附屬品的妹妹囉。」

被斬斷首級的理澄，那是小姬使出『病蜘蛛』絕技，用『琴弦』下的手。而胸口被挖開——**將她心臟帶走的**，則應該是出夢吧。

心臟。

理澄的，心臟。

活過的證明。

「…………」

偽裝成雙重人格，兩人共飾一角，對「軍師」萩原子荻而言，恐怕是不費吹灰之力便能輕易識破的計倆吧——正因如此，假設前提是子荻從未與匂宮兄妹正面交鋒的話——即使知道匂宮兄妹的存在卻從未正面交鋒，這件事實便成為決定性的關鍵——話雖如此，除非發生像這次一樣的例外，嚴重脫離預定目標的偶發事件，否則包括我在內，大部分人都無法突破這種詭計。

正因單純，所以難解。

超乎理論邏輯。

需要的是，跳躍的邏輯。

限定條件下的靈光乍現。

甚至連消去法都——用不上。

「…………」

就算是這樣也——並不代表，匂宮兄妹操弄的詭計十分高明，絲毫沒有這層意思。

倒不如說，正好相反。

譁眾取寵的把戲。

無可否認的，噱頭把戲。

這話實在是，說得真好。

我為殺手委託人為秩序。
身纏十字符號，即將執行使命。
殺戮奇術集團，匂宮雜技團——

究竟——把人類當成什麼看待了啊。

「反正多重人格在醫學上本來就不完全受到承認嘛。所以說，那名殺手應該是在搭檔死亡後才考慮到，假如現在把屍體留著逃之夭夭，自己就可以得到自由了不是嗎～～既然平常一直都在扮演雙重人格，會知道真相，知道自己存在的，僅限於身邊極少數相關人士而已囉。對外界而言，**等於自己已經死了**，可以藏身起來過退隱生活。雖然將妹妹的屍體遺留在現場——」

「但彼此的『心』，卻長相左右，是嗎。」

真相恐怕，沒有那麼羅曼蒂克吧。出夢並不是那樣一個，愛幻想的浪漫主義者。假如把這些話拿去對他講，大概只會惹來一陣嗤笑。被嘲笑還算好的，以出夢那種性格，說不定還會大發雷霆。

然而——這一切都不在計算當中。

出夢他，失去了妹妹。

即使在功能設定上只是個替代品，但對出夢而言，理澄絕不只是單純的替代品，這點從他甘願冒著設定崩壞的危險，在中庭出聲叫住我，便可以充分瞭解到。

當時的出夢，想必是──

已經厭倦了。

對於殺戮。甚或，對於生存。

啊啊──原來如此。搞不好，對出夢而言那樣的行為，其實就像一瞬間的靈光乍現也不一定。剎那間突發奇想，一秒鐘以前連想都沒想過，一秒鐘之後或許早已忘記，虛無縹緲脆弱徬徨，彷彿靈感般稍縱即逝的念頭也不一定。

無論結果如何。

倘若非要鑽牛角尖追根究柢的話，說穿了就這麼回事。

「差不多就這是這樣囉～～因為謎題給的線索嚴重不足，也沒辦法分析到細節部分，不過那也無關緊要啦。總而言之言而總之，答案差不多就是這樣沒錯吧？」

「嗯……果真厲害。」

「嘿、嘿、嘿。」護士小姐驕傲地挺起胸膛。

好像不小心讓她得意忘形了。

「啊，糟糕，我都忘了要工作，真是的。伊伊，你吃飽了嗎？」

「咦，啊啊──吃飽了，反正也沒什麼食慾。」

「這也難怪，那我把東西收走囉。」護士小姐將餐具有條不紊地放回托盤上。「好滴，那麼接下來一個月，伊伊～～請多指教囉～～」

「…………」

一個月。

光用想的就令人渾身發寒。

在全身幾乎無法動彈的狀況下，要被這種變態掌握生殺大權……

「……那個，護士小姐。」

「就跟你說是護理師了，小心我告你性騷擾喔。」

「可以請問一下，貴姓大名嗎？畢竟我們……呃怎麼說，應該會相處一段頗長的時間。」

「嗯？你還不知道嗎？我以為第一次見面的時候，已經報過名字了。」

「可能有聽過，只是我忘記了。」

「記憶力真差耶你——」

護士小姐雙手交叉在胸前，一副受不了的模樣。

「好吧，算了，我的名字叫做，形梨樂芙蜜（Love me）。」

「形梨——樂芙……？」

「樂芙蜜。嘻嘻，很適合女生的名字吧？」

「呃……對啊，的確是。」

應該說，真不像人類的名字。

難以想像居然只是個普通配角的名字。

「……請問令尊跟令堂，從事什麼樣的工作？」

「咦——？慢著慢著，這個問題太冒昧了。如果想知道有關我的詳細資料，你必須先進入醫院路線，選擇樂芙蜜劇情才行喔。」

「沒有那種東西啦。」

「要玩甜誘之夜嗎？」（註32）

「吵死了妳白痴啊！」

「哇哈哈哈～～我走了掰掰——」

護士小姐單手叉腰擺出正義使者女英雄般的姿勢，隨即轉身拉開房門，頭也不回地走出病房離去。

……………………。

我懷疑這世界是不是已經沒有正常人了。

每一個人都發了瘋。

全部崩壞，全部病態。

可能從，結構本身就有問題。

32　為《鐮鼬之夜》的諧音，CHUNSOFT公司出品的懸疑電玩，中譯名為《恐怖驚魂夜》。劇本由我孫子武丸創作，以滑雪山莊為舞台，進行一連串殺人事件的解謎遊戲。

「只好當作故事的屬性本來就這樣自己想開一點嗎——還真是非常，不合邏輯的故事哪。」

就拿美衣子小姐的事情為例，除了自作自受，因果報應以外，大概沒有其他更好的解釋了。

因為我是瘋狂的，所以周圍也跟著瘋狂。因為我是最惡的，所以周圍也變成最惡。迷失座標指針陷入狂亂的羅盤，還能畫出正確的地圖嗎？

啊，對了。

美衣子小姐。

美衣子小姐的事情，該怎麼辦呢。

照目前的情況來看，現階段也沒辦法回古董公寓……實在有點無地自容。萬一她來探病的話，我要拿什麼臉見她呢。

狼狽不堪的模樣。

狼狽不堪的結果。

窩囊到無地自容。

真的是，窩囊也要，有個限度。

「出夢他……不知道怎麼樣了。」

在那之後又過了三天。

死色真紅VS食人魔。

應該早已——分出結果了吧。

他說，自己對殺戮已經，厭倦了。

自幼被培訓成殺手——話雖如此，以殺手為設定創造出來的人格，實際上真的有可能會發生這種情形嗎？只為殺戮而存在，純粹以殺戮為目的而被創造出來的兵器，有可能會改變心意嗎？

……想必，是有可能的吧。

有人對生存感到厭倦。

有人對自己感到厭倦。

有人忘記自己還活著。

也有人想要忘記自己還活著。

甚至也有人，什麼都不知道。

小姬她——又是怎麼樣呢？

有沒有，好好地回想過呢？

我和小姬的相遇。

我遇見了小姬。

其中想必，有著特殊的意義。想必有著，無可取代的意義。但對我而言，小姬又是什麼樣的存在呢?對小姬而言,和我的相遇,是否具有特殊意義呢?小姬和我相遇之後,是否有所改變呢?當時遇見的人是我,並非我以外的任何人,而是遇見我,這對她而言有沒有特別的意義呢?

小姬在我面前哭過好幾次。

我曾經,傷害過她好幾次。

無意識地,偶爾又故意地。

藉由這些事情,我給予過什麼嗎?

我曾經給過什麼,藉以回報她嗎?

雖然我其實,什麼都不明白。

——『當事人自己反而是不會明白的』。

小姬說過的話。

原來如此,絕妙透頂。

實在是——絕妙透頂。

所以,也許我一輩子,都不會明白。

唯獨這個問題,在最後的最後,值得信賴的承包人不會英姿颯爽地登場,為我解答一切疑惑。畢竟自己的課題,自己的問題,自己的標題,終究只能自己去面對。

然而,可以肯定的是——

在六月那次之後——小姬她，曾經真正地活過。

這麼一來，我的存在也不算白費了。

我和小姬的相遇，也不算白費了。

值得慶幸。

或許就像出夢所講的，小姬她，紫木一姬，為了生存已經殺過太多太多的人——或許這一切也都是自作自受，因果報應——

即便如此。

即便如此，紫木一姬卻，曾經活過。

活出她自己的，故事。

「……屬於自己的，自己一個人的——故事嗎。」

故事。

忽然浮現，這個字眼。

想起，狐面男子所說的話。

這次的事件，自始至終，都徘徊在故事外圍——結果終究，沒有跨進界線參與故事的他。與木賀峰副教授和圓朽葉以及理澄和出夢，都關係匪淺——卻與實際發生的事件絲毫沒有扯上關係的狐面男子。跟我截然不同，徹頭徹尾站在旁觀者立場全身而退的他。掌握原因中的原因，演出舞臺中的舞臺——

即使知道真相，也能全身而退的他。

就連那兩個『食人魔』……就連她們的存在，也只當作隨處可找的替代品，不看在眼裡的他。就連不死之身的少女，也只當作過程中的一個點，不看在眼裡的他。

「居然是，哀川小姐的……」

儘管說來突兀——卻並非，難以想像。倒不如說仔細想想反而覺得充滿說服力——兩人之間超乎尋常的相似，與兩人之間超乎尋常的相異。

只不過我還沒有，向哀川小姐提過這件事情。在京都御所碰面的時候，也沒有鼓起勇氣觸探這方面的話題。暫且將狐面男子的存在，從哀川小姐面前完全抹煞掉。並非刻意隱瞞故作神祕——也不是對於擅自碰觸哀川小姐的過去感到有所顧忌——儘管如此，關於狐面男子的存在，關於自己知道他的存在，我仍舊對哀川小姐隻字未提。

對於這樣的自己，其實厭惡感更勝於罪惡感。

但是卻，無論如何，都還是，說不出口。

並非沒說出口，而是說不出口。

我只是——單純地，感到恐懼。

對於狐面男子。

我只是單純地，對那個男人感到恐懼。

不管以什麼樣的形式——

都不想和那個異形，扯上關係。

我的敵人。

既然已經當面宣告——狐面男子接下來，是否打算開始對付我了呢？果真如此，我也必須硬著頭皮接招，非迎戰不可嗎？這未免也，太誇張，太荒謬了。就算是故事的安排——也沒辦法坦然接受。

連死都，無法比擬的恐怖。

那樣最惡的存在。

怎麼可能去，正面迎戰呢——

「……不知道接下來，會如何發展哪……」

什麼都不要變。

誰都不要改變。

自己也不會變。

與任何人，任何事物，都不產生交集。

只剩時間緩緩地流逝就好，原本一直存著，這樣怠惰的想法。

然而這根本，是異想天開。

活著就是，持續不斷的變質與變化。

朝向死亡逐漸收束，錯綜複雜的連續交錯。

對活著感到厭倦，等於沒有真正活過。

會開始感到厭倦，其實已如行尸走肉。

故事怎樣發展都無所謂。
因為重要的只有一點——
我們都還，活著。
掰掰。
再見了。
好好睡吧，晚安。
謝謝。

《Do not eat, need we say more?》is the END.

後記——

露骨地談論生死的話題想必會被認為是個難搞的傢伙吧，說起來，目前活著的每一個人理所事當然地，都無一例外地會死去。倒也不是不想去思考這問題，只是這其實是無可撼動不爭的事實，實在挺傷腦筋的。但其實也可以反過來看這件事，若反過來解讀這項不爭的事實，換句話說現在死亡的每一個人，都無一例外地曾經活著。眾所周知天才、英雄、革命烈士、只要非架空人物，只要曾踏在這片土地上生活，死亡就是件相當理所當然的事情，對此一事實感到莫名的救贖、希望等這～類的情感，難道只是我的心理作用嗎？這想法可能有點脫離常軌，將生與死視為對立來思考，本身就是個很大的問題。將生死想成是按鈕ＯＮ與ＯＦＦ的切換，總覺得好像弄錯了什麼，不過打個比方說，患了感冒身體虛弱時，人類不就等於正在死亡嗎？倘若將活著的狀況設為一百，感冒的狀態就是九十左右吧。倘若這數字為０時是真正的死亡，但其實一百與０原本就不是對立的。若是一百與負一百的話倒還沒話說。常說發現「０」這概念的印度人很厲害，既然如此在這層意義上，發現死亡的人不也實在很了不起嗎？或許每個人都察覺到了，觀察墳墓或木乃伊這～類的文化後發現，要定義死亡為死亡其實很花時間的。言歸正傳，雖然在找能夠將剛剛一直脫離常軌的話題拉回本線的時機，很抱歉，連接不起來。

本書是戲言系列第五集。應該說正如字面上所寫，正如內容上所寫，總之的確正如閱讀的故事內容一樣。各種擅長將生死的話題置於度外的角色有的登場有的沒登場有的出生有的死亡，但其實這種事跟重要的軸心座標毫無關係，在本質上屬於負一百，亦即故事驀地進入佳境吧。重要的不是活著而是活得好，不是死亡而是怎麼死的。就是這樣的感覺，大魔王登場了，《食人魔法　匂宮兄妹之殺戮奇術》。

講談社文庫出版部、插畫家竹老師等協助，以及各位讀者的愛護與支持，西尾維新文庫才能進入到第六本。非常感謝大家。從下一集開始便進入戲言系列的尾聲《完全過激》三部曲，敬請多多指教。

西尾維新

浮文字

食人魔法 匂宮兄妹之殺戮奇術

（原名：ヒトクイマジカル 殺戮奇術の匂宮兄妹）

作者／西尾維新　插畫／take　譯者／陳君怡、李惠芬
發行人／黃鎮隆　副總經理／陳君平
副理／洪琇菁　國際版權／黃令歡
執行編輯／呂尚燁　美術編輯／李政儀
企劃宣傳／邱小祐
發行／英屬蓋曼群島商家庭傳媒股份有限公司城邦分公司　尖端出版
台北市中山區民生東路二段一四一號十樓
電話：（○二）二五○○—七六○○（代表號）
傳真：（○二）二五○○—一九七九
中彰投以北經銷（含宜花東）／楨彥有限公司
電話：（○二）八九一九—三三六九
傳真：（○二）八九一四—五五二四
雲嘉經銷／威信圖書有限公司　嘉義公司
電話：（○五）二三三—三八五二
傳真：（○五）二三三—三八六三
客服專線：○八○○—○二八—○二八
南部經銷／威信圖書有限公司　高雄公司
電話：（○七）三七三—○○七九
傳真：（○七）三七三—○○八七
一代匯集／香港九龍旺角塘尾道六十四號龍駒企業大廈十樓B&D室
電話：（八五二）二七八三—八一○二
傳真：（八五二）二七八二—一五二九
馬新經銷／城邦（馬新）出版集團　Cite(M)Sdn.Bhd.
E-mail：Cite@cite.com.my
法律顧問／王子文律師　元禾法律事務所
台北市羅斯福路三段三十七號十五樓
二○二○年八月二版一刷

國家圖書館出版品預行編目資料

食人魔法 ： 匂宮兄妹之殺戮奇術 / 西尾維新 著 ;
譯.--1版. --臺北市：尖端出版, 2020.08
面 ; 公分.--(浮文字)
譯自:ヒトクイマジカル 殺戮奇術の匂宮兄妹
ISBN 978-957-10-8937-9

861.57　　109004980